A Tale of Magic…
Copyright © 2019 by Christopher Colfer
Ilustrações de capa e miolo © 2019 by Brandon Dorman
Copyright de capa © 2019 Hachette Book Group, Inc.

Tradução © 2022 by Book One
Todos os direitos de tradução reservados e protegidos pela Lei 9.610 de 19/02/1998. Nenhuma parte desta publicação, sem autorização prévia por escrito da editora, poderá ser reproduzida ou transmitida sejam quais forem os meios empregados: eletrônicos, mecânicos, fotográficos, gravação ou quaisquer outros.

Tradução	*Sérgio Motta*
Preparação	*Tainá Fabrin*
Revisão	*Guilherme Summa*
	Rafael Bisoffi
Arte, adaptação de capa e diagramação	*Francine C. Silva*
Design original de capa	*Sasha Illingworth*
Lettering original	*David Coulson*
Tipografia	*Bulmer MT Std*
Impressão	*Plena Print*

Dados Internacionais de Catalogação na Publicação (CIP)
Angélica Ilacqua CRB-8/7057

C642c Colfer, Chris
Um conto de magia… / Chris Colfer; tradução de Sérgio Motta. – São Paulo: Inside Books, 2022.
400 p. (Coleção Um Conto de Magia…; Vol. 1)
ISBN 978-65-85086-00-4
Título original: *A Tale of Magic…*
1. Ficção norte-americana 2. Literatura fantástica I. Título II. Motta, Sérgio III. Série

22-5482   CDD 813

CHRIS COLFER
ILUSTRADO POR BRANDON DORMAN

Um Conto de Magia...

INSIDE
BOOKS

São Paulo
2022

A todas as pessoas corajosas que ousaram ser elas mesmas em uma época em que não eram aceitas. Graças a vocês, eu posso ser eu.

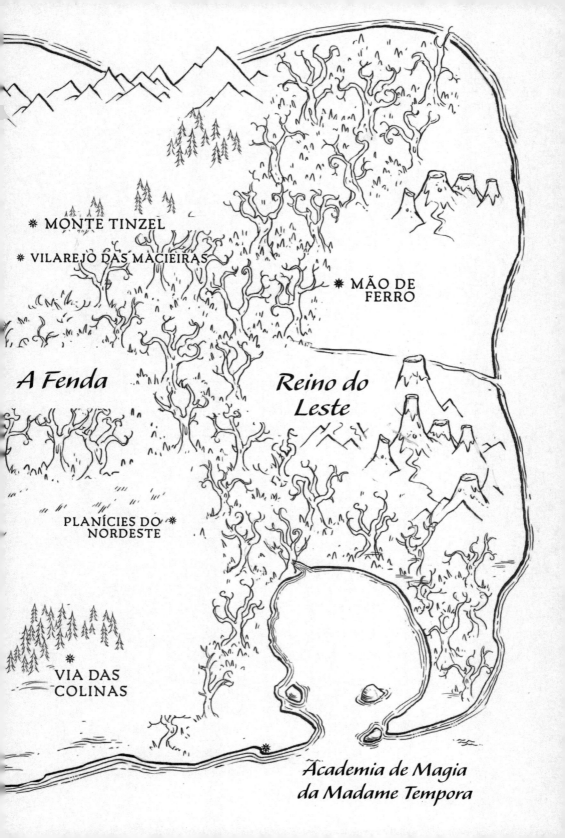

Prólogo

Uma audiência inesperada

A magia estava proibida nos quatro reinos – isso colocando de forma branda. Juridicamente, a magia era o pior crime que uma pessoa poderia cometer e, socialmente, não havia nada considerado mais desprezível. Na maioria dos lugares, bastaria ter a mínima *conexão* com uma bruxa ou um bruxo condenado para ser sentenciado à morte.

No Reino do Norte, infratores e seus familiares eram julgados e prontamente queimados na fogueira. No Reino do Leste, mal precisava de uma evidência para sentenciar a pessoa acusada e entes queridos à forca. Já no Reino do Oeste, bruxos e bruxas suspeitos eram afogados sem direito a julgamento.

Raramente as execuções eram feitas por agentes da lei ou guardas dos reinos. A maioria das punições eram obra de multidões zangadas que faziam justiça com as próprias mãos. Embora não incentivassem, o esporte brutal foi completamente tolerado pelos soberanos dos reinos. Na verdade, os líderes ficaram encantados por seu povo ter algo além do governo para direcionar sua raiva. Assim, os monarcas acolheram a distração e até a encorajaram em tempos de agitação política.

– Aquele ou aquela que escolhe o caminho da magia escolheu o caminho da condenação – proclamou o Rei Nobresa do Norte. Enquanto isso, *suas* escolhas negligentes estavam causando a pior crise de fome na história do próprio reino.

– Nunca devemos mostrar simpatia por pessoas com preferências tão abomináveis – declarou a rainha Endústria do Leste, e imediatamente aumentou os impostos para financiar um palácio de veraneio.

– A magia é um insulto a Deus e à natureza, e um perigo para a moralidade como a conhecemos – observou o Rei Guerrear do Oeste. Felizmente para ele, a declaração distraiu seu povo dos rumores sobre os oito filhos ilegítimos que ele teve com oito amantes diferentes.

Uma vez declarado que uma pessoa era bruxa, era quase impossível que ela escapasse da perseguição. Muitos fugiram para a densa e perigosa floresta conhecida como a Fenda, que crescia entre as fronteiras. Infelizmente, a Fenda era lar de anões, elfos, goblins, trolls, ogros e todas as outras espécies que a humanidade banira ao longo dos anos. Bruxos e bruxas que buscavam asilo na floresta geralmente encontravam uma morte rápida e violenta nas mãos de uma criatura bárbara.

A única misericórdia para essas pessoas – se pudesse ser considerada misericórdia – existia no Reino do Sul.

Assim que o Rei Campeon XIV herdou o trono de seu pai, o falecido Campeon XIII, seu primeiro decreto real foi abolir a pena de morte para praticantes de magia capturados. Em vez disso, os infratores foram condenados à prisão perpétua com trabalhos forçados – e eram lembrados todos os dias de como deveriam ser *gratos*. O rei não alterou a lei puramente pela bondade de seu coração, mas como uma tentativa de fazer as pazes com uma lembrança traumática.

Quando era criança, a mãe de Campeon XIV foi decapitada por ter um "interesse suspeito" em magia. A acusação veio do próprio rei Campeon XIII, então ninguém cogitou investigar se a rainha era ou não inocente. Contudo, os motivos de Campeon XIII foram questionados no dia seguinte à execução de sua esposa, quando ele se casou com uma mulher muito mais jovem e bonita. Desde o fim prematuro da rainha, Campeon XIV contava os dias até que pudesse vingar sua mãe destruindo o legado do pai. E assim que a coroa foi colocada em sua cabeça, Campeon XIV dedicou a maior parte de seu reinado para apagar Campeon XIII da história do Reino do Sul.

Já na velhice, o Rei Campeon XIV passava a maior parte do tempo fazendo o mínimo que podia. Seus decretos reais foram reduzidos a grunhidos e reviravoltas. Em vez de visitas reais, o rei, do conforto de uma carruagem em movimento, acenava preguiçosamente para as multidões. E a coisa mais próxima de declarações reais que ele fazia era reclamar sobre os corredores do castelo serem "compridos demais" e as escadas "muito íngremes".

Campeon tinha como hábito evitar pessoas – especialmente sua família hipócrita. Ele fazia suas refeições sozinho, ia para a cama cedo, dormia até tarde e desfrutava de longos cochilos vespertinos (e que Deus tivesse misericórdia da pobre alma que ousasse acordá-lo).

Contudo, houve uma determinada tarde em que o rei foi acordado prematuramente. Não por um neto descuidado ou camareira desajeitada, mas por uma mudança repentina no tempo. Campeon acordou assustado com as pesadas gotas de chuva batendo contra as janelas do quarto e os ventos fortes assobiando pela chaminé. Quando ele fora para cama, o dia estava ensolarado e limpo, então a tempestade foi uma grande surpresa para o atordoado soberano.

– Estou acordado – Campeon anunciou.

O rei esperou que o servo mais próximo corresse e o ajudasse a descer de sua cama alta, mas o chamado não foi atendido.

Campeon limpou a garganta com um pigarro agressivo.

– Eu disse que *acordei* – ele chamou outra vez, mas, estranhamente, ainda não houve resposta.

As articulações do rei estalaram quando ele, relutantemente, saiu da cama por contra própria. Murmurou uma série de palavrões enquanto mancava pelo chão de pedra para pegar sua túnica e sandálias. Uma vez que estava vestido, Campeon irrompeu pelas portas do quarto, com a intenção de repreender o primeiro servo em que colocasse os olhos.

– Por que ninguém está respondendo? O que poderia ser mais importante do que...

Campeon ficou em silêncio e olhou ao redor, incrédulo. A sala de estar do lado de fora de seus aposentos geralmente estava cheia de camareiras e servos, mas agora estava completamente vazia. Até os soldados que guardavam as portas dia e noite haviam abandonado seus postos.

O rei olhou para o corredor além da sala de estar, mas estava igualmente vazio. Não só estava vazio de servos e soldados, mas de *luz* também. Todas as velas dos candelabros e tochas nas paredes estavam apagadas.

– Olá? – Campeon chamou no corredor. – Tem alguém aí? – Mas tudo o que ouviu foi a própria voz ecoando de volta para ele.

O rei se moveu cuidadosamente pelo castelo em busca de outra alma viva, mas encontrava apenas mais e mais escuridão a cada curva. Era incrivelmente perturbador – ele morava no castelo desde pequeno e nunca o vira tão sem vida. Campeon olhou por todas as janelas por onde passou, mas a chuva e a neblina bloqueavam a visão de qualquer coisa do lado de fora.

Enfim, o rei virou em um longo corredor e viu luzes bruxuleantes vindo de sua biblioteca particular. A porta estava escancarada e alguém estava se aproveitando da luz de uma tocha lá dentro. Teria sido uma visão muito convidativa se as circunstâncias não fossem tão assustadoras. A cada passo que dava, o coração do rei batia mais rápido, e ele espiou ansiosamente pela porta para ver quem ou o que estava esperando lá dentro.

– Veja! O rei está acordado!
– Finalmente.
– Não, não, meninas. Devemos ser respeitosas com Sua Majestade.

O rei encontrou duas meninas e uma bela mulher sentadas no sofá da biblioteca. Após sua entrada, elas rapidamente se levantaram de seus assentos e se curvaram na direção do rei.

– Vossa Majestade, que prazer conhecê-lo – disse a mulher.

Ela usava um elegante vestido roxo que combinava com seus grandes olhos brilhantes e, curiosamente, apenas uma luva, que cobria seu braço esquerdo. Seu cabelo escuro estava enfiado sob um elaborado chapéu com flores, penas e um véu curto que caía sobre seu rosto. As meninas não deviam ter mais de dez anos e usavam túnicas brancas simples e toucas de pano.

– Quem diabos é você? – Campeon perguntou.

– Ah, me perdoe – disse a mulher. – Sou a Madame Tempora e estas são minhas aprendizes, Srta. Tangerin Turka e Srta. Horizona de Lavenda. Espero que não se importe por termos nos acomodado em sua biblioteca pessoal. Percorremos um longuíssimo caminho para estar aqui e não pudemos resistir a uma boa fogueira enquanto esperávamos.

Madame Tempora parecia ser uma mulher muito calorosa e carismática. Era a última pessoa que o rei esperava encontrar no castelo abandonado, o que de muitas maneiras tornava a mulher *e* a situação ainda mais estranhas. Madame Tempora estendeu o braço direito para apertar a mão de Campeon, mas ele não aceitou o gesto amigável. Em vez disso, o monarca analisou as inesperadas hóspedes de cima a baixo e deu um passo para trás.

As garotas riram e encararam o rei paranoico, como se estivessem olhando a alma dele – e a achassem ridícula.

– Esta é uma sala privada em uma residência real! – Campeon as repreendeu. – Como ousam entrar sem permissão! Eu poderia chicotear vocês três por isso!

– Por favor, perdoe nossa intrusão – disse Madame Tempora. – Não é do nosso feitio entrarmos no lar de alguém sem avisar, mas temo que não tive escolha. Veja, eu tenho escrito para seu ministro, Sr. Camarado, já há algum tempo. Eu esperava marcar uma audiência com Vossa Majestade, mas infelizmente o Sr. Camarado nunca respondeu a nenhuma de minhas cartas; ele é um homem bastante ineficiente, se não se importa que eu diga. Talvez seja hora de encontrar um substituto? De qualquer forma, há um assunto muito oportuno que estou ansiosa para discutir com Vossa Majestade, então aqui estamos.

– Como essa mulher entrou? – o rei gritou para o castelo vazio. – Onde, em nome de Deus, estão todos?!

– Receio que todos os seus súditos estejam indispostos no momento – Madame Tempora o informou.

– O que você quer dizer com "indispostos"? – Campeon rosnou.

– Ah, não é nada para se preocupar, *apenas um pequeno encantamento para garantir nossa segurança*. Prometo que todos os seus servos e soldados voltarão assim que terminarmos nossa conversa. Acredito que a diplomacia é muito mais simples quando não há distrações, não concorda?

Madame Tempora falou de maneira calma, mas uma palavra fez os olhos de Campeon se arregalarem e sua pressão sanguínea subir.

– *Encantamento?* – O rei arquejou. – Você é... você... *você é uma BRUXA!*

Campeon apontou o dedo para Madame Tempora com tanto pânico que distendeu os músculos do ombro direito. O rei gemeu enquanto sustentava o braço com a mão esquerda, e as hóspedes riram de sua exibição dramática.

– Não, Vossa Majestade, eu não sou uma *bruxa* – ela disse.

– Não minta para mim, mulher! – o rei gritou. – Somente bruxas fazem encantamentos!

– Não, Vossa Majestade, isso não é verdade.

- Você é uma bruxa! E amaldiçoou este castelo com magia! Você vai pagar por isso!

- Vejo que ouvir não é o seu forte - disse Madame Tempora. - Talvez se eu repetir três vezes a minha mensagem, Vossa Majestade absorveria? Acho que é uma ferramenta útil com aprendizes mais lentos. Vamos tentar: *eu não sou uma bruxa. Eu não sou uma bruxa. Eu não sou uma...*

- SE VOCÊ NÃO É UMA BRUXA, ENTÃO O QUE VOCÊ É?

Não importava quão alto o rei gritasse ou quão agitado ficasse, a postura cortês de Madame Tempora não era abalada.

- Na verdade, Vossa Majestade, esse é um dos tópicos que eu gostaria de discutir esta noite - ela disse. - Mas não queremos tomar seu tempo além do necessário. Por favor, Vossa Majestade não quer se sentar para que possamos começar?

Como se tivesse sido puxada por uma mão invisível, a cadeira atrás da mesa do rei se moveu sozinha, e Madame Tempora fez um gesto para que ele se sentasse. Campeon duvidava ter outra escolha, então se sentou e alternou o olhar nervoso entre as visitantes. As meninas se sentaram no sofá e cruzaram as mãos cuidadosamente no colo. Madame Tempora tomou seu lugar entre as aprendizes e ergueu o véu para que pudesse olhar o soberano diretamente nos olhos.

- Primeiro, eu queria lhe agradecer, Vossa Majestade - Madame Tempora começou. - Vossa Majestade é o único governante na história a mostrar alguma misericórdia à comunidade mágica. Digo, alguns podem argumentar que a prisão perpétua com trabalhos forçados é pior que a morte, mas ainda é um passo na direção certa. E estou confiante de que podemos seguir adiante e dar muitos outros passos, cada vez mais longos, se nós apenas... Vossa Majestade, há algo errado? Parece que não tenho toda a sua atenção.

Zumbidos estranhos capturaram a curiosidade do rei enquanto ela falava. Ele olhou ao redor do cômodo, mas não conseguiu encontrar a fonte dos ruídos.

- Desculpe, pensei ter ouvido alguma coisa - disse o rei. - Você dizia?

– Eu estava professando minha gratidão pela misericórdia que Vossa Majestade mostrou à comunidade mágica.

O rei grunhiu de desgosto.

– Bem, você está enganada se acha que tenho alguma empatia pela tal *comunidade mágica* – ele zombou. – Pelo contrário, acredito que a magia é tão suja e antinatural quanto todos os outros soberanos. Apenas não me apoio na magia para tirar vantagem da lei.

– E isso é louvável, senhor – disse Madame Tempora. – Sua devoção à justiça é o que o separa de todos os outros monarcas. Agora, eu gostaria de elucidar sua perspectiva sobre magia, para que Vossa Majestade possa continuar fazendo deste reino um lugar mais justo e seguro para seu povo como um *todo*. Afinal, a justiça não pode existir para um se não existir para todos.

A conversa deles estava apenas começando, mas uma pontada de rancor já florescia no rei.

– O que você quer dizer com *elucidar* minha perspectiva? – disse ele com escárnio.

– Vossa Majestade, a forma como a magia é criminalizada e estigmatizada é a maior injustiça do nosso tempo. Mas com as devidas modificações e emendas, *e a estratégia de comunicação adequada*, podemos mudar isso. Juntos, podemos criar uma sociedade que encoraje todas as esferas da vida e as eleve ao seu maior potencial e... Vossa Majestade está ouvindo? Parece que perdi sua atenção de novo.

Mais uma vez, o rei foi distraído pelos misteriosos zumbidos e sibilos. Os olhos dele vasculharam a biblioteca mais freneticamente do que antes e ele só ouviu meias-palavras de Madame Tempora.

– Devo tê-la entendido mal – disse ele. – Por um momento, soou como se você estivesse sugerindo a *legalização da magia*.

– Ah, não houve mal-entendido então – Madame Tempora disse com uma risada. – A legalização da magia é *exatamente* o que estou sugerindo.

Campeon de repente se ajeitou no lugar, apertando os braços da cadeira. Madame Tempora tinha toda a atenção dele. Ela não poderia estar insinuando algo tão ridículo.

– O que há de errado com você, mulher? – o rei zombou. – A magia *nunca* poderá ser legalizada!

– Na verdade, senhor, é possível fazer isso agora mesmo – disse Madame Tempora. – Basta um simples decreto que descriminalize o ato e tão logo o estigma em torno dela diminuirá.

– Eu preferiria descriminalizar o assassinato e o roubo! – declarou o rei. – O Senhor determina claramente no Livro da Fé que a magia é um pecado horrendo e, portanto, um *crime* neste reino! E, se os crimes não tivessem consequências, viveríamos em um caos total!

– É aí que está enganado, Vossa Majestade – disse ela. – Veja, a magia *não* é o crime que o mundo pensa que é.

– *Claro que é!* – ele se opôs. – Eu testemunhei a magia sendo usada para enganar e atormentar pessoas inocentes! Eu vi os corpos de crianças que foram massacradas por poções e encantamentos! Estive em aldeias atormentadas por maldições e danações! Então não se atreva a defender a magia para mim, madame! A comunidade mágica nunca receberá um pingo de simpatia ou compreensão *deste* soberano!

Campeon não poderia ter deixado sua oposição mais clara, mas Madame Tempora se adiantou até a beirada de seu assento e sorriu como se tivessem chegado a um ponto de convergência.

– Isso pode surpreendê-lo, Majestade, mas eu concordo plenamente – disse ela.

– Concorda? – ele perguntou com um olhar desconfiado.

– Ah, sim, *plenamente* – ela repetiu. – Acredito que aqueles que atormentam pessoas inocentes *devem* ser punidos por suas ações. E *de forma severa*, devo acrescentar. Há apenas uma pequena falha em seu raciocínio. As situações que você testemunhou não são causadas por magia, mas por *bruxaria*.

O rei franziu a testa e olhou para Madame Tempora como se ela estivesse falando uma língua estrangeira.

– *Bruxaria?* – ele disse ironicamente. – Nunca ouvi falar de tal coisa.

– Então me permita explicar – Madame Tempora disse. – A bruxaria é uma prática medonha e destrutiva. Ela decorre de um desejo obscuro de *enganar* e *perturbar*. Apenas pessoas com corações perversos são capazes de fazer bruxaria, e, acredite, elas merecem qualquer destino que tragam sobre si mesmas. Mas a magia é algo completamente diferente. Em sua essência, a magia é uma forma de arte pura e positiva. Propõe-se a *ajudar* e *curar* os necessitados e só pode vir daqueles com bondade em seus corações.

O rei afundou na cadeira e segurou a cabeça, tonto de confusão.

– Ah, céus, eu o sobrecarreguei – Madame Tempora disse. – Deixe-me simplificar para Vossa Majestade: *A magia é boa, a magia é boa, a magia é boa. A bruxaria é ruim, a bruxaria é ruim, a bruxaria é...*

– Não me trate como tolo, mulher... eu ouvi o que disse! – o rei reclamou. – Preciso de um momento para digerir tudo isso.

Campeon soltou um longo suspiro e massageou as têmporas. Ele costumava ter dificuldade para processar informações logo depois de uma soneca, mas dessa vez o desafio foi elevado a outro patamar. O rei cobriu os olhos e se concentrou, como se estivesse lendo um livro atrás das pálpebras.

– Você está dizendo que magia não é o mesmo que bruxaria?

– Correto – Madame Tempora disse com um aceno encorajador. – Alhos e bugalhos.

– E as duas são de natureza diferente?

– Opostos polares, Majestade.

– Então, se não são *bruxas*, como vocês chamam as pessoas que praticam magia?

Madame Tempora ergueu a cabeça com orgulho.

– Nós nos chamamos de *fadas*, senhor.

– *Fadas?* – o rei indagou.

– Sim, *fadas* – ela repetiu. – Agora Vossa Majestade entende meu desejo de elucidar sua perspectiva? A preocupação do mundo não é com as fadas que praticam magia, é com os bruxos que usam bruxaria. Mas, tragicamente, fomos agrupados e condenados como iguais por séculos. Felizmente, com minha orientação e sua influência, somos mais do que capazes de corrigir isso.

– Receio discordar – disse o rei.

– Perdão? – Madame Tempora rebateu.

– Um homem pode roubar por ganância, e outro, para sobreviver, mas ambos são ladrões. Não importa se alguém tem *bondade* em seu coração.

– Mas, senhor, pensei ter deixado perfeitamente claro que a bruxaria é o crime, não a magia.

– Sim, mas *ambas* são consideradas pecaminosas desde o início dos tempos – Campeon continuou. – Sabe como é difícil redefinir algo para a sociedade? Levei *décadas* para convencer meu reino de que batatas não são venenosas, e as pessoas ainda as evitam nos mercados!

Madame Tempora balançou a cabeça em descrença.

– Vossa Majestade está comparando uma comunidade inocente de pessoas com batatas?

– Eu entendo seu objetivo, madame, mas o mundo não está pronto para isso. Diabos, *eu* não estou pronto para isso! Se você quer salvar as fadas de uma punição injusta, então sugiro que as ensine a ficarem quietas e resistirem ao impulso de usar magia! Isso seria muito mais fácil do que convencer um mundo teimoso a mudar seus caminhos.

– Resistir ao *impulso*? Vossa Majestade não pode estar falando sério!

– Por que não? Pessoas normais vivem acima da tentação todos os dias.

– Porque Vossa Majestade está insinuando que a magia vem com um botão de desligar, como se fosse algum tipo de *escolha*.

– Claro que magia é uma escolha!

– NÃO! NÃO É NÃOOOOO!

Pela primeira vez desde que a interação deles começara, o temperamento agradável de Madame Tempora mudou. Um fragmento de raiva profunda perfurou sua disposição alegre e o semblante dela adotou um olhar duro e intimidador. Era como se Campeon estivesse diante de uma mulher completamente diferente – uma mulher que deveria ser temida.

– Magia *não* é uma escolha – Madame Tempora disse bruscamente. – *Ignorância* é uma escolha. *Ódio* é uma escolha. *Violência* é uma escolha. Mas a *existência* de alguém nunca é uma escolha, ou uma falha, e certamente não é um crime. Seria inteligente de sua parte se educar.

Campeon estava com muito medo de dizer qualquer outra palavra. Talvez fosse sua imaginação, mas o rei poderia jurar que a tempestade lá fora se intensificava junto ao temperamento de Madame Tempora. Era obviamente um estado no qual ela raramente se deixava mostrar porque suas aprendizes pareciam tão inquietas quanto o rei. A fada fechou os olhos, respirou fundo e se acalmou antes de continuar a conversa.

– Talvez devêssemos dar uma demonstração a Sua Majestade – Madame Tempora sugeriu. – Tangerin? Horizona? Poderiam, por favor, mostrar ao Rei Campeon por que a magia não é uma escolha?

As aprendizes trocaram um sorriso ansioso – elas estavam esperando por isso. As duas se levantaram em um salto, tiraram os mantos e desenrolaram os turbantes. Tangerin revelou um vestido feito de favos cujo mel se derramava pelas bordas, e uma colmeia feita de cabelos laranja e brilhantes que era o lar de um enxame de abelhas vivas na cabeça. Horizona descobriu um maiô de safira e, em vez de cabelo, tinha um fluxo contínuo de água que escorria por seu corpo, evaporando quando chegava aos pés.

A boca de Campeon se abriu quando ele pôs os olhos no que as garotas estavam escondendo. Em todos seus anos no trono, ele nunca tinha visto magia tão materializada na aparência de uma pessoa. O mistério dos estranhos zumbidos e sibilos foi resolvido.

– Meu Deus – o rei disse sem fôlego. – Todas as fadas são assim?

– A magia afeta cada um de nós de maneira diferente – disse Madame Tempora. – Algumas pessoas levam vidas completamente normais até que sua magia se apresente, enquanto outras mostram traços físicos desde o momento em que nascem.

– Isso não pode ser verdade – o rei argumentou. – Se as pessoas nascessem com características mágicas, as prisões estariam cheias de bebês! E nossos tribunais nunca prenderam um bebê.

Madame Tempora abaixou a cabeça e olhou para o chão com um olhar triste.

– Isso porque a maioria das fadas são mortas ou abandonadas ao nascimento. Seus pais temem as consequências de trazer uma criança mágica ao mundo, então fazem o que é necessário para evitar a punição. Foi um milagre eu ter encontrado Tangerin e Horizona antes de serem feridas, mas muitas não têm tanta sorte. Vossa Majestade, eu entendo suas ressalvas, mas o que está acontecendo com essas crianças é cruel e primitivo. Descriminalizar a magia é muito mais do que apenas sanar uma injustiça. É *salvar vidas inocentes*! Certamente, Vossa Majestade pode encontrar simpatia e compreensão em seu coração por isso.

Campeon sabia que vivia em um mundo cruel, mas tinha sido alheio a tais horrores. Ele balançou para frente e para trás em sua cadeira enquanto, em sua mente, a relutância travava uma guerra com a empatia. Madame Tempora percebeu que estava progredindo com o rei, então usou um sentimento que estava guardando para o momento certo.

– Pense em como o mundo seria diferente se tivesse um pouco mais de compaixão pela comunidade mágica. Pense em como *sua* vida seria diferente, Vossa Majestade.

De repente, a mente de Campeon foi inundada com lembranças da própria mãe. Ele se lembrou do rosto dela, do sorriso, da risada, e o mais proeminente de tudo: ele se lembrou do abraço apertado que eles compartilharam pouco antes de ela ser arrastada para uma morte prematura. Apesar de sua memória ter ficado enferrujada com a idade, essas imagens estavam marcadas para sempre na mente dele.

– Eu gostaria de ajudar, mas descriminalizar a magia pode ser mais problemático do que produtivo. Forçar o público a aceitar o que eles odeiam e temem pode causar uma rebelião! A caça às bruxas como a conhecemos pode se transformar em genocídio completo!

– Acredite em mim, conheço a natureza humana – disse Madame Tempora. – A legalização da magia não pode ser apressada. Pelo contrário. Deve ser manuseada com cuidado, paciência e persistência. Se queremos mudar a opinião do mundo, isso deve ser encorajado, não forçado... e nada encoraja as pessoas como um bom espetáculo.

Uma tensão nervosa se espalhou pelo rosto do rei.

– Espetáculo? – ele perguntou com medo. – Que tipo de *espetáculo* você está planejando?

Madame Tempora sorriu e seus olhos ficaram ainda mais brilhantes – este era o momento que ela estava esperando.

– Quando conheci Tangerin e Horizona, elas eram prisioneiras da própria magia – ela disse ao rei. – Ninguém podia chegar perto de Tangerin sem ser atacado por suas abelhas. E a pobre Horizona morava em um lago porque encharcava tudo o que pisava. Então eu coloquei as meninas sob minha tutela e as ensinei a controlar a magia delas, e agora ambas são jovens perfeitamente sociáveis. Parte meu coração pensar em todas as outras crianças que estão lutando contra quem ou o que são, então decidi abrir minhas portas e dar a elas uma educação adequada.

– Você vai começar uma *escola*? – o rei perguntou.

– Precisamente – disse ela. – Chamo de Academia de Madame Tempora para Jovens Praticantes de Magia... Mas ainda não é um nome definido.

– E onde será essa academia? – ele perguntou.

– Recentemente, garanti alguns acres no sudeste da Fenda.

– A *Fenda*? – o rei protestou. – Mulher, você está louca? A Fenda é muito perigosa para crianças! Você não pode começar uma escola lá!

– Ah, eu não vou discutir isso – Madame Tempora disse. – A Fenda é excepcionalmente perigosa para pessoas não familiarizadas com o lugar. No entanto, existem muitos membros da comunidade mágica, inclusive eu, que vivem confortavelmente na Fenda há décadas. A terra que adquiri é muito remota e privada. Instalei todas as proteções adequadas para garantir a segurança dos meus alunos.

– Mas como uma academia vai ajudar a promover a legalização da magia?

– Uma vez que eu treine meus alunos para dominar suas habilidades, vamos lentamente nos apresentar ao mundo. Usaremos nossa magia para curar os doentes e ajudar os necessitados. Depois de algum tempo, a palavra de nossa compaixão terá se espalhado pelos reinos. As fadas se tornarão exemplos de generosidade e conquistaremos o carinho das pessoas. O mundo verá todo o bem que a magia tem a oferecer, suas opiniões sobre magia mudarão e a comunidade mágica finalmente será adotada.

Campeon coçou o queixo enquanto contemplava o elaborado plano de Madame Tempora. De todos os detalhes que ela havia dado, estava esquecendo o mais importante de todos: o envolvimento *dele*.

– Você parece muito capaz de fazer isso por conta própria. O que quer de mim?

– Naturalmente, quero seu consentimento – ela disse. – As fadas querem ser confiáveis, e a única maneira de ganharmos confiança é fazendo as coisas da maneira certa. Então, eu gostaria de sua permissão oficial para viajar abertamente pelo Reino do Sul enquanto recruto estudantes. Também gostaria de sua promessa de que as crianças e famílias que encontrarei serão poupadas de qualquer acusação. Minha missão é oferecer uma vida melhor a esses jovens; não quero colocar ninguém em risco legal. Será muito difícil convencer os pais a deixarem seus filhos frequentarem uma escola de magia, mas ter a bênção de seu soberano tornará tudo muito mais fácil, especialmente se essa bênção for por escrito.

Madame Tempora acenou com a mão sobre a mesa do rei e um pedaço de pergaminho dourado apareceu diante dele. Tudo o que ela havia solicitado já estava escrito – precisava apenas da assinatura do rei. Campeon esfregou as pernas ansiosamente enquanto lia o documento várias vezes.

– Isso pode dar errado de muitas formas – disse o rei. – Se meus súditos descobrissem que eu dei a uma bruxa... Desculpe, a uma *fada* permissão para levar seus filhos a uma escola de magia, haveria tumulto nas ruas! Meu povo iria querer minha cabeça em uma bandeja!

– Nesse caso, diga a seu povo que Vossa Majestade me ordenou que livrasse seu reino das crianças mágicas – ela sugeriu. – Diga que, em um esforço para criar um futuro sem magia, Vossa Majestade prendeu os jovens e os levou embora. Percebi que quanto mais vulgar uma declaração, mais a humanidade a abraça.

– Ainda assim, não é só minha cabeça que está em jogo! Ter minha permissão não garante sua proteção. Você não está preocupada com sua segurança?

– Vossa Majestade, devo lembrá-lo que fiz os servos de um castelo inteiro desaparecer no ar, Tangerin controla um enxame de abelhas e Horizona tem água suficiente fluindo através de seu corpo para inundar um desfiladeiro. Podemos nos proteger.

Embora Madame Tempora parecesse segura, o rei estava mais temeroso do que convencido. Ela estava tão perto de conseguir o que queria... Tinha que extinguir a dúvida de Campeon antes que ela o dominasse. Por sorte, ela ainda tinha mais uma arma em seu arsenal para ganhar a aprovação do rei.

– Tangerin? Horizona? Vocês poderiam, por favor, dar ao rei e a mim um momento a sós? – ela perguntou.

Era evidente que Tangerin e Horizona não queriam perder nenhuma parte da conversa de Madame Tempora com o rei, mas respeitaram os desejos da tutora e esperaram no corredor. Assim que a porta foi fechada,

Madame Tempora se inclinou para Campeon e olhou profundamente nos olhos dele com uma expressão séria.

– Vossa Majestade está ciente do *Conflito do Norte*? – ela perguntou.

Se os olhos esbugalhados do rei fossem alguma indicação, Campeon estava muito mais do que *ciente*. Apenas a menção do Conflito do Norte teve um efeito paralisante no rei, que teve de se esforçar para recuperar a voz.

– C-como... como você sabe disso? – ele perguntou. – Isso é um assunto confidencial!

– A comunidade mágica pode ser pequena e dividida, mas a notícia se espalha rapidamente quando um de nós está... bem, fazendo uma cena.

– *Fazendo uma cena?* É assim que vocês chamam?!

– Vossa Majestade, por favor, fale baixo – ela disse, e então acenou para a porta. – As más notícias conhecem atalhos para chegar em ouvidos jovens. Minhas meninas ficariam muito preocupadas se soubessem sobre o que estamos discutindo.

Campeon as entendia, porque estava começando a sentir um mal-estar. Ser lembrado do assunto era como se reencontrar com um fantasma; um que ele achava que já tinha descansado em paz.

– Por que você está mencionando uma coisa tão horrível? – ele perguntou.

– Porque agora não há garantia de que o Conflito do Norte não cruzará a fronteira e chegará à sua porta – Madame Tempora o advertiu.

O rei balançou a cabeça.

– Isso não vai acontecer. O Rei Nobresa me garantiu que cuidou da situação. Ele nos deu sua palavra.

– O Rei Nobresa mentiu para Vossa Majestade! Ele disse aos outros soberanos que tem o conflito sob controle porque está humilhado pela gravidade da situação! Mais da metade do Reino do Norte pereceu! Três quartos do exército dele caiu, e o restante encolhe a cada dia! O rei atribui a crise à *fome* porque tem medo de perder o trono se o povo dele souber a verdade!

Toda a cor desapareceu do rosto de Campeon, e ele tremeu em seu assento.

– Então? Há algo a ser feito? Ou eu deveria apenas sentar e esperar pela minha morte?

– Recentemente, surgiu uma nova esperança – disse Madame Tempora. – Nobresa nomeou um novo comandante, General Branco, para liderar as defesas restantes. Até agora, o general conteve a situação com mais sucesso do que seus antecessores.

– Bem, isso é alguma coisa – disse o rei.

– Rezo para que o General Branco resolva o assunto, mas Vossa Majestade deve estar preparado caso ele venha a falhar – disse ela. – E, se o conflito cruzar para o Reino do Sul, ter uma academia de fadas treinadas ao lado pode ser *muito* benéfico para Vossa Majestade.

– Você acredita que seus *alunos* poderiam parar o conflito? – ele perguntou com olhos desesperados.

– Sim, Vossa Majestade – ela disse com total confiança. – Acredito que meus futuros alunos realizarão muitas coisas que o mundo considera impossíveis hoje. Mas, primeiro, eles precisarão de um lugar para aprender e de uma professora para orientá-los.

Campeon ficou muito quieto enquanto pensava na proposta.

– Sim... sim, eles podem ser *extremamente* benéficos – disse para si mesmo. – Naturalmente, terei que consultar meu Conselho Deliberativo dos Altos Juízes antes de lhe dar uma resposta.

– Na verdade, Majestade – Madame Tempora disse –, acredito que este é um assunto que podemos resolver sem consultar os Altos Juízes. Eles tendem a ser um grupo bastante antiquado, e eu odiaria que as tendências teimosas deles entrassem em nosso caminho. Além disso, houve *conversas* circulando pelo reino das quais Vossa Majestade deve estar ciente. Muita gente do seu povo está convencida de que os Altos Juízes são os verdadeiros governantes do Reino do Sul, e Vossa Majestade não passa de um fantoche.

– Ora, isso é ultrajante! – exclamou o rei. – Eu sou o soberano. Minha vontade é lei!

– De fato – ela disse. – Qualquer pessoa em plenas faculdades mentais sabe disso. No entanto, os rumores permanecem. No seu lugar, eu começaria a refutar essas teorias desagradáveis, desafiando os Altos Juízes de vez em quando. E não consigo pensar em uma maneira melhor de praticar isso do que assinando o documento diante de Vossa Majestade.

Campeon assentiu enquanto considerava a advertência de Madame Tempora e, finalmente, a persuasão dela o guiou a uma decisão.

– Muito bem – disse o rei. – Você pode recrutar dois alunos do Reino do Sul para sua escola de magia. Um menino e uma menina. Mas isso é tudo. E você deve receber permissão por escrito dos responsáveis de seus alunos ou eles não poderão frequentar sua escola.

– Confesso que esperava um arranjo melhor, mas vou aceitar o que está posto – disse Madame Tempora. – Temos um acordo.

O rei pegou uma pena e tinta da gaveta de sua escrivaninha e fez as emendas ao documento dourado. Uma vez que terminou as correções, Campeon assinou o acordo e o autenticou com um selo de cera do brasão real de sua família. Madame Tempora levantou em um salto e aplaudiu em comemoração.

– Ah, que momento maravilhoso é este! Tangerin? Horizona? Entrem! O rei atendeu ao nosso pedido!

As aprendizes correram para o escritório e ficaram deslumbradas ao verem a assinatura do rei. Tangerin enrolou o documento e Horizona o amarrou com uma fita prateada.

– Muito obrigada, Majestade – Madame Tempora disse, baixando o véu do chapéu sobre o rosto. – Eu prometo que não vai se arrepender!

O rei bufou com ceticismo e esfregou os olhos cansados.

– Rezo para que você saiba o que está fazendo, porque, se não souber, direi ao reino que fui enfeitiçado e subornado por um...

Campeon arfou quando olhou para cima. Madame Tempora e suas aprendizes haviam desaparecido no ar. O rei correu para a porta para ver se haviam entrado no corredor, mas estava tão vazio quanto antes. Poucos momentos depois da partida delas, todas as velas e tochas por todo o castelo se reacenderam. Passos ecoaram pelos corredores enquanto os servos e soldados voltavam aos seus deveres. O rei foi até uma janela e notou que até a tempestade havia desaparecido, mas Campeon encontrou pouco conforto no tempo claro.

Pelo contrário. Era impossível para o rei sentir qualquer coisa além de pavor enquanto corria os olhos pelos céus do norte, sabendo que em algum lugar no horizonte, a verdadeira tempestade o aguardava...

Capítulo Um

Café da manhã e livros

Não era nenhum mistério por que todos os monges da capital do Reino do Sul tinham audições ruins. Todas as manhãs, a cidade de Via das Colinas era submetida a dez minutos ininterruptos do badalar penetrante dos sinos da catedral. Como um terremoto, os tons estridentes sacudiam a praça da cidade, depois pulsavam pelas ruas e sacudiam as aldeias vizinhas. Os monges propositalmente tocavam os sinos de maneira irregular e frenética para garantir que todos os cidadãos acordassem e aproveitassem mais um dia concedido pelo Senhor. E assim que terminavam de acordar todos os pecadores, os monges corriam de volta para a cama.

Entretanto, nem todo mundo na área era afetado pelos sinos da catedral. Os monges ficariam furiosos ao saber que uma jovem do campo conseguia dormir mesmo com o toque detestável.

Aos quatorze anos, Brystal Perene acordava do mesmo jeito todas as manhãs: com batidas pesadas na porta do quarto.

– Brystal, você está acordada? Brystal?

Os olhos azuis se abriram em algum momento entre a sétima e a oitava vez em que sua mãe batera na porta. Brystal não tinha sono pesado, mas as manhãs eram um desafio, porque ela geralmente estava *exausta* por ter passado a noite anterior em claro.

– Brystal? Responda, criança!

Brystal sentou-se na cama enquanto os sinos da catedral soavam o último badalar ao longe. Ela encontrou uma cópia do livro *As aventuras de Quitut Pequeno,* escrito por Tomfree Alfaia, aberta sobre sua barriga e um par de óculos pendurados na ponta do nariz. Mais uma vez, Brystal tinha adormecido lendo, e ela rapidamente se desfez das provas antes de ser pega. Escondeu o livro debaixo do travesseiro, enfiou os óculos de leitura no bolso da camisola e apagou uma vela na mesa de cabeceira que estava acesa a noite toda.

– Mocinha, são seis e dez! Tô entrando!

A Sra. Perene abriu a porta e entrou no quarto de sua filha como um touro solto de um curral. Era uma mulher magra com um rosto pálido e olheiras. Seu cabelo estava preso em um coque apertado no topo da cabeça e ela estava tão alerta e motivada para suas tarefas diárias quanto um cavalo sob as rédeas.

– Então você *está* acordada – disse ela com uma sobrancelha levantada. – Um simples sinal de vida é pedir demais?

– Bom dia, mãe – Brystal disse alegremente. – Espero que você tenha dormido bem.

– Não tão bem quanto você, aparentemente – a Sra. Perene disse. – Honestamente, criança, como você dorme com esses sinos terríveis todas as manhãs? Eles são altos o suficiente para acordar os mortos.

– Apenas sorte, suponho – disse ela através de um grande bocejo.

A Sra. Perene colocou um vestido branco ao pé da cama de Brystal e lançou um olhar de desprezo para a filha.

– Você deixou seu uniforme no varal de novo – disse ela. – Quantas vezes eu tenho que dizer que é você quem deve pegá-lo? Eu mal tenho tempo pra cuidar das roupas de seu pai e irmãos, eu não consigo lidar com as suas também.

– Sinto muito, mãe – Brystal se desculpou. – Eu ia pegá-lo depois que terminasse os pratos ontem à noite, mas acho que esqueci.

– Você tem que parar de ser tão descuidada! Sonhar acordada é a última qualidade que os homens procuram em uma esposa – alertou sua mãe. – Agora se apresse e se vista para que você possa me ajudar com o café da manhã. É um grande dia para o seu irmão, então estamos fazendo o prato favorito dele.

A Sra. Perene se dirigiu para a porta, mas parou quando notou um cheiro estranho pairando no ar.

– Estou sentindo cheiro de *fumaça*? – ela perguntou.

– Acabei de apagar minha vela – explicou Brystal.

– E *por que* sua vela estava queimando tão cedo de manhã? – A Sra. Perene perguntou.

– Eu... eu a esqueci acesa durante a noite – ela confessou.

A Sra. Perene cruzou os braços e olhou para a filha.

– Brystal, é melhor você não estar fazendo o que eu *acho* que você está fazendo – ela avisou. – Porque me preocupo com o que seu pai pode fazer se descobrir que você está *lendo* de novo.

– Não, eu prometo! – Brystal mentiu. – Eu só gosto de dormir com uma vela acesa. Às vezes fico com medo no escuro.

Infelizmente, Brystal era muito ruim em mentir. A Sra. Perene percebeu a desonestidade de sua filha como a transparência de uma janela que havia acabado de limpar..

– O *mundo* é duro, Brystal – disse ela. – Você é uma tola se deixar qualquer coisa lhe dizer o contrário. Agora pode dar aqui..

– Mas, mãe, por favor! Faltam só algumas páginas para eu acabar!

– Brystal Perene, isso não está em discussão! – a Sra. Perene disse. – Você está quebrando as regras desta casa e as leis deste reino! Agora entregue o livro imediatamente ou vou buscar seu pai!

Brystal suspirou e tirou sua cópia de *As aventuras de Quitut Pequeno* de baixo do travesseiro para entregar à mãe.

– E os outros? – a Sra. Perene perguntou com a palma da mão aberta.

– Esse é o único que eu tenho...

– Jovenzinha, eu não vou tolerar mais suas mentiras! Livros em seu quarto são como camundongos no jardim; nunca há apenas *um*. Agora me dê os outros ou vou buscar seu pai.

A postura de Brystal se encolheu junto com seu espírito. Ela saiu da cama e levou a mãe até uma tábua solta no canto do quarto onde guardava uma coleção escondida. A Sra. Perene arfou quando a filha revelou mais de uma dúzia de livros no chão. Havia textos sobre história, religião, direito e economia, bem como títulos fictícios de aventura, mistério e romance. E a julgar pelas capas e páginas gastas, Brystal havia lido cada livro várias vezes.

– Ah, Brystal – disse a Sra. Perene com o coração pesado. – De todas as coisas pelas quais uma garota da sua idade se interessa, por que tem de ser *livros*?

Ela disse a palavra como se estivesse descrevendo uma substância suja e perigosa. Brystal sabia que era errado ter livros – as leis do Reino do Sul declaravam claramente que livros eram *apenas para olhos masculinos* –, mas como nada fazia Brystal mais feliz do que ler, ela repetidamente arriscava as consequências.

Um a um, Brystal beijou a lombada de cada livro como se estivesse se despedindo de um pequeno animal de estimação, depois os passou à mãe. A pilha de livros era tão alta que cobriu a visão da Sra. Perene, mas ela estava acostumada a ter as mãos ocupadas e não teve problemas para encontrar o caminho até a porta.

– Eu não sei quem está fornecendo isso para você, mas precisa cortar os laços com quer que seja imediatamente – disse a Sra. Perene.

– Você sabe qual é a punição para garotas que são pegas lendo em público? *Três meses em casa de detenção!* Isso *se* usarmos os contatos do seu pai!

– Mas, mãe – Brystal começou –, *por que* as mulheres não podem ler neste reino? A lei diz que nossas mentes são delicadas demais para serem educadas, mas não é verdade. Então, qual é a *verdadeira* razão pela qual eles tiram os livros de nós?

A Sra. Perene parou na porta e ficou em silêncio. Brystal imaginou que a mãe estava pensando na pergunta, pois raramente parava para alguma coisa. A Sra. Perene se virou para a filha com uma expressão triste e, por um breve momento, Brystal poderia jurar que viu um raro vislumbre de empatia nos olhos da mãe – como se ela tivesse se perguntado a mesma coisa a vida toda e ainda não tivesse uma resposta.

– Suponho que as mulheres já têm deveres o suficiente para se preocupar – disse ela para enterrar o assunto. – Agora se vista. O café da manhã não vai se fazer sozinho.

A Sra. Perene girou nos calcanhares e saiu do quarto. Lágrimas vieram aos olhos de Brystal enquanto observava a mãe partir com seus livros. Para Brystal, não eram apenas pilhas de pergaminhos unidos por uma capa de couro; os livros dela eram *amigos* que lhe ofereciam a única fuga do repressivo Reino do Sul. Ela enxugou os cantos dos olhos com a ponta da camisola, mas as lágrimas não duraram muito. Brystal sabia que era apenas uma questão de tempo até que pudesse reconstruir sua coleção – seu *fornecedor* estava muito mais próximo do que sua mãe imaginava.

Ela ficou em frente ao espelho enquanto colocava todas as camadas e acessórios do ridículo uniforme escolar: o vestido branco, polainas brancas, luvas de renda brancas, uma faixa de ombro felpuda branca e saltos de fivela brancos. Para completar a transformação, Brystal amarrou uma fita branca em seus longos cabelos castanhos.

Ela olhou para o próprio reflexo e soltou um suspiro prolongado que veio do fundo da alma. Como todas as jovens de seu reino, esperava-se que Brystal se parecesse com uma boneca viva sempre que saísse de casa – e Brystal *odiava* bonecas. Na verdade, qualquer coisa que remotamente influenciasse as meninas a querer a *maternidade* ou o *casamento* era instantaneamente adicionada à sua lista de coisas para se melindrar – e dada a visão inflexível do Reino do Sul sobre as mulheres, Brystal adquiriu uma longa lista ao passar do tempo.

Desde sempre, Brystal sabia que estava destinada a uma vida além dos confins de seu reino. As realizações *dela* iriam além de arranjar um marido e filhos. *Ela* viveria aventuras e experiências que não seriam cozinhar e limpar, e encontraria uma felicidade inegável, como os personagens de seus livros. Brystal não conseguia explicar por que se sentia assim ou como aconteceria, mas sentia com todo o coração. No entanto, até que chegasse o dia em que provaria estar certa, Brystal não tinha escolha a não ser desempenhar o papel que a sociedade lhe atribuíra.

Nesse meio-tempo, ela encontrara maneiras sutis e criativas de lidar com as imposições. Para tornar seu uniforme escolar suportável, Brystal colocou óculos de leitura na ponta de uma corrente de ouro, como um medalhão, e depois os enfiou na parte superior do vestido. Era duvidoso que ela conseguisse ler algo que valesse a pena na escola – as mulheres jovens só eram ensinadas a ler receitas básicas e placas de rua –, mas saber que ela estava *preparada para ler* fazia Brystal sentir-se como se tivesse uma arma secreta. E saber que ela estava se rebelando, mesmo que um pouco, proporcionava-lhe a energia extra que ela precisava para passar cada dia.

– Brystal! Eu quis dizer café da manhã de HOJE! Desça aqui!

– Estou indo! – ela respondeu.

· · ★ · ·

A família Perene morava em uma espaçosa casa de campo a poucos quilômetros a leste da praça da cidade de Via das Colinas. O pai de Brystal era um conhecido Juiz do sistema judicial do Reino do Sul, que concedia aos Perene mais riqueza e respeito do que a maioria das famílias. Infelizmente, como seu sustento vinha dos contribuintes, seria visto com maus olhos caso os Perene desfrutassem de quaisquer "extravagâncias". E como o Juiz nada mais valorizava do que sua boa reputação, privava sua família de "extravagâncias" sempre que possível.

Todos os pertences dos Perenes, das roupas aos móveis, eram de segunda mão, adquiridos de amigos e vizinhos. Nenhuma de suas cortinas tinha o mesmo padrão, os pratos e talheres vinham de conjuntos diferentes, e cada cadeira tinha sido feita por um carpinteiro diferente. Até mesmo o papel de parede havia sido retirado das paredes de outras casas e era uma mistura caótica de diferentes estampas. A propriedade era grande o suficiente para empregar uma equipe de vinte pessoas, mas o Juiz Perene acreditava que servos e lavradores eram "as mais extravagantes das extravagâncias", então Brystal e sua mãe eram obrigadas a dar conta de todo o trabalho de jardinagem e tarefas domésticas sozinhas.

– Mexa o mingau enquanto eu faço os ovos – a Sra. Perene ordenou a Brystal quando ela finalmente chegou na cozinha. – Mas não mexa demais desta vez; seu pai odeia aveia empapada!

Brystal amarrou um avental sobre o uniforme escolar e pegou a colher de pau da mãe. Ela estava no fogão por menos de um minuto quando uma voz em pânico as chamou do cômodo ao lado.

– Mããããããe! Rápido! É uma emergência!

– Qual é o problema, Barrie?

– Um dos botões do meu traje estourou!

– Ah, pelo amor do rei – a Sra. Perene murmurou baixinho. – Brystal, vá ajudar seu irmão com o botão. E faça isso rápido.

Brystal pegou um estojo de costura e correu para a sala de estar ao lado da cozinha. Para sua surpresa, ela encontrou o irmão de dezessete anos sentado no chão. Os olhos dele estavam fechados e ele se balançava para frente e para trás enquanto segurava uma pilha de cartões. Barrie Perene era um jovem magro com cabelos castanhos desarrumados e tinha os olhos arregalados e uma expressão retesada desde o dia em que nasceu, mas hoje estava *excepcionalmente* nervoso.

– Barrie? – Brystal se dirigiu a ele suavemente. – Mamãe me mandou consertar seu botão. Você pode fazer uma pausa nos estudos ou devo voltar mais tarde?

– Não, pode ser agora – disse Barrie. – Posso praticar enquanto você costura.

Ele se levantou e entregou à irmã o botão solto. Como todos os alunos da Universidade de Direito da Via das Colinas, Barrie vestia uma longa túnica cinza e um chapéu quadrado preto. Enquanto Brystal enfiava uma agulha e costurava o botão de volta em seu colarinho, Barrie olhou para a anotação no primeiro cartão. Ele mexeu nos outros botões de seu uniforme enquanto se concentrava, e Brystal deu um tapa na mão dele antes que causasse mais danos.

– O Ato de Purificação de 342... o Ato de Purificação de 342... – Barrie leu para si mesmo. – Foi quando o Rei Campeon VIII acusou a comunidade troll de vulgaridade e baniu sua espécie do Reino do Sul.

Satisfeito com sua resposta, Barrie virou o primeiro cartão e leu a resposta escrita no verso. Infelizmente, ele estava errado e reagiu com um longo e derrotado assobio. Brystal não pôde deixar de sorrir com a frustração do irmão – ele a lembrava de um cachorrinho perseguindo o próprio rabo.

– Isso não é engraçado, Brystal! – disse Barrie. – Vou reprovar no meu exame!

– Ah, Barrie, acalme-se. – Ela riu. – Você não vai falhar. Você estudou as leis a vida inteira!

– É por isso que vai ser tão humilhante! Se eu não passar no exame hoje, não vou me formar na universidade! Se eu não me formar na universidade, não me tornarei um Agente de Justiça! Se eu não me tornar um Agente de Justiça, então não me tornarei um Juiz como o pai! E se eu não me tornar um Juiz, *nunca* me tornarei um Alto Juiz!

Como todos os homens da família Perene antes dele, Barrie estava estudando para se tornar um Juiz no Sistema Judicial do Reino do Sul. Ele frequentava a Universidade de Direito de Via das Colinas desde os seis anos de idade e, às dez horas daquela manhã, faria o exaustivo exame que determinaria se ele se tornaria um Agente de Justiça. Caso fosse aceito, Barrie passaria a próxima década processando e defendendo criminosos em julgamento. Uma vez que seu tempo como Agente terminasse, Barrie se tornaria um Juiz Oficial e presidiria os julgamentos, como o próprio pai. E se sua carreira como Juiz agradasse ao rei, Barrie seria o primeiro Perene a se tornar um Alto Juiz no Conselho Deliberativo do Rei, onde ajudaria o soberano a *criar* a lei.

Tornar-se um Alto Juiz era o sonho de Barrie desde criança, mas seu caminho para o Conselho Deliberativo do Rei terminaria naquele dia se ele não passasse no exame. Assim, durante os seis meses anteriores, Barrie estudou a lei e a história de seu reino a cada momento possível, para assegurar uma vitória.

– Como vou olhar o pai nos olhos de novo se eu não passar? – disse Barrie preocupado. – Eu deveria desistir agora e me poupar do constrangimento!

– Não seja catastrófico – disse Brystal. – Você sabe todas essas coisas. Você está apenas deixando seu nervosismo de sempre tomar conta.

– Eu não sou uma pessoa nervosa; eu sou um *desastre*! Fiquei acordado a noite toda fazendo esses cartões e mal consigo ler minha própria caligrafia! Seja qual for o Ato de Purificação de 342, definitivamente não é o que eu disse!

– Sua resposta foi muito próxima – disse Brystal. – Mas você está pensando no Ato do Aparte de 339, quando Campeon VIII baniu os trolls do Reino do Sul. Infelizmente, seu exército confundiu os elfos com trolls e expulsou a espécie errada! Então, para validar a confusão, Campeon VIII introduziu o Ato de Purificação de 342, e baniu do reino *todas* as criaturas falantes, exceto os seres humanos! Trolls, elfos, goblins e ogros foram reunidos e forçados a entrar na Fenda! Logo, inspirou os outros reinos a fazerem a mesma coisa e levou à Grande Limpeza de 345! Não é terrível? E pensar que o período mais violento da História poderia ter sido evitado se Campeon VIII tivesse apenas se desculpado com os elfos!

Brystal podia dizer que Barrie estava meio agradecido pelo lembrete e meio envergonhado por ter vindo de sua irmãzinha.

– Ah, verdade... – disse Barrie. – Obrigado, Brystal.

– O prazer é meu – disse ela. – É uma pena, também. Imagina como seria emocionante ver uma dessas criaturas *pessoalmente*?

Seu irmão lançou-lhe um olhar desconfiado.

– Espera, como *você* sabe de tudo isso?

Brystal olhou por cima do ombro para se certificar de que ainda estavam sozinhos.

– *Estava em um dos livros de história que você me deu* – ela sussurrou. – *Foi uma leitura tão fascinante! Devo ter lido quatro ou cinco vezes! Você quer que eu fique e te ajude a estudar?*

– Eu gostaria que você pudesse – disse Barrie. – A mãe vai desconfiar se você não voltar para a cozinha. E ela vai ficar furiosa se pegar você me ajudando.

Os olhos de Brystal brilharam quando uma ideia travessa surgiu em sua cabeça. Em um movimento rápido, ela arrancou *todos* os botões da túnica de Barrie. Antes que ele pudesse reagir, a Sra. Perene entrou na sala de estar, como se sentisse a travessura da filha no ar.

– Quanto tempo leva para costurar *um botão*? – ela repreendeu. – Eu tenho mingau na panela, ovos na frigideira e pães no forno!

Brystal encolheu os ombros inocentemente e mostrou à mãe o punhado de botões que ela havia arrancado.

– Desculpe, mãe – disse ela. – É pior do que pensávamos. Ele está *muito* nervoso.

A Sra. Perene jogou as mãos no ar e gemeu para o teto.

– Barrie Perene, esta casa não é sua alfaiataria pessoal! – ela repreendeu. – Mantenha suas mãos trêmulas longe da túnica ou eu vou amarrar suas mãos atrás das costas como quando você era criança! Brystal, quando terminar, vá arrumar a mesa na sala de jantar. Vamos comer em dez minutos, *com ou sem botões*!

A Sra. Perene voltou para a cozinha, murmurando insultos para si mesma. Brystal e Barrie cobriram a boca um do outro enquanto riam do drama da mãe. Era a primeira vez que Brystal via seu irmão sorrir em semanas.

– Eu não acredito que você fez isso – disse ele.

– Seu exame é mais importante do que o café da manhã – disse Brystal, e começou a costurar o resto dos botões. – E você não precisa de seus cartões; eu praticamente memorizei todos os velhos livros escolares que você me deu. Agora, vou citar um ato histórico e você me conta a história por trás dele. Tudo bem?

– Tudo bem – ele concordou.

– Bom. Vamos começar com o Ato da Fronteira de 274.

– O Ato da Fronteira de 274... o Ato da Fronteira de 274... – Barrie pensou em voz alta. – Ah, lembrei! Esse foi o decreto que estabeleceu os Caminhos Protegidos através da Fenda para que os reinos pudessem participar de um comércio seguro.

Brystal se encolheu com a resposta do irmão.

– Quase, mas não – ela disse gentilmente. – Os Caminhos Protegidos foram estabelecidos com o Ato dos Caminhos Protegidos de 296.

Barrie resmungou e se afastou de Brystal enquanto ela estava costurando. Ele andou pela sala de estar e esfregou o rosto com as mãos.

– Isso é inútil! – ele resmungou. – Eu não sei nada disso! Por que tem que haver tantos números na História?!

– Ah, essa é uma história muito interessante, na verdade! – Brystal o informou alegremente. – O Reino do Sul desenvolveu um sistema de calendário quando o primeiro rei Campeon foi coroado! Foi tão eficiente que os outros reinos começaram a usar o mesmo... *ah, me desculpe, Barrie!* Essa foi uma pergunta retórica, não foi?

Seu irmão havia abaixado os braços e estava olhando para ela incrédulo. Ele quis dizer isso como uma pergunta retórica, mas depois de ouvir a explicação da irmã, ele percebeu que tinha uma concepção errada sobre a invenção do calendário também.

– Desisto! – Barrie declarou. – Vou largar a universidade e virar vendedor! Vou vender paus e pedras para crianças! Não vou ganhar muito dinheiro, mas pelo menos nunca vou ficar sem materiais!

Brystal estava perdendo a paciência com a atitude do irmão. Ela colocou a mão no queixo dele e o segurou para que pudesse olhá-lo nos olhos.

– Barrie, você precisa parar com isso! – ela disse. – Todas as suas respostas estão vindo do lugar certo, mas você continua colocando a carroça na frente dos bois. Lembre-se, a lei é História, e a História é apenas outra *história*. Cada um desses eventos teve um precedente e uma consequência, uma causa e um efeito. Antes de responder, coloque todos os fatos que você conhece em uma linha do tempo imaginária. Encontre as contradições, concentre-se no que está faltando e preencha as lacunas da melhor maneira possível.

Barrie ficou quieto enquanto pensava no conselho da irmã. Lenta, mas constante, a semente de positividade que ela havia plantado nele começou a florescer. Barrie deu a Brystal um aceno determinado e respirou fundo como se estivesse prestes a saltar de um penhasco.

– Você está certa – disse ele. – Eu só preciso relaxar e me concentrar.

Brystal soltou o queixo de Barrie para que pudesse continuar a consertar o traje e a autoconfiança do irmão.

– Agora, o Ato da Fronteira de 274 – disse ela. – Mais uma chance.

Barrie se concentrou e não emitiu nenhum som até ter certeza de que tinha a resposta certa.

– Após a Guerra Mundial dos Quatro Cantos de 250, os quatro reinos concordaram em parar de lutar por terras e seus líderes assinaram o Ato da Fronteira de 274. O tratado decretou as fronteiras de cada reino e estabeleceu a Fenda como uma zona entre as nações.

– Muito bom! – Brystal aplaudiu. – E quanto ao Ato de Neutralização da Fenda de 283?

Barrie pensou com muito cuidado, e seus olhos se iluminaram quando a resposta lhe veio.

– O Ato de Neutralização da Fenda de 283 foi um acordo internacional para tornar a Fenda uma zona neutra que nenhum dos reinos pode reivindicar como seu território! Como resultado, a Fenda ficou sem autoridade e se tornou um lugar muito perigoso. O que então levou ao Ato dos Caminhos Protegidos de 296... AI!

Brystal estava tão orgulhosa do irmão que acidentalmente o cutucou com sua agulha de costura.

– Está correto! – ela disse. – Veja, você tem todas as informações necessárias para passar no exame! Você só precisa acreditar em si mesmo tanto quanto eu acredito em você.

Barrie enrubesceu, devolvendo cor ao rosto dele.

– Obrigado, Brystal – disse ele. – Eu estaria perdido em minha própria cabeça se não fosse por você. É realmente uma pena que você seja... bem, sabe... *uma garota*. Você seria uma Juíza incrível.

Brystal abaixou a cabeça e fingiu que ainda estava costurando o último botão para que ele não visse a tristeza nos olhos dela.

– Hum – ela disse. – Eu nunca tinha pensado nisso.

Pelo contrário, era algo que Brystal queria mais do que o irmão poderia imaginar. Ser uma Juíza permitiria a ela redimir e elevar as pessoas, forneceria uma plataforma para espalhar esperança e compreensão, e lhe daria os recursos para tornar o mundo um lugar melhor para outras garotas como ela. Infelizmente, era altamente improvável que uma mulher tivesse qualquer papel além de esposa e mãe no Reino do Sul, então Brystal extinguiu suas ideias antes que elas se transformassem em esperanças.

– Talvez quando você for um Alto Juiz, você possa convencer o rei a deixar as mulheres lerem – ela disse ao irmão. – Isso seria um ótimo começo.

– Talvez... – Barrie disse com um sorriso fraco. – Por enquanto, pelo menos você tem meus livros antigos para se manter entretida. Aliás, você já terminou *As aventuras de Quitut Pequeno*? Estou morrendo de vontade de falar com você sobre o final, mas não quero revelar nada.

– Faltavam apenas sete páginas! Mas a mãe me pegou esta manhã e confiscou todos os meus livros. Você poderia passar na biblioteca e ver se há algum livro antigo de que eles estão se livrando? Já pensei em um novo esconderijo para mantê-los.

– Com certeza. O exame durará até o fim da tarde, mas passarei na biblioteca amanhã e... – A voz de Barrie sumiu antes que ele terminasse seu pensamento. – Na verdade, suponho que será mais difícil do que costumava ser. A biblioteca fica ao lado da minha universidade, mas se eu for aceito no programa de Agente de Justiça, trabalharei no tribunal. Pode levar uma semana ou duas antes que eu possa dar uma escapada para ir lá.

Até então, Brystal nunca tinha percebido o quanto a formatura iminente de seu irmão afetaria a *ela*. Barrie, sem dúvida, passaria no exame com louvor e seria colocado para trabalhar como Agente de Justiça imediatamente. Nos próximos anos, todo o tempo e energia dele seriam gastos processando ou defendendo criminosos no tribunal. Abastecer a irmã mais nova com livros seria sua última prioridade.

– Tudo bem – disse Brystal com um sorriso forçado. – Vou encontrar algo para fazer nesse meio-tempo. Bem, todos os seus botões estão presos. É melhor eu pôr a mesa antes que a mãe fique irritada.

Brystal correu para a sala de jantar antes que o irmão notasse a angústia em sua voz. Quando ele disse *semanas*, ela sabia que poderia levar meses ou mesmo um ano até que tivesse outro livro nas mãos. Tanto tempo sem uma distração da vida comum seria torturante. Se ela quisesse manter sua sanidade, ela teria que encontrar algo para ler fora de casa, e, dadas as duras punições do reino para as leitoras, Brystal teria que ser inteligente – *muito* inteligente – se não quisesse ser pega.

– O café da manhã está pronto! – A Sra. Perene anunciou. – Venham comer! A carruagem de seu pai estará aqui em quinze minutos!

Brystal rapidamente arrumou a mesa da sala de jantar antes que os membros da família chegassem. Barrie trouxe seus cartões para a mesa e os folheou enquanto esperavam que a refeição começasse. Brystal não sabia dizer se eram os botões recém-costurados ou a confiança restaurada, mas Barrie estava parecendo muito mais alto sentado do que quando ela o encontrou no chão da sala. Ela se orgulhava das alterações físicas e mentais que havia proporcionado ao irmão.

O irmão mais velho, Brooks, foi o primeiro a se juntar a Brystal e Barrie na sala de jantar. Ele era alto, musculoso, tinha cabelos totalmente lisos e sempre parecia que tinha um lugar melhor para estar, especialmente quando estava com a família. Brooks havia se formado na universidade e entrado no programa de Agente de Justiça dois anos antes e, como todos os outros Agentes, ele usava uma túnica xadrez cinza e preta e um chapéu preto um pouco mais alto que o de Barrie.

Em vez de cumprimentar os irmãos, Brooks grunhiu e revirou os olhos quando viu Barrie folheando seus cartões.

– Você *ainda* está estudando? – ele zombou.

– Há algo de errado em estudar? – Barrie atirou de volta.

– Só o jeito que você estuda – Brooks o ridicularizou. – Realmente, irmão, se leva *tanto tempo* para que a informação seja absorvida, talvez você devesse seguir outra profissão? Ouvi dizer que os Fortaleza estão à procura de um novo cavalariço.

Brooks sentou-se em frente ao irmão e colocou os pés sobre a mesa, a centímetros dos cartões de notas de Barrie.

– Que interessante. Ouvi dizer que os Fortaleza também estão no mercado para um novo *genro* desde que a filha deles recusou seu pedido de casamento – Barrie respondeu. – *Duas vezes*, inclusive, dizem os rumores.

Brystal não conseguiu impedir que uma risada viesse à tona. Brooks zombou da risada da irmã com uma imitação grosseira e então olhou de soslaio para Barrie enquanto planejava seu próximo insulto.

– Com toda a honestidade, quero que você passe no exame hoje – disse ele.

– É mesmo? – Brystal perguntou com olhos desconfiados. – Bem, *isso* eu não esperava.

– Sim, eu quero – Brooks retrucou. – Estou ansioso para enfrentar Barrie em um tribunal... estou entediado de humilhá-lo apenas em casa.

Brooks e Barrie se entreolharam com o ódio complicado que só irmãos poderiam ter. Felizmente, a troca deles foi interrompida antes que se tornasse mais acalorada.

O Juiz Perene entrou na sala de jantar com uma pilha de pergaminhos debaixo do braço e uma pena entre os dedos. Ele era um homem imponente com uma espessa barba branca. Depois de uma longa carreira em julgar os outros, várias linhas profundas se formaram em sua testa. Como todos os Juízes do Reino do Sul, o Juiz Perene usava uma túnica preta que ia dos ombros aos dedos dos pés e um chapéu preto alto que o forçava a se curvar para passar em portas. Seus olhos eram do tom exato de azul dos olhos da filha, e eles até compartilhavam o mesmo astigmatismo, o que era muito benéfico para Brystal. Sem que seu pai soubesse, sempre que o Juiz descartava um velho par de óculos de leitura, ela ganhava um novo.

Após sua chegada, os filhos Perene se levantaram e respeitosamente se colocaram ao lado das cadeiras. Era costume se levantar diante de um Juiz em um tribunal, mas o Juiz Perene esperava isso da família também.

– Bom dia, pai – os Perenes disseram juntos.

– Podem se sentar – o Juiz Perene autorizou, sem olhar nenhum dos filhos nos olhos. Ele se sentou na cabeceira da mesa e imediatamente enterrou o nariz na papelada, como se nada mais no mundo existisse.

A Sra. Perene apareceu com uma panela de mingau, uma tigela grande de ovos mexidos e uma bandeja de pãezinhos quentes. Brystal ajudou sua mãe a servir o café da manhã e, uma vez que os pratos dos homens estavam cheios, as mulheres encheram os próprios e se sentaram.

– Que lixo é esse? – Brooks perguntou e cutucou a comida com um garfo.

– Ovos e aveia – disse a Sra. Perene. – É o favorito de Barrie.

Brooks gemeu como se achasse a refeição uma ofensa.

– Eu deveria saber – ele zombou. – Barrie tem o mesmo gosto de uma porca.

– Desculpe se não é a *sua* comida favorita, Brooks – disse Barrie. – Talvez a mãe possa fazer *creme de gatinho* e *lágrimas de crianças* para você amanhã.

– Meu Senhor, esses meninos serão a minha morte! – a Sra. Perene disse e olhou para o teto em aflição. – Vocês morreriam se fizessem um dia de trégua dessa briga boba? Especialmente em uma manhã tão importante como esta? Assim que Barrie passar no exame, vocês dois vão trabalhar juntos por muito tempo. Seria bom para ambos se aprendessem a ser civilizados.

De certa forma, Brystal estava grata por não ter a oportunidade de se tornar uma Juíza; isso a poupou do pesadelo de trabalhar com Brooks no tribunal. Ele era muito popular entre os outros Agentes de Justiça, e Brystal começou a pensar como Brooks usaria suas conexões para sabotar Barrie. Desde que seu irmão mais novo nasceu, Brooks tinha visto em Barrie algum tipo de ameaça, como se apenas um filho Perene pudesse ter sucesso.

– Peço desculpas, mãe – disse Brooks com um sorriso falso. – E você está certa: eu deveria estar ajudando Barrie a se preparar para seu exame. Deixe-me compartilhar algumas das perguntas que quase me deixaram perplexo durante o *meu* exame, perguntas pelas quais ele não espera, eu garanto. Por exemplo, qual é a diferença entre a punição por invasão de propriedade privada e a punição por invasão de propriedade real?

Barrie sorriu com confiança. Claramente, ele estava muito mais preparado para o exame dele do que Brooks estava para o seu.

– A punição por invasão de propriedade privada é de três anos de prisão, e a punição por invasão de propriedade real é de cinquenta – disse Barrie. – E o Juiz em serviço decide se o trabalho forçado deve ser adicionado.

– Devo dizer que está *errado* – disse Brooks. – São *cinco* anos para propriedade privada e *sessenta* anos para propriedade real.

Por um momento, Brystal pensou que não tinha ouvido direito as palavras de Brooks. Ela tinha certeza de que a resposta de Barrie estava correta – podia até visualizar a página exata do livro de direito onde havia lido. Barrie parecia tão confuso quanto a irmã. Ele se virou para o Juiz Perene, esperando que seu pai corrigisse a alegação do irmão, mas o Juiz não ergueu os olhos de sua papelada.

– Vou te dar outro – disse Brooks. – Em que ano a pena de morte mudou de enforcamento e esquartejamento para decapitação?

– Meu Deus, Brooks! Alguns de nós estão comendo! – a Sra. Perene repreendeu.

– Isso foi... isso foi... – Barrie murmurou enquanto tentava se lembrar. – No ano 567!

– Errado de novo – Brooks cantou. – A primeira decapitação pública ocorreu em 568. Ah, meu caro, você não é muito bom neste jogo.

Barrie começou a duvidar de si mesmo, e sua confiança desapareceu com sua postura. Brystal pigarreou para chamar a atenção de Barrie, esperando expor a farsa de Brooks com um olhar revelador, mas Barrie não a ouviu.

– Vamos tentar algo simples – disse Brooks. – Você pode citar as quatro provas que um promotor precisa para acusar um suspeito de assassinato?

– Isso é fácil! – Barry respondeu. – Um corpo, um motivo, uma testemunha e... e...

Brooks estava gostando de ver seu irmão sofrendo.

– Você já está *longe* da resposta certa, então vamos tentar outro – disse ele. – Quantos Juízes são necessários para recorrer da decisão de outro Juiz?

– Do que você está falando? – Barry perguntou. – Os Juízes não podem apelar!

– Mais uma vez, *errado* – Brooks gritou desafinado como um corvo. – Eu não acredito em quão despreparado você está, especialmente considerando a quantidade de tempo que você vem estudando. Se eu fosse você, rezaria para que o examinador estivesse doente.

Toda a cor se esvaiu do rosto de Barrie, os olhos dele se arregalaram e ele agarrou seus cartões com tanta firmeza que começaram a dobrar. Ele parecia tão desesperado e assustado como quando Brystal o encontrou na sala de estar. Cada tijolo de autoestima que ela havia colocado agora estava sendo demolido para a diversão de Brooks. Ela não podia aguentar mais um momento de seu jogo cruel.

– Não dê ouvidos a ele, Barrie! – ela gritou, e a sala ficou em silêncio. – Brooks está fazendo perguntas capciosas de propósito! Primeiro, a punição por invasão de propriedade privada *é* de três anos de prisão e a punição por invasão de propriedade real *é* de cinquenta anos; são apenas cinco e sessenta anos se a propriedade for danificada! Segundo, a primeira decapitação pública foi em 568, mas a lei mudou em 567, como você disse! Terceiro, não há *quatro* elementos necessários para acusar um suspeito de assassinato, há apenas *três*, e você nomeou todos eles! E quarto, os Juízes *não podem* apelar da decisão de outro Juiz, apenas um Alto Juiz pode derrubar um...

– BRYSTAL LYNN PERENE!

Pela primeira vez em toda a manhã, o Juiz Perene encontrou uma razão para levantar os olhos de sua papelada. O rosto dele ficou vermelho-vivo, as veias saltaram de seu pescoço, e ele rugiu tão alto que todos os pratos na mesa chacoalharam.

– Como você ousa repreender seu irmão! Quem você pensa que é?

Levou alguns segundos para Brystal encontrar sua voz.

– M-m-mas, Pai, Brooks não está dizendo a verdade! – ela gaguejou. – Eu-eu-eu só não quero que Barrie falhe no seu...

– *Eu não me importo se Brooks disse que o céu era roxo, não é aceitável que uma moça corrija um homem! Se Barrie não foi esperto o suficiente para saber que está sendo enganado, então ele não nasceu para ser um Agente de Justiça!*

Lágrimas vieram aos olhos de Brystal, e ela estremeceu na cadeira. Ela buscou apoio dos irmãos, mas estavam tão assustados quanto ela.

– Si... Sinto muito, Pai...

– *Você não tem o direito de saber nenhuma das informações que acabou de dizer! Se eu descobrir que você andou lendo de novo, que Deus me livre, eu vou te jogar na rua!*

Brystal virou-se para sua mãe, rezando para que ela não mencionasse os livros que havia encontrado no quarto dela mais cedo. Assim como seus filhos, a Sra. Perene permaneceu silenciosa e imóvel, como um rato na presença de um falcão.

– N-não, eu não tenho lido...

– *Então onde você aprendeu tudo isso?*

– E-eu... eu acho que acabei aprendendo só de ouvir Barrie e Brooks. Eles estão sempre falando sobre leis e o tribunal na mesa...

– *Então talvez você devesse comer fora até aprender a se abstrair! Nenhuma filha minha vai desafiar as leis deste reino por ser* presunçosa!

O Juiz continuou a gritar sobre sua decepção e desgosto pela filha. Brystal conhecia bem o temperamento do pai – na verdade, ela raramente se comunicava com ele, a menos que ele estivesse gritando com ela –, mas nada era pior do que estar no lado receptor da fúria dele. A cada batida do coração acelerado, Brystal afundava um pouco mais na cadeira, e ela contou os segundos até que acabasse. Normalmente, se ele não parasse de gritar até a contagem de cinquenta, a ira do pai se transformaria em algo físico.

– Este som é da carruagem? – a Sra. Perene perguntou.

A família ficou em silêncio enquanto tentavam ouvir o que a Sra. Perene ouvira. Alguns momentos depois, os sons fracos de sinos e galope encheram a casa quando a carruagem se aproximou do lado de fora. Brystal se perguntou se a mãe realmente a ouvira, ou se sua interrupção foi apenas uma aposta certeira no momento certo.

– É melhor vocês três se apressarem antes que seja tarde demais.

O Juiz Perene e os filhos juntaram seus pertences e encontraram a carruagem do lado de fora. Barrie demorou-se enquanto fechava a porta da frente atrás dele para que pudesse acenar em despedida para sua irmã.

– *Obrigado* – ele murmurou para ela.

– *Boa sorte hoje* – ela murmurou de volta.

Brystal ficou em seu lugar até ter certeza de que o pai e os irmãos estavam a uma boa distância na estrada. Quando recuperou seus sentidos, a Sra. Perene já havia limpado a mesa da sala de jantar. Brystal foi até a cozinha para ver se a mãe precisava de ajuda com os pratos, mas ela não estava limpando. Em vez disso, Brystal encontrou a Sra. Perene encostada na pia, encarando os pratos sujos com um olhar pesado, como se estivesse em transe.

– Obrigada por não mencionar os livros para o Pai – disse Brystal.

– Você não deveria ter corrigido seu irmão assim – a Sra. Perene disse calmamente.

– Eu sei – disse Brystal.

– Falo sério, Brystal – disse a mãe, virando-se para a filha com olhos arregalados e temerosos. – Brooks é muito querido na cidade. Você não quer torná-lo seu inimigo. Se ele começar a falar mal de você para os amigos dele...

– Mãe, não me importo com o que Brooks diz sobre mim.

– Bem, você *deveria* – a Sra. Perene disse severamente. – Em dois anos, você terá dezesseis e os homens começarão a cortejá-la para o casamento. Você não pode correr o risco de ter uma reputação que assusta todos os bons. Você não quer passar a vida com alguém mesquinho e ingrato... Acredite em mim.

As observações da mãe deixaram Brystal sem palavras. Ela não sabia dizer se estava apenas imaginando, mas os círculos escuros sob os olhos da Sra. Perene pareciam ainda mais pesados do que antes do café da manhã.

– Agora vá para a escola – disse a Sra. Perene. – Eu cuido dos pratos.

Brystal se sentia obrigada a ficar e discutir com a mãe. Ela queria listar todas as razões pelas quais a vida *dela* seria diferente em relação à das outras garotas, queria explicar por que *ela* estava destinada a coisas maiores do que casamento e maternidade, mas depois se lembrou de que não tinha evidências para sustentar suas crenças.

Talvez a mãe estivesse certa. Talvez Brystal fosse uma tola por pensar que o mundo era tudo menos duro.

Sem mais nada a dizer, Brystal saiu de casa e foi para a escola. Enquanto caminhava pela trilha que levava até a cidade, a imagem da mãe encostada na pia permaneceu destacada em sua cabeça. Brystal temia que fosse tanto um vislumbre do próprio futuro quanto uma lembrança marcante de sua mãe.

– *Não* – ela sussurrou para si mesma. – Essa *não* vai ser a minha vida... Essa *não* vai ser a minha vida... Essa *não* vai ser a minha vida... – Brystal repetiu a afirmação enquanto caminhava, esperando que se ela dissesse isso o suficiente, poderia extinguir seus medos. – Pode parecer impossível agora, mas eu sei que *algo* vai acontecer... *Algo* vai mudar... *Algo* vai fazer minha vida diferente...

Brystal estava certa em estar preocupada; escapar dos confinamentos do Reino do Sul era impossível para uma garota de sua idade. Mas, em poucas semanas, a definição de *impossível* de Brystal mudaria para sempre.

Capítulo Dois

Um sinal

Naquele dia, na Escola da Via das Colinas para Futuras Esposas e Mães, Brystal aprendeu a quantidade adequada de chá para servir a um visitante inesperado, quais aperitivos cozinhar para uma reunião formal e como dobrar um guardanapo em forma de pássaro – entre outros assuntos *fascinantes*. Perto do fim da aula, Brystal revirou os olhos tantas vezes que suas órbitas estavam doloridas. Normalmente, ela tinha sucesso em esconder seu aborrecimento durante o horário escolar, mas sem o conforto de um bom livro esperando por ela em casa, o desafio era muito maior.

Para se acalmar, Brystal pensou na última página que havia lido de *As aventuras de Quitut Pequeno* antes de adormecer na noite anterior. O herói da história, um rato do campo chamado Quitut, estava pendurado em um penhasco enquanto lutava contra um dragão voraz. Suas garras minúsculas estavam ficando cansadas enquanto ele tentava se movimentar para evitar a baforada escaldante do monstro. Com o último fio de força, ele jogou sua pequena espada no dragão, esperando que ferisse a besta e lhe desse a chance de escalar em segurança.

– Senhorita Perene?

Por algum milagre, a espada de Quitut voou pelo ar e perfurou o olho do dragão. A criatura virou a cabeça em direção ao céu e uivou de dor, soltando rajadas de fogo pelo céu noturno. Enquanto Quitut se arrastava pela lateral da montanha, o dragão chicoteou sua cauda pontiaguda e derrubou o rato da pedra em que ele se agarrava. Quitut caiu em direção às rochas pontiagudas no fim do penhasco, com os membros se debatendo, tentando alcançar algo – *qualquer coisa* – para se segurar.

– *Senhorita Perene!*

Brystal se sobressaltou na cadeira, como se tivesse sido espetada com um alfinete invisível. Todas as colegas se viraram para a mesa dela na fileira de trás e a olharam com a mesma expressão de estranhamento. A professora, Sra. Pluma, lançou-lhe um olhar do outro lado da sala de aula, com os lábios contorcidos e uma das sobrancelhas levantadas.

– Hum... sim? – Brystal perguntou com grandes olhos inocentes.

– Senhorita Perene, você está prestando atenção ou está sonhando acordada de novo? – a sra. Pluma perguntou.

– Estou prestando atenção, é claro – ela mentiu.

– Então, qual é a maneira apropriada de lidar com a situação que acabei de descrever? – a professora desafiou.

Obviamente, Brystal não tinha ideia do que a classe estava discutindo. As outras garotas riram na expectativa de uma boa repreensão. Felizmente, Brystal sabia uma resposta que solucionava *todas* as perguntas da Sra. Pluma, não importava qual fosse o assunto.

– Acho que *perguntaria ao meu futuro marido o que fazer*? – ela respondeu.

A Sra. Pluma olhou para Brystal por alguns momentos sem piscar.

– Resposta... *correta* – a professora ficou surpresa ao admitir.

Brystal suspirou de alívio, e suas colegas, de decepção. Elas sempre ansiavam por momentos em que Brystal fosse repreendida pelos infames devaneios. Até a Sra. Pluma parecia desapontada com a oportunidade perdida de repreendê-la. A professora teria suspirado fundo também, se seu espartilho apertado permitisse.

– Continuando – a Sra. Pluma instruiu. – Vamos agora rever a diferença entre amarrar fitas de cabelo e cadarços, e os *perigos* de confundi-los.

As alunas se alardearam, entusiasmadas pelo assunto – o que fez Brystal ser tomada por um desânimo avassalador. Ela sabia que não poderia ser a *única* garota na escola que queria uma vida mais excitante do que aquela para a qual estavam sendo preparadas, mas enquanto observava suas colegas se eriçando para ver fitas e cadarços, ela não sabia dizer se eram atrizes fenomenais ou apenas foram submetidas a uma lavagem cerebral fenomenal.

Brystal sabia que não devia mencionar seus sonhos ou frustrações a ninguém, mas não precisava dizer nada para que as pessoas soubessem que ela era diferente. Como lobos de uma matilha adversária, toda a escola praticamente sentia o cheiro dela. E como o Reino do Sul era um lugar assustador para pessoas que pensavam diferente, os colegas de classe de Brystal a mantinham isolada, como se *diferença* fosse uma doença contagiosa.

Não se preocupe, um dia eles vão se arrepender disso... pensou Brystal. *Um dia desejarão ser mais gentis comigo... Um dia eu serei celebrada por minhas diferenças... Um dia elas serão as infelizes, não eu...*

Para não atrair mais atenção indesejada, Brystal permaneceu quieta e o mais alerta possível até o fim da aula. A única vez que moveu um músculo foi para acariciar levemente os óculos de leitura escondidos em seu vestido.

· · ★ · ·

Naquela tarde, Brystal caminhou para casa em um ritmo mais lento do que o normal. Com nada além de tarefas esperando por ela, decidiu passear pela praça da cidade, esperando que a mudança de cenário tirasse sua mente dos problemas.

O Castelo Campeon, a catedral, o tribunal e a Universidade de Direito se erguiam sobre os quatro lados da praça. Lojas e mercados movimentados preenchiam os cantos e os espaços entre as estruturas impositivas. No centro da praça havia um trecho gramado onde se encontrava uma estátua do rei Campeon I em cima de uma fonte rasa. A estátua mostrava o soberano a cavalo enquanto apontava uma espada para um futuro aparentemente próspero, mas a homenagem recebia mais atenção dos pombos que dos cidadãos vagando pela cidade.

Enquanto Brystal passava pela Universidade de Direito, olhou com inveja para as paredes de pedra e impressionantes cúpulas de vidro. Naquele exato momento, sabia que Barrie estava em algum lugar agonizando por seu exame. Brystal poderia jurar que sentiu a ansiedade do irmão irradiando através das paredes, mas, ainda assim, daria qualquer coisa para trocar de lugar com ele. Ela parou para fazer uma oração por ele antes de seguir em frente.

Brystal não teve escolha a não ser passar pelo tribunal enquanto continuava pela praça da cidade. Era um edifício intimidador com pilares altos e um telhado triangular. Cada pilar tinha esculpida a imagem de um Alto Juiz, e os entalhes olhavam carrancudos para os cidadãos no chão, como pais desaprovadores – uma expressão que Brystal conhecia bem. Ela não conseguiu evitar que uma onda de raiva inundasse seu estômago enquanto olhava os rostos intimidadores acima dela. Homens como eles – homens como seu *pai* – eram a razão pela qual ela tinha tão pouca felicidade.

Em um canto da praça, entre a universidade e o tribunal, ficava a Biblioteca da Via das Colinas. Era uma estrutura pequena e modesta em comparação com os prédios que a cercavam, mas, para Brystal, a biblioteca era como um palácio. Uma placa preta com um triângulo vermelho era exibida acima das portas duplas – um símbolo comum no Reino do Sul para lembrar às mulheres de que não eram permitidas naquele espaço –, mas a lei não propunha nada que diminuísse o desejo de Brystal de frequentar a biblioteca.

Estar tão perto de tantos livros e ser proibida de apreciá-los dava a Brystal uma sensação terrível sempre que ela colocava os olhos na biblioteca, mas hoje a sensação era insuportável. O desamparo que ela sentiu desencadeou uma avalanche de emoções, e todo o medo, a dúvida e o desgosto que estava reprimindo atropelaram-na como uma debandada. A rota pitoresca para casa estava criando o efeito oposto do que ela pretendia, e a praça da cidade de repente parecia uma jaula fechando-se sobre ela.

Brystal estava tão sobrecarregada que mal conseguia respirar. Ela enxotou um bando de pombos para longe da estátua de Campeon e sentou-se na beira da fonte para recuperar o fôlego.

– Eu não posso mais fazer isso... – ela ofegou. – Continuo dizendo a mim mesma que as coisas vão melhorar, mas elas só pioram cada vez mais... Se a vida é apenas uma série de decepções, então eu gostaria de nunca ter nascido... Preferia me transformar em uma nuvem e flutuar para longe daqui...

Lágrimas rolaram pelo rosto antes que ela percebesse que estavam vindo. Algumas pessoas da cidade notaram a cena emocional e pararam para observá-la, mas Brystal não se importou. Ela enterrou o rosto nas palmas das mãos e chorou na frente de todos.

– Por favor, Deus, eu preciso mais do que apenas fé para continuar... – ela suplicou. – Preciso de provas de que não sou tão tola quanto me sinto... Preciso de uma mensagem de que a vida nem sempre será tão miserável... Por favor, preciso de um sinal...

Ironicamente, depois que Brystal terminou de chorar e secar as lágrimas, *um sinal* foi a primeira coisa que viu. Um bibliotecário velho e raquítico saiu da biblioteca com um quadro amarelo-claro debaixo do braço. Com as mãos trêmulas, ele prendeu o quadro na entrada da biblioteca. Brystal nunca tinha visto uma placa do lado de fora da biblioteca antes e estava muito curiosa. Assim que o bibliotecário voltou para dentro, ela correu para a escadaria para ler as palavras pintadas no quadro:

PROCURA-SE CRIADA

De repente, uma ideia provocou arrepios por todo o corpo de Brystal. Antes que ela pudesse pensar duas vezes – e estivesse plenamente consciente do que estava fazendo –, Brystal empurrou as portas da frente e entrou na Biblioteca da Via das Colinas.

Ela recebeu tantos estímulos em seu primeiro vislumbre da biblioteca, que a mente de Brystal levou alguns momentos para acompanhar os olhos. Em todos os anos que passou especulando como seria a biblioteca por dentro, ela nunca imaginou que pudesse ser tão magnífica. Era uma enorme sala circular com um tapete esmeralda, as paredes eram cobertas com painéis de madeira e a luz natural fluía por um teto de vidro. Um enorme globo prateado estava no centro do primeiro andar, e dezenas de estudantes de direito estavam espalhados em mesas antigas e poltronas ao redor. Mas o mais incrível de tudo é que a biblioteca era cercada por *estantes que se estendiam pelos três andares* da biblioteca, como um labirinto de vários níveis.

A visão de milhares e milhares de livros deixou Brystal tonta, como se ela tivesse acabado de entrar em um sonho. Ela nunca soube que existiam tantos livros no mundo inteiro, muito menos na biblioteca local.

Brystal viu o velho bibliotecário parado atrás de um balcão na frente da sala. Seu plano improvisado terminaria em desastre se ela não aproveitasse da melhor forma tal oportunidade. Ela fechou os olhos, respirou fundo, desejou sorte a si mesma e se aproximou dele.

– Com licença, senhor? – Brystal pediu.

O bibliotecário estava ocupado colocando etiquetas em uma nova pilha de livros e não a notou de imediato. Brystal instantaneamente sentiu uma ponta de inveja em relação ao velho – ela só podia imaginar quantos livros ele havia tocado e lido ao longo dos anos.

– Com licença, Sr. Novelo? – ela perguntou depois de ler a placa de identificação na bancada.

O bibliotecário olhou para ela e alcançou um par de óculos grossos. Assim que os colocou, o queixo do velho caiu. Ele apontou para Brystal como se um animal selvagem estivesse solto no prédio.

– *Moça, o que está fazendo aqui?* – exclamou o Sr. Novelo. – *Mulheres não são permitidas na biblioteca! Agora, saia antes que eu chame as autoridades!*

– Na verdade, é perfeitamente legal para mim estar aqui dentro – explicou Brystal, esperando que seu tom tranquilo suavizasse o dele. – Veja, de acordo com o Ato do Serviço Auxiliar de 417, mulheres podem entrar em instalações exclusivas para homens para procurar emprego. Ao colocar a placa do lado de fora, você me deu o direito legal de entrar no prédio e me candidatar ao cargo.

Brystal sabia que o Ato do Serviço Auxiliar de 417 só se aplicava a mulheres com mais de vinte anos, mas esperava que o bibliotecário não estivesse tão familiarizado com a lei quanto ela. O Sr. Novelo franziu as sobrancelhas felpudas e a observou como um falcão.

– *Você* quer ser criada? – ele perguntou.

– Sim – disse Brystal com um encolher de ombros. – É um trabalho honesto, não é?

– Mas uma garota da sua idade não deveria estar ocupada aprendendo como reverenciar e flertar com garotos? – o Sr. Novelo perguntou.

Brystal queria rebater, mas ela engoliu seu orgulho e manteve o foco no prêmio.

– Para ser honesta, senhor Novelo – ela disse –, um menino é exatamente o motivo pelo qual eu quero o cargo. Veja, há esse Agente de Justiça pelo qual *estou perdidamente apaixonada*. Quero desesperadamente que ele me peça em casamento um dia, mas não acho que ele me veja como uma esposa em potencial. Minha família tem servos, *muitos,*

muitos servos, então ele não tem motivos para acreditar que sou capaz de fazer as tarefas domésticas. Mas quando ele descobrir que estou limpando a biblioteca sozinha, e *com perfeição*, devo acrescentar, ele saberá que vou ser uma esposa melhor do que todas as outras garotas da cidade.

Brystal até enrolou o cabelo e piscou os olhos como um cervo acuado para vender a performance.

– Eu entendo, mas você não é uma candidata ideal para o cargo – disse o bibliotecário. – Eu não posso ter você na biblioteca enquanto estudantes de direito estão estudando. Uma jovem seria uma baita distração para os rapazes.

– Então talvez eu possa limpar à noite depois que a biblioteca fechar – sugeriu Brystal. – Na maioria dos estabelecimentos, as criadas limpam depois do expediente. Eu poderia começar assim que você sair e estaria impecável quando você voltasse na manhã seguinte.

O Sr. Novelo cruzou os braços e a olhou desconfiado. Ela era quase eloquente demais para ser confiável.

– Isso não é algum esquema, é? – ele perguntou. – Você não está se candidatando ao emprego para poder ficar perto de *livros*, está?

Brystal sentiu o coração mergulhar até sua barriga. O bibliotecário estava percebendo sua desonestidade tão facilmente quanto sua mãe. Mas em vez de deixar o pânico aparecer no rosto, Brystal riu da ideia e tentou usar sua ignorância contra ele.

– Sr. Novelo, sou uma *garota de quatorze anos*. Que interesse eu teria em *livros*?

A linguagem corporal do bibliotecário mostrava que a psicologia reversa funcionou. O Sr. Novelo riu para si mesmo, como se fosse tolo por pensar naquela possibilidade. Brystal sabia que ela estava perto de convencê-lo – só precisava oferecer a ele mais uma vantagem para fechar o negócio.

– Quanto paga a posição, senhor? – ela perguntou.

– Seis moedas de ouro por semana – disse ele. – O trabalho é cinco dias por semana. Os funcionários não trabalham nos fins de semana ou nos feriados reais de Ação de Graças aos Reis nem na Véspera de celebração aos Campeon.

– Vou te dizer uma coisa, Sr. Novelo, já que você vai *me* fazer um favor, eu vou *lhe* fazer um favor também. Se você me contratar para limpar a biblioteca, eu faço isso por três moedas de ouro por semana.

A oferta foi música para os ouvidos do Sr. Novelo. Ele coçou o queixo e acenou com a cabeça à medida que a proposta se tornava cada vez mais atraente para ele.

– Qual é o seu nome, mocinha? – ele perguntou.

– É Brystal Pe...

Felizmente, Brystal se conteve antes de revelar seu nome de família. Se o bibliotecário soubesse que ela era uma Perene, seu pai poderia descobrir que ela havia se candidatado ao emprego – e esse era um risco que ela não podia correr. Então Brystal deu a ele o primeiro nome que veio à mente, e seu codinome surgiu.

– Meu nome é *Bailey*. Brystal P. Bailey.

– Bem, tudo bem então, Srta. Bailey – o Sr. Novelo disse. – Se puder começar amanhã à noite, está contratada.

Brystal não pôde conter sua excitação. Todo o corpo dela começou a vibrar como se estivesse recebendo cócegas de dentro para fora. Ela estendeu a mão por cima do balcão e apertou vigorosamente a mão frágil do bibliotecário.

– Obrigada, Sr. Novelo, muito obrigada! Eu prometo que não vou te decepcionar! *Ah, perdoe meu aperto, espero que não tenha doído!* Vejo você amanhã!

Brystal praticamente flutuou para fora da biblioteca e tomou a estrada que levava para os campos do leste. Seu plano foi mais bem-sucedido do que ela jamais poderia ter previsto. Em apenas um dia, ela teria acesso a milhares e milhares de livros. E sem ninguém na biblioteca para supervisioná-la, Brystal poderia facilmente levar alguns para casa todas as noites depois de terminar a limpeza.

A perspectiva era emocionante e Brystal não conseguia se lembrar da última vez que sentira tanta felicidade correndo nas veias. No entanto, a euforia de Brystal parou assim que a casa Perene apareceu no horizonte. Pela primeira vez, ela percebeu quão impraticável a situação era. Não havia uma maneira viável de trabalhar à noite na biblioteca sem que sua família percebesse a ausência dela – precisaria dar a eles uma razão pela qual estava saindo de casa à noite e ficando fora até tão tarde.

Se ela quisesse trabalhar na biblioteca, Brystal teria que inventar uma mentira espetacular que não só ganhasse a aprovação da família, mas também evitasse qualquer suspeita. Se ela fosse pega, as consequências seriam catastróficas.

Brystal apertou a mandíbula enquanto pensava no desafio assustador pela frente. Aparentemente, conseguir um emprego na biblioteca era apenas a *primeira* tarefa impossível do dia.

Mais tarde naquela noite, a casa Perene estava fervilhando de celebração. Um mensageiro veio da Universidade de Direito com a notícia de que Barrie havia passado no exame com as notas mais altas da classe. Brystal e a Sra. Perene prepararam um banquete para comemorar a vitória de Barrie, incluindo um bolo de chocolate que Brystal fez sozinha. Quando os Perene se sentaram para comer, Barrie já estava com suas novas vestes de Agente da Justiça.

– Como estou? – #perguntou a todos na mesa.

– Como uma criança vestindo roupas de homem – zombou Brooks.

– Não, você está perfeito – disse Brystal. – Como se você tivesse nascido para isso.

Brystal estava tão orgulhosa do irmão, mas também especialmente grata por uma desculpa para parecer tão alegre. Sempre que ela pensava em seu novo emprego na biblioteca, ninguém questionava o sorriso que brilhava no rosto dela. A família inteira compartilhava o mesmo entusiasmo – até a amargura de Brooks se abrandou depois de alguns copos de sidra espumante.

– Eu não posso acreditar que meu filho vai ser um *Agente da Justiça* – disse a Sra. Perene entre lágrimas de felicidade. – Parece que foi ontem que você estava vestindo minhas camisas compridas e sentenciando seus brinquedos a trabalhos forçados no quintal. Nossa, como o tempo voa!

– Estou tão orgulhoso de você, filho – disse o Juiz Perene. – Você está mantendo o legado da família vivo e bem.

– Obrigado, pai – disse Barrie. – Você tem algum conselho para a minha primeira semana no tribunal?

– Você só vai observar os casos no primeiro mês, mas fique atento a cada detalhe do processo – aconselhou o Juiz. – Depois disso, você será designado para a primeira acusação. Não importa quais sejam as acusações, você *deve* recomendar a pena máxima, caso contrário, o Juiz em exercício achará que você é fraco e provavelmente ficará do lado da defesa. Agora, quando você for designado para sua primeira defesa, o segredo é...

O Juiz Perene ficou quieto quando seus olhos caíram sobre Brystal. Ele quase tinha esquecido que ela estava no ambiente.

– Pensando bem, talvez devêssemos continuar isso mais tarde – disse ele. – Eu odiaria que nossa conversa fosse absorvida por ouvidos *indiscretos*.

Os comentários do Juiz deixaram Brystal tensa, mas não porque as palavras do pai a ofendiam. Depois de uma longa tarde tramando, Brystal estava esperando o momento perfeito para garantir seu futuro na biblioteca, e esta poderia ser a única chance.

– Pai, posso dizer uma coisa? – ela perguntou.

O Juiz Perene grunhiu como se fosse uma tarefa dar atenção à filha. Os outros Perene olharam para Brystal e para o Juiz com olhos nervosos, temendo que o jantar terminasse no mesmo tom que o café da manhã.

– Sim, diga – autorizou o Juiz.

– Bem, eu estive pensando muito sobre o que você disse esta manhã – Brystal começou. – Eu não quero ser desrespeitosa com a lei, então talvez você estivesse certo quando sugeriu que eu comesse em outro lugar.

– Hum – seu pai disse.

– E acredito que encontrei a solução perfeita – continuou Brystal. – Hoje, depois da escola, parei no Lar para Desamparados da Via das Colinas. Eles estão desesperados por falta de pessoal, então, com sua bênção, eu gostaria de começar a ser voluntária lá à noite.

– Você quer pegar pulgas em um *albergue*? – Brooks perguntou incrédulo.

A Sra. Perene estendeu a mão para silenciar o filho mais velho.

– Obrigada, Brooks, mas seu pai e eu vamos lidar com isso – disse ela. – Brystal, é muito gentil que você queira ajudar os menos afortunados, mas eu preciso de sua ajuda nesta casa. Não consigo fazer todas as tarefas e cozinhar sozinha.

Brystal abaixou a cabeça e olhou para as mãos para que a Sra. Perene não detectasse qualquer desonestidade em seus olhos.

– Mas eu não vou abandoná-la, mãe – ela explicou. – Depois da escola, eu venho para casa e ajudo você a cozinhar e limpar, *como sempre*. E quando chegar a hora do jantar, eu simplesmente vou lá por algumas horas para ser voluntária no Lar para Desamparados. À noite, volto para casa e lavo a louça antes de dormir, *como sempre*. Posso perder uma ou duas horas de sono, mas isso é tudo que mudará.

A sala de jantar ficou em silêncio enquanto o Juiz Perene considerava o pedido da filha. Brystal sentiu como se um peso invisível estivesse amarrado no estômago dela e, a cada momento que passava, tornava-se cada vez mais pesado. Os trinta segundos que levou para obter uma resposta pareceram horas.

– Concordo, é necessária uma mudança para evitar outros *incidentes* como o desta manhã – disse o pai. – Você pode ser voluntária nas noites do Lar para Desamparados, mas *apenas* se isso não criar trabalho extra para sua mãe.

O Juiz Perene bateu na mesa com o garfo como se fosse um martelo, consolidando seu último veredito do dia. Brystal não podia acreditar que ela tinha conseguido: *trabalhar na biblioteca se tornou uma realidade*! O peso no estômago dela se foi de repente, e Brystal sabia que tinha que sair da vista da família antes que começasse a subir as paredes de empolgação.

– Muito obrigada, pai – disse ela. – Agora, se você me der licença, eu darei a você e Barrie alguma privacidade para que vocês possam falar livremente sobre o tribunal. Voltarei para limpar a mesa quando terminarem a sobremesa.

Brystal foi dispensada da mesa de jantar e correu escada acima para o quarto. Uma vez que a porta se fechou atrás dela, Brystal dançou pelo ambiente tão energicamente quanto podia sem fazer barulho. Enquanto rodopiava em frente ao espelho, Brystal viu algo que não via desde que era uma criancinha. Em vez de uma garota triste e derrotada em um uniforme escolar bobo, ela estava diante de uma jovem feliz e vibrante com olhos esperançosos e bochechas rosadas. Era como se estivesse olhando para uma pessoa completamente diferente.

– Você é uma *garota travessa*, Brystal P. Bailey – ela sussurrou para seu reflexo. – Uma garota muito, muito *travessa*.

Capítulo Três

Apenas Juízes

Brystal leu mais livros em apenas duas semanas limpando a biblioteca do que em toda a sua vida. No fim do primeiro mês, ela havia devorado todos os títulos no térreo e estava trabalhando no segundo nível.

A rápida taxa de consumo era graças a um cronograma eficiente que ela desenvolveu desde o início: todas as noites, Brystal tirava o pó das prateleiras, esfregava o chão, polia o globo de prata e passava pano nas superfícies o mais rápido que podia. Quando a limpeza terminava, Brystal escolhia um livro – ou alguns livros, se fosse o fim da semana – e os levava para casa. Assim que terminasse de lavar os pratos do jantar da família, Brystal se trancava em seu quarto e passava o resto da noite lendo. Na noite seguinte, Brystal devolvia os livros que havia pegado e sua rotina secreta recomeçaria.

Brystal não podia acreditar quão rápido sua vida mudou. Em apenas um mês, ela passou de ter um colapso emocional em público para o momento mais empolgante e estimulante que já experenciara. Trabalhar na biblioteca lhe deu acesso a biografias, enciclopédias, dicionários, antologias e livros didáticos que expandiram sua compreensão da realidade e a apresentaram a obras de ficção em poesia e prosa que expandiram a imaginação dela além de seus sonhos mais loucos. Mas talvez o mais gratificante de tudo, Brystal encontrou a cópia da biblioteca de *As aventuras de Quitut Pequeno* e finalmente soube como a história terminou:

Quitut tentou alcançar qualquer coisa, em qualquer direção, quando caiu do lado do penhasco, mas não havia nada para agarrar. Ele temia que sua queda chegasse a um fim brutal contra o chão de rochas pontiagudas, mas, por algum milagre, o rato mergulhou em um rio de águas fortes. O dragão desceu o penhasco e voou sobre Quitut enquanto ele descia rio abaixo. O monstro tentou tirar o rato do poderoso riacho, mas a água estava se movendo rápido demais para que o dragão conseguisse segurá-lo com firmeza.

Quitut se debateu pela correnteza que o arrastava em direção a uma cachoeira imponente. Ao se aproximar das margens do rio, viu que o dragão mergulhou atrás dele com as mandíbulas escancaradas. O rato estava convencido de que esses eram seus últimos momentos vivo — ele seria consumido pelo monstro acima dele ou colidiria com as pedras na base da cachoeira. Conforme era levado mais e mais pelas águas, o dragão se aproximava mais e mais, e logo os dentes afiados da criatura o cercaram no ar.

Pouco antes de o monstro afundar os dentes no rato, Quitut caiu por uma pequena rachadura entre as pedras no fundo da cachoeira e chegou em segurança no lago no fim do rio. Quando Quitut emergiu na água, viu que o dragão estava esparramado pelas rochas que ficaram para trás, deitado sem vida com o pescoço quebrado.

> *Quitut chegou à praia e respirou fundo pela primeira vez em anos. Com o dragão finalmente derrotado, o Reino dos Ratos estava livre do reino do terror. O mundo recebeu uma nova e muito bem--vinda era de paz, e tudo graças a um pequeno rato que enfrentou um grande monstro.*

Naturalmente, a nova rotina de Brystal era exaustiva. Ela só conseguia dormir uma ou duas horas por noite, mas a excitação de conseguir ler mais no dia seguinte a energizava como uma droga. No entanto, Brystal encontrou maneiras inteligentes de descansar para que não ficasse *totalmente* privada de sono.

Durante as aulas da Sra. Pluma na escola, Brystal amarrou uma pena em seus dedos e baixou o olhar para que parecesse estar tomando notas, mas, na verdade, estava tirando uma soneca muito necessária. Em uma ocasião, enquanto as colegas aprendiam a aplicar maquiagem, Brystal usou os materiais para desenhar pupilas em suas pálpebras para que ninguém percebesse que estava dormindo durante as demonstrações. Na hora do almoço, enquanto as outras meninas iam à padaria da praça, Brystal visitava a loja de móveis e "testava os produtos" até os donos perceberem que ela estava tirando uma soneca.

Nos fins de semana, Brystal cochilava entre as tarefas na casa Perene. Na igreja, ela passava a maior parte do culto com os olhos fechados, fingindo rezar. Felizmente, os irmãos faziam a mesma coisa, então seus pais nunca perceberam.

Exceto pelo cansaço, Brystal achava que seu esquema estava indo muito bem e não levantava tanta suspeita quanto temia. Ela só via sua família por alguns minutos todas as manhãs, então, não havia muito tempo para questioná-la sobre as atividades diárias. Todos estavam tão concentrados nas semanas inaugurais de Barrie como Agente da Justiça que nunca perguntaram sobre o voluntariado dela no Lar para Desamparados. Ainda assim, Brystal havia desenvolvido histórias sobre alimentar os famintos e dar banho nos doentes, caso precisasse.

A única encrenca aconteceu no início de seu segundo mês de emprego. Uma noite, Brystal entrou na biblioteca e se deparou com o Sr. Novelo de quatro, vasculhando algo debaixo da mobília.

– Sr. Novelo? Posso te ajudar com alguma coisa? – ela perguntou.

– Estou procurando *Os Campeon: Entre Campeões, Volume 3* – explicou Novelo. – Um aluno pediu esta tarde e desapareceu das prateleiras.

Sem o conhecimento do bibliotecário, Brystal havia pegado *Os Campeon: Entre Campeões, Volume 3* na noite anterior. Ela puxou o casaco um pouco mais apertado sobre os ombros para que o bibliotecário não visse que o livro estava debaixo do braço.

– Tenho certeza de que está aqui em algum lugar – disse ela. – Você gostaria que eu te ajudasse a procurar?

– Não, não, não – ele resmungou, e ficou de pé. – O bibliotecário assistente provavelmente o arquivou incorretamente, *aquele idiota*! Apenas deixe-o no balcão se ele aparecer enquanto você estiver limpando.

Assim que o Sr. Novelo se foi, Brystal deixou *Os Campeon: Entre Campeões, Volume 3* no balcão. Era um remédio simples para uma situação simples, mas Brystal não queria dar a *mínima* chance de ser pega. Para evitar qualquer risco futuro, Brystal decidiu que seria sensato se ela parasse de levar livros para casa. A partir de então, depois de terminar a limpeza, Brystal ficava na biblioteca para ler. Às vezes ela não voltava para casa até as primeiras horas da manhã e tinha que entrar furtivamente por uma janela.

A princípio, Brystal gostou da mudança em sua agenda. A biblioteca vazia era muito tranquila à noite e o lugar perfeito para se perder em um bom livro. Às vezes a lua brilhava tão forte através do teto de vidro que ela nem precisava de um lampião para ver as páginas. Infelizmente, não demorou muito para que Brystal ficasse *confortável demais* com a nova configuração.

Certa manhã, Brystal foi acordada pelos sinos da catedral, mas seu som estava diferente. Em vez do toque distante que gradualmente perturbava o sono dela, um estrondo trovejante a fez acordar num salto.

O barulho foi tão repentino e alarmante que a deixou desconcertada. Quando ela finalmente tomou consciência de seu paradeiro, Brystal recebeu o segundo choque da manhã – ela não estava em seu quarto. *Ainda estava na biblioteca!*

– Ai, não! – ela arfou. – Adormeci lendo! Papai vai ficar furioso se perceber que estive fora a noite toda! Tenho que chegar em casa antes que mamãe perceba que minha cama está vazia!

Brystal enfiou os óculos de leitura na parte de cima do vestido, escondeu os livros que estava lendo na prateleira mais próxima e saiu correndo da biblioteca o mais rápido que pôde. Lá fora, os sinos da catedral faziam o barulho de um furacão na praça da cidade. Brystal cobriu os ouvidos e teve problemas para se manter firme enquanto era atingida por onda após onda de som. Disparou pelo caminho em direção ao leste e alcançou a casa Perene assim que o sino final soou. Quando ela chegou, a Sra. Perene estava parada na varanda da frente, procurando freneticamente por sua filha em todos os cantos. Os ombros dela afundaram quase trinta centímetros quando viu Brystal se aproximando.

– Onde na terra verde de Deus você esteve? – ela gritou. – Eu quase morri de preocupação! Quase mandei chamar a Guarda Real do Rei!

– Sinto muito, mãe! – Brystal ofegou. – E-eu... eu posso explicar...

– É melhor ter uma boa razão pela qual você não estava em sua cama esta manhã!

– F-foi... foi um acidente! – Brystal disse, e rapidamente inventou uma desculpa. – Fiquei acordada até tarde arrumando as camas no Lar para Desamparados... As camas pareciam tão confortáveis que não resisti a me deitar... A próxima coisa que ouvi foram os sinos esta manhã! Ah, por favor, me perdoe! Vou entrar e lavar a louça do jantar imediatamente!

Brystal tentou entrar na casa, mas a Sra. Perene bloqueou a porta da frente.

– Isso não é sobre os pratos! – a mãe disse. – Você não imagina o susto que você me deu! Eu me convenci de que você estava morta em um beco em algum lugar! Nunca mais faça isso comigo! *Nunca!*

– Eu não vou, eu prometo – disse Brystal. – Honestamente, foi apenas um acidente bobo. Eu não queria te preocupar. Por favor, não conte isso ao pai. Se ele descobrir que estive fora a noite toda, nunca mais me deixará ser voluntária no Lar para Desamparados.

Brystal estava em tal pânico que não sabia dizer se seu desempenho foi convincente ou não. O olhar da mãe era difícil de decifrar. A Sra. Perene parecia convencida e não convencida ao mesmo tempo – como se ela soubesse que a filha não estava dizendo a verdade, mas estava escolhendo *acreditar* em suas mentiras.

– Esse *voluntariado...* – disse a Sra. Perene. – Seja o que for, você deve ser mais cuidadosa se não quiser perdê-lo. Seu pai não pensará duas vezes em tirá-la de lá se achar que está te tornando irresponsável.

– Eu sei – disse Brystal. – E isso nunca vai acontecer novamente. Eu prometo.

A Sra. Perene assentiu e suavizou a feição severa.

– Bom. Eu só a vejo por alguns minutos pelas manhãs, mas posso dizer que o voluntariado está fazendo você feliz – disse ela. – Você tem sido uma pessoa diferente desde que começou. É bom ver você tão contente. Eu odiaria que qualquer coisa mudasse isso.

– Sim, está me fazendo *muito* feliz, mãe – disse Brystal. – Na verdade, eu não sabia que poderia *ser* tão feliz.

Apesar da empolgação da filha, algo deixou a Sra. Perene visivelmente triste.

– Bem, isso é maravilhoso, querida – disse ela com um sorriso pouco convincente. – Fico feliz em ouvir isso.

– Você não parece muito contente – disse Brystal. – Qual é o problema, mãe? Eu não deveria ser feliz?

– O quê? Não, claro que deveria. Todo mundo merece um pouco de felicidade de vez em quando. *Todos*. E nada me deixa mais feliz do que saber que você está feliz, é só... só...

– O quê?

A Sra. Perene sorriu para sua filha novamente, mas desta vez Brystal sabia que era genuíno.

– Só sinto falta de ter você por perto, só isso – ela admitiu. – Agora suba as escadas antes que seu pai ou irmãos vejam você. Eu lavo a louça enquanto você toma banho. Quando terminar, pode me ajudar na cozinha. Felicidade ou não, o café da manhã não se cozinha sozinho.

· · ★ · ·

Na semana seguinte, Brystal levou a sério o conselho da mãe. Para evitar adormecer na biblioteca novamente, Brystal limitou suas leituras noturnas a apenas uma hora depois de terminar o trabalho noturno (no máximo, duas horas, se encontrasse algo *realmente* bom) antes de arrumar suas coisas e ir para casa. Ela não conseguia ler tanto quanto gostaria, mas qualquer momento na biblioteca era melhor do que nenhum.

Numa noite, enquanto procurava algo para ler, Brystal passeou por um longo e sinuoso corredor no segundo andar. De todas as seções da biblioteca, ela achou que esta era a menos popular, porque sempre acumulava mais pó. As prateleiras estavam cheias de coleções de registros públicos antigos e ordenanças desatualizadas – então, não era nenhum mistério por que o corredor estava praticamente esquecido.

Enquanto Brystal passava pelas estantes no fim do corredor, um livro na prateleira de cima chamou sua atenção. Ao contrário de todos os registros encadernados em couro que o cercavam, este livro tinha uma capa de madeira e praticamente se misturava à prateleira.

Brystal nunca havia notado o livro estranho antes, e, enquanto ela se maravilhava com sua camuflagem peculiar, ela começou a se perguntar se *alguém* já o havia notado.

– Haveria livros nesta biblioteca que nunca foram lidos antes? – ela se perguntou em voz alta. – E se *eu* for a primeira pessoa a ler alguma coisa?

A ideia era muito emocionante. Brystal arrastou uma escada até o fim do corredor e subiu até a prateleira de cima. Tentou puxar o livro de madeira, mas ele não se mexeu.

– Provavelmente está aqui há séculos – ela especulou.

Brystal puxou o livro novamente, com toda sua força, mas ele não se moveu. Os pés dela saíram da escada e pairaram no ar enquanto ela usava todo o seu peso para tentar soltar o livro, mas mesmo isso não ajudou. Não importava o quanto ela tentasse, o livro de madeira não se separava da prateleira.

– Deve estar pregado! Que tipo de pessoa insana pregaria um livro na... *AAAAAAH!*

Inesperadamente, Brystal e a escada foram derrubadas no chão por algo grande e pesado. Quando olhou para cima, Brystal descobriu que a estante inteira tinha se afastado da parede para revelar um corredor longo e escuro escondido atrás dela. Ela rapidamente percebeu que o livro de madeira não era um livro, mas *uma alavanca para uma porta secreta*!

– Olá? – Brystal chamou nervosamente para o corredor. – Tem alguém aí?

A única coisa que ouviu foi sua própria voz ecoando de volta para ela.

– Se alguém pode me ouvir, sinto muito por isso – disse ela. – Eu estava limpando a prateleira e ela se abriu. Eu não esperava encontrar uma porta para... para... *onde quer que este corredor bizarro leve*.

Mais uma vez, não houve resposta. Brystal presumiu que o corredor escondido estava tão vazio quanto o resto da biblioteca e não viu nenhum mal em inspecioná-lo. Pegou um lampião e caminhou lentamente pelo corredor para ver onde levava. No fim dele, Brystal encontrou uma larga porta de metal com uma placa aparafusada:

APENAS JUÍZES

– "Apenas Juízes"? – Brystal leu em voz alta. – Isso é estranho. Por que os Juízes precisariam de uma sala secreta na biblioteca?

Ela alcançou a maçaneta e o coração acelerou quando percebeu que estava destrancada. A porta de metal se abriu e o som ecoou na biblioteca vazia atrás dela. A curiosidade dominou a razão de Brystal, e, antes que pudesse se conter, ignorou qualquer sinal de prudência e entrou pela porta.

– Olá? Tem alguém aqui? – ela perguntou. – Criada inocente entrando.

Brystal encontrou uma pequena sala com teto baixo do outro lado da porta. Por sorte, estava tão vazia quanto ela havia previsto. As paredes não tinham janelas ou obras de arte, mas eram forradas com estantes pretas. A única mobília era uma pequena mesa e uma única cadeira no centro da sala. Um castiçal vazio adornava a mesa, e ao lado havia um cabide com apenas dois ganchos: para um chapéu e um casaco. Com base na mobília mínima, Brystal imaginou que a sala era destinada a apenas *um* Juiz de cada vez.

Ela colocou os óculos de leitura e ergueu o lampião em direção a uma estante para ver que tipo de livros havia na biblioteca secreta. Para a própria surpresa, a coleção dos Juízes era escassa. Cada prateleira continha menos de uma dúzia de títulos, e cada livro estava ao lado de um arquivo de documentos. Brystal escolheu o livro mais grosso da prateleira mais próxima e leu a capa:

HISTÓRIA & OUTRAS MENTIRAS
por ROBETE BANDEIRIÇA

O título era difícil de ler porque o livro estava coberto de pó. Brystal aproximou o lampião e viu que a capa estava marcada com uma palavra em letras grandes:

– "Proibido"? – Brystal leu em voz alta. – Bem, isso parece bobo. Por que alguém precisaria banir um livro?

Ela abriu o livro e leu a primeira página que virou. Depois de folhear alguns parágrafos, Brystal teve sua resposta:

> Um dos maiores enganos na "história" registrada foi o raciocínio para o Ato do Aparte de 339. Por centenas de anos, o povo do Reino do Sul foi informado de que o Rei Campeon VIII baniu os trolls por atos de vulgaridade, mas isso não passava de propaganda para disfarçar uma trama macabra contra uma espécie inocente.
>
> Antes do Ato do Aparte de 339, os trolls eram participantes respeitados na sociedade do Reino do Sul. Eles eram artesãos talentosos e construíram muitas das estruturas que ainda estão na praça da cidade de Via das Colinas hoje. Eles viviam tranquilamente nas cavernas da região sudoeste e eram considerados uma minoria pacífica e discreta.
>
> Em 336, enquanto expandiam suas cavernas a sudoeste, os trolls descobriram uma grande quantidade de ouro. Na época, o Reino do Sul ainda estava em crise pela dívida da Guerra Mundial dos Quatro Cantos. Ao saber da nova riqueza dos trolls, Campeon VIII afirmou que o ouro era propriedade do governo e ordenou que os trolls o entregassem imediatamente.
>
> Legalmente, os trolls tinham todo o direito de manter sua descoberta e recusaram as exigências do rei. Em retaliação, Campeon VIII e seus

Altos Juízes orquestraram um plano sinistro para manchar a reputação dos trolls. Eles espalharam falsidades desagradáveis sobre o estilo de vida e comportamento dos trolls e, com o tempo, os moradores do Reino do Sul começaram a acreditar nos rumores. O rei baniu os trolls para a Fenda, apreendeu seu ouro e conseguiu tirar o Reino do Sul das dívidas.

Infelizmente, os líderes dos reinos vizinhos foram inspirados pelo Ato do Aparte de 339 e usaram o mesmo método para extinguir as próprias dívidas. Logo, os trolls foram injustamente saqueados e exilados de todos os quatro reinos. Outras espécies inteligentes vieram em defesa dos trolls, mas seus esforços apenas os fizeram sofrer um destino semelhante. Juntos, os líderes mundiais instituíram o Grande Ato de Limpeza de 345, que expulsou dos reinos todas as criaturas falantes que não fossem seres humanos.

As populações de trolls, elfos, ogros e goblins perderam suas casas e posses, e foram forçadas a viver nos ambientes hostis da Fenda. Com recursos limitados, as espécies não tiveram escolha a não ser recorrer às medidas de sobrevivência bárbaras e primitivas pelas quais são criticacdas e temidas hoje.

Os chamados "monstros" da Fenda não são inimigos da humanidade, mas criação dela.

Brystal teve que ler o trecho duas vezes antes de entender completamente o que estava dizendo. Robete Bandeiriça estava exagerando, ou o Ato do Aparte de 339 era tão desonesto quanto ele insinuava? E a julgar pelo tamanho de seu livro, se o autor estava correto, então a história do Reino do Sul estava repleta de outras invenções.

A princípio, a ideia de que a História era desonesta era difícil de compreender para Brystal. Ela não queria acreditar que um tópico sobre o qual sabia tanto estava cheio de mentiras, mas quanto mais pensava sobre isso, mais plausível parecia. Afinal, o Reino do Sul era uma nação descaradamente falha e opressiva – por que ela deveria acreditar que era um lugar *honesto*?

Brystal continuou olhando as estantes e selecionou outro título que chamou sua atenção:

A GUERRA ÀS MULHERES
por Daisy Pimento

Assim como o livro anterior, *A Guerra às Mulheres* estava coberto de pó e marcado com a palavra "PROIBIDO". Com uma rápida olhada nas páginas, Brystal foi instantaneamente cativada pelo assunto:

A mente feminina não é o frágil vaso de flores que nos fazem acreditar. De acordo com muitos estudos sobre anatomia humana, não há evidências para sugerir que o cérebro de uma mulher seja mais fraco, lento ou incapaz que o de um homem. Então, a pergunta permanece: por que somos mantidas longe da educação e das posições de poder? Porque os JJuízes
     usam a opressão das mulheres como instrumento para manter o controle sobre o **Reino do Sul!**
Por natureza, as mulheres são mais maternais do que os homens. Se governarmos o Reino do Sul, governaríamos com base em princípios de iluminação, empatia e nutrição. Mas os Juízes e o sistema judiciário atual só podem funcionar em uma sociedade operada pelo medo, escrutínio e punição. Se o país começasse a valorizar a compaixão em detrimento do controle, os Juízes e suas técnicas de governo se tornariam obsoletos. É por isso que eles tomam todas as medidas necessárias para evitar que as mulheres se elevem acima deles.

Desde o momento em que nascemos, nós, mulheres, sofremos lavagem cerebral para priorizar a maternidade e o casamento em detrimento do intelecto e da realização pessoal. Recebemos bonecas e aventais e nos dizem que nossas maiores contribuições são realizadas no berçário e na cozinha. Mas essa mentira é tão prejudicial quanto degradante, porque um reino é tão forte quanto seu cidadão mais fraco!

E uma sociedade com limitações injustas tem menos probabilidade de prevalecer que uma nação de oportunidades iguais.

Quando uma nação segrega qualquer porcentagem de sua população, ela nada menos que segrega uma porcentagem de seu potencial! Então, pelo bem do reino, é hora de as mulheres se unirem e exigirem um novo governo que valorize os pensamentos, ideias e moral de cada cidadão. Então, e só então, nosso país viajará para reinos de prosperidade que nunca viu antes.

O queixo de Brystal caiu. Era como se ela estivesse lendo um livro dos próprios pensamentos. Ela nunca tinha ouvido ninguém *falar* sobre as coisas em que ela acreditava, muito menos vê-las impressas em um livro. Ela empilhou *A guerra às mulheres* e *História & outras mentiras* na mesa, ansiosa para terminá-los mais tarde, mas primeiro ela queria ver que outros livros estavam na biblioteca secreta. Outro título atraente que ela encontrou se chamava:

PERDENDO A FÉ NA FÉ
Por Quinto Copamula

Como os livros anteriores, também tinha a marca "PROIBIDO"# na capa. Brystal abriu o livro em uma página aleatória para ter uma noção do que se tratava:

Se o Livro da Fé fosse tão puro quanto os monges afirmam que é, não haveria necessidade de alterá-lo ou publicar versões ao longo do tempo. No entanto, se você comparar um Livro da Fé atual com um de cem anos atrás, descobrirá grandes diferenças entre a religião de hoje e a religião de ontem.

O que isso quer dizer? O Senhor simplesmente mudou de ideia ao longo dos anos? O Grande Todo-Poderoso corrigiu os erros Dele depois de se convencer de que estava errado? Mas a própria noção de estar "errado" não contradiz as qualidades de "onisciência" que o Senhor supostamente possui?

A verdade é: o que começou como uma fé alegre e amorosa agora é um estratagema político com o objetivo de controlar o povo do Reino do Sul. Sempre que o medo do encarceramento não é suficiente para fazer as pessoas obedecerem à lei, os Juízes alteram os princípios da religião e usam o medo da condenação eterna para que cumpram suas ordens.

A lei e o Senhor deveriam ser entidades separadas, mas o Reino do Sul os tornou, estrategicamente, a mesma coisa. Portanto, qualquer atividade ou opinião que questione o governo é considerada pecado. E todo estilo de vida ou preferência que não ajuda a expandir a população é considerado demoníaco.

O Livro da Fé não reflete mais a vontade do Senhor, mas a vontade dos homens que usam o Senhor como uma ferramenta para manipular seu povo.

Brystal ficou absolutamente fascinada com a escrita de Quinto Copamula. Em todos os seus anos frequentando a igreja, ela nunca questionou os sermões do monge denunciando assassinato e roubo, mas sempre se perguntou por que os monges pregavam tão apaixonadamente sobre a importância de pagar impostos. Parecia que Brystal tinha sua resposta.

Ela colocou *Perdendo a fé na fé* em sua pilha e continuou procurando nas estantes. O próximo título PROIBIDO que ganhou seu interesse era intitulado:

A INJUSTIÇA DOS JUÍZES:
Como o rei é apenas um peão para uma monarquia disfarçada
Por Ovelho Rebata

Ao tirar o livro da prateleira, Brystal acidentalmente derrubou o arquivo colocado próximo ao livro. Os documentos caíram no chão, e Brystal se ajoelhou rapidamente para arrumar a bagunça. Até este momento, Brystal não tinha muito interesse nos arquivos das estantes, mas ela não pôde deixar de ler os papéis enquanto os empilhava novamente.

Entre a documentação estava um perfil detalhado do autor Ovelho Rebata, seguido por um registro sobre o paradeiro de Rebata ao longo de alguns anos. Os endereços tornaram-se cada vez mais obscuros com o tempo – o que começou como casas e pousadas se tornaram pontes e cavernas. As datas dos registros também se aproximavam cada vez mais – como se Rebata mudasse de local cada vez com mais frequência. O registro terminou com um mandado de prisão do autor e, finalmente, a documentação foi concluída com a certidão de óbito dele. A causa da morte foi *EXECUÇÃO POR CONSPIRAÇÃO CONTRA O REINO*.

Brystal se levantou e inspecionou os arquivos ao lado dos livros de Robete Bandeiriça, Daisy Pimento e Quinto Copamula. Semelhante aos documentos do arquivo anterior, ela encontrou perfis dos autores, registros das suas residências, mandados de prisão e, eventualmente, suas certidões de óbito. E, assim como Ovelho Rebata, a causa da morte de cada autor foi *EXECUÇÃO POR CONSPIRAÇÃO CONTRA O REINO.*

Como se fosse atingida por uma brisa fria, Brystal teve calafrios e seu corpo ficou tenso. Ela sentiu um mal-estar no estômago quando olhou ao redor e reconheceu a pequena sala pelo que ela realmente era. Esta não era uma biblioteca particular; era um cemitério da verdade e um arquivo de pessoas que os Juízes haviam silenciado.

– Eles os mataram – disse Brystal em choque. – Eles mataram *todos*.

Com o tempo, os livros da sala secreta apresentariam a Brystal uma variedade de ideias perturbadoras. Sua perspectiva do mundo mudaria para sempre, mas o mais preocupante de tudo, um desses livros mudaria a visão de Brystal sobre *si mesma*. E uma vez que ela os leu, nunca mais se olharia no espelho da mesma forma...

Capítulo Quatro

A verdade sobre a magia

Todas as noites, depois de limpar a biblioteca, Brystal ia até a sala privada dos Juízes no segundo andar para devorar outro livro PROIBIDO. O ritual noturno era de longe a operação mais perigosa em que ela já havia embarcado. Brystal sabia que estava brincando com fogo toda vez que passava pela placa APENAS JUÍZES, mas também sabia que havia encontrado ouro intelectual. Esta era a oportunidade de uma vida – poderia ser sua única exposição a um tesouro rico em verdades e ideias. Se não arriscasse as consequências, Brystal tinha certeza de que passaria o resto da vida se arrependendo disso.

Com a conclusão de cada título PROIBIDO, Brystal sentiu como se mais um véu tivesse sido retirado de seus olhos. Tudo o que ela achava que sabia sobre o Reino do Sul – as leis, a economia, a história, como o exército era administrado, como era o sistema de classes – estava envolto em conspirações que os Juízes usavam para preservar sua influência e controle. A própria base em que ela foi criada desmoronava sob seus pés a cada página que virava.

A parte mais desconfortável para Brystal era se perguntar qual era o envolvimento de seu pai nos esquemas maliciosos que lia. Ele estava ciente das informações que Brystal estava descobrindo? Ou pior: era uma das cabeças por trás da corrupção? Alguns Juízes eram mantidos na ignorância ou *todos* desempenhavam um papel na fraude? E se sim, isso significava que seus irmãos acabariam se tornando tão desonestos e sedentos de poder quanto os outros Juízes pareciam ser?

Seu mundo virou de cabeça para baixo, mas os PROIBIDOS também provaram algo que Brystal achou profundamente reconfortante: *ela não estava tão sozinha quanto temia.*

Todos os livros na sala secreta foram escritos por pessoas que se sentiam exatamente como ela, por pessoas que questionavam informações, que criticavam as restrições sociais, que desafiavam os sistemas estabelecidos e que não tinham medo de divulgar suas ideias. E para cada pessoa que os Juízes haviam caçado, devia haver dezenas que ainda estavam foragidas. Brystal só esperava que chegasse o dia em que ela pudesse conhecê-las.

Apesar da descoberta afortunada, Brystal estava preparada para que tudo terminasse em desastre. Se ela fosse pega em flagrante, ponderou que continuar sua atuação como uma criada frívola e inocente seria a melhor chance de evitar problemas maiores. Ela passou muito tempo imaginando como seria a interação:

– O que você está fazendo aqui?

– Eu, senhor? Bem, eu sou a criada, claro. Estou aqui para limpar.

– Você não tem permissão para entrar nesta sala! A placa na porta indica claramente que esta sala é apenas para Juízes!

– Sinto muito, senhor, mas as instruções do meu empregador eram para limpar *cada* parte da biblioteca. Ele nunca mencionou que certos cômodos estavam fora dos limites. Até as salas privadas ficam empoeiradas.

Felizmente, a biblioteca permaneceu vazia e silenciosa como sempre, permitindo que Brystal lesse em segurança.

· · ★ · ·

No fim do segundo mês de emprego de Brystal, ela havia lido todos os PROIBIDOS na biblioteca particular dos Juízes, exceto um. Quando pegou o último livro, na prateleira de baixo da última estante, Brystal foi consumida por uma sensação agridoce. Durante semanas, a sala secreta tinha sido uma sala de aula particular onde ela estudava os assuntos mais fascinantes que se podiam imaginar, e estava prestes a ter sua última lição:

A VERDADE SOBRE A MAGIA
Por Celeste Tempora

Curiosamente, ao contrário de todos os outros livros da sala, *A verdade sobre a magia* não tinha um arquivo ao lado. A capa tinha um tom pastel de violeta e praticamente brilhava na câmara escura. O título era contornado por uma elaborada crista de prata com um unicórnio e um grifo em lados opostos, e o espaço entre as criaturas era preenchido com duendes alados, estrelas e uma lua crescente.

Era de longe o livro mais bonito que Brystal já tinha visto. De todos os tópicos sobre os quais ela havia lido na biblioteca particular, magia era o que ela menos conhecia. Sabia que era considerada uma prática demoníaca e um crime hediondo, mas além das *reações* que recebia, Brystal sabia muito pouco sobre magia em si. Ela se sentou à mesa e abriu o livro com entusiasmo na primeira página, ansiosa para saber mais:

Caro amigo,

Se este livro chegou às suas mãos, espero que você o esteja lendo em um lugar seguro. Tenho certeza de que está ciente: a magia é um assunto bastante *sensível* em todo o mundo. Na maioria das áreas, possuir qualquer coisa remotamente relacionada à magia é tão punível quanto o ato de magia. No entanto, no fim deste livro, você aprenderá que a magia é tão pura quanto a própria existência e por que ela deve ser digna da admiração e respeito do mundo.

Para obter uma perspectiva adequada sobre o que estou dizendo, devemos primeiro dar uma olhada na História. Milhares de anos atrás, a humanidade e outras espécies inteligentes viviam em harmonia com os membros da comunidade mágica. Éramos vizinhos, amigos e familiares uns dos outros. Ajudávamos uns aos outros, cuidávamos uns dos outros e todos trabalhávamos juntos em direção aos mesmos objetivos de paz e prosperidade. Infelizmente, tudo isso mudou quando a humanidade começou sua busca sangrenta pela dominação mundial.

Antes de Rei Campeon I ser coroado, o jovem aspirante a soberano tinha um relacionamento maravilhoso com a comunidade mágica. Ele prometeu sua lealdade a nós e, em troca, ajudamos sua ascensão ao trono. Após a coroação de Campeon I, o primeiro ato do rei foi estabelecer seu Conselho Deliberativo de Altos Juízes, e a História mudou para sempre.

Os Altos Juízes viam as pessoas mágicas e suas habilidades como uma ameaça. Eles encheram a cabeça de Campeon I com mentiras sobre nossas intenções de derrubá-lo e tomar o controle do reino. Eles reescreveram o Livro da Fé e convenceram todo o reino de que nossas mágicas e encantamentos eram práticas demoníacas, e que nossa própria existência era uma abominação. Então, Campeon I declarou todos os membros da comunidade mágica como "bruxos" e criminalizou a magia no mesmo calibre que traição ao reino e assassinato. Eventualmente, os outros reinos seguiram o exemplo de Campeon I, e a primeira caça às bruxas na história registrada começou.

Em todo o mundo, todas as supostas bruxas foram presas e executadas, todos os unicórnios, dragões, grifos, duendes e outros animais considerados "mágicos" foram abatidos até a extinção, e todo o bem que a comunidade mágica fez pela humanidade foi apagado da História. O plano dos Altos Juízes era tão eficiente que se tornou o modelo de como eles lidavam com todos os conflitos no futuro.

Centenas de anos se passaram desde o reinado de Campeon I, mas o estigma contra povos de sangue mágico é mais forte do que nunca. Nas últimas décadas, o Rei Campeon XIV mudou a punição por conjurar magia no Reino do Sulpassando-a de morte para prisão com trabalho forçado, mas isso não ajuda em nada a salvar todas as vidas inocentes perdidas em todo o mundo. Até hoje, muitas pessoas abandonam seus filhos ou fogem para territórios perigosos apenas para evitar serem associadas à magia. Mas a própria noção de que a magia é errada ou algo de que se envergonhar é o maior equívoco do nosso tempo.

A magia é o belo e raro dom de manifestar e modificar os elementos. É uma forma de arte pura e positiva usada para criar algo do nada. É a capacidade de ajudar os necessitados, curar os que sofrem e melhorar o mundo ao nosso redor. A magia só pode ser realizada por aqueles com bondade em seus corações, e eles não são as bruxas que a crença popular sugere, mas, sim, aqueles conhecidos como fadas. E seus talentos devem ser celebrados, não suprimidos.

Embora as bruxas existam, elas representam uma fração muito pequena da comunidade mágica restante. A maldade em seus corações impede as bruxas de fazer magia, então, em vez disso, elas praticam uma arte suja e destrutiva chamada *bruxaria*. Aqueles que praticam bruxaria geralmente o fazem com intenções perturbadoras. Eles merecem as duras punições que recebem, mas seus modos vis *nunca* devem ser confundidos com a bondade que a magia oferece.

Pode parecer complicado diferenciar uma fada de uma bruxa, mas há um teste simples que os membros da comunidade mágica usam há séculos. Ao ler uma passagem de texto antigo em voz alta, a fada ou bruxa em questão facilmente entregará quem de fato é:

Ahkune awknoon ahkelle-enama, telmune talmoon ahktelle-awknamon.

Brystal achou a frase tão divertida que a leu em voz alta só para ouvir como soava.

– *Ahkune awknoon ahkelle-enama, telmune talmoon ahktelle-awknamon* – ela pronunciou com uma risada.

Algo macabro se manifestou nas proximidades? Você foi inesperadamente atingido por uma tempestade de gafanhotos ou uma praga de pulgas? Sua pele de repente ficou coberta de bolhas? Se não houver mudanças visíveis em seu corpo ou arredores imediatos, parabéns, você não é uma bruxa!

Agora, lendo a próxima passagem em voz alta, você pode determinar se você é uma fada:

Elsune elknoon ahkelle-enama, delmune dalmoon ahktelle-awknamon.

Brystal sabia que ler a segunda passagem teria tão pouco efeito nela quanto a primeira, mas gostou de brincar com a autora. Não era todo dia que fazia um teste para determinar se tinha capacidades mágicas.

– *Elsune elknoon ahkelle-enama, delmune dalmoon ahktelle-awknamon* – ela leu em voz alta.

Alguma coisa bonita apareceu? Rubis e diamantes estão chovendo do céu? Sua roupa mudou para algo muito mais elegante do que antes? Se sim, então parabéns, você é uma fada! Se a leitura desse texto não resultou em nenhuma mudança física em você ou em seu entorno, então é seguro presumir que você não tem magia correndo nas veias.

Embora você não faça parte da comunidade mágica, espero que ainda apoie nossos esforços para encontrar aceitação e...

De repente, Brystal foi distraída por um cheiro inesperado. Como se alguém tivesse acendido uma vela aromática, a pequena sala foi consumida por perfumes agradáveis de lavanda, jasmim e rosas, entre outras fragrâncias. Com o canto do olho, ela viu alguma coisa se movendo e virou a cabeça na direção dela.

Para seu espanto absoluto, centenas e centenas de flores começaram a crescer das paredes ao seu redor. Uma vez que as paredes foram cobertas, as flores brotaram no teto, no chão e nas estantes. Brystal gritou quando o fenômeno se espalhou pela mesa na sua frente e pulou da cadeira quando sentiu flores brotando debaixo dela.

– O que... o que... *o que está acontecendo?* – ela perguntou incrédula.

Brystal sabia exatamente o que tinha acontecido; ela simplesmente não queria admitir. Depois de ler uma passagem de um livro sobre magia, ela involuntariamente transformou a sala sem graça e sem janelas em um país das maravilhas floral vibrante e colorido. Não havia outra explicação para a mudança, mas ela rejeitou as evidências com todo o seu ser.

– Não, não, não... isso não é real! – Brystal disse a si mesma. – Esta é apenas uma alucinação causada pela privação do sono. Em alguns segundos tudo vai desaparecer.

Não importava quantas vezes ela respirasse fundo ou esfregasse os olhos, as flores não desapareciam. Brystal ficou tonta e suas mãos tremeram quando começou a tomar consciência da verdade inconveniente.

– E-eu... *eu não posso ser*! – ela pensou em voz alta. – De todas as pessoas no mundo, isso não pode estar acontecendo *comigo*... Eu não posso ser isso... Já tenho tudo caminhando contra mim neste mundo. Eu não posso ser *mágica* ainda por cima!

Brystal estava desesperada para destruir todas as evidências que provavam o contrário. Ela correu para o térreo da biblioteca e voltou com as maiores lixeiras que conseguiu encontrar. Puxou freneticamente todas as flores das paredes, do chão e dos móveis, e não parou até que cada pétala e folha tivessem sido retiradas e a sala dos Juízes voltasse a sua forma original. Brystal colocou *A verdade sobre a magia* de volta na prateleira e arrastou as lixeiras para fora da biblioteca particular. Fechou a larga porta de metal atrás de si com a intenção de nunca mais voltar, como se pudesse manter a verdade trancada lá dentro.

Nos dias seguintes, Brystal fingiu que nunca tinha encontrado a sala secreta no segundo andar. Ela disse a si mesma que *A verdade sobre a magia* e os outros PROIBIDOS não existiam, e que ela nunca havia lido o feitiço que manifestou as flores. Na verdade, Brystal negava tanto a provação que ia direto para casa todas as noites após a limpeza sem ler nada, com medo de que a simples visão de outro livro a lembrasse do que queria esquecer.

Infelizmente, quanto mais esforço ela colocava para apagar o evento da mente, mais ela pensava sobre ele. E logo não era mais uma questão de *se* tinha acontecido, mas de *por que* tinha acontecido.

– Isso tudo deve ser um grande mal-entendido – disse para si mesma. – Se eu fosse mágica, ou uma *fada*, como a autora disse, haveria outros sinais! Uma *fada* saberia que era diferente... Uma *fada* teria problemas para se misturar entre as pessoas... Uma *fada* passaria a vida inteira se sentindo como se não pertencesse ao mundo em que estava... *Ai, fique quieta, Brystal! Você acabou de se descrever!*

De muitas maneiras, ter magia no sangue fazia sentido. Brystal sempre foi tão diferente de todos que ela conhecia; talvez a magia fosse a fonte de sua singularidade? Talvez ela sempre quis mais da vida porque, no fundo, sabia que *havia* mais em sua vida.

– Mas por que demorei tanto para descobrir? – ela se perguntou. – Eu estava completamente alheia, ou uma parte de mim sabia o tempo todo? Por outro lado, vivo em um reino que mantém *todas* as formas de conhecimento longe das mulheres jovens. Talvez isso só prove quão eficientemente os Juízes estão oprimindo o povo. E se eu não era uma ameaça para a sociedade antes, certamente sou agora.

E agora que ela sabia a verdade, seria fácil para os outros descobrirem também? Será que suas colegas de classe notariam isso tão facilmente quanto as outras diferenças? Seria possível esconder a magia, ou inevitavelmente ressurgiria e a revelaria? E se isso acontecesse, isso finalmente daria a seu pai o direito de renegá-la e mandá-la embora para sempre? Os perigos eram infinitos.

· · ★ · ·

– Está tudo bem, Brystal? – Barrie perguntou certo dia, antes do café da manhã.

– Sim, está tudo bem – Brystal foi rápida em responder. – Por que... por que pergunta?

– Por nada – disse ele com um sorriso. – Você parece um pouco tensa ultimamente. E notei que você não tem passado tanto tempo no Lar para Desamparados como de costume. Tem alguma coisa sobre a qual você queira conversar?

– Ah, eu só decidi me afastar um pouco – disse ela. – Aconteceu uma coisa... nada sério, é claro... Mas achei que um pouco de distância ajudaria. Isso me daria a chance de pensar em algumas coisas e descobrir o que fazer a seguir.

– Descobrir o que fazer a seguir? – Barrie perguntou com preocupação. – Tudo bem, agora você *tem* que me dizer o que está acontecendo para que minha imaginação não preencha os espaços vazios.

Brystal estava tão exausta de tanto se preocupar que não tinha energia para inventar uma boa história. Então contou ao irmão o mais próximo possível da verdade, sem revelar nada.

– Recentemente descobri algo sobre mim com o que é um pouco difícil de conviver – disse ela.

Os olhos de Barrie se arregalaram.

– E o que seria?

– Bem, eu... eu... não tenho certeza se *ainda gosto de fazer caridade*.

Barrie olhou duas vezes para a estranha resposta da irmã.

– Você está tensa porque *não gosta mais de fazer caridade*? – ele perguntou.

– Hum... *sim* – disse Brystal com um encolher de ombros. – E, francamente, não tenho certeza de quanto tempo mais serei capaz de esconder isso. Agora que sei, temo que outras pessoas também descubram. Estou apavorada com o que possa acontecer comigo se descobrirem.

– *Descobrirem?* Mas, Brystal, não gostar de fazer caridade não é ilegal. É apenas uma preferência.

– Eu sei, mas é *praticamente* um crime – ela exclamou. – O mundo é muito cruel com *as pessoas que não gostam de fazer caridade*... Mas isso é só porque elas são mal compreendidas. A sociedade pensa que *não gostar de fazer caridade* é o mesmo que *não gostar de fazer bondade*, quando, na realidade, *não gostar de fazer caridade* e *não gostar de fazer bondade* são muito, muito diferentes! Ai, Barrie... eu gostaria de poder lhe dizer quão diferentes elas são, porque é fascinante! Um dos maiores equívocos do nosso tempo!

A julgar pela expressão no rosto do irmão, talvez ele ficasse menos preocupado se ela simplesmente tivesse lhe dito a verdade. Barrie estava olhando para a irmã como se ela estivesse à beira de um colapso mental – e, para ser justo, ela estava.

– Há quanto tempo você *não gosta de fazer caridade*? – ele perguntou.

– Quase uma semana – disse ela.

– E você se lembra do incidente que fez você mudar de ideia?

– Sim, tudo começou quando acidentalmente enchi uma sala com flores – disse ela, esquecendo-se de alterar a história. – É... quero dizer, havia uma mulher desamparada que estava se sentindo mal, então eu enchi o quarto dela com flores para animá-la. Mas era o quarto errado... um quarto em que eu não tinha o direito de estar, para falar a verdade. Então eu tive que jogar todas as flores fora antes que alguém me pegasse.

– Certo... – disse Barrie. – Mas antes desse momento, você nunca tinha não gostado de fazer caridade antes, não é?

– Nem um pouco – ela disse. – Antes disso, eu não achava que fosse capaz de não gostar de fazer caridade.

– Então isso resolve – disse ele. – Você só teve um dia ruim. E nunca deve deixar um dia mudar quem você é. Nunca podemos ter certeza de nada na vida, especialmente se só passamos por isso uma vez.

– Não podemos? – Brystal perguntou com olhos esperançosos.

– Claro que não – disse Barrie. – Se eu fosse você, voltaria ao Lar para Desamparados e daria outra chance à caridade para ter certeza de que você realmente não gosta. Então, e só então, eu me preocuparia se *descobrissem* isso.

Embora o irmão não tivesse ideia do que realmente a estava incomodando, Brystal achava que ele havia lhe dado um excelente conselho. Afinal, era preciso mais de uma viagem de barco para transformar alguém em marinheiro – talvez a magia fosse semelhante? Talvez levasse anos de prática antes que ela tivesse de se preocupar com isso colocando sua vida em perigo. E como Barrie sugeriu, sempre havia a chance de toda a provação ter sido um acaso e nunca acontecer novamente. Mal ou bem, para sua própria sanidade, Brystal tinha que descobrir.

Na noite seguinte, depois de terminar a limpeza da biblioteca, Brystal voltou à sala particular dos Juízes no segundo andar. Ela colocou os óculos de leitura, pegou *A verdade sobre a magia* de Celeste Tempora da prateleira e virou a página com o texto antigo. Depois de uma respiração profunda e uma oração silenciosa, leu o encantamento em voz alta para provar se era uma fada ou não de uma vez por todas.

– *Elsune elknoon ahkelle-enama, delmune dalmoon ahktelle-awknamon.*

Brystal estava com medo de ver e cobriu os olhos. A princípio, ela não sentiu nem ouviu nada, então espiou a sala por entre os dedos. Nada parecia ter mudado minimamente, e o ânimo de Brystal começou a melhorar. Ela observou as paredes com a respiração suspensa, esperando que as flores se materializassem novamente, mas elas não surgiram. Lágrimas encheram seus olhos e ela soltou um suspiro de alívio que se transformou em uma risada longa e agradecida.

– Barrie estava certo – disse ela. – Nós nunca devemos deixar *um dia* mudar quem nós...

De repente, as páginas de *A verdade sobre a magia* começaram a brilhar. Orbes brilhantes de luz branca ergueram-se lentamente do livro e encheram a sala escura. À medida que os orbes se espalhavam, tornavam-se cada vez menores, criando a ilusão de profundidade em todas as direções, e logo a biblioteca particular parecia uma galáxia infinita.

Brystal ficou de pé e olhou ao redor da sala com espanto. Para além de confirmar a magia nas veias, ela nunca imaginou que fosse capaz de criar uma visão tão bonita. A magia era transcendente, e Brystal esqueceu onde estava. Não parecia mais estar na biblioteca particular, mas flutuando no próprio universo estrelado.

– SENHORITA BAILEY! O QUE EM NOME DE CAMPEON VOCÊ ESTÁ FAZENDO?!

A voz assustou Brystal, e todos os orbes da sala desapareceram instantaneamente. Quando os olhos dela se ajustaram, Brystal viu que a porta de metal se abriu sem que ela percebesse. O Sr. Novelo estava parado na porta com dois guardas armados, e os três a olhavam como se ela fosse a criatura mais imunda que já tinham visto.

– Essa é a garota sobre a qual eu estava lhes advertindo! – o Sr. Novelo gritou, e apontou um dedo trêmulo para ela. – Eu venho lhes dizendo há meses que ela estava tramando alguma coisa! Mas nenhum de vocês acreditou em mim! Vocês disseram que eu estava louco por acreditar que uma jovem era capaz de tais coisas! Agora olhem: *pegamos uma bruxa em flagrante*!

– Sr. Novelo! – disse Brystal. – Espere, eu posso explicar! Isso não é o que parece!

– Poupe suas mentiras para o Juiz, bruxa! Você foi pega no ato! – o bibliotecário gritou, e então se virou para os guardas. – Não fiquem aí parados, peguem-na antes que ela lance outro feitiço!

Brystal imaginou muitos cenários em que fosse pega na biblioteca particular dos Juízes, mas nunca imaginou que isso aconteceria enquanto ela estava *conjurando magia*. Antes que tivesse a chance de se defender, os guardas avançaram em sua direção e a agarraram com força pelos braços.

– Não! Vocês não entendem! – ela implorou. – Eu não sou uma bruxa! Por favor, eu estou lhes implorando! Eu posso provar!

Enquanto os guardas arrastavam Brystal para fora da sala, o Sr. Novelo arrancou os óculos de leitura do rosto dela e os partiu em dois.
– Você não vai precisar disso no local para onde está indo – disse ele. – *Levem-na embora!*

Capítulo Cinco

Julgamento familiar

Pela primeira vez, Brystal entendeu o que era sentir medo irracional. Havia algemas pesadas em torno dos pulsos dela, mas ela não as sentia. O cheiro de ratos em decomposição e mofo encheu o ar, mas não a incomodou. Gritos horripilantes de prisioneiros sendo chicoteados ecoaram pelos corredores, mas eram apenas sons de fundo. Seus olhos estavam fixos nas barras de aço que a cercavam, mas ela não entendia o que estava olhando.

Ela estava sentada na beirada do banco de pedra da cela e não moveu um músculo desde que foi colocada lá. Tudo aconteceu tão rápido na noite anterior que ela não conseguia se lembrar de onde estava ou de como chegara lá. Ela estava em um estado de choque tão grande que mal conseguia pensar.

Ao amanhecer, os sinos penetrantes da catedral nem sequer a incomodaram. Era a manhã seguinte da pior noite da vida de Brystal, mas ela não tinha noção do tempo. Sua mente estava completamente em branco; o corpo, completamente imóvel; e, no que lhe dizia respeito, o mundo havia parado de girar.

A porta da cela se abriu e um guarda penitenciário entrou, mas a chegada dele não quebrou o transe petrificado de Brystal.

– Seu Agente de Defesa chegou – disse o guarda.

Depois de ouvir isso, Brystal finalmente conseguiu entender onde estava e o que havia acontecido. Ela, *Brystal Perene*, havia sido presa por um crime. Estava sentada na prisão bem abaixo do tribunal de Via das Colinas, e o Agente da Justiça designado para defendê-la veio falar com ela sobre o julgamento pendente.

O guarda deu um passo para o lado e um jovem alto de chapéu preto e manto xadrez cinza e preto entrou na cela. Quando Brystal olhou para o Agente da Justiça, pensou que sua mente estava pregando peças nela.

– Brooks? – ela disse.

O irmão mais velho congelou ao entrar na cela da prisão. Os olhos dele se arregalaram, e o rosto empalideceu ao ver a irmã acorrentada.

– Brystal? – ele arfou.

Os irmãos Perene se encararam por um minuto inteiro sem dizer uma única palavra. Foi a única vez na vida de Brystal em que ela ficou genuinamente feliz de ver o irmão, mas o prazer rapidamente se desvaneceu quando ela percebeu por que ele estava ali: *Brooks ia defendê-la no tribunal!*

– Brooks, eu... eu... – Brystal tentou quebrar o silêncio, mas ficou sem palavras.

– Vocês dois se *conhecem*? – o guarda perguntou desconfiado.

Enquanto Brooks olhava para a irmã, a descrença em seus olhos se transformou em uma expressão muito séria e urgente. Ele levou o dedo indicador à boca, implorando para que ela ficasse quieta. Brystal não entendeu por que o silêncio era necessário, mas obedeceu.

– Nós nos conhecemos – disse Brooks ao guarda atrás dele. – Ela é apenas uma das muitas alunas que me admiram. Mas quem pode culpá-la?

A farsa do irmão era confusa – ela sabia que era perfeitamente legal aos Agentes da Justiça defenderem membros da família no tribunal. Então, por que ele estava fingindo que não eram parentes? Brooks abriu sua pasta e pegou uma pena e um pedaço de pergaminho. Ele rabiscou uma nota rápida no papel, dobrou-o e entregou-o ao guarda.

– Eu preciso que você entregue esta mensagem ao escritório do Juiz Perene no quarto andar – Brooks instruiu. – Acabei de me lembrar de algo envolvendo outro caso que precisa ser resolvido imediatamente.

– Senhor, não posso deixá-lo sozinho com a prisioneira – respondeu o guarda.

– Não me insulte; essa *garota* não será uma ameaça física para mim. A nota, no entanto, trata de um assunto muito sério e urgente. O Juiz Perene vai querer esta mensagem imediatamente, e se sua relutância colocar em risco o caso dele, vou me certificar de que ele saiba que *você* causou o atraso.

Obviamente, o guarda não gostou de receber ordens. Ele olhou para Brooks e, então, relutantemente, foi para o quarto andar com o bilhete na mão, batendo a porta da cela atrás dele. Brooks virou-se para Brystal e a descrença voltou ao rosto dele.

– Meu Deus, Brystal! Em que buraco você se meteu?! – ele exclamou. – Uma acusação de invasão! Uma de alfabetização feminina! E uma de *uso de magia*! Você tem alguma ideia de quão sério isso é?

Brystal olhou para o chão e balançou a cabeça.

– Eu não sei o que dizer – ela disse suavemente. – Tudo parece um pesadelo.

– Quando você não estava no café da manhã hoje, mamãe presumiu que você tinha ido ao Lar para Desamparados para fazer trabalho voluntário antes da escola! – disse Brooks. – Quando cheguei ao tribunal, todos os Agentes da Justiça estavam falando sobre a bruxa que pegaram na biblioteca ontem à noite, mas eu não juntei as duas coisas! Eu nunca imaginaria, nem em um milhão de anos, que a bruxa seria *minha própria irmã*!

– Mas eu não sou uma bruxa! – exclamou Brystal. – O livro proibido que eu estava lendo explica tudo! Por favor, você tem que pegar este livro e mostrar no…

– Você está louca? – perguntou Brooks. – Não posso usar um *livro proibido* como prova!

– Então, o que vamos usar na minha defesa? – Brystal perguntou.

– *Defesa?* – Brooks disse, como se estivesse chocado com a escolha de palavras dela. – Brystal, você foi flagrada por três testemunhas… *Não há defesa*! Você vai pegar prisão perpétua com trabalho forçado só por *usar magia*, mas com *invasão* e *alfabetização feminina* ainda por cima, você terá sorte se sobreviver!

– Você quer dizer… eles podem *me executar*?

Brystal sentiu como se uma mão fria tivesse subitamente atravessado o corpo dela e arrancado seu estômago. Ela tinha voluntariamente seguido um longo caminho de erros, mas ela nunca pensou que levaria a isso. Começou a respirar aceleradamente.

– Não, isso não pode estar acontecendo! – chorou. – Você não pode deixar que eles me executem! Por favor, Brooks, você tem que me ajudar! *Sou sua irmã!*

Brooks revirou os olhos.

– Ah, sim, e que *alegria* você me traz! – ele disse maldosamente. – Temo que, mesmo com minhas excelentes habilidades de defesa, minhas mãos estejam atadas.

– Tem que haver *algo* que possamos fazer!

O irmão ficou quieto e roeu as unhas enquanto pensava nisso.

– Só há uma coisa em que posso pensar que poderia ajudá-la agora.

– O quê?

– Nosso *pai*.

Brooks disse como se fosse uma boa notícia, mas só fez Brystal se sentir mais desesperada do que antes. O pai era a última pessoa no planeta que ela tinha esperança de salvá-la.

– O pai não vai me ajudar – ela disse. – Quando descobrir o que eu fiz, ele mesmo vai querer me matar!

– Bem, você está certa – Brooks zombou. – Ele não dá tanto valor à sua vida, mas pensa muito bem na dele. Ele faria qualquer coisa para preservar a própria reputação. E nada vai manchar o nome dele mais do que uma filha presa e condenada à morte. Felizmente para ele, sou o único que sabe que você está aqui.

– Como?

– Até onde se sabe, este é o caso *Bailey contra o Reino do Sul*. As acusações foram apresentadas sob o pseudônimo que você deu à biblioteca! Quando o Pai receber minha nota e perceber que é *você* que está em julgamento, ele fará o que puder para varrer este caso para debaixo do tapete antes que os colegas descubram!

– Mas e se ele não fizer isso? – Brystal perguntou. – O pai não pode ser minha *única* chance de sobrevivência.

– Então tudo dependerá do seu julgamento – explicou Brooks. – Primeiro, o Agente de Acusação apresentará suas acusações ao Juiz em exercício e recomendará uma pena. Se eles recomendarem a *pena mínima*, o Juiz provavelmente a condenará à prisão perpétua com trabalhos forçados, mas se o Agente recomendar a *pena máxima*, garanto que o Juiz a condenará à pena capital.

– Mas o Juiz em exercício não precisa aceitar a recomendação, é apenas uma sugestão – Brystal lembrou do que havia lido. – Mesmo que o Agente de Acusação recomende a pena máxima, o Juiz ainda pode ser misericordioso.

O rosto de Brooks caiu, e Brystal sabia que havia algo que ele não estava dizendo a ela.

– Não haverá misericórdia – disse ele. – Seu julgamento está sendo supervisionado pelo Juiz Flanella.

– Quem?

– O Juiz Flanella é o mais desprezado da corte. Ele tem um complexo de Deus e é conhecido por condenar pessoas à morte sempre que possível. Mesmo quando os Agentes de Acusação recomendam a pena mínima, Flanella gosta de intimidá-los a recomendar a pena máxima apenas para que ele possa aplicá-la.

– Ai, meu Deus! – Brystal ofegou.

– E fica pior... – continuou Brooks. – Flanella nutre um ódio pelo pai desde a Universidade de Direito. Quando os dois eram Agentes de Justiça, o Pai nunca perdeu um caso contra Flanella e o humilhava durante os julgamentos. Por isso que ele me designou para sua defesa. É impossível para um Agente de Defesa ganhar um caso como este e ele queria ver um Perene perder! E Flanella ficaria ainda mais emocionado em sentenciar um Perene à morte, se tiver a chance.

Brystal não podia acreditar em seu infortúnio. Ela estava sendo punida não apenas pelas leis do Reino do Sul, mas também, aparentemente, pelo próprio universo.

– Então eu estou condenada – ela disse calmamente. – Não há como contornar isso.

– Ainda há uma coisa a nosso favor que você está esquecendo – Brooks a lembrou. – Como eu disse, até onde todos sabem, este é o caso de *Bailey contra o Reino do Sul*. O juiz Flanella não sabe quem você é. Os julgamentos geralmente não começam até um ou dois dias após a prisão, então espero que isso dê tempo suficiente ao pai para ajudá-la antes que Flanella descubra.

– Então é por *isso* que você fingiu que não éramos parentes na frente do guarda. Você não queria que ninguém percebesse quem eu sou.

– Exatamente.

Brystal nunca pensou que chegaria um dia em que ela fosse grata por ter um irmão como Brooks. Todas as qualidades calculistas e travessas que ela criticava nele eram as exatas ferramentas que ele estava usando para salvar a vida dela.

– Estou com tanto medo, Brooks – disse ela.

– Bem, você deveria estar – disse ele. – Mesmo que o pai encontre uma forma de ajudá-la, você não vai sair daqui impune. Na melhor das hipóteses, você provavelmente passará o resto da vida em uma prisão longe da Via das Colinas.

– Eu suponho que você acha que eu mereço por ser tão estúpida... – ela disse entre lágrimas. – Eu não queria que nada disso acontecesse... Eu só queria que a vida fosse *diferente*...

– Então eu acho que você conseguiu o que queria.

A porta se abriu quando o guarda voltou à cela. Ele estava ofegante e suando profusamente da viagem de ida e volta até o quarto andar.

– Eu entreguei sua mensagem ao Juiz, senhor – o guarda resmungou.

– Bem a tempo, aliás. Terminei aqui.

Brooks pegou sua pasta e se dirigiu para a porta, mas Brystal o deteve quando ele entrou no corredor.

– Agente de Justiça Perene? – ela perguntou. – Se acontecer de você vê-los, por favor, diga para minha mãe e meu irmão que eu os amo e que sinto muito por tudo isso?

O irmão assentiu da maneira mais discreta possível sem atrair a atenção do guarda.

– Não sou seu mensageiro, *criminosa* – disse dramaticamente. – Vejo você no tribunal.

Brooks continuou pelo corredor e o guarda o seguiu, trancando a porta da cela atrás dele. Quando o som dos seus passos desapareceu, Brystal foi consumida pela tristeza mais extrema que já havia experenciado. Ela se deitou no banco de pedra e chorou até não restar uma lágrima dentro de si.

Até onde ela sabia, o irmão era o último pedaço de casa que ela veria novamente.

· · ★ · ·

Naquela noite, Brystal foi acordada de repente quando a porta da cela foi escancarada. Dois guardas da prisão entraram, agarraram-na pelos braços e a forçaram a ficar de pé. Sem dizer uma palavra, os guardas tiraram Brystal apressadamente da cela, correram com ela pela prisão e depois a levaram por uma escada em espiral. Eles se moviam em um ritmo tão frenético que Brystal mal conseguia acompanhar e teve que ser arrastada a maior parte do caminho. Ela não tinha ideia do que estava acontecendo ou para onde eles a estavam levando, e temia perguntar.

Chegaram ao topo da escada e entraram no corredor principal do tribunal. O corredor, geralmente movimentado com Agentes de Justiça e Juízes, estava escuro e completamente vazio. Brystal imaginou que já era madrugada, o que tornava a situação ainda mais assustadora. O que poderia ser tão importante que exigia que ela fosse transportada no meio da noite?

No fim do corredor escuro, Brystal viu Brooks andando de um lado para o outro na frente de um par de portas duplas altas. O rosto dele estava vermelho e ele murmurava com raiva para si mesmo enquanto se movia.

– Brooks! – ela chamou. – O que está acontecendo? Por que estamos no tribunal tão tarde?

– O Juiz Flanella descobriu quem você é! – ele disse. – O guarda deve ter lido minha nota e avisado para ele. *Aquele maldito!* Flanella adiantou seu julgamento; ele está tentando sentenciá-la antes que o pai tenha tempo de intervir!

– Espere, eu não entendo – disse Brystal. – Quando o julgamento vai acontecer?

– *Agora* – disse ele.

Os guardas abriram as portas duplas e puxaram Brystal para o tribunal. Seu irmão seguiu logo atrás.

Eles foram os primeiros a chegar, e Brystal ficou impressionada com o primeiro vislumbre – era facilmente a maior sala em que ela já estivera. Era bordeada por pilares de mármore maciços que se estendiam pela escuridão de um teto aparentemente sem fim. Degraus altos de madeira circundavam a sala do tribunal com assentos suficientes para mil testemunhas. As únicas fontes de luz vinham de duas tochas acesas, uma de cada lado da cadeira do Juiz, que estava erguida em uma plataforma alta na frente da sala. Havia um enorme retrato do Rei Campeon XIV pendurado na parede atrás da plataforma, e o soberano fazia uma cara feia para o tribunal como um gigante julgador.

Os guardas trancaram Brystal em uma alta jaula de ferro que ficava bem no centro da sala. As barras eram tão largas que ela mal podia ver através delas. Brooks se sentou em uma mesa vazia à esquerda da jaula, e Brystal presumiu que a mesa à sua direita era a do Agente de Acusação.

– *Tente ficar calma* – seu irmão sussurrou. – *E independentemente do que aconteça, não diga nada. Só vai piorar as coisas.*

Uma pequena porta atrás da plataforma se abriu, e o Juiz Flanella entrou no tribunal. Ainda que não fosse ele a julgar Brystal, a visão de Flanella teria sido assustadora. Ele era um homem esquelético com uma barba preta como breu e grandes olhos fundos que tinham pupilas do tamanho de um furo de agulha. A pele dele era da cor de uma sopa de ervilha, e suas unhas compridas faziam as mãos parecerem garras.

Flanella foi seguido por quatro guardas e, para o horror de Brystal, um carrasco também emergiu da câmara de onde o Juiz viera, carregando um grande machado de prata. Brystal virou-se para o irmão, esperando encontrar segurança nos olhos dele, mas Brooks estava tão alarmado quanto ela. O julgamento nem tinha começado e seu destino parecia estar selado.

O Juiz subiu os degraus da plataforma e sentou-se. Ele olhou para Brystal com um sorriso torto, como um gato faminto olhando para um rato em uma armadilha. Com três batidas fortes de seu martelo, os procedimentos começaram.

– O caso de *Bailey contra o Reino do Sul* deve começar – anunciou ele.

– Meritíssimo, gostaria de lembrá-lo de que é ilegal iniciar um julgamento sem um promotor – disse Brooks. – Além disso, é *completamente* antiético ter um carrasco presente no tribunal antes de um réu ser sentenciado.

— Estou ciente da lei, Agente de Defesa — desdenhou o Juiz. — O Agente de Acusação estará aqui a qualquer momento. No entanto, *você*, de todas as pessoas, não deveria estar *me* instruindo sobre ética. Recentemente, chegou ao meu conhecimento que você fez tentativas deliberadas de ocultar informações do tribunal. Isso é uma violação direta de seus deveres morais como Agente da Justiça, e os infratores devem ser repreendidos.

O Juiz Flanella deu um sinal aos guardas e eles cobriram a jaula de Brystal com um lençol. A visão já limitada do tribunal foi totalmente obstruída.

— Meritíssimo, qual é o propósito disso? — Brooks se opôs.

— Como eu tenho certeza que você sabe, Agente de Defesa, sempre que um Agente de Justiça é pego cometendo uma infração no tribunal, cabe ao Juiz presidente aplicar uma punição apropriada — explicou Flanella. — Decidi te ensinar uma lição sobre a *importância da transparência*. Já que você tentou esconder a identidade do réu de mim, a identidade dela será ocultada pelo resto deste julgamento. Você não deve falar uma palavra sobre quem ela é *antes* que o Agente de Acusação tenha recomendado as penas. Deixe uma palavra escapar, e eu vou acusá-lo de *conspiração para ajudar um criminoso*. Está entendido?

Brystal não teve que ver o ódio irradiando dos olhos de seu irmão para saber que estava lá.

— Sim, Excelência — disse Brooks. — Eu entendo.

— Ótimo — disse Flanella. — *Tragam o Agente de Acusação!*

As portas duplas se abriram, e Brystal ouviu um novo par de passos entrar no tribunal. Estranhamente, o Agente de Acusação só andou até a metade da sala antes de parar.

— Brooks? — uma voz familiar perguntou.

— *Barrie?* — ele arfou. — Você é o Agente de Acusação?

Brystal se sentiu tonta e ficou com os joelhos fracos. Ela teve que agarrar as barras da jaula para evitar que desabasse no chão. O Juiz Flanella estava usando o julgamento dela para se vingar da família Perene, e era mais perverso e cruel do que ela jamais poderia imaginar.

– Este é meu primeiro caso – Barrie disse alegremente. – Por que você não me disse que era o Agente de Defesa em *Bailey contra o Reino do Sul*?

– E-eu... eu estava tentando manter isso em segredo – disse Brooks.

– Por que a ré está encoberta? – Barry perguntou.

– Não tenho permissão para discutir isso – disse Brooks. – Barrie, me escute, este julgamento não é o que parece...

– *Basta, Agente de Defesa!* – o Juiz Flanella ordenou. – Obrigado por se juntar a nós em tão pouco tempo, Agente de Acusação. Agora, por favor, dê um passo à frente e apresente as queixas contra a ré.

Barrie tomou seu lugar atrás da mesa à direita de Brystal. Ela o ouviu retirar papéis da pasta. Ele limpou a garganta antes de lê-los em voz alta.

– Meritíssimo, três homens testemunharam a ré conjurando um feitiço de um livro aberto em uma seção privada da Biblioteca Via das Colinas – disse ele. – A primeira testemunha foi o bibliotecário, o Sr. Astuto Novelo, as outras duas são oficiais da Guarda Real, e os três assinaram declarações juramentadas do que encontraram. Dada a credibilidade dos observadores, a ré foi acusada de invasão de propriedade, alfabetização feminina e uso de magia. Agora vou ceder a palavra ao Agente de Defesa.

– Dadas as evidências substanciais e a natureza dos crimes, não perderemos tempo com a defesa – disse o Juiz Flanella.

– *Meritíssimo, eu protesto!* – gritou Brooks.

– *Negado!* E cuidado com seu tom, Agente de Defesa! – advertiu o Juiz. – Agora, seguindo em frente. Que pena a promotoria recomenda?

Este era o momento que Brystal temia. Em poucas palavras, o próprio irmão salvaria a vida dela ou cimentaria sua morte. O coração dela estava batendo fora do peito e ela se esqueceu de respirar enquanto esperava para ouvir a resposta dele.

– Meritíssimo, devido ao número de crimes que foram cometidos em um período tão curto de tempo, acredito que a ré pode cometer mais crimes se tiver a chance. Devemos eliminar toda a probabilidade de que isso aconteça novamente e, além disso, evitar qualquer possibilidade de a ré prejudicar vidas inocentes no processo. É por isso que devo recomendar que você a condene à...

– Barrie, você tem que parar! – gritou Brooks.

– AGENTE DE DEFESA, CONTROLE-SE! – Flanella ordenou.

– *Eu sei que você acha que está fazendo a coisa certa, mas não está!*

– GUARDAS! SILENCIEM-NO IMEDIATAMENTE!

– *Flanella está escondendo a ré de você de propósito! Não recomende uma punição máxima! Confie em mim, você vai se arrepender pelo resto da sua vida!*

Brystal podia ouvir Brooks lutando contra os guardas enquanto tentava convencer o irmão. Ele grunhiu e engasgou quando eles o agarraram e enfiaram um pano em sua boca.

– Deus, você é patético – Barrie disse ao irmão. – Seu desejo de me sabotar é tão grande que está disposto a se fazer de bobo no tribunal! Mas eu não sou tão idiota quanto você pensa e não vou deixar você colocar em risco minha carreira! O pai disse que eu precisava mostrar força se quisesse que o tribunal me levasse a sério, e é exatamente isso que vou fazer! *Vossa Excelência, a promotoria recomenda a pena máxima!*

Ao ouvir o pedido do irmão, Brystal perdeu toda a sensibilidade e caiu no chão da jaula como uma marionete com cordas cortadas. Brooks gritou a plenos pulmões, mas o pano abafou as palavras dele.

– Então, sem aviso prévio, sentencio a ré à morte – decidiu o Juiz Flanella. – A execução deve ocorrer imediatamente. Guardas, por favor, retirem a ré da jaula e posicionem-na para o carrasco. Mas primeiro, por favor, contenham o Agente de Acusação... isso pode ser desagradável para ele assistir.

Os guardas agarraram Barrie e amarraram as mãos dele atrás das costas. Ele tentou resistir, mas eles eram muito fortes.

– Qual é o significado disto? – ele perguntou. – Por que *eu* estou sendo contido? Me solte! Eu não fiz nada de errado!

O lençol foi retirado da jaula, e com um vislumbre dos olhos azuis que espreitavam de dentro, Barrie percebeu quem era a ré.

– *Brystal?* – ele disse em choque. – M-mas... mas o que você está fazendo *aí*? Você deveria estar trabalhando como voluntária na Casa para Desamparados!

O carrasco colocou um grosso bloco de madeira no chão abaixo da plataforma do Juiz. Os guardas arrastaram Brystal para fora da jaula e posicionaram a cabeça dela no bloco. Enquanto o carrasco pairava sobre ela, a realidade do que Barrie acabara de fazer começou a atingi-lo. Em frenesi, ele lutou contra as restrições com todas as suas forças.

– *Nãããããão!* – ele gritou. – Eu não sabia o que estava fazendo! Eu não sabia que era ela!

O Juiz Flanella sorriu e gargalhou com o trauma que estava causando à família Perene. O carrasco ergueu seu machado acima do pescoço de Brystal e mirou, balançando-o. Do chão, Brystal podia ver os dois irmãos freneticamente tentando lutar contra os guardas que os seguravam. Naquele momento, ela estava quase agradecida pelas táticas vingativas de Flanella – se ela ia morrer, pelo menos assim morreria olhando para as pessoas que amava.

– Brystal, me desculpe! – Barrie soluçou. – Me perdoe! *Me perdoeeeee!!*

– *Tudo bem, Barrie...* – ela sussurrou. – *Isso não é culpa sua... Não é culpa sua... Não é culpa sua...*

BAM! As portas duplas de repente se abriram, fazendo com que todos se sobressaltassem e se virassem para o fundo do tribunal. O Juiz Perene invadiu o interior com a fúria de uma centena de homens.

– FLANELLA, PARE ESSA BLASFÊMIA DE UMA VEZ! – ele demandou.

– Como você ousa interromper um julgamento em andamento, Perene! – gritou Flanella. – Saia do tribunal neste instante ou eu vou expulsá-lo!

– ISSO NÃO É UM JULGAMENTO, É UMA ATROCIDADE! – o Juiz Perene declarou.

O carrasco olhou de um Juiz para o outro, sem saber de quem receber ordens.

– Termine isso, homem! – Flanella gritou. – Este é o meu tribunal! O Juiz Perene não tem autoridade aqui!

– Na verdade, eu tenho! – o Juiz Perene disse, e levantou um rolo de pergaminho no ar. – Acabei de voltar da casa do Alto Juiz Monteclaro nos campos do oeste. Ele me concedeu o poder de comandar este julgamento e anular sua sentença!

O Juiz desenrolou o pergaminho para que todos no tribunal pudessem vê-lo. O documento era uma ordem oficial do Alto Juiz Monteclaro, e sua grande assinatura estava na parte inferior.

– Isso é ultrajante! – exclamou Flanella. – Sua filha é uma *bruxa*, Perene! Ela deve ser punida por seus crimes!

– E punição ela receberá, mas não de você – o Juiz Perene disse. – Monteclaro a sentenciou a viver em uma instalação nas Planícies do Nordeste do Reino do Sul até segunda ordem. A instalação, como me disseram, é especializada no tratamento de mulheres jovens com a *condição* da minha filha. Há uma carruagem lá fora, esperando para transportá-la enquanto falamos. Além disso, o Alto Juiz ordenou que você apague qualquer menção a este julgamento de todos os registros no tribunal.

O Juiz Flanella ficou em silêncio enquanto cogitava o próximo passo. Quando percebeu o quanto suas opções eram limitadas, ficou furioso e bateu seu martelo até que ele se partisse em dois pedaços.

– Bem, parece que o Juiz Perene usou suas conexões para manipular a lei – disse ele à sala. – No momento, não tenho outra escolha a não ser seguir as ordens do Alto Juiz. Guardas, por favor, levem a bruxa Perene à carruagem.

Antes que ela tivesse a chance de dizer adeus aos irmãos, os guardas levantaram Brystal do bloco do carrasco e começaram a arrastá-la para fora do tribunal.

– Mas, pai, para onde vou? – ela chorou. – Para qual instalação eles estão me levando? Pai!

Apesar de seus apelos desesperados, o Juiz Perene se recusou a responder às perguntas da filha. Ele nem sequer a olhou nos olhos quando ela passou por ele, levada pelos guardas.

– Não se atreva a me chamar de *pai* – disse ele. – Você não é minha filha.

Capítulo Seis

A Instituição Correcional Amarrabota para Jovens Problemáticas

Quando amanheceu, Brystal já estava tão longe da Via das Colinas que não conseguia ouvir os sinos matutinos da catedral. Ela estava algemada na parte de trás de uma pequena carruagem que viajava por uma estrada longa e esburacada pelas Planícies do Nordeste do Reino do Sul. Fiel ao nome, não havia absolutamente nada para ver nas planícies, exceto a mesma terra plana que se estendia por quilômetros. A cada hora que passava, a terra gramada ficava cada vez mais seca e o céu, mais cinza, até que terra e céu se misturaram em uma cor sombria.

O cocheiro fez poucas paradas para alimentar os cavalos, e ocasionalmente, os guardas deixavam Brystal sair da carruagem para se aliviar na beira da estrada. A única comida que lhe deram foi um pedaço de pão dormido, e Brystal estava evitando comê-lo porque não sabia por quanto tempo deveria racioná-lo. Os cocheiros não disseram nada sobre a hora prevista de chegada, então, quando o segundo dia de viagem iniciou, ela começou a se preocupar que o destino não existia. Ela se convenceu de que a carruagem acabaria encostando e os cocheiros a abandonariam no meio do nada – talvez *esse* era o plano do pai e do Alto Juiz o tempo todo.

Foi no fim da tarde do segundo dia que Brystal finalmente avistou algo à distância que sugeria a existência de civilização nas proximidades. Quando a carruagem se aproximou do objeto, ela viu que era uma placa de madeira apontando para um novo caminho:

Instituição Correcional Amarrabota para Jovens Problemáticas

A carruagem virou em uma estrada de terra, indo na direção que a placa apontava. Brystal ficou aliviada ao ver que seu destino existia, mas quando a instalação apareceu no horizonte, ela percebeu que ser abandonada no meio do nada talvez fosse uma opção melhor. Brystal nunca tinha posto os olhos em um lugar tão miserável, e apenas a visão dele sugou toda a esperança e felicidade restantes de seu corpo.

A Instituição Correcional Amarrabota para Jovens Problemáticas ficava no topo da única colina que Brystal tinha visto nas Planícies do Nordeste. Era um edifício largo de cinco andares feito de tijolos em ruínas. As paredes estavam severamente desgastadas e rachadas, e todas as janelas eram minúsculas, cobertas de grades, e o vidro estava quase todo quebrado. Havia buracos no telhado de palha e uma chaminé torta no centro fazia toda a instalação parecer uma enorme abóbora podre.

O prédio era cercado por alguns acres de terra ressecada, e a propriedade tinha um muro de pedra com pontas afiadas no topo. A carruagem de Brystal parou diante do portão e o cocheiro assobiou para um porteiro corcunda, que saiu mancando da sua pequena guarita e removeu as barreiras.

Uma vez que o portão se abriu, a carruagem continuou por um caminho que serpenteava os terrenos da instalação. Para onde quer que olhasse, Brystal via dezenas de jovens entre oito e dezessete anos espalhadas pela propriedade. Cada garota usava um vestido listrado cinza e preto desbotado, uma bandana para manter o cabelo longe do rosto e um par de coturnos enormes. Todas as jovens estavam pálidas e franzinas e compartilhavam a mesma expressão de completa exaustão, como se não tivessem uma refeição decente ou uma boa noite de descanso em anos. Era uma visão assombrosa, e Brystal se perguntou quanto tempo levaria até que ela, como as outras garotas, se assemelhasse a um fantasma de si mesma.

As jovens estavam separadas em grupos realizando diferentes tarefas. Algumas alimentavam galinhas em um galinheiro superlotado, outras ordenhavam vacas desnutridas em um curral pequeno e ainda havia aquelas que arrancavam vegetais murchos de um jardim morto. No entanto, Brystal não entendia o objetivo das outras atividades que ela via outros grupos de meninas fazendo. Cavavam grandes buracos no chão com pás, moviam pedras pesadas para frente e para trás de uma pilha para outra, carregavam baldes pesados de água em círculos.

As meninas não se opunham às tarefas inúteis e as concluíam quase mecanicamente. Brystal presumiu que estavam tentando evitar a atenção dos guardas que as patrulhavam. Os guardas usavam uniformes escuros e mantinham a mão nos chicotes pendurados nos cintos enquanto supervisionavam as jovens.

Como se a instalação não fosse suficientemente sombria, uma engenhoca peculiar no meio da propriedade deu a Brystal uma sensação desconfortável na boca do estômago. Parecia ser um grande poço de pedra, mas em vez de um balde de água pendurado no teto, havia uma tábua de madeira grossa com três furos – do tamanho perfeito para caber pulsos e pescoço de alguém. Fosse o que fosse, Brystal esperava que ela evitasse o mecanismo durante seu tempo na instalação.

A carruagem parou na entrada do prédio. O cocheiro e os guardas puxaram Brystal para fora e ela se encolheu porque o ar estava muito mais frio do que esperava. As portas da frente se abriram lentamente por dentro, com as dobradiças enferrujadas guinchando como um animal com dor, e um homem e uma mulher saíram para cumprimentar os recém-chegados.

O homem era baixo e tinha a forma de uma pera de cabeça para baixo: cabeça incrivelmente larga, pescoço muito grosso e torso que se estreitava à medida que descia até a cintura fina. Ele se vestia bem e usava uma gravata-borboleta vermelha com um terno azul perfeitamente adaptado às suas medidas desajeitadas. A boca dele estava curvada em um sorriso malicioso que nunca desaparecia. A mulher ao lado dele tinha a forma de um pepino: era quase duas vezes mais alta que o homem e tinha exatamente a mesma largura da cabeça aos pés. Ela parecia mais conservadora do que o homem e usava um vestido preto com gola alta de renda. Uma carranca permanente estava congelada no rosto dela, como se nunca tivesse sorrido em toda a vida.

– Podemos ajudar? – o homem perguntou com uma voz profunda e rouca.

– Vocês são o Sr. e a Sra. Edgar? Os administradores desta instalação? – perguntou o cocheiro.

– Sim, somos nós – disse a mulher em uma voz aguda e nasal.

– Por ordem do Alto Juiz Monteclaro da Via das Colinas, a Srta. Brystal Lynn Perene foi sentenciada a viver em suas instalações até segunda ordem – um dos guardas os informou.

Ele entregou ao homem um pergaminho com a ordem oficial por escrito. O Sr. Edgar leu o documento e então olhou para Brystal como se ele tivesse ganhado um prêmio.

– Ora, ora – disse ele. – A Srta. Perene deve ter feito algo *muito* travesso para um Alto Juiz sentenciá-la pessoalmente. Claro que ficaremos muito felizes em tê-la conosco.

– Então ela é toda sua – disse o cocheiro.

Os guardas soltaram as algemas de Brystal e a empurraram para os administradores e logo voltaram para a carruagem, que partiu da instalação. O Sr. e a Sra. Edgar olharam Brystal de cima a baixo como dois cães inspecionando um bife.

– Deixe-me avisá-la de antemão, *querida*, que esta é uma casa do Senhor – disse a Sra. Edgar em tom rancoroso. – Se você sabe o que é bom para você, vai deixar sua devassidão na porta.

– Você deve estar cansada e com fome de sua viagem – o Sr. Edgar disse de uma forma amigável em que Brystal não confiava. – Você está com sorte; é quase hora do jantar. Entre e vamos vesti-la com algo mais *apropriado*.

O Sr. Edgar colocou a mão na nuca de Brystal e o casal a escoltou. O interior da Instituição Correcional estava tão frio e desgastado quanto o exterior. O piso era de tábuas podres, o teto estava manchado de vazamentos, e as paredes, cobertas de amassados e arranhões. Os administradores levaram Brystal por um corredor e por uma grande arcada até um espaçoso refeitório.

O refeitório tinha três longas mesas que se estendiam por todo o comprimento da sala e uma pequena mesa na frente para os oficiais da Instituição. Mais jovens em vestidos desbotados listrados de cinza e preto estavam sentadas nas longas mesas, trabalhando duro na costura de pedaços de botas de couro. Assim como as garotas do lado de fora, as moças no refeitório eram magras e pareciam cansadas. As pontas dos dedos estavam machucadas e sangrando por serem forçadas a trabalhar com agulhas cegas. Guardas andavam pelo corredor enquanto inspecionavam o trabalho das meninas, e puniam algumas das jovens que não estavam costurando rápido o suficiente para a satisfação deles.

Na frente da sala, pendurado acima da mesa menor, havia um enorme estandarte com uma mensagem que fez o sangue de Brystal ferver:

BOAS MENINAS FAZEM O QUE É MANDADO.
ELAS **NUNCA** QUESTIONAM.

BOAS MENINAS CRUMPEM SEUS DEVERES.
ELAS **NUNCA** DESCANSAM.

BOAS MENINAS SÃO SUBMISSAS.
ELAS **NUNCA** SE METEM EM ENCRENCA.

BOAS MENINAS SÃO SEMPRE FIÉIS.
ELAS **NUNCA** MENTEM.

BOAS MENINAS SABEM SEU LUGAR.
ELAS **NUNCA** SÃO DESRESPEITOSAS.

BOAS MENINAS SÃO GRATAS.
ELAS **NUNCA** QUEREM MAIS.

Antes que Brystal pudesse reclamar da mensagem repulsiva, os administradores a empurraram por uma escada frágil na parte de trás do refeitório. A Sra. Edgar destrancou uma pesada porta gradeada e o casal levou Brystal para o seu escritório particular no topo da escada.

Ao contrário do resto das instalações, o escritório dos Edgar era muito elegante. Tinha o chão acarpetado e um lustre de cristal, e as paredes eram pintadas com murais de belas paisagens. Tinha grandes janelas com vista para o refeitório e para o terreno da instituição. Era o lugar perfeito para espionar as jovens enquanto trabalhavam.

O Sr. Edgar sentou-se em uma cadeira de couro atrás de uma mesa de madeira de cerejeira. A Sra. Edgar puxou Brystal para trás de uma tela em um canto do escritório e fez com que ela tirasse as roupas e os sapatos com que havia chegado. Ela jogou as coisas de Brystal em uma lixeira e foi até um guarda-roupa volumoso do outro lado da sala. A mulher abriu as gavetas e escolheu um vestido listrado cinza e preto desbotado, uma bandana e um par de coturnos.

– Aqui – disse ela, e entregou os itens para Brystal. – Vista-se.

Brystal não tinha nada além das roupas íntimas e estava congelando, então colocou as roupas novas o mais rápido que pôde. Infelizmente, o uniforme não era tão quente quanto as roupas velhas, e Brystal estremeceu na sala fria.

– Senhora? Por favor, posso ter um suéter? – ela perguntou.

– Isso parece uma butique? – a Sra. Edgar retrucou. – O frio é bom para você. Faz você buscar o calor do Senhor.

Ela sentou Brystal na cadeira em frente ao marido. O sorriso diabólico cresceu enquanto observava Brystal estremecer, e o queixo duplo se transformou em quádruplo.

– Srta. Perene, permita-me lhe dar as boas-vindas oficialmente à Instituição Correcional Amarrabota para Jovens Problemáticas – disse o Sr. Edgar. – Você sabe *por que* o Alto Juiz colocou você sob nossos cuidados?

– Eles dizem que vocês poderiam me *curar* – disse Brystal.

– De fato – disse ele. – Veja, há algo dentro de você que não deveria estar aí. O que pode parecer um talento ou um dom é na verdade uma *doença* que deve ser curada imediatamente. Minha esposa e eu criamos esta Instituição para que pudéssemos ajudar meninas com a sua *condição*. Com algum trabalho duro e oração, vamos erradicar todas as qualidades não naturais que você possui, e nada a impedirá de se tornar uma esposa e mãe respeitável um dia.

– Não entendo como o trabalho manual e a oração curam alguém – disse ela.

O Sr. Edgar soltou uma risada baixa e ruidosa, e balançou a cabeça.

– Nossos métodos podem parecer tediosos e cansativos, mas são as ferramentas mais eficazes para o tratamento – explicou. – Você está infectada com uma doença horrível; é uma *doença do espírito* à qual o próprio Senhor se opõe. Vai levar tempo e esforço para destruí-la. No entanto, com dedicação e disciplina, podemos esmagar a própria fonte de seus sintomas. Nossas instalações *tirarão* o mal da sua alma, *expulsarão* a escuridão do coração e *drenarão* a maldade da mente.

Brystal sabia que o melhor para ela seria ficar em silêncio e concordar com a cabeça, mas cada palavra que saía da boca do Sr. Edgar a enfurecia mais do que a anterior.

– Sr. Edgar, você concorda que o Senhor é onisciente, onipotente e o único criador de toda a existência, correto? – ela perguntou.

– Sem dúvida – respondeu o Sr. Edgar.

– Então por que o Senhor criaria magia se ele a odeia tanto? – ela perguntou. – É um pouco contraproducente, não acha?

O Sr. Edgar ficou quieto e levou alguns instantes para responder.

– Para testar a lealdade de sua alma, é claro – ele declarou. – O Senhor quer separar as pessoas que buscam a salvação das que se entregam ao pecado. Ao fazer sacrifícios voluntariamente para superar sua condição, você está provando sua devoção ao Senhor e ao seu amado Reino do Sul.

– Mas se o Senhor quer identificar aqueles que *voluntariamente* vencem a magia, você não está interferindo ao *forçar* as jovens a superá-la?

A segunda pergunta foi ainda mais confusa do que a primeira. O Sr. Edgar ficou nervoso e as bochechas dele ficaram da mesma cor da gravata-borboleta. Seus olhos dispararam entre Brystal e a esposa enquanto compunha uma resposta.

– Claro que não! – ele disse. – A magia é uma manipulação profana da natureza! E *ninguém* deve manipular o belo mundo do Senhor, a não ser o próprio Senhor! Ele sorri para as pessoas que tentam impedir tais abominações!

– Mas *você* está tentando *me* manipular. Isso *também* não seria uma abominação? – Brystal perguntou.

O Sr. e a Sra. Edgar ofegaram – eles nunca haviam sido acusados de tal coisa. Brystal sabia que deveria parar enquanto estava na dianteira, mas não podia tolerar mais hipocrisia. Ela iria falar o que pensava, gostassem os administradores ou não.

– Como você ousa! – o Sr. Edgar exclamou. – Minha esposa e eu dedicamos nossas vidas à obra do Senhor!

– Mas e se você estiver errado sobre o Senhor? – ela argumentou. – E se o Senhor for muito mais gentil e amoroso do que você acredita? E se o Senhor inventasse a magia para que as pessoas pudessem ajudar umas às outras e enriquecer as próprias vidas? E se o Senhor achar que *vocês* são os profanos por abusar das pessoas e fazê-las acreditar que a existência delas é um...

PAH!

A Sra. Edgar deu um tapa em Brystal com tanta força que toda a cabeça da menina girou em uma direção diferente.

– Seu bichinho desrespeitoso – disse a Sra. Edgar. – Você vai morder sua língua ou *eu vou arrancá-la*! Está entendido?

Brystal assentiu enquanto o sangue escorria do canto de sua boca. O Sr. Edgar se recostou na cadeira e olhou para Brystal como se ela fosse um animal selvagem que ele estava animado para domar.

– Você tem um longo caminho pela frente, Srta. Perene – disse ele. – Estou ansioso para ver seu *progresso*.

Um gongo alto soou pela Instituição.

– Ah, hora do jantar – disse o Sr. Edgar. – Você pode se juntar às outras garotas no refeitório. Tente descansar um pouco esta noite, amanhã será um dia muito, muito longo para você.

A Sra. Edgar levantou Brystal, levou-a até a porta e deu-lhe um empurrão enquanto descia a escada frágil.

Ao anúncio do jantar, as moças que costuravam coturnos no refeitório largaram o trabalho. Outras garotas vieram do lado de fora e se juntaram às mesas. Brystal não sabia onde sentar, então pegou o primeiro assento vazio que encontrou. Nenhuma das garotas notou a recém-chegada; na verdade, nenhuma das garotas disse uma palavra ou desviou o foco do que quer que estivesse diretamente à frente delas. Apesar das tentativas de Brystal de se apresentar, as jovens permaneceram em silêncio e imóveis como estátuas.

O Sr. e a Sra. Edgar sentaram-se em cadeiras parecidas com tronos à mesa dos oficiais, onde estavam os guardas e o porteiro corcunda. Assim que tomaram seus lugares, um grupo de moças com aventais sobre os vestidos listrados de cinza e preto atravessou a porta da cozinha para o refeitório e serviu aos professores frango assado, purê de batatas e legumes assados. O aroma delicioso lembrou Brystal de como ela estava faminta e seu estômago roncou como um animal de estimação negligenciado.

Depois que os pratos dos oficiais estavam cheios, uma mesa de cada vez, as jovens foram autorizadas a formar uma fila até um carrinho de comida para se servirem de seu próprio jantar. Brystal recebeu uma tigela rústica com um ensopado marrom grosso que borbulhava e cheirava a gambá. Precisou usar cada grama do seu corpo para conter o refluxo causado pelo cheiro da comida repugnante. Ela seguiu de volta para a mesa, onde as garotas que já haviam se servido apenas permaneciam sentadas, imóveis, diante do prato, até que todas retornassem aos seus lugares.

Enquanto esperavam, os olhos de Brystal caíram sobre uma garota a alguns assentos de distância dela. Era a menor menina do refeitório e não devia ter mais do que seis ou sete anos. Ela tinha grandes olhos castanhos, um nariz minúsculo e um corte de cabelo muito curto. Ao contrário dos outros, a menina sentiu o olhar de Brystal e se virou para ela. A princípio, Brystal ficou surpresa com o reconhecimento e não sabia o que fazer.

– Olá – ela sussurrou com um sorriso. – Qual o seu nome?

A garotinha não respondeu e apenas olhou para Brystal com olhos vazios, como se o corpo dela estivesse privado de uma alma.

– Meu nome é Brystal – disse. – Hoje é meu primeiro dia. Há quanto tempo você...

A conversa unilateral foi interrompida quando o Sr. Edgar deu um soco na mesa dos oficiais. Todas as jovens finalmente haviam voltado aos seus lugares e o administrador se levantou da cadeira para se dirigir à sala.

– É hora da oração da noite – ele instruiu. – *Começar!*

Brystal não sabia que as jovens *podiam* falar, mas para sua surpresa, elas seguiram a ordem do Sr. Edgar e recitaram uma oração em perfeito uníssono:

> *A nosso Senhor do céu, enviamos nossos agradecimentos diários pela refeição que estamos prestes a receber. Que ela alimente nossos corpos, para que possamos continuar o trabalho de nossas mãos e o trabalho de nossos corações. Que o Senhor nos abençoe com a sabedoria para reconhecermos nossas falhas, a força para consertarmos o que está quebrado dentro de nós e a orientação para nos desviarmos de nossas tentações não naturais. Em nome do Reino do Sul, oramos. Amém.*

Quando a oração terminou, as meninas se sentaram e devoraram o ensopado marrom como se nunca tivessem comido antes. Brystal não conseguia se lembrar da última vez que sentira tanta fome, mas não conseguia nem tocar na comida; a bênção diária a deixou com raiva demais para comer. Mesmo em seus piores pesadelos, ela nunca tinha imaginado um lugar tão terrível como este, e até onde ela sabia, ficaria presa lá por muito, muito tempo.

· · ★ · ·

O quarto de Brystal na Instituição Correcional era do tamanho de um armário, mas essa era a menor de suas preocupações. Pouco depois do jantar, dois guardas a escoltaram até a pequena câmara no quinto andar e a trancaram por trás de sua porta de correr gradeada. A temperatura foi caindo durante a noite e Brystal não tinha nada além de um cobertor fino e esfarrapado para se aquecer. Ela nunca tinha sentido tanto frio em toda a vida e estremeceu tanto que seu colchonete estava praticamente vibrando. A mandíbula batia com tanta intensidade que seus dentes soavam como cascos de cavalo contra o pavimento.

Por volta da meia-noite, Brystal foi distraída do frio pela estranha sensação de estar sendo observada. Quando olhou para cima, ela se assustou ao ver a garotinha de cabelo curto e revolto atrás das grades de sua porta. Ela a olhou tão inexpressiva quanto no jantar e carregava um cobertor de lã dobrado.

— Hum... *olá* – disse Brystal, imaginando há quanto tempo a menina estava ali. — Posso ajudar?

— Pi – ela disse.

Brystal estava confusa e sentou-se para olhar melhor a estranha garotinha.

— Como? – ela perguntou.

— É *Pi* – a garotinha repetiu.

— Desculpe, eu não entendo o que você está dizendo – Brystal se desculpou. — Isso significa algo em outro idioma?

— No jantar, você me perguntou qual era meu nome – disse a garotinha. — É Pi.

— Ah, sim – lembrou Brystal. — Bem, é um prazer conhecê-la, Pi. Existe uma razão para você estar se apresentando tão tarde?

Pi deu de ombros.

— Na verdade, não – disse ela. — É que só me lembrei do meu nome agora.

O olhar distante da menina nunca mudou, mas havia uma inocência nela que Brystal achou encantadora.

– Você tem um sobrenome, Pi?

A garotinha olhou para o chão e seus ombros afundaram. Lembrar seu primeiro nome foi um desafio tão grande que ela não se preparou para mais perguntas.

– Espere, eu *tenho* – disse ela. – É Ralha... *Pi Ralha*.

– Pi *Ralha*? – Brystal ficou surpresa ao ouvir. – Esse é o seu nome verdadeiro?

– É o único nome que me lembro de ser chamada – Pi disse com um encolher de ombros. – Por outro lado, não tenho muitas lembranças de antes de morar aqui.

– Há quanto tempo você está aqui? – Brystal perguntou.

– Cerca de seis anos, eu acho.

– Você está aqui há *tanto* tempo?

– Eu estava começando a andar quando cheguei – disse Pi. – Meus pais me trouxeram aqui assim que perceberam que eu era diferente. Comecei a mostrar sinais muito cedo.

– Você quer dizer sinais de *magia*? – Brystal perguntou. – Você podia fazer magia quando era apenas uma criancinha?

– Uhum – disse Pi. – E ainda posso. Quer que eu te mostre?

– Por favor – disse Brystal sem hesitar.

A garotinha olhou pelo corredor para se certificar de que estavam sozinhas. Quando viu que a área estava limpa, Pi esticou o pescoço e os membros, e então pressionou a cabeça contra a porta gradeada. Brystal assistiu com espanto enquanto lenta, mas constantemente, a garotinha se espremia pelas barras como se seu corpo fosse feito de barro. Uma vez que estava do outro lado, o corpo de Pi voltou à sua forma original.

– *Isso é inacreditável!* – Brystal exclamou, esquecendo-se de manter a voz baixa. – Você faz isso desde que era um bebê?

– Eu costumava me espremer pela grade do meu berço.

Brystal riu.

– Acho que isso explica como você saiu do seu quarto esta noite.

– Eu saio de fininho o tempo todo – disse Pi. – Ah, isso me lembra, eu trouxe isso para você. Eu podia ouvir você tremendo do meu quarto, então, entrei no armário de roupas de cama dos Edgar para pegar um cobertor extra.

Ela enrolou o cobertor ao redor dos ombros de Brystal, que ficou extremamente emocionada com o gesto de Pi. Brystal também estava extremamente gelada, então aceitou rapidamente.

– Isso foi tão gentil de sua parte – disse ela. – Tem certeza que não precisa?

– Não, estou acostumada com o frio – disse Pi. – Embora esteja ficando muito mais frio ultimamente. Normalmente começa a esquentar nesta época do ano, mas ouvi o Sr. Edgar dizendo que há uma nevasca muito forte no Reino do Norte. Não estamos muito longe da fronteira, então vamos torcer para que a tempestade não se aproxime.

– Tomara que não – disse Brystal. – Acho que não conseguiria lidar com nada mais frio do que isso. Raramente neva em Via das Colinas.

– O que é Via das Colinas? – Pi perguntou.

Brystal ficou chocada por Pi nunca ter ouvido falar da cidade antes, mas depois se lembrou de que ela nem sabia o próprio nome verdadeiro.

– É a cidade de onde eu sou – ela explicou.

– Ah – disse Pi. – Desculpe, eu não saio muito... bem, *nunca*, na verdade. Como é Via das Colinas?

– É grande e movimentada. – Brystal descreveu. – Há uma praça no meio da cidade com um tribunal, uma catedral e uma universidade de direito em torno dela. É também a capital do Reino do Sul e onde o rei vive com a família real.

– Você é do mesmo lugar que a *família real*? – Pi perguntou. – Como uma garota como você veio parar aqui?

– Igual a você. Fui pega usando magia – disse Brystal. – Eu nem sabia que era capaz disso até uma semana atrás. Encontrei um livro chamado *A verdade sobre a magia* na biblioteca em que trabalhava. Havia um antigo encantamento no livro para testar se alguém tem magia no sangue. Fui estúpida o suficiente para lê-lo em voz alta, e agora aqui estou eu.

– O que aconteceu quando você leu?

– Na primeira vez, cobri uma sala de flores. Na segunda vez, enchi a sala com milhares de luzes e fiz com que parecesse o universo.

Os grandes olhos de Pi ficaram ainda maiores.

– Isso é incrível! – ela disse. – Eu nunca conheci alguém que pudesse fazer algo *assim* antes. A maioria das garotas aqui tem pequenos truques como o meu. Uma garota no corredor do meu quarto pode deixar o cabelo crescer à vontade, outra no segundo andar pode ficar na água sem afundar, e eu já vi uma conversando com as vacas lá fora... Mas isso talvez não seja magia, ela pode ser apenas *estranha*. Você deve ser realmente poderosa se cobriu uma sala inteira de flores e luzes!

Brystal nunca tinha pensado nisso antes.

– Você acha? – ela perguntou. – Eu nunca tive nada para comparar. Sua magia é a única que eu vi além da minha. Estou feliz que o Sr. e a Sra. Edgar ainda não a drenaram de você.

– Não se preocupe, os tratamentos deles não *curam a magia* – disse Pi. – Esta instalação é apenas uma fachada para os negócios da família Edgar. Era só uma fábrica de calçados antes que o Sr. Edgar a herdasse... daí o nome. A única razão pela qual ele e sua esposa o transformaram em uma instituição corretiva era para ter o trabalho gratuito e forçado das meninas. Pelo menos foi o que ouvi o porteiro dizer... Ele também é um aspirante a poeta, mas isso é outra história. É engraçado o quanto você aprende quando ninguém pensa que você está ouvindo.

– Os Edgar são pessoas tão terríveis! – disse Brystal. – E eles têm a coragem de dizer que *nós* somos os pecadores!

De repente, as duas garotas sobressaltaram-se ao som de passos ecoando alguns andares abaixo.

– Quem será? – Brystal perguntou.

– Os guardas estão fazendo suas rondas noturnas – disse Pi. – Eu deveria voltar para o meu quarto antes que eles cheguem ao nosso andar.

– Espere, não se esqueça disso – Brystal tirou o cobertor dos ombros e tentou devolvê-lo, mas Pi não aceitou.

– Você pode ficar com ele esta noite – disse ela. – Mas terei que pegá-lo de manhã cedo e devolvê-lo ao armário antes que a Sra. Edgar acorde. Ela me pegou fugindo do meu quarto na semana passada e cortou todo o meu cabelo como punição... se isso acontecer de novo, eles vão me colocar no *mergulhador* com certeza.

– O que é o mergulhador? – Brystal perguntou.

– Quando as meninas se comportam mal, *muito* mal, elas são penduradas no poço lá de fora e mergulhadas na água fria até que o Sr. Edgar pense que aprenderam a lição. Às vezes leva horas!

Brystal não podia acreditar em seus ouvidos.

– Este lugar fica mais terrível a cada minuto! – ela disse. – Como você sobreviveu a isso por tanto tempo?

– Acho que poderia ser pior – disse Pi.

– *Como?*

– Ah, eu realmente não sei como poderia ser pior – disse ela. – Eu não estive em muitos lugares para comparar... bem, *nenhum*, na verdade.

– É certamente o pior lugar em que já estive – disse Brystal. – Mas estou grata por ter conhecido alguém tão gentil quanto você. Vamos sair daqui um dia e mudar para algum lugar quente onde possamos ver o oceano. O que acha?

Brystal sabia que o pensamento intrigou Pi porque os cantos da boca dela começaram a se contorcer e lentamente se curvaram em um sorriso – possivelmente o primeiro sorriso que ela já deu.

– É um bom pensamento para se ter antes de dormir – disse ela. – Boa noite, Brystal.

Pi se espremeu pelas barras e silenciosamente voltou para seu quarto antes que os guardas chegassem ao quinto andar. Brystal deitou-se e tentou o seu melhor para dormir. Ela ainda estava com frio mesmo com um segundo cobertor, mas tremia muito menos graças ao calor da nova amiga.

・・★・・

Brystal achava que trabalhar na biblioteca era extenuante, mas não era nada comparado aos seus primeiros dias na Instituição Corretiva. Todos os dias, ao amanhecer, os guardas destrancavam as moças de seus quartos, apressavam-nas a tomar um café da manhã grotesco no refeitório, e depois as obrigavam a completar as tarefas até o jantar. Os trabalhos eram brutais para o corpo de Brystal e, a cada hora que passava, ela não sabia como resistiria ao próximo, mas não tinha escolha. No fim da primeira semana, seu vestido listrado cinza e preto desbotado estava muito mais frouxo do que no dia em que ela o colocou pela primeira vez.

A parte mais desafiadora de todas era evitar que a frustração viesse à tona em seu rosto; caso contrário, ela enfrentaria a ira dos guardas. Ocasionalmente, Brystal tinha a estranha sensação de que estava sendo observada por mais do que apenas os guardas. Ela olhava para cima e via o Sr. Edgar a olhando de seu escritório, encantado ao ver o quanto ela estava sofrendo.

No fim de cada dia, o corpo de Brystal doía tanto que ela nem percebia a temperatura congelante. Pi teve a gentileza de lhe dar um cobertor todas as noites depois que os Edgar fossem para a cama e, então, ela prontamente o devolvia na manhã seguinte, antes que eles acordassem. Brystal odiava que Pi corresse o risco de ser pega por causa dela, mas suas visitas noturnas eram tudo o que ela esperava. Devaneios sobre escapar da instalação e se mudar para a costa eram as únicas coisas que a mantinham viva – ela não sabia como sobreviveria sem eles.

・・★・・

Numa noite, Pi não apareceu e Brystal ficou preocupada. A amiga passou o dia cavando buracos no quintal, então Brystal esperava que ela estivesse muito cansada para sair do quarto. Na manhã seguinte, enquanto esperava o café da manhã ser servido, as preocupações de Brystal dispararam porque ela não viu Pi em nenhum lugar do refeitório. Ela esticou o pescoço tentando localizar o cabelo revolto da amiga entre as bandanas, mas Pi havia sumido.

Nesse momento, o Sr. e a Sra. Edgar saíram do escritório, batendo a pesada porta atrás deles. Eles marcharam pelos degraus precários em um acesso de raiva, fazendo a escada balançar abaixo deles, e então seguiram para a frente do salão.

– O café da manhã foi cancelado esta manhã – anunciou o Sr. Edgar.

Brystal suspirou e afundou em sua cadeira – ela se tornara dependente das refeições nauseantes –, mas era a única garota em sua mesa que foi afetada pela notícia. As outras permaneceram imóveis e inexpressivas como sempre.

– Algo muito preocupante ocorreu ontem à noite – o Sr. Edgar continuou. – Enquanto minha esposa e eu dormíamos, os guardas pegaram uma jovem *roubando* nossa propriedade privada. Como sabem, o *roubo* é um pecado imperdoável aos olhos do Senhor, e não será tolerado sob este teto! Devemos fazer desta ladra um exemplo para que o Senhor não pense que O abandonamos! *Tragam-na!*

Ao sinal do Sr. Edgar, Brystal assistiu horrorizada quando os guardas empurraram Pi para o refeitório. As mãos dela estavam amarradas atrás das costas e os grandes olhos mais distantes do que o normal, como se sua mente tivesse abandonado o corpo dela por medo. Os guardas a levaram para a frente da sala ao lado do Sr. Edgar, e o administrador andou em círculos ao redor de Pi enquanto questionava a garotinha.

– Diga às outras garotas o que você fez – ele ordenou.

– E-e-eu... peguei um cobertor do armário de roupa de cama – confessou Pi.

– E *por que* você faria uma coisa tão perversa? – o Sr. Edgar perguntou.
– E-e-eu estava com frio – disse ela.

Pi olhou para cima e os olhos dela imediatamente encontraram Brystal na multidão. Ver sua amiga mentir por ela fez o estômago de Brystal se revirar – ela tinha que fazer algo para salvar Pi, mas não sabia como ajudá-la.

– E o que dizemos sobre o frio? – o Sr. Edgar perguntou.
– V-vo-você diz que o frio é bom para nós – recitou Pi. – Faz com que busquemos o calor do Senhor.

– Exatamente – disse o Sr. Edgar. – Mas você não estava interessada no calor do Senhor na noite passada. Tudo o que importava era *você mesma*, então você abandonou o Senhor e recorreu ao pecado para satisfazer seus desejos físicos. E o que fazemos com os pecadores nesta Instituição?

– N-nó-nós os *limpamos* – disse Pi.

– Exatamente – ele respondeu, e se virou para o resto da sala. – Para garantir que nenhum de vocês siga os passos dela, vocês se juntarão a nós do lado de fora e verão a ladra ser punida por suas ações vergonhosas! *Levem-na para o mergulhador!*

O nome do dispositivo horrível provocou uma onda de medo nas jovens no refeitório, foi a única reação das meninas que Brystal havia visto desde que chegou. As bocas delas se abriram e elas se entreolharam com olhos arregalados e assustadores. Os guardas agarraram Pi pelos braços e a levaram pelo corredor, mas Brystal pulou na frente deles e bloqueou o caminho.

– *Espere!* – ela gritou. – É minha culpa! Pi não fez nada de errado!

– Afaste-se, seu verme imprudente! – a Sra. Edgar gritou. – Esta garota foi pega em flagrante enquanto você estava em seu quarto!

– Não, fui eu! – Brystal declarou. – Eu a coloquei sob um feitiço! Eu a *enfeiticei* para roubar o cobertor! Me castigue e a deixe ir!

– Mentirosa! – o Sr. Edgar gritou. – Ninguém nesta instalação tem *esse* tipo de poder! Agora fique de lado ou você vai...

– Eu posso provar! – Brystal gritou. – *Elsune elknoon ahkelle-enama, delmune dalmoon ahktelle-awknamon!*

O antigo encantamento ecoou pelo refeitório. Por alguns momentos tensos, os administradores olharam em volta aterrorizados, mas nada apareceu. Brystal se perguntou se ela havia pronunciado errado o texto, porque o feitiço estava demorando mais do que na biblioteca. O Sr. e a Sra. Edgar começaram a rir da tentativa de distração de Brystal.

– Você é uma tola, garota! – o Sr. Edgar zombou. – Vamos lidar com você mais tarde! Agora, guardas, *levem a pequena para fora e amarrem-na ao...*

De repente, o Sr. Edgar foi distraído por pios. O barulho ficou cada vez mais alto, como o trovão de uma tempestade que se aproximava. Para espanto de todos, um bando de pássaros coloridos irrompeu pelas janelas e voou para o refeitório, fazendo com que a sala entrasse em pânico. Os pássaros circundaram Brystal como um tornado e então atacaram os oficiais da Instituição, derrubando os guardas e os administradores.

Em seguida, o bando voou para a frente da sala e atacou o estandarte pendurado acima da mesa dos oficiais, rasgando-o com suas garras e bicos. Quando terminaram, o estandarte estava quase completamente rasgado e restavam apenas cinco palavras da mensagem opressiva:

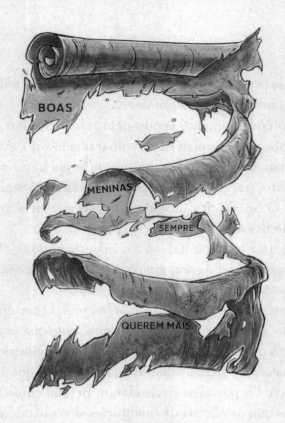

Assim que terminaram com o estandarte, os pássaros voaram para fora das janelas, desaparecendo tão rapidamente quanto apareceram. O refeitório congelou por um minuto inteiro de choque ininterrupto. Finalmente o silêncio foi quebrado quando o Sr. Edgar soltou um grito mortificado e apontou para Brystal.

– LEVEM ESSA PAGÃ PARA O MERGULHADOR! – ele ordenou.

Antes que ela pudesse compreender o que estava acontecendo, os guardas agarraram Brystal e a arrastaram para fora. Todo mundo na Instituição os seguiu até o mergulhador e se reuniu ao redor dele. Os guardas prenderam a tábua de madeira da engenhoca ao redor do pescoço e pulsos de Brystal, então a ergueram acima do poço profundo, deixando os pés dela balançando sobre a água gelada. A suspensão foi incrivelmente dolorosa e Brystal mal conseguia respirar.

– Mergulhem ao meu sinal! – o Sr. Edgar ordenou. – Um... dois...

Brystal se preparou para encontrar a água congelante abaixo, mas estranhamente, o Sr. Edgar nunca deu aos guardas o sinal. Por um segundo, Brystal pensou que o bando de pássaros havia retornado, porque o Sr. e a Sra. Edgar ficaram rígidos e olharam para o horizonte perplexos. Logo, a propriedade se encheu com os sons de cascos galopando, e todos os espectadores ao redor do poço se viraram para ver o que os Edgar estavam olhando boquiabertos.

Na estrada, uma carruagem dourada corria em direção à Instituição a uma velocidade sem precedentes. Era puxada por quatro grandes cavalos com longas crinas magentas, mas não havia ninguém conduzindo os magníficos corcéis. Quando a carruagem se aproximou, Brystal percebeu que as criaturas não eram cavalos, mas *unicórnios* com chifres de prata.

A carruagem chegou à Instituição e o portão se destrancou e abriu sozinho, sem a ajuda do porteiro. Os unicórnios diminuíram a velocidade enquanto trotavam pela propriedade e pararam bem em frente ao mergulhador. A porta da carruagem se abriu e a única passageira saiu. Era uma mulher bonita com cabelos escuros e olhos brilhantes, e usava um vestido roxo vibrante, um chapéu elegante e uma luva cumprida que subia pelo braço esquerdo. A mulher observou a instalação com um olhar crítico.

– Então é *daqui* que vem a melancolia – disse ela.

Ninguém disse uma palavra à mulher. Os membros oficiais e as jovens permaneceram em total silêncio, olhando incrédulos para os unicórnios, como se todos estivessem experimentando a mesma alucinação.

– Bem, vocês são um grupo animado – disse a mulher. – Enfim, não há muito do que se falar por estas bandas, não é? Estou certa em supor que esta é o Instituição Corretiva Amarrabota para Jovens Problemáticas?

– E *quem* seria você? – o Sr. Edgar exclamou.

– Ah, perdoe meus modos – a mulher disse com um sorriso alegre. – Eu sou Madame Tempora. Estou procurando por *Brystal Perene*.

Capítulo Sete

Permissão

Talvez eu não tenha sido clara – Madame Tempora disse para a multidão de rostos confusos. – Estou procurando uma jovem chamada *Brystal Perene*. Algum de vocês faria a gentileza de indicá-la?

Sem dizer uma palavra, os Edgar, os guardas e todas as jovens da instalação se viraram na direção de Brystal. Madame Tempora, que não a tinha notado pendurada acima do poço até então, arfou.

– Aquela pendurada ali é a *Srta. Perene*? – ela perguntou incrédula. – O que diabos vocês estão fazendo com ela? Desçam ela agora mesmo!

– *Não* recebemos ordens de estranhos – gritou o Sr. Edgar.

A mulher ergueu uma sobrancelha para o administrador.

– Muito bem – disse ela. – Eu mesma faço isso.

Madame Tempora bateu palmas e, de repente, os pulsos e o pescoço de Brystal foram liberados da tábua de madeira do mergulhador. Mas em vez de cair na água gelada abaixo, o corpo de Brystal flutuou para fora do poço e desceu suavemente até o chão. O Sr. e a Sra. Edgar gritaram com a magia de Madame Tempora.

– Sua garota demoníaca! – a Sra. Edgar gritou com Brystal. – Primeiro você conjura um bando de pássaros perversos e agora você convocou uma bruxa! Você tem atormentado este instituto com pecado!

– Desculpe-me, mas eu *não* sou uma bruxa – Madame Tempora a corrigiu. – E eu não quero ser rude, mas parece que este lugar tem sido atormentado por coisas piores do que pecado. Uma nova camada de tinta faria maravilhas... *espere um momento*. Você acabou de dizer que a Srta. Perene conjurou *um bando de pássaros*?

A mulher ficou claramente impressionada e virou-se para Brystal com um largo sorriso. Brystal não reagiu à expressão – ela ainda estava tentando processar todos os eventos de *antes* de Madame Tempora descer da carruagem. Embora pudesse ver e ouvir a mulher, Brystal não estava presente o suficiente para aceitar que Madame Tempora, os unicórnios e a carruagem dourada estavam realmente na frente dela.

– Ouça, *Madame*! – o Sr. Edgar rosnou. – Eu não me importo com *quem* ou *o que* você é; nós não aceitamos o seu tipo aqui! Saia da instituição de uma vez!

– Acho uma ideia esplêndida – disse Madame Tempora. – Mas a Srta. Perene virá comigo.

Ninguém ficou mais chocado ao ouvir isso do que a própria Brystal. Ela não conseguia imaginar o que Madame Tempora queria com *ela*, mas era apenas uma das muitas coisas confusas no momento. Mas antes que pudesse fazer qualquer pergunta, o Sr. e a Sra. Edgar se colocaram entre ela e a mulher.

– Você *não* vai levar ninguém daqui! – o Sr. Edgar rugiu. – Esta garota foi sentenciada à Instituição Corretiva Amarrabota para Jovens Problemáticas pelo Alto Juiz Monteclaro de Via das Colinas! Ela permanecerá sob nossos cuidados até que o Alto Juiz nos notifique do contrário!

Madame Tempora pareceu se divertir com o protesto teatral. Ela levantou a mão aberta e um pergaminho dourado com uma fita prateada apareceu do nada. Madame Tempora desenrolou o documento e o apresentou aos administradores. Os olhos dos Edgar se arregalaram ao ver a assinatura curvilínea do Rei Campeon XIV e o selo real oficial na parte inferior do pergaminho.

– Recebi permissão do rei para buscar a Srta. Perene, e como qualquer cidadão respeitador da lei sabe, os desejos de Sua Majestade superam os dos Altos Juízes – ela disse. – Mas se você tiver alguma objeção que gostaria de compartilhar com o rei, por favor, fique à vontade.

O Sr. e a Sra. Edgar trocaram olhares nervosos e, então, deram um passo derrotado para o lado – mesmo *eles* não eram hipócritas o suficiente para desafiar o rei. Brystal não achava que pudesse estar mais confusa do que já estava, mas saber que o Rei Campeon estava de alguma forma envolvido a deixou tonta. Madame Tempora percebeu a perplexidade dela e se ajoelhou na frente de Brystal para olhá-la nos olhos.

– Você está bem, minha querida? – ela perguntou.
– Desculpe – disse Brystal. – Estou um pouco confusa.
– Tenho certeza que isso é um choque para você – disse a mulher. – Se eu estivesse no seu lugar, teria pavor de uma estranha senhora com unicórnios, mas você não tem absolutamente nada a temer. Eu vim para levá-la para uma oportunidade maravilhosa, e prometo que você estará perfeitamente segura comigo.

Madame Tempora tirou um lenço do bolso do vestido e limpou a sujeira do rosto de Brystal. Havia algo tão caloroso e reconfortante na mulher; ela praticamente brilhava com bondade. Mesmo em seu estado confuso, Brystal sabia que podia confiar nela.

– Agora, Srta. Perene, você gostaria de pegar suas malas e se juntar a mim na carruagem?

– E-eu... eu não tenho nenhuma *mala* – disse Brystal.

– Hein? – Madame Tempora disse. – Bem, não há nada de errado em ser minimalista. Os unicórnios apreciam viajantes leves.

– Mas para onde vamos? – Brystal perguntou.

Em vez de respondê-la, Madame Tempora olhou para o Sr. e a Sra. Edgar, que descaradamente escutavam a conversa delas.

– Receio não poder discutir isso aqui – disse ela. – Mas vou responder a todas as suas perguntas e explicar tudo no caminho. Agora, vamos?

– Posso trazer minha amiga, Pi? – Brystal perguntou. – Ela é pequena e não ocupa muito espaço.

– Sinto muito, querida, mas o rei só me deu permissão para levar *uma garota* – Madame Tempora disse. – Sua amiga terá que ficar aqui com as outras.

Brystal balançou a cabeça e lentamente se afastou da mulher. Ser levada para longe da instituição era um sonho tornando realidade, mas ela nunca se perdoaria se deixasse Pi para trás.

– Eu não posso fazer isso – disse ela. – Desculpe, mas não posso deixá-la aqui.

Madame Tempora acariciou a bochecha de Brystal.

– Minha querida, eu gostaria que você não precisasse – disse ela. – Não vou forçá-la a vir comigo, mas acredito que ficará muito feliz para onde estamos indo. Por favor, reconsidere.

– Eu quero – disse Brystal. – Eu simplesmente não poderia viver comigo mesma se a deixasse...

– *Brystal, você está louca?*

Brystal virou-se para a multidão de jovens atrás dela e viu Pi abrindo caminho até ela.

– O que você está esperando? – a amiga disse. – Saia daqui enquanto pode!

– Não, Pi – disse Brystal. – Eu não posso deixar você sozinha neste lugar!

– Mas estou acostumada a ficar sozinha neste lugar – disse Pi. – Esta instalação tem sido minha casa desde que eu era quase um bebê, lembra?

E, tecnicamente, estou me metendo em mais problemas com você por aqui, então talvez você esteja me fazendo um favor indo embora.

– Eu nem sei para onde estou indo – disse Brystal. – E se eu nunca mais te ver?

– Então pelo menos *uma* de nós saiu daqui – disse ela. – E se você desperdiçar sua única chance comigo, eu nunca vou falar com você novamente. Então pronto, você *tem* que ir.

Pi não deu escolha a Brystal, mas ela não facilitou a partida. Com o coração pesado e os olhos lacrimejantes, Brystal deu um abraço de despedida em sua amiguinha.

– Já perdemos tempo suficiente para um dia! – o Sr. Edgar gritou com as jovens. – Todos vão para dentro de uma vez! Preparem-se para suas tarefas!

Como baratas, todas as jovens entraram na instalação, e Pi escapuliu do abraço de Brystal.

Madame Tempora ofereceu a mão a Brystal e a acompanhou até a carruagem dourada. O interior da carruagem tinha assentos de seda estofados e cortinas de veludo – um contraste e tanto com a decoração da instituição –, e quando se sentou no assento em frente a Madame Tempora, Brystal se lembrou de como uma *almofada* era confortável. O teto da carruagem estava coberto de videiras frondosas das quais cresciam bagas em todas as cores do arco-íris.

– Isso é real? – Brystal perguntou.

– Sim – Madame Tempora disse. – Você deve estar faminta. Por favor, sirva-se.

Madame Tempora não precisou dizer duas vezes. Brystal arrancou a fruta do teto e a devorou inteira. Era a comida mais deliciosa que já havia provado, e toda vez que tirava um punhado de frutas das videiras, um novo cacho aparecia magicamente no lugar.

A porta da carruagem se fechou sozinha e os unicórnios fizeram o caminho para longe da propriedade. Quando Brystal terminou de comer, a Instituição Corretiva Amarrabota para Jovens Problemáticas já havia desaparecido na distância sombria atrás delas.

– Foi muito atencioso da sua parte pensar em sua amiga – disse Madame Tempora. – Poucas pessoas teriam feito isso.

– Ela não merece estar lá – disse Brystal. – Nenhuma das garotas merece.

Madame Tempora assentiu e soltou um suspiro prolongado.

– Isso pode ser difícil de ouvir, mas as meninas da instituição têm *sorte* em comparação com outras que eu já vi – disse ela. – O que o mundo faz com pessoas como você e eu é uma verdadeira tragédia, e como a humanidade vê a magia é um dos maiores equívocos do nosso tempo.

Brystal lançou um olhar curioso a Madame Tempora. A escolha de palavras a lembrou de algo que ela havia lido algumas semanas antes.

– Espere um segundo – disse ela. – Você é *Celeste Tempora*? A autora de *A verdade sobre a magia*?

Madame Tempora ficou chocada ao ouvir Brystal mencionar o título de seu livro.

– Ora, *sim* – disse ela, incrédula. – Mas como você sabia disso?

– *A verdade sobre a magia* é a razão pela qual fui enviada para a Instituição Corretiva – explicou Brystal. – Encontrei uma cópia em uma seção secreta da biblioteca em que trabalhei... Estava junto a todos os outros livros que foram proibidos no Reino do Sul.

– Bem, não consigo imaginar um elogio maior para um autor do que estar na *seção de livros proibidos*. – Madame Tempora riu. – Você leu meu livro?

– Tudo o que consegui – disse Brystal. – Li sobre a história da magia, a diferença entre fadas e bruxas, e como o mundo confunde magia com bruxaria. Eventualmente, cheguei na parte com os encantamentos antigos e tolamente os li em voz alta. O bibliotecário me pegou conjurando magia e o Alto Juiz me enviou para a instalação para me curar disso.

– Que absurdo! – ela disse. – A magia não é uma doença... não pode ser *curada*. Que tipo de magia você conjurou quando leu o texto?

– Tem sido diferente a cada vez – explicou Brystal. – Na primeira vez, cobri uma sala de flores. Na segunda, fiz milhares de luzes aparecerem. E, nesta manhã, um bando de pássaros apareceu... É por isso que eu estava pendurada no poço.

Madame Tempora moveu-se para a beirada de seu assento.

– Você experimentou algo mágico antes de ler o texto do meu livro?

– Não – disse Brystal com um encolher de ombros. – Eu nunca nem sequer suspeitava que fosse capaz até então. Isso é uma coisa ruim?

– Pelo contrário – disse ela. – A magia se apresenta de maneira diferente para cada um de nós. Algumas fadas têm características e habilidades mágicas desde o nascimento, e algumas as desenvolvem mais tarde na vida. Normalmente, os iniciantes só podem *alterar* os elementos ao seu redor... Mas um talento para a *manifestação* raramente é encontrado em novatos. Com prática e instrução adequada, você pode desenvolver suas habilidades em algo extraordinário.

Madame Tempora ficou perdida em pensamentos e esfregou o queixo enquanto pensava no potencial de Brystal. A curiosidade da mulher deixou Brystal inquieta – ela ainda tinha tantas perguntas, e elas só pareciam se multiplicar na presença de Madame Tempora.

– Madame Tempora, você pode me dizer o que está acontecendo? – Brystal perguntou. – Por que o rei lhe deu permissão para me tirar da instituição?

– Ah, peço desculpas por deixá-la em suspense – disse Madame Tempora. – Como você deve ter percebido ao ler *A verdade sobre a magia*, estou em uma missão para mudar a percepção que o mundo tem em relação à magia. E se tudo correr de acordo com o meu plano, podemos criar um novo mundo que finalmente aceite e respeite pessoas como nós.

– Mas *como*? – ela perguntou. – Por onde você sequer começa?

Os olhos de Madame Tempora brilharam de excitação.

– Com uma *escola* de magia.

– Uma escola?

– Neste momento, estou a chamando de Academia de Compreensão Mágica da Madame Tempora, mas ainda é um nome provisório – disse ela. – Com compaixão e orientação, vou ensinar jovens fadas a aproveitar e desenvolver suas habilidades. Quando o treinamento estiver completo, meus alunos e eu usaremos magia para ajudar e curar pessoas ao redor do mundo. Com o tempo, nossos atos de bondade mudarão as opiniões das pessoas, e elas perceberão que a magia não é a prática vil que tanto temem. A comunidade mágica será abraçada, e toda a violência e ódio sem sentido contra nós se tornará uma coisa do passado.

– E você quer que *eu* entre na sua academia? – Brystal perguntou em choque.

– Claro que sim – disse Madame Tempora. – Por que mais eu teria feito a viagem para buscá-la?

Brystal tentou entender tudo, mas seu dia tinha sido tão avassalador que era impossível pensar com clareza.

– Mas a instalação estava cheia de garotas que fizeram mágica a vida inteira – disse ela. – Por que *me* escolher?

– Porque você era a estrela mais brilhante no meu mapa – disse Madame Tempora.

Antes que Brystal pudesse perguntar o que ela queria dizer, Madame Tempora subiu o braço do assento para revelar um compartimento secreto. Ela tirou um grande pergaminho e cuidadosamente o desenrolou em seu colo. Assim que o documento foi aberto, a carruagem se encheu de luz cintilante. Era um mapa regular do mundo, mostrando as fronteiras dos quatro reinos e a Fenda, mas estava salpicado de centenas de estrelas cintilantes.

– O que é isto? – Brystal perguntou, de olhos arregalados.

– É um Mapa da Magia – Madame Tempora disse. – Cada partícula de luz representa uma fada ou bruxa diferente que vive no mundo hoje. Quanto mais brilhante a luz, mais poderosa sua magia. O Rei Campeon só me permitiu recrutar dois alunos do Reino do Sul, então decidi recrutar os estudantes *mais brilhantes*.

– E *eu* era uma das luzes mais brilhantes? – Brystal perguntou.

Madame Tempora assentiu e apontou para o canto nordeste do Reino do Sul no mapa.

– Você vê este aglomerado de pequenas luzes aqui? Essas são as garotas da Instituição Corretiva Amarrabota para Jovens Problemáticas. Mas essas luzes *maiores*, lentamente se afastando das outras, representam você e eu.

Madame Tempora tocou a menor das duas, e, como se escrito por uma pena invisível, o nome *Brystal Perene* apareceu ao lado dela. Então ela tocou na estrela maior e o nome *Celeste Tempora* apareceu em seguida. Brystal ficou impressionada enquanto olhava o mapa – ela não sabia que existiam tantas fadas e bruxas no mundo. Agora que o argumento de Madame Tempora tinha sido demonstrado, ela enrolou o mapa e o colocou de volta no compartimento sob o apoio de braço.

– Você tem que seguir as instruções do rei? – Brystal perguntou. – Certamente ele não perceberia se você recrutasse um ou dois alunos extras ao longo do caminho.

– Infelizmente, é melhor se eu fizer isso – disse Madame Tempora. – Já passei por esse caminho muitas vezes antes. Se queremos aceitação neste mundo, devemos ter muito cuidado com a forma como *buscamos* aceitação. Ninguém vai nos respeitar se cortarmos caminho ou causarmos problemas. Eu poderia ter estalado os dedos e transportado todas as meninas para fora da instituição, mas isso só faria com que as pessoas se ressentissem mais de nós. O ódio é como fogo, e ninguém pode extinguir o fogo jogando combustível.

– Eu gostaria que o ódio fosse fogo – disse Brystal. – Pessoas como os Edgar e os Juízes merecem ser queimadas pela forma como tratam os outros.

– Sem dúvida – Madame Tempora disse. – No entanto, não podemos deixar que a *vingança* nos motive e nos distraia de fazer o que é certo. Pode parecer justiça, mas a vingança é uma faca de dois gumes: quanto mais tempo você a segura, mais fundo você se corta.

Brystal suspirou.

– Eu me sinto tão mal por aquelas garotas da instituição – disse ela. – Toda vez que fecho meus olhos, vejo os rostos delas na minha mente. Eu gostaria que houvesse uma forma de ajudá-las.

– Mas nós *estamos* ajudando. Podemos não salvar suas amigas hoje ou amanhã, mas com paciência e diplomacia, podemos fazer uma *diferença duradoura*, para que garotas como Pi nunca mais sejam enviadas para lugares como a instituição.

Brystal entendeu o que Madame Tempora estava dizendo, mas seu plano parecia ambicioso demais para funcionar. O mundo exigiria uma tremenda mudança de coração para aceitar a magia, e ela não conseguia imaginar o mundo mudando *tanto*.

– Sinto muito, mas parece um objetivo irreal – disse ela. – Gostaria de imaginar um mundo onde as fadas pudessem viver aberta e honestamente, onde pudessem viver felizes sem medo ou perseguição, mas eu não posso.

– Toda conquista na História começou como um objetivo irreal – disse Madame Tempora. – Um futuro próspero é construído pelas persistências do passado, e não podemos deixar que a dúvida mantenha nossa persistência refém. O que estou sugerindo não é garantido, e não vai ser fácil, mas temos que pelo menos *tentar*. Mesmo se falharmos, cada passo *que nós dermos* será um passo que nossos sucessores não terão que dar.

Embora ainda se sentisse um pouco cética, Brystal foi inspirada pela paixão de Madame Tempora. Ela nunca imaginou um futuro para si mesma que envolvesse uma escola de magia, mas, de muitas maneiras, Madame Tempora estava oferecendo a ela o propósito e o futuro que ela sempre sonhou. Se mudariam o mundo com sucesso ou não, uma vida dedicada a ajudar as pessoas e desenvolver suas habilidades mágicas era infinitamente melhor do que viver na Instituição Corretiva Amarrabota para Jovens Problemáticas.

– Parece uma aventura – disse ela. – Eu adoraria me juntar à sua academia de magia.

– Estou muito feliz em ouvir isso – disse Madame Tempora. – Encantada e aliviada... unicórnios *odeiam* mudar de direção no meio da jornada.

– Onde é sua escola? – Brystal perguntou.

– Ele fica a sudeste da Fenda, entre os Reinos do Sul e do Leste – disse Madame Tempora. – Não deixe que a localização a preocupe; a academia está muito bem protegida. Não poupei despesas para mantê-la segura. Mas primeiro teremos que fazer uma breve parada para que eu possa obter a permissão de seus pais para levá-la.

– *O quê?* – exclamou Brystal. – Mas por que precisamos da permissão deles?

– O rei foi inflexível para que eu obtivesse a aprovação dos guardiões de meus alunos – disse ela. – E, como expliquei, é importante seguirmos os desejos dele.

Brystal suspeitava que o plano de Madame Tempora era bom demais para ser verdade, e agora ela tinha provas. Assim que ela começou a ansiar por uma nova vida na academia de magia, o tapete foi puxado debaixo dela e suas grandes esperanças desmoronaram.

– Devemos dar a volta – disse Brystal. – Meu pai é um Juiz muito conhecido no Reino do Sul. Ele me mandou para a Instituição Corretiva como um *favor*, para que ninguém jamais descobrisse que fui presa por magia! Ele *nunca* me deixará frequentar sua escola!

Madame Tempora acenou com a mão como se a preocupação de Brystal fosse uma mosca inofensiva.

– Não se preocupe, querida, eu sou muito persuasiva – disse ela. – Consegui obter a bênção do rei. Quão difícil poderia ser um Juiz? Teremos uma boa conversa quando o virmos esta noite.

– Esta noite? – Brystal perguntou. – Mas minha família mora na Via das Colinas. São dois dias de viagem.

Madame Tempora ficou encantada com o esquecimento de Brystal e um sorriso tímido cresceu em seu rosto.

– Na verdade, os unicórnios se saem melhor do que os cavalos comuns – ela disse, e gesticulou para a janela. – Dê uma olhada por si mesma.

Brystal estava tão envolvida na conversa que não tinha dado uma olhada pela janela desde que saíram, mas quando ela finalmente o fez, seu queixo caiu. A carruagem dourada estava se movendo pelas planícies do nordeste na velocidade de um raio. A terra lúgubre passou por sua janela tão rapidamente que era tudo um borrão.

– Acho que vou gostar de magia – disse ela.

. . ★ . .

Ao anoitecer, os unicórnios chegaram aos arredores de Via das Colinas e diminuíram a velocidade para um ritmo normal. Eles puxaram a carruagem dourada pela movimentada praça da cidade e todos os pedestres congelaram quando Brystal e Madame Tempora passaram por eles. Brystal viu um grupo de ex-colegas de classe entre a multidão boquiaberta. Enquanto ela passava, as meninas ficaram tão brancas quanto os próprios uniformes e os olhos dobraram de tamanho. Brystal deu-lhes um aceno amigável, mas rapidamente percebeu que isso era um erro porque fez uma das meninas desmaiar.

A carruagem dourada tomou o caminho para o leste e logo a casa Perene apareceu à distância. Embora Brystal não tivesse ficado fora por tanto tempo, parecia que anos haviam se passado desde que ela estivera em casa. Os unicórnios pararam na frente da residência e Madame Tempora desceu da carruagem, mas Brystal ficou imóvel.

– Não se preocupe, eu cuido disso – Madame Tempora disse. – Confie em mim.

Ela ofereceu a mão a Brystal e a ajudou a descer. Elas se aproximaram da porta da frente e Madame Tempora deu uma batida alegre com a mão esquerda enluvada. Alguns momentos depois, Brystal ouviu os passos da mãe na entrada atrás da porta.

– Estou indo! Estou indo! – ela resmungou. – Como posso...

Assim que a porta se abriu, a Sra. Perene gritou e cobriu a boca como se estivesse vendo um fantasma. Brystal também ficou surpresa com a aparência da mãe. Ela notou que os círculos sob os olhos da Sra. Perene ficaram mais escuros e seu coque estava ainda mais apertado. Claramente, fazer todas as tarefas domésticas sem ajuda a havia prejudicado.

– Olá, mãe – Brystal disse timidamente. – Surpresa.

– Brystal! – a mãe gritou. – O que nos céus azuis do Senhor você está fazendo aqui?

– É uma longa história – disse ela.

Antes que Brystal tivesse a chance de explicar, a Sra. Perene jogou os braços ao redor da filha e a abraçou tão forte que ela não conseguia respirar.

– Eu não achei que veria você de novo – disse ela com lágrimas nos olhos. – Seu pai disse que você foi pega conjurando magia na biblioteca! Eu não acreditei... eu disse a ele que tinha que haver um engano! Minha linda menina não seria capaz de uma coisa dessas! Então seus irmãos me contaram sobre aquele terrível julgamento! Eu juro, se eu vir aquele Juiz Flanella, vou estrangulá-lo até que ele fique com uma cor normal! Disseram que o Alto Juiz mandou você para um instituto no nordeste para ser curada. Já te curaram? É por isso que você voltou?

Brystal estremeceu com o pensamento positivo da mãe – não seria fácil para ela ouvir a verdade. A Sra. Perene ficou tão feliz em ver a filha que não tinha notado Madame Tempora ou a carruagem dourada até agora.

– Hum... quem é você? – ela perguntou.

– Olá, Sra. Perene, meu nome é Madame Tempora – disse ela. – Perdoe-me por aparecer sem avisar. Recebi permissão de Sua Majestade para recrutar Brystal da Instituição Corretiva Amarrabota para Jovens

Problemáticas para um projeto especial que estou desenvolvendo. Posso ter uma palavra com você e seu marido para discutir isso?

– Ahn? – A Sra. Perene ficou surpresa ao ouvir isso. – Meu marido só teve um julgamento esta tarde, então ele deve estar em casa a qualquer momento. Por favor, entre e farei um chá enquanto você espera.

A Sra. Perene acompanhou Brystal e Madame Tempora até a sala de estar e então foi à cozinha para fazer chá. Enquanto Madame Tempora olhava ao redor, ficou encantada com a mobília e o papel de parede incompatíveis dos Perene.

– Sua casa é tão *econômica* – disse ela.

– Meu pai não é fã de extravagância – disse Brystal.

– Percebi.

A Sra. Perene voltou para a sala de estar com uma bandeja de chá.

– Por favor, sentem-se – ela disse enquanto as servia. – Imagino que vocês duas estejam muito cansadas da viagem. Seu pai disse que a instituição fica bem na ponta das Planícies do Nordeste.

– Na verdade, a viagem passou voando – disse Brystal com uma risada nervosa.

– Quanto tempo você vai ficar? – a Sra. Perene perguntou. – Seus irmãos geralmente não chegam em casa do tribunal até tarde. Eles vão ficar tristes se não virem você.

– Eu não imagino que nossa conversa com o pai vai durar muito tempo – disse Brystal. – Nós provavelmente estaremos a caminho logo depois que ele chegar. Por favor, diga a Brooks e Barrie que os amo.

– Eu direi – disse a Sra. Perene, e então olhou sua filha de cima a baixo com preocupação. – Ai, Brystal, o que fizeram com você naquele instituto? Você está praticamente pele e osso! Espero que eles estejam pelo menos ajudando você com... sabe... sua *condição*.

– Ah... não exatamente – disse Brystal.

Antes que ela elaborasse, a conversa foi interrompida pelos sons da carruagem do pai chegando em casa. Brystal respirou fundo para se preparar mentalmente para o que estava por vir. Alguns momentos depois, o Juiz Perene entrou na casa e correu pelo corredor – ele ainda nem tinha visto a filha e já estava irritado.

– Por que há uma carruagem ridícula e quatro cavalos extravagantes do lado de fora de nossa casa? – ele gritou. – O que os vizinhos vão pensar se virem...

Quando o Juiz invadiu a sala de estar, Madame Tempora e Brystal se levantaram de suas cadeiras para cumprimentá-lo. Levou alguns segundos para o Juiz Perene reconhecer a filha, e assim que o fez, seu rosto ficou vermelho-vivo, as narinas dilatadas e ele rosnou como um animal defensivo.

– *O que ela está fazendo na minha casa?* – ele rosnou.

A Sra. Perene pulou na frente do marido e acenou como um palhaço distraindo um touro.

– Por favor, não fique irritado ainda – ela implorou. – Esta mulher removeu Brystal da instalação com permissão do rei.

– Do rei? O que ele poderia querer com ela?

– Eu não sei, elas acabaram de chegar – disse a Sra. Perene. – Dê a elas uma chance de explicar.

Algumas respirações profundas depois, o Juiz Perene havia se sentado relutantemente no sofá em frente à filha. Madame Tempora estendeu o braço para apertar a mão do Juiz, mas ele não aceitou o gesto.

– Juiz Perene, é um prazer conhecê-lo – ela disse. – Meu nome é Madame Tempora. Obrigada por aceitar falar conosco.

– Vá direto ao ponto – ele ordenou.

– Ah, vejo que você é um homem que aprecia um bom resumo – disse Madame Tempora. – Muito bem, vou ser breve. Estou aqui porque o Rei Campeon me deu permissão para abrir uma academia. Estou viajando pelo Reino do Sul para recrutar estudantes. Mas minha academia não é uma escola típica; é uma academia para crianças *especiais* com habilidades *únicas*.

A Sra. Perene bateu palmas em comemoração.

– Ora, isso é maravilhoso! Sua Majestade quer que nossa filha entre em uma escola especial!

– O que você quer dizer com *habilidades únicas*? – o Juiz perguntou, desconfiado. – Eu sinceramente duvido que você esteja recrutando acadêmicos ou atletas de casas corretivas.

– Bem, se eu puder ser completamente transparente com você – Madame Tempora disse com hesitação –, é uma escola de *magia*.

Brystal quase conseguia ouvir os batimentos cardíacos do pai enquanto sua pressão arterial subia.

– *Como?* – ele rugiu.

– Estou chamando de Academia de Empenhos Mágicos e Filosofia da Madame Tempora, mas não se apegue ao nome, ainda é provisório – explicou ela. – Prometi à Sua Majestade que obteria permissão dos pais de meus alunos antes de recrutá-los. Então, se você não tiver nenhuma objeção, vou pedir que assine o formulário de permissão de Brystal.

Madame Tempora apontou para a mesa de chá e um documento dourado apareceu com uma pena comprida ao lado. O Juiz e a Sra. Perene pularam ao ver a magia em sua própria casa.

– Todos os detalhes estão escritos no formulário se você quiser tomar um tempo para lê-lo – Madame Tempora disse.

Brystal sabia que o pai já estava irritado, mas ver o formulário de permissão o enfureceu tanto que ele ficou da cor de um tomate. Ele pegou o formulário da mesa e o rasgou em pedaços.

– *Como você ousa me desrespeitar com tal pedido!* – ele gritou.

– Na verdade, Juiz Perene, seria mais desrespeitoso se *não* buscássemos sua aprovação – Madame Tempora disse. – Veja, eu quero que tudo na minha academia seja tratado de maneira apropriada e com muito bom gosto, e isso começa com a forma como eu recebo meus alunos. Nosso objetivo é mostrar ao mundo que a comunidade mágica é muito mais decente do que...

O Juiz ficou furioso com suas palavras e derrubou a mesa com um golpe raivoso. As xícaras caíram no chão e se despedaçaram.

– Prefiro ver minha filha apodrecer na cadeia do que entregá-la a gente como você! – ele gritou.

– Não há necessidade de fazer bagunça – disse a Sra. Perene. – Vamos todos respirar fundo e eu vou pegar mais chá.

A Sra. Perene apanhou as xícaras de chá quebradas e o formulário de permissão rasgado em seu avental e correu para a cozinha. Brystal fechou os olhos e fingiu que estava em outro lugar. Não importava quantas respirações profundas o pai tomasse; ela sabia que ele nunca mudaria de ideia. Mas Madame Tempora não estava pronta para desistir.

– Senhor, eu entendo sua oposição *apaixonada* – disse ela. – Você acha que estou tentando levar sua filha para um lugar desprezível e ensinar coisas desprezíveis a ela, mas você só está imaginando isso porque sua percepção de magia é falha.

– *Eu sou um Juiz do Reino do Sul, madame! Não há nada de falho na minha percepção!*

– E em sua impressionante carreira, tenho certeza que você presidiu muitos casos que foram causados por um infeliz mal-entendido. Eu lhe garanto que a magia é como um desses mal-entendidos. Na verdade, é o maior equívoco de nosso...

– A magia é uma abominação aos olhos da lei e aos olhos do Senhor! Não insulte minha inteligência fingindo o contrário!

– Juiz Perene, você, de todas as pessoas, sabe que as leis e a religião do Reino do Sul mudaram ao longo do tempo para refletir as opiniões daqueles que estão no poder. A magia é uma vítima dessa tradição. O que o mundo pensa ser um pecado terrível e perverso é, na verdade, um presente lindo e estimulante. Sua filha é abençoada com um talento muito raro e poderoso. Nas últimas semanas, ela mostrou ter um potencial *notável*, e acredito que minha academia seria uma oportunidade maravilhosa para ela desenvolver...

– Eu não vou deixar minha filha manchar meu bom nome praticando magia!

– Mas o próprio rei aprovou minha academia. Pode causar algum constrangimento no início, mas com o tempo, a magia de sua filha será motivo de grande orgulho para você. Um dia, o mundo inteiro poderá conhecer o nome dela e olhá-la como um símbolo de bondade e compaixão. A reputação dela pode muito bem exceder a sua e ela pode se tornar a Perene mais admirada de todos os tempos...

– CHEGA! – o Juiz gritou, e levantou num salto. – Não vou ouvir mais uma palavra desse absurdo! Você vai levar minha filha de volta para a Instituição Corretiva Amarrabota para Jovens Problemáticas imediatamente! É onde ela deve estar! AGORA SAIA DA MINHA CASA!

O Juiz Perene saiu da sala, mas antes de entrar no corredor, ele se virou para Brystal para dar-lhe um último olhar desdenhoso.

– *Eu deveria ter deixado eles executarem você* – disse ele.

As palavras do pai deixaram Brystal em mais pedaços do que todas as xícaras de chá que ele havia derrubado no chão. Depois que o Juiz Perene estava fora de vista, ainda levou alguns momentos para Brystal recuperar seus sentidos. Madame Tempora balançou a cabeça, horrorizada com os comentários cruéis do Juiz.

– Bem, *isso* poderia ter sido melhor – disse ela. – Não perca a esperança ainda, Brystal. Nós vamos encontrar uma forma de contornar isso.

Brystal apreciava o otimismo de Madame Tempora, mas sabia que não havia nada que pudesse fazer que não fosse quebrar a promessa ao rei. Sem a permissão do pai, a única opção dela seria retornar ao instituto.

– Foi um erro vir aqui – disse Brystal. – Devemos ir embora.

Brystal e Madame Tempora dirigiram-se até a porta da frente. Quando saíram e se dirigiram para a carruagem dourada, o ânimo de Brystal estava tão baixo que ela temia afundar no chão. Assim que estava prestes a subir na carruagem, a Sra. Perene saiu da casa e correu atrás da filha.

– Brystal? – ela chamou.

– Mãe, me desculpe, eu não disse adeus – disse Brystal. – Eu não queria ver seu rosto quando eu dissesse que...

– Aqui – a Sra. Perene disse. – Pegue isso.

A mãe discretamente deslizou um pedaço de papel dobrado na mão da filha. Brystal abriu e não podia acreditar no que estava olhando: a Sra. Perene havia costurado o formulário de permissão e *assinado a parte inferior dele*!

– Mãe! – ela ofegou. – O que é que você fez?

A Sra. Perene puxou Brystal em um abraço apertado para que ela pudesse sussurrar diretamente no ouvido de sua filha.

– Mantenha a voz baixa, caso seu pai esteja ouvindo lá de dentro – disse sua mãe. – O formulário diz que requer apenas a assinatura de *um* guardião. Não me importa o que seu pai pensa; você também é *minha* filha, e não vou suportar a ideia de você trabalhar até a morte naquele lugar horrível. Agora, vá para essa escola e faça uma vida da qual *pode* se orgulhar. Fique o mais longe possível daqui e encontre a felicidade que você merece. E por favor, pelo seu próprio bem, não volte para esta casa miserável novamente.

Antes que Brystal tivesse a chance de responder, a Sra. Perene soltou a filha e correu de volta para dentro da casa. Brystal ficou sem palavras com as ações da mãe. Ela não conseguia pensar, não conseguia respirar e não conseguia se mover – apenas ficou perfeitamente imóvel e olhou para a casa em estado de choque.

– Brystal, você está bem? – Madame Tempora perguntou. – O que aconteceu?

– Minha mãe acabou de me dar uma nova vida – disse ela.

Capítulo Oito

O menino de fogo e a menina de esmeraldas

Quando os unicórnios levaram a carruagem dourada para longe de Via das Colinas, Brystal não continha o sorriso de orelha a orelha. A vida tinha sido um pesadelo vivo nas últimas semanas, mas, por alguma reviravolta milagrosa do destino, o dia se transformou em um sonho realizado. Não só foi o dia mais confuso e surpreendente de sua vida, mas, graças à mãe, foi o primeiro dia de uma vida totalmente *nova*. Assinar o formulário foi a coisa mais profunda que alguém já fizera por ela e Brystal esperava que ela pudesse retribuir o favor e ajudar sua mãe a escapar do Reino do Sul algum dia.

A Sra. Perene tinha pedido à filha para ir embora e nunca mais voltar, mas Brystal não conseguia entender. Ela não tinha muitas boas lembranças da casa de sua família, então seria fácil manter distância, mas até então, Brystal nunca tinha sido capaz de *escolher* seu paradeiro. A casa Perene, a Escola para Futuras Esposas e Mães, o tribunal e a

Instituição Corretiva eram todos lugares a que ela tinha sido *forçada* a ir – e agora que Brystal estava oficialmente sob a supervisão de Madame Tempora, ela nunca teria que retornar àqueles lugares terríveis novamente. A liberdade recém-descoberta foi uma sensação emocionante e fez o grande sorriso de Brystal crescer ainda mais.

– Alguém já te disse que lindo sorriso você tem? – Madame Tempora perguntou.

– Não que eu me lembre – disse Brystal. – Por outro lado, nunca tive muitos motivos para sorrir.

– Espero que isso mude quando chegarmos à academia – disse Madame Tempora.

– Mal posso esperar para ver – disse Brystal. – Quanto tempo mais até chegarmos lá?

– Ainda temos um aluno para pegar no Reino do Sul, e depois outro na Fenda – disse Madame Tempora. – Com alguma sorte, eles serão fáceis de recrutar, e chegaremos amanhã à noite. Eu não consigo imaginar quão exausta você deve estar depois de um dia como hoje, então, por favor, sinta-se à vontade para descansar um pouco.

Um enorme bocejo escapou da boca de Brystal e confirmou o palpite de Madame Tempora. Brystal se esticou nas almofadas de cetim e ficou tão confortável que adormeceu em segundos. Durante a noite, a carruagem dourada viajou para o Vale do Noroeste do Reino do Sul. Brystal acordou na manhã seguinte mais rejuvenescida do que se sentia em meses. Em vez de frutas coloridas, as videiras no teto da carruagem deram bolos, pães e outros quitutes de café da manhã.

– Bom dia, Madame Tempora – disse Brystal, e se serviu de um bolinho. – Você dormiu bem?

Parecia que Madame Tempora não havia se movido desde que Brystal foi dormir. Ela olhava o Mapa da Magia e estava tão cativada por ele que não respondeu.

– Madame? Está tudo bem? – Brystal perguntou.

Mesmo assim, Madame Tempora não ergueu os olhos do mapa.

– Que peculiar – disse ela.

– O que é peculiar? – Brystal perguntou.

– Ah, perdoe minha concentração, querida – Madame Tempora disse. – Estou um pouco preocupada com o aluno em potencial para o qual estamos viajando. Ele mudou de local duas vezes desde ontem à noite e parece estar indo a um terceiro.

Madame Tempora virou o Mapa da Magia para que Brystal pudesse ver a que ela estava se referindo. No canto noroeste do Reino do Sul havia uma estrela brilhante movendo-se levemente em direção à fronteira da Fenda. O nome ao lado da estrela era *Áureo dos Fenos*.

– O que você acha que isso significa? – Brystal perguntou.

– Bem, isso simplesmente significa que ele está em movimento – disse Madame Tempora. – Mas o que me preocupa é para *onde* ele está indo. Devemos tentar alcançá-lo antes que ele cruze a fronteira.

Madame Tempora estalou os dedos, e os unicórnios começaram a galopar ainda mais rápido. A terra ondulada e os carvalhos do Vale do Noroeste passavam pela janela de Brystal tão rapidamente que ela nem conseguia vê-los. Madame Tempora ficou de olho no Mapa da Magia enquanto as estrelas dela e de Brystal se aproximavam da estrela do jovem.

De repente, o ar lá fora ficou nebuloso e a carruagem se encheu com cheiro de fumaça. Madame Tempora estalou os dedos novamente e os unicórnios desaceleraram para um ritmo normal. Ela e Brystal olharam pelas janelas e viram que havia hectares de terra queimada ao redor delas. Muitas das árvores e arbustos ainda estavam em chamas, como se a área tivesse sido atingida por um incêndio florestal recente.

Os destroços continuaram por quilômetros no caminho e, estranhamente, os danos terminaram em um grande celeiro de madeira. O lugar era um inferno em chamas com labaredas que se estendiam bem acima do telhado em ruínas. Era como se o incêndio florestal tivesse parado para descansar antes de seguir em frente.

– Agora sabemos do que ele estava fugindo – disse Brystal. – Você acha que ele escapou do fogo?

Madame Tempora apertou os olhos enquanto inspecionava o celeiro em chamas.

– Não, eu acho que ele *é* o fogo – disse ela. – Brystal, fique na carruagem. As coisas podem esquentar dependendo de como o abordarmos.

– *Podem* esquentar? – Brystal perguntou.

A carruagem dourada parou a uma distância segura do celeiro em chamas. Madame Tempora desceu e se aproximou do celeiro enquanto Brystal observava da carruagem. A fada moveu as mãos em grandes círculos pelo ar, convocando uma tempestade repentina que extinguiu todas as chamas. Uma vez que o fogo foi apagado, tudo o que restava do celeiro era a estrutura carbonizada e vigas de suporte.

Para espanto de Brystal, um menino de cerca de onze anos estava dormindo no chão de cinzas dentro do celeiro. Ele tinha cabelos dourados e pele clara, e suas roupas haviam sido significativamente queimadas no fogo. Embora a roupa estivesse danificada, não havia uma única marca de queimadura ou arranhão em todo o corpo.

– Olá, Áureo – Madame Tempora o chamou.

O menino acordou assustado. Ele ficou surpreso ao ver Madame Tempora andando em direção a ele e rapidamente se escondeu atrás de uma viga queimada. Brystal arfou quando chamas apareceram na cabeça e ombros dele. Madame Tempora estava certa – Áureo não estava *fugindo* do fogo; ele o estava *criando*.

– Fique onde está! – ele disse. – Não se aproxime mais!

Madame Tempora deu ao menino um sorriso caloroso, mas não parou de se aproximar.

– Não se preocupe, querido – ela disse. – Eu não vou te machucar.

– Não, mas eu posso *te* machucar! – Áureo avisou. – Fique longe de mim ou você vai se queimar!

A cada passo que Madame Tempora dava, Áureo ficava cada vez mais ansioso. O fogo na cabeça e ombros dele cintilou com mais intensidade, e as chamas correram para os braços e torso.

– Senhora, eu estou avisando! – ele gritou. – Não posso controlar isso! Você está se colocando em perigo!

– Áureo, você não tem nada a temer – disse ela. – Meu nome é Madame Tempora e eu prometo que você não vai me machucar... eu sou como *você*.

– Assim como *eu*? – ele perguntou incrédulo. – Olha, eu não sei o que você está fazendo aqui, mas não tem como você ser como eu! Por favor, se afaste antes que se queime!

Para provar que ele estava errado, Madame Tempora levantou os braços acima da cabeça e seu corpo foi subitamente envolvido em chamas violeta brilhantes. Brystal e Áureo não podiam acreditar nos próprios olhos e ambos ficaram boquiabertos. O estado de choque do menino extinguiu temporariamente o fogo no próprio corpo. Uma vez que Madame Tempora percebeu que convenceu o garoto, ela baixou os braços e as chamas violeta desapareceram sem deixar nenhuma marca em sua pele ou roupas.

– Não falei? – disse ela. – Eu sou mágica assim como você, e nós podemos fazer todo tipo de coisas que outras pessoas não podem. Seu fogo é apenas o começo.

– Eu sou... eu... eu sou *mágico*? – ele perguntou.

– Claro que você é – disse Madame Tempora. – Por que mais você seria capaz de produzir fogo de sua pele?

– Achei que estava amaldiçoado – disse ele.

– É perfeitamente natural sentir medo e confusão – disse Madame Tempora. – Magia é um conceito muito incompreendido em nosso mundo. Tenho certeza de que lhe disseram que é uma prática repugnante e demoníaca, mas isso não é verdade. Pode não parecer agora, mas você é realmente abençoado com um presente muito poderoso.

Áureo balançou a cabeça e se afastou dela.

– Você deve estar enganada – disse ele. – Não sou *abençoado* com nada... sou um desastre ambulante! Eu tenho que ser parado!

– E você acha que cruzar a fronteira vai ajudar? – Madame Tempora perguntou.

– Do que você está falando? – disse Áureo. – Eu não estou indo para a fronteira.

– Então para onde você está indo? – ela perguntou.

– Estou indo para o Lago do Noroeste! – ele disse. – *Vou amarrar pedras em volta dos meus pés e me afogar antes que cause mais danos!*

Depois que ele confessou seus planos, o menino caiu de joelhos e começou a chorar, mas em vez de chorar lágrimas, brasas brilhantes faiscaram dos olhos. Madame Tempora e Brystal ficaram com o coração partido ao ouvir sobre as intenções de Áureo. A fada se ajoelhou ao lado dele e colocou uma mão reconfortante em seu ombro.

– Meu querido menino – disse ela. – Isso é um pouco extremo, não acha?

– Mas é a única maneira de parar isso! – ele berrou. – E eu não quero machucar mais ninguém!

– O que você quer dizer com *machucar mais ninguém*? – Madame Tempora perguntou. – Aconteceu algo que fez você fugir de casa?

– Eu não tenho mais uma casa para fugir dela – o menino gritou.

– Por que não? – Madame Tempora perguntou.

Áureo balançou a cabeça.

– Não posso contar – ele disse. – Você vai pensar que eu sou um monstro.

– Meu querido, eu tenho uma longa história com magia – disse ela. – Eu sei como uma introdução pode ser complicada. Mesmo que a magia venha de um bom lugar dentro de nós, se não tivermos controle de nossas habilidades, às vezes elas causam coisas infelizes. Então, a menos que você tenha causado danos intencionalmente, o que aconteceu *não foi sua culpa*. Agora, por favor, comece do início e me diga o que o trouxe aqui.

Assim como a primeira interação de Brystal com ela, não demorou muito para Áureo sentir a bondade de Madame Tempora e perceber que ela era confiável. Depois que ele respirou fundo, as brasas pararam de brilhar nos olhos dele, e se sentou para contar-lhe o que estava causando tanto sofrimento.

– Acho que sempre soube que esse dia chegaria – disse Áureo. – Minha mãe morreu ao me dar à luz. O médico disse à minha família que era devido a queimaduras que ela recebeu durante o parto, mas não soube explicar o que as causou. Meu pai deve ter sabido que era minha culpa porque ele se recusou a me segurar ou me dar um nome. Eventualmente, a parteira me chamou *Áureo* por causa de um brilho amarelo quente com o qual nasci, mas desapareceu depois de alguns dias.

– Muitos de nós nascemos com sinais – disse Madame Tempora. – Lamento que o seu tenha chegado a um custo tão trágico.

– Eu também – disse ele. – À medida que crescia, havia mais sinais. Sempre tive febre, nunca precisei de casaco no inverno, e as coisas derreteriam nas minhas mãos se eu as apertasse com força. Há cerca de um ano, tudo piorou. Havia faíscas sempre que eu tossia ou espirrava, chamas quando eu ficava surpreso ou assustado, e às vezes eu tinha um pesadelo e colocava fogo nos meus lençóis. Mas alguns dias atrás, meu pai voltou da taverna e começou a me bater...

– Porque ele descobriu sua magia? – Madame Tempora disse.

– Não, não foi por causa disso – disse Áureo. – Meu pai sempre me odiou desde que minha mãe morreu... Mas, algumas noites atrás, ele me pegou com algo, algo que eu não deveria ter, algo que ele tinha me avisado para ficar longe...

A lembrança era claramente dolorosa para Áureo reviver. Mais brasas saíram dos olhos dele e as chamas voltaram para a cabeça e ombros.

– Você pode poupar qualquer detalhe que não esteja pronto para compartilhar – Madame Tempora disse. – O que aconteceu *depois* que seu pai pegou você?

– Enquanto ele estava me batendo, fiquei irritado... *muito* irritado – lembrou Áureo. – Senti todo esse calor crescendo dentro de mim, como se eu fosse um vulcão. Eu sabia que algo ruim estava para acontecer, então implorei ao meu pai que parasse e fugisse, mas ele não quis! A próxima coisa que eu lembro, é do fogo em todos os cantos! Saiu como uma explosão! Nossa casa foi incendiada e meu pai... meu pai... *meu pai*...

– Seu pai morreu no incêndio – disse Madame Tempora sem ter que perguntar.

Áureo rolou de lado e soluçou tão forte que suas brasas se transformaram em duas correntes de fogo. Todo o seu corpo foi consumido em chamas poderosas e Brystal podia sentir o calor mesmo de dentro da carruagem. Madame Tempora levantou a mão e criou um escudo ao redor do garoto para que o fogo não se espalhasse. Uma vez que toda a emoção reprimida foi liberada, as chamas se apagaram e Áureo voltou ao normal.

– Eu quero que você me escute com muita atenção – Madame Tempora disse. – O que você experimentou é nada menos que trágico... Mas um começo trágico não significa que você tem que ter um fim trágico. Eu sei que parece o fim do mundo agora, mas você não está tão sozinho quanto pensa que está. Existe uma comunidade inteira de pessoas *como você* que podem ajudá-lo neste momento difícil e ensiná-lo a controlar suas habilidades.

– Eu não mereço ser ajudado – disse Áureo. – Eu machuco todo mundo que se aproxima demais.

Madame Tempora estendeu a mão para a carruagem dourada, e o apoio de braço em frente a Brystal se abriu sozinho. Um medalhão de cristal com uma fita vermelha saiu do compartimento, flutuou pela janela e voou para a mão de Madame Tempora.

– Aqui – ela disse, e colocou a fita em volta do pescoço dele.

– O que é isto? – Áureo perguntou.

– Eu chamo isso de *Medalhão Anulador* – Madame Tempora disse.
– Ele interrompe as habilidades mágicas de quem a usa. Eu mesmo inventei o medalhão para o caso de encontrar uma criança como você. Não importa o quanto você fique chateado, enquanto esse medalhão estiver em seu pescoço, seu fogo não voltará.

Áureo não acreditou nela. Ele franziu a testa enquanto tentava encontrar os pensamentos mais perturbadores possíveis, mas sua pele permaneceu perfeitamente normal. O menino até se esbofeteou no rosto algumas vezes, parecendo mais feliz a cada tapa, porque as chamas nunca apareciam.

– Funciona! – disse Áureo.

– Claro que sim – disse Madame Tempora. – Às vezes, os maiores problemas da vida têm as respostas mais simples. Espero que isso lhe poupe uma viagem ao lago.

– Posso ficar com o Medalhão Anulador? – ele perguntou com olhos esperançosos.

– Você não vai precisar para sempre – disse Madame Tempora. – Um dia você aprenderá a controlar suas habilidades por conta própria.

– Como vou aprender a *controlá*-las? – ele perguntou.

– Eu vou te ensinar – ela disse. – Estou começando minha própria escola para crianças como você. Estou chamando de Instituição de Artes Mágicas de Madame Tempora... Mas o nome é um pouco longo, provavelmente vou encurtá-lo. O Rei Campeon me deu permissão para recrutar jovens fadas no Reino do Sul para que eu possa ensiná-las a desenvolver suas habilidades mágicas.

– Fadas? – Áureo perguntou.

– Sim, esse é o termo apropriado para pessoas como nós – explicou Madame Tempora. – Uma vez que meus alunos estejam devidamente treinados, vamos viajar pelo mundo e usar nossa magia para ajudar e curar pessoas necessitadas. Tenho esperança de que, com o tempo, nossos atos altruístas serão reconhecidos e o mundo aprenderá a nos aceitar. Você gostaria de se juntar à nossa missão?

– Você quer que *eu* entre na sua escola? – Áureo perguntou. – Mas acabei de queimar mil acres de terra! Tem certeza de que quer alguém como eu no seu *campus*?

– Você é exatamente o tipo de aluno que estou procurando – disse ela. – Depois do que você passou, você sabe o quanto é importante espalhar a aceitação e a consciência da magia, para que ninguém tenha que repetir sua experiência. E, juntos, podemos criar um mundo onde garotinhos nunca pensem que *pular em lagos* é a única maneira de resolver seus problemas.

Áureo ficou quieto enquanto considerava a proposta de Madame Tempora. Brystal cruzou os dedos na carruagem, esperando que o menino aceitasse a oferta.

– Bem, já que não estou mais indo me afundar num lago, minha agenda está bem livre – disse ele. – Se você tem certeza de que não serei um problema, então eu adoraria me matricular na sua escola!

Madame Tempora aplaudiu em comemoração.

– Isso é maravilhoso, querido! – ela disse. – Eu sei que você vai ser muito feliz lá. Agora vamos achar algo um pouco mais confortável para você vestir em nossa jornada.

Madame Tempora girou um dedo e, fio a fio, as roupas queimadas de Áureo voltaram a se transformar nas calças marrons e no colete remendado que ele usava antes do incêndio começar. Ela acompanhou o menino até a carruagem dourada e o ajudou a subir a bordo. Áureo ficou surpreso ao ver Brystal esperando lá dentro e se intimidou.

– Áureo, eu gostaria que você conhecesse sua nova colega de classe, Brystal Perene – Madame Tempora disse. – Ela é muito poderosa, assim como você.

– Olá, Áureo – disse ela. – Prazer em conhecê-lo!

Brystal tentou apertar a mão dele, mas Áureo rapidamente se esquivou do gesto.

– Sinto muito – disse ele. – Não é nada pessoal, só estou acostumado a queimar coisas.

Depois de um momento, Áureo cautelosamente apertou a mão de Brystal e ficou aliviado quando ele não a machucou. Mesmo que o Medalhão Anulador suprimisse seus poderes, Áureo tinha um toque muito caloroso.

– É um prazer conhecê-la também, Brystal – disse ele.

Madame Tempora e Áureo tomaram seus assentos e a porta da carruagem se fechou atrás deles. A fada pegou o Mapa da Magia do compartimento sob o apoio de braço e verificou novamente o paradeiro da terceira e última recruta, na Fenda. Uma vez que ela confirmou a localização, estalou os dedos e os unicórnios avançaram, puxando a carruagem dourada em uma nova direção. Os olhos de Áureo se arregalaram quando o Vale do Noroeste virou um borrão na janela.

– Isso é inacreditável! – ele exclamou. – Devemos estar a mil quilômetros por hora!

– Não é incrível? – disse Brystal. – Eu viajei pelo reino com Madame Tempora e meu coração ainda palpita quando olho pela janela.

– Há quanto tempo você sabe que é mágica? – ele perguntou.

– Foi uma descoberta recente – disse ela. – Mas se serve de consolo, eu entendo o que você está sentindo. A segunda vez que usei magia, fui presa e trancada em uma instituição correcional. É difícil imaginar que *coisas boas* possam vir da magia também, mas estou ansiosa para Madame Tempora nos mostrar tudo.

Áureo assentiu com tristeza.

– Será um milagre se alguma coisa boa sair da minha magia.

– Aposto que você ficará surpreso – disse Brystal. – Você pode pensar que é uma maldição agora, mas conheço alguns lugares que teriam sorte de ter um garoto como você.

– Onde? – ele perguntou.

– O instituto para onde fui enviada, por exemplo – explicou ela. – Estava tão frio à noite que minha amiga tinha que se esgueirar para conseguir um cobertor extra para que eu não morresse de frio. Teria dado qualquer coisa para estar perto de uma de suas chamas! E tenho certeza de que você seria de grande ajuda com todos os problemas que têm havido no Reino do Norte ultimamente.

De repente, Madame Tempora ergueu os olhos do Mapa da Magia e olhou para Brystal como se ela tivesse dito algo controverso.

– *O que você acabou de dizer sobre o Reino do Norte?* – ela perguntou.

A reação intensa de Madame Tempora surpreendeu Brystal – era a primeira vez que ela via a fada sem seu charme de marca registrada.

– Acabei de dizer que o Reino do Norte poderia usar um garoto como Áureo – disse Brystal.

– Sim, mas *por quê*? – Madame Tempora pressionou. – O que você ouviu?

– Só que eles tiveram nevascas – disse Brystal. – Isso é tudo.

Uma vez que o assunto foi esclarecido, os modos alegres de Madame Tempora voltaram lentamente, mas uma pitada de agressividade permaneceu em seu olhos.

– Ah, sim… as *nevascas* – ela disse. – Eu também ouvi sobre isso. Pobres pessoas, tomara que o tempo mude para elas em breve. Perdoe-me, Brystal, não entendi o que você estava dizendo.

– Madame Tempora, está acontecendo mais alguma *outra* coisa no Reino do Norte com que devemos nos preocupar? – Brystal perguntou.

– Nada que precise se incomodar, minha querida – disse ela. – Apenas a política de sempre… É tudo muito chato, na verdade. Esqueça que eu mencionei isso.

Por respeito, Brystal não perguntou mais nada, mas o comportamento suspeito de Madame Tempora deixou uma coisa bem clara: havia algo sobre o Reino do Norte que ela não estava contando.

· · ★ · ·

A carruagem dourada estava silenciosa enquanto viajava a sul do Vale do Noroeste. Embora não dissesse nada, a mente de Brystal estava a mil com pensamentos empolgantes sobre o futuro na escola de magia. Áureo ainda estava maravilhado com a rapidez com que a carruagem se movia e sacudia a cabeça de um lado para o outro para tentar vislumbrar a paisagem borrada lá fora. Madame Tempora passou a maior parte do caminho com foco no Mapa da Magia, em silêncio. Em um ponto, algo estranho pareceu chamar a atenção dela, que olhou para o mapa ainda mais atentamente por alguns minutos sem olhar para cima.

– Madame? – Brystal perguntou. – Tem alguma coisa errada?

– Não há nada de *errado* – disse Madame Tempora. – No entanto, há algo muito *curioso* sobre a localização do nosso próximo recruta.

– Está se movendo também? – Brystal perguntou.

– Pelo contrário – Madame Tempora disse. – O paradeiro dela permaneceu exatamente o mesmo desde que eu a descobri. Vai ser fácil encontrá-la, mas estou interessada em saber por que ela não se moveu.

– Qual é o nome dela? – Brystal perguntou.

– Smeralda Polida – Madame Tempora disse. – Lindo, não é?

– Mal posso esperar para conhecê-la – disse Brystal. – Será bom conhecer uma garota com quem tenho algo em comum.

Cerca de uma hora depois desde que partiram do Vale do Noroeste, os unicórnios fizeram uma curva abrupta à direita e começaram a viajar para oeste. Brystal não esperava a mudança de direção e olhou para o mapa no colo de Madame Tempora.

– Esse é o caminho certo? – Áureo perguntou. – Estamos chegando muito perto da fronteira oeste.

– É exatamente para onde estamos indo – disse Madame Tempora. – A Srta. Polida mora a alguns quilômetros a oeste do Reino do Sul, nas minas de carvão da Fenda.

A menção do infame território entre os reinos chamou a atenção de Áureo. Ele se endireitou no banco e olhou para as companheiras com olhos grandes e temerosos.

– Nós vamos para a *Fenda*? – Áureo ofegou. – Mas não é perigoso?

– Ah, é mais do que perigoso – disse Madame Tempora. – Existem criaturas que vivem nas florestas da Fenda que a humanidade só viu em pesadelos. Comida e água são limitadas, então os habitantes estão constantemente brigando por recursos. As pessoas são sábias em manter distância. É por isso que é o local perfeito para a academia.

A ansiedade de Áureo dobrou.

– A academia fica na Fenda também? – ele perguntou.

– Sim – Madame Tempora disse com um encolher de ombros. – Eu não mencionei isso?

– Parece que você deixou *esse* detalhe de lado – disse ele.

– Bem, não tenha medo, estou aqui para proteger vocês – Madame Tempora disse com um aceno orgulhoso. – Minha academia fica em uma área muito segura a sudeste da Fenda, e a propriedade é protegida por magia poderosa.

– E as minas de carvão? – ele perguntou. – É seguro lá?

– Devemos ficar perfeitamente bem – disse Madame Tempora. – As minas de carvão estão a apenas alguns minutos a pé da fronteira oeste.

Áureo balançou a cabeça como se seus ouvidos o estivessem enganando.

– Você disse *alguns minutos a pé*? – ele perguntou em pânico. – Vamos *sair* da carruagem?

– Claro que vamos – Madame Tempora disse com uma risada. – Quatro unicórnios e uma carruagem dourada só chamariam a atenção para nós mesmos. Enquanto ficarmos quietos e calmos, tudo ficará bem.

Áureo engoliu em seco. A determinação da fada não o convenceu. Brystal confiava em Madame Tempora um pouco mais do que ele, mas o estômago dela se apertou com a ideia de entrar na perigosa floresta. As moças do Reino do Sul raramente eram ensinadas sobre assuntos mundanos, mas até *elas* sabiam que deveriam evitar a Fenda.

Os unicórnios diminuíram a velocidade ao se aproximarem da fronteira oeste. Enquanto Brystal e Áureo olhavam ansiosamente pela janela, não havia confusão de onde o Reino do Sul terminava e a

Fenda começava. O horizonte foi consumido por uma floresta densa e monstruosa. Todas as árvores eram gigantescas, com troncos tortos e galhos destroçados que se estendiam para o céu como os braços de prisioneiros buscando a liberdade.

Ao se aproximarem, a carruagem passou por uma placa que deu calafrios em Brystal e Áureo:

AVISO
VOCÊ ESTÁ ENTRANDO NA FENDA
CUIDADO COM OS MONSTROS

– Eles tinham que fazer essa placa com uma letra tão bizarra? – Áureo perguntou. – Precisava *mesmo*?

A carruagem dourada saiu da estrada e parou na beira da floresta. Madame Tempora desceu alegremente sem nenhum cuidado, e depois ajudou – ou melhor, *forçou* – Brystal e Áureo a saírem também. Assim que os três passageiros estavam a pé, Madame Tempora estalou os dedos e os grandes unicórnios começaram a encolher. Os majestosos corcéis foram transformados em pequenos ratos de campo com chifres e caudas magentas espessas. A fada estalou os dedos novamente e a carruagem dourada encolheu até o tamanho de um broche, que Madame Tempora prendeu no vestido. Com um terceiro e último estalo, um grande pedaço de queijo apareceu no chão para os ratos comerem.

– Devemos estar de volta em mais ou menos uma hora – disse Madame Tempora aos ratos. – Tenham uma boa pausa e aproveitem o queijo... Ah, e por favor, cuidado com as corujas. Vocês se lembram do que aconteceu com Empolado.

Brystal e Áureo seguiram a fada de volta para a estrada e continuaram a pé pela Fenda. O caminho era tão acidentado e estreito que uma carruagem não conseguiria passar. Os galhos das árvores cobriam o céu acima deles e bloqueavam a maior parte da luz do sol, tornando impossível dizer as horas. Quanto mais fundo caminhavam, mais nervosos Brystal e Áureo ficavam. Madame Tempora se divertia com a paranoia deles.

Estavam a meio caminho da mina quando duas criaturas enormes se lançaram sobre eles da floresta escura. Brystal e Áureo gritaram e se agarraram aterrorizados. Quando as figuras entraram na luz, os viajantes perceberam que haviam cruzado o caminho de dois ogros. O primeiro era marrom e o rosto estava coberto de piercings nos ossos. O segundo era verde e coberto de verrugas. Ambas as criaturas tinham dentes afiados à mostra, as roupas eram feitas de peles de vários animais mortos e cada uma carregava um porrete esculpido de um tronco.

– Bem, olhe o que está perambulando na floresta – o ogro marrom zombou.

– Devem estar perdidos se estão caminhando por aqui – o ogro verde rosnou.

Eles rodearam os viajantes como lobos cercando a presa. Brystal e Áureo ficaram tão assustados que fecharam os olhos, mas Madame Tempora nem se mexeu.

– Na verdade, estamos no caminho certo, obrigada – disse ela. – É muito gentil da parte de vocês checar se está tudo bem.

Brystal, Áureo e os ogros ficaram igualmente surpresos com a resposta alegre de Madame Tempora. Ela seguiu pela trilha e puxou seus alunos com ela, mas os ogros correram e bloquearam o caminho com os porretes.

– Você não acha que vai escapar *tão* fácil, não é? – o ogro marrom perguntou.

– Carne fresca é difícil de encontrar por aqui – disse o ogro verde, e lambeu os lábios.

Madame Tempora olhou para as criaturas como se fossem crianças desobedientes.

– Só para deixar claro, você interrompeu nossa jornada com a intenção de *nos devorar*, correto? E seus gestos obscenos e linguagem sugestiva não devem ser interpretados como sarcasmo, certo?

Os ogros trocaram um olhar intrigado – eles não entenderam todas as palavras que Madame Tempora estava usando.

– *Claro que vamos comer vocês!* – o ogro marrom rugiu.

– Que maravilha! – Madame Tempora aplaudiu.

– Maravilha? – exclamou Brystal. – Madame, como isso é uma maravilha?

– Estamos prestes a ser o almoço deles! – Áureo gritou.

– Os ogros acabaram de me dar a oportunidade perfeita de ensinar uma lição valiosa – explicou Madame Tempora. – Como eu disse antes, a magia vem de um lugar de amor e alegria dentro de nós. Seu objetivo é estabilizar, melhorar e nutrir. No entanto, nas raras ocasiões em que isso pode ser justificado, a magia também pode ser usada para *autodefesa*. Ao admitir suas intenções de nos prejudicar, esses ogros nos deram permissão para...

– MADAME TEMPORA, CUIDADO! – Brystal gritou.

O ogro marrom ergueu o porrete bem acima da cabeça e o balançou na direção deles. Sem olhar, Madame Tempora estalou os dedos e a clava se esmigalhou antes de atingi-los. Ela se virou e apontou ambas as mãos para as criaturas. Os ogros subiram no ar e giraram como ciclones, e as folhas mortas que cobriam o chão da floresta giraram em torno deles. Madame Tempora baixou as mãos e a rotação parou, mas em vez de ogros, duas pequenas tartarugas caíram no chão.

– Como eu estava dizendo – ela continuou –, ao admitir suas intenções de nos prejudicar, esses ogros nos deram permissão para usar nossa magia para detê-los. E agora que eles foram transformados em animais menores, eles aprenderão uma lição muito necessária de humildade. Todo mundo sai ganhando. Alguma pergunta?

Brystal e Áureo ficaram pasmos com o que tinham acabado de testemunhar. Quando a sensação finalmente voltou aos corpos deles, Áureo ergueu a mão.

– Sim, Áureo? – Madame Tempora perguntou.

– Você vai nos ensinar como fazer *isso*? – ele perguntou ansiosamente.

– Com o tempo – disse ela com um sorriso. – Agora vamos seguir em frente.

Madame Tempora conduziu Brystal e Áureo por mais alguns quilômetros Fenda adentro e a trilha finalmente chegou à entrada de uma enorme mina de carvão na base de uma montanha. Brystal e Áureo ficaram surpresos ao ver que a mina era operada inteiramente por anões. Os pequenos mineiros empurravam carrinhos de carvão para fora da montanha e despejavam a substância escura em uma enorme pilha do lado de fora. Uma vez que os carrinhos eram esvaziados, os mineiros voltavam para buscar mais, e a pilha de carvão era separada e encaixotada por empacotadores.

Os trabalhadores estavam acostumados a ver animais ferozes e criaturas perigosas emergirem da floresta ao redor deles, mas quando Madame Tempora, Brystal e Áureo saíram das árvores, todos congelaram e olharam incrédulos para os visitantes. Os anões que guardavam a entrada ficaram tão surpresos que nem questionaram os estranhos visitantes enquanto passavam por eles.

– Boa tarde, cavalheiros – Madame Tempora disse com um aceno amigável. – Continuem com o bom trabalho.

Eles entraram em um túnel escuro e levou alguns segundos para seus olhos se ajustarem. O tilintar das picaretas ficava mais alto à medida que caminhavam. Eventualmente, o túnel os levou a uma enorme caverna onde os mineiros escavavam carvão em vários níveis ao redor deles. No centro da caverna, construída sobre um aglomerado de estalagmites, havia uma plataforma de observação, onde um anão mais velho estava sentado atrás de uma mesa em miniatura. Ele usava terno e gravata e apertava os olhos através de um monóculo enquanto estudava as plantas da montanha.

– Com licença, senhor? – Madame Tempora o chamou. – Você poderia, por favor, me apontar quem está no comando?

O velho anão ergueu os olhos das plantas e ficou surpreso ao ver que uma mulher e crianças haviam entrado na mina. Um por um, os mineiros por toda a caverna notaram os visitantes e largaram suas picaretas para observá-los.

– Sou eu, senhora – disse o velho anão. – Sou o Sr. Ardósio, o mineiro superior.

– Prazer em conhecê-lo, Sr. Ardósio – disse ela. – Meu nome é Madame Tempora e estes são meus alunos, Brystal Perene e Áureo dos Fenos.

– O que a traz até a mina? – o Sr. Ardósio perguntou.

– Estou procurando uma jovem chamada Smeralda Polida – disse Madame Tempora. – Você pode me dizer onde ela está?

Todos os anões ficaram quietos e uma tensão cresceu na caverna. O Sr. Ardósio trocou um olhar inquieto com os mineiros ao redor.

– Sinto muito, mas não há ninguém aqui com esse nome – disse o anão.

– Tem certeza? – Madame Tempora disse. – Porque, de acordo com meu mapa, a Srta. Polida está em algum lugar dentro da mina. Talvez ela tenha outro nome?

– Seu mapa deve estar enganado, então, porque eu lhe garanto que não há mulheres jovens aqui – disse o Sr. Ardósio. – Sinto muito que tenha vindo de tão longe para nada. No entanto, ficarei feliz em lhe oferecer um desconto em nosso carvão para que você não saia de mãos vazias.

Madame Tempora olhou desconfiada para o mineiro superior.

– Sr. Ardósio, meu mapa não mente – ela disse. – Eu sei que há uma garota com habilidades mágicas por perto, e se eu descobrir que você está abrigando a Srta. Polida contra a vontade dela, eu usarei a força para libertá-la.

Gotas de suor apareceram na testa do Sr. Ardósio.

– Acabei de lhe dizer, não há nenhuma jovem nesta mina – disse ele. – Agora, por favor, saia antes que eu a expulse. Não queremos problemas aqui.

Madame Tempora virou-se para Brystal e Áureo com um sorriso entusiasmado que eles não esperavam ver.

– Nossa sorte continua! – ela disse alegremente. – O Sr. Ardósio me deu outra oportunidade de ensinar uma lição valiosa. Vejam bem, quando temos motivos para acreditar que alguém está em perigo ou sendo feito refém, a magia pode ser usada para resgatá-lo. Vejam.

Com um movimento de seu pulso, todos os mineiros em toda a caverna de repente caíram no chão como dominós em um sono profundo. O Sr. Ardósio mergulhou debaixo da mesa para evitar o feitiço, mas Madame Tempora o poupou de propósito.

– *Sua bruxa horrível!* – o Sr. Ardósio gritou. – *O que você fez com eles?*

– Interrompi a produção e dei um descanso aos seus mineiros – explicou ela. – Você terá seus funcionários de volta assim que nos mostrar a garota.

– Não! – o anão gritou. – Eu não vou deixar você levá-la de nós!

– Sr. Ardósio, por favor, não torne isso mais difícil do que precisa ser – Madame Tempora disse. – Eu não gostaria de transformar sua mina de carvão em uma fábrica de fertilizantes, mas certamente sou capaz de fazer isso.

Ela não deu escolha ao anão. O Sr. Ardósio desceu da plataforma de observação e, a contragosto, guiou seus visitantes para o fundo da caverna. Eles o seguiram por um longo túnel que serpenteava ainda mais fundo na montanha e terminava em uma pequena caverna. Ao contrário das outras partes da mina, a caverna isolada brilhava como o céu noturno porque o chão estava coberto de pilhas de diamantes, rubis, safiras e quaisquer outras gemas imagináveis.

Na parte de trás da pequena caverna estava uma menina de cerca de doze anos, com olhos verdes brilhantes, bela pele negra e cabelos pretos encaracolados. Ela usava um vestido feito de pano velho e sandálias de madeira e corda. A garota estava atrás de uma bancada iluminada por um pote de vaga-lumes.

Ela pegava um carvão por vez de um carrinho ao lado de seu banco, fechava os olhos e concentrava-se enquanto o apertava. Quando ela abria a mão, o pedaço de carvão havia se transformado em uma gema colorida, e ela a jogava na pilha a que pertencia. Brystal e Áureo ficaram hipnotizados pelo processo e a observaram por vários momentos antes que ela percebesse que tinha companhia.

– Quem são vocês? – ela perguntou, arredia diante dos convidados inesperados.

– Olá, Smeralda, meu nome é Madame Tempora – disse a fada. – É tão bom finalmente conhecê-la.

Madame Tempora aproximou-se da bancada para cumprimentar Smeralda com um aperto de mão, mas a garota não aceitou. Em vez disso, Smeralda cruzou os braços e olhou Madame Tempora de cima a baixo com uma carranca.

– O que você está fazendo na minha caverna? – ela perguntou.

– Elas são bruxas e exigiram ver você – disse o Sr. Ardósio. – Desculpe, Sme, eles não me deram escolha.

– Na verdade, não somos bruxas – Madame Tempora o corrigiu. – Somos *fadas* e estamos aqui para salvá-la.

– Me *salvar*? – Smeralda ficou ofendida com a ideia. – Papai, do que essa mulher está falando? Do que ela pensa que está me salvando?

– Papai? – Madame Tempora ficou surpresa ao ouvir. – Por que ela te chama de *papai*?

– Porque eu a criei – disse o Sr. Ardósio. – Nós não a estamos mantendo como refém. Esta é a casa dela! Seus pais a abandonaram quando era apenas uma criança e eu a encontrei chorando na floresta. Claro, eu não percebi que ela era *mágica* até trazê-la para a mina. Meu plano era encontrar um bom lar humano para ela, mas então tudo o que ela colocou nas mãos se transformou em joias.

— Então você decidiu ficar com ela e lucrar com sua magia — Madame Tempora acusou.

— Não, eu decidi protegê-la! — o Sr. Ardósio exclamou. — Você pode imaginar o que aconteceria se a humanidade descobrisse que ela existia? A ganância deles não tem limites! Reis iriam para a guerra para colocar as mãos em uma criança que pode transformar carvão em diamantes! Ela nunca teria um momento de paz até o dia em que morresse! Sim, ganhamos bem a vida com as criações de Smeralda, mas pelo menos ela está segura conosco!

Brystal podia dizer que Madame Tempora estava envergonhada por julgar mal a situação, porque ela parou por alguns momentos antes de dizer qualquer palavra.

— Sr. Ardósio, peço desculpas pelo mal-entendido — disse ela. — Mas a mina não é o único lugar onde ela pode ser protegida. Na verdade, só conheço um lugar que pode garantir a segurança dela, de fato, até que ela aprenda a se proteger.

Madame Tempora inclinou-se para poder olhar nos olhos de Smeralda.

— Estou começando uma academia de magia — ela explicou. — Vou ensinar fadas jovens como você a controlar e expandir suas habilidades. Eu viajei até aqui porque espero que você queira se juntar a nós.

Smeralda ergueu uma sobrancelha para Madame Tempora, como se fosse a ideia mais idiota que ela já tinha ouvido.

— Por que você começaria uma escola de magia? — ela perguntou. — O mundo odeia magia!

— É exatamente por isso que estou começando — disse Madame Tempora. — Depois que meus alunos estiverem devidamente treinados, nosso plano é viajar pelo mundo e usar nossa magia para ajudar as pessoas. Espero que a humanidade reconheça nossas boas ações e aprenda a nos aceitar, para que garotinhas como você nunca mais precisem se esconder em cavernas.

Brystal e Áureo observaram Smeralda de perto, esperando que ela ficasse intrigada com a oferta de Madame Tempora, mas ela permaneceu tão defensiva quanto antes.

– Eu não estou interessada – disse ela.

– Tem certeza? – Madame Tempora perguntou. – Esta é uma oportunidade muito grande. Você gostaria de algum tempo para considerar a oferta?

– Eu não preciso considerar nada – Smeralda retrucou. – Por que eu ia querer usar minha magia para ajudar a humanidade? Como meu pai acabou de dizer, a humanidade é horrível! Tudo o que eles fazem é dificultar a vida de outras espécies!

– Bem, eu não vou discordar disso – disse Madame Tempora. – A humanidade é uma raça defeituosa, mas, infelizmente, desde que tenham números e recursos para permanecer no poder, a aceitação deles é a chave para nossa sobrevivência. Se a comunidade mágica não fizer *algo* para melhorar nosso relacionamento com a humanidade, corremos o risco de extinção. Mostrar bondade para eles é o primeiro passo para mudar a percepção deles sobre nós.

– Humanos não merecem bondade! – disse Smeralda. – Meus pais eram humanos e me deixaram para morrer quando eu era apenas um bebê! Que tipo de monstro faria isso com sua própria filha?

– Todos nós temos cicatrizes, Smeralda, mas isso não significa que devemos desistir.

Madame Tempora lentamente removeu a luva que cobria o braço esquerdo e todos na caverna oferagaram. Brystal nunca havia questionado por que a fada usava apenas uma luva, mas agora era óbvio. O braço esquerdo de Madame Tempora era esquelético e a pele das pontas dos dedos até a parte inferior do ombro era tão preta quanto o carvão ao lado de Smeralda, como se tivesse sido queimada até os ossos. Parecia menos um membro do corpo e mais o galho de uma árvore murcha.

– Minha família também era humana e, quando descobriram minhas habilidades mágicas, tentaram me queimar na fogueira – ela disse a eles. – Felizmente, houve uma terrível tempestade naquela noite e o fogo não durou muito, mas nunca esquecerei a dor enquanto viver, porque a traição da minha família doeu muito mais do que as chamas queimando em minha pele.

Depois que a lembrança horrível foi compartilhada, Madame Tempora enfiou o braço carbonizado de volta na luva.

– Por que você quer ajudar as pessoas que fizeram *isso* com você? – perguntou Smeralda.

– Porque, se queremos um mundo melhor, temos que ser melhores *que* o mundo – disse Madame Tempora. – Se deixarmos que uma experiência destrua nossa fé em uma espécie inteira, não seremos melhores do que as pessoas que nos feriram. Assim como na comunidade mágica, há bem e mal na humanidade, e agora, mais do que nunca, eles precisam ser lembrados da bondade em seus corações. Nossa busca por aceitação pode ser o exemplo de que a humanidade precisa para mudar seus caminhos... podemos inspirá-los a finalmente valorizar a compaixão em vez do ódio. Poderíamos criar uma nova era em que o mundo respeitasse não apenas *nós*, mas *todas* as esferas da vida.

A súplica apaixonada de Madame Tempora abriu alguns buracos na resistência de Smeralda, mas não a derrubou.

– Acho que ainda estou valorizando mais meu ódio que minha compaixão também – disse Smeralda. – Sinto muito que você tenha vindo de tão longe, Madame Tempora, mas não vou frequentar sua escola. Agora, se me dá licença, tenho muito trabalho a fazer.

Smeralda voltou para sua bancada e continuou transformando o carvão em gemas. Madame Tempora parecia extremamente triste com a decisão da garota, mas não insistiu mais no assunto. Ela saiu da caverna, gesticulando para que Brystal e Áureo a seguissem.

– Devemos ir, crianças – disse ela. – Tenho certeza de que os unicórnios estão ansiosos para que voltemos.

Embora Madame Tempora tivesse aceitado a escolha de Smeralda, Brystal achava que a garota estava cometendo um erro terrível e não estava pronta para desistir dela. Ela voltou para a bancada e parou diante de Smeralda até que a garota lhe desse atenção.

Smeralda revirou os olhos.

– O quê? – ela perguntou.

– Estou curiosa: como você decide em qual joia transformar o carvão? – ela perguntou.

Smeralda suspirou, como se o método dela fosse muito complexo para Brystal entender.

– Eu não *decido* – disse ela. – Cada pedaço de carvão é único e tem sua própria energia. Tudo o que faço é encontrar a joia dentro dele e trazê-la para a superfície.

– Interessante – disse Brystal. – Então você está fazendo com o carvão exatamente o que Madame Tempora quer fazer conosco.

Smeralda franziu a testa.

– Do que você está falando? – ela perguntou.

– Mesmo se você discordar das razões de Madame Tempora para abrir a escola, ela ainda está nos oferecendo a chance de nos tornarmos as melhores versões de nós mesmos. Eu entendo como você se sente em relação à humanidade, mas você não vai deixar que *eles* a impeçam de alcançar todo o seu potencial, vai? Eles já não tomaram o suficiente?

Claramente, as palavras de Brystal tocaram Smeralda mais fundo do que as de Madame Tempora, porque a garota largou o carvão e mergulhou nos próprios pensamentos. Brystal virou-se para Madame Tempora e a fada sorriu com gratidão pela ajuda. A caverna inteira esperou com a respiração suspensa que Smeralda tomasse sua decisão.

– Eu aprecio o que você está tentando fazer, mas não posso deixar a mina – disse Smeralda. – Os anões precisam de mim e eu pertenço ao meu...

– Sme, arrume suas coisas – o Sr. Ardósio disse. – Você vai para essa escola.

Todos na caverna se voltaram para o anão – era a última coisa que esperavam ouvir saindo da boca dele.

– O que você acabou de dizer, papai? – Smeralda perguntou em choque.

– Eu disse que você vai para essa escola – disse o Sr. Ardósio. – Admito que também não estou convencido de que o plano de Madame Tempora vá funcionar, mas a garota está certa. Esta é uma oportunidade para você se tornar uma versão melhor de si mesma, e não vou deixar você recusar.

– Não! – exclamou Smeralda. – A mina é minha casa! Estou feliz aqui!

– Sim, mas nem sempre será o caso – disse o Sr. Ardósio. – Eventualmente, você vai crescer e querer mais da vida. Você vai querer fazer amigos e começar uma família, você vai querer se divertir e se apaixonar, e você não poderá fazer isso em uma mina cercada por anões.

– Mas vocês precisam de mim! – ela disse. – Você acabou de dizer que lucra com a minha magia!

– Nós nos beneficiamos de você por tempo suficiente – disse o Sr. Ardósio. – Mas você é como uma joia, Sme... Não vai trazer nada de bom para você ficar escondida em uma caverna escura. É hora de compartilhar sua beleza com o mundo.

Smeralda tentou discutir com o pai, mas ele não quis ouvir mais nenhuma palavra dela. Lágrimas vieram aos seus olhos quando ela relutantemente colocou os pertences em uma pequena bolsa. Assim que Smeralda terminou de fazer as malas, o Sr. Ardósio beijou a filha adotiva na testa e lhe deu um abraço.

– Não estou feliz com isso – disse Smeralda. – E não estou dizendo adeus, porque isso não é um adeus. Certo, papai?

– Não, minha filha – o pai disse. – É apenas um começo.

Embora eles não vivessem no Reino do Sul, Madame Tempora fez o Sr. Ardósio assinar o formulário de permissão apenas por segurança. O mineiro superior escoltou todos de volta à caverna principal e Madame Tempora acordou os outros anões do sono encantado.

Smeralda despediu-se dos mineiros e cada um deles ficou mais consternado ao vê-la partir do que o anterior, como se *todos* estivessem perdendo uma filha. O Sr. Ardósio acompanhou a filha adotiva e seus convidados até a entrada da mina e acenou quando eles partiram.
– Tudo bem, crianças – Madame Tempora disse. – Vamos para casa.

Capítulo Nove

Academia de Magia da Madame Tempora

Depois de partirem da mina, Smeralda fez o possível para não se mostrar impressionada com a magia de Madame Tempora. Quando a fada transformou quatro camundongos do campo em unicórnios, os olhos de Smeralda se arregalaram além do que parecia possível, mas ela não emitiu nenhum som. Quando Madame Tempora tirou o broche do vestido e o transformou em uma carruagem dourada, a respiração de Smeralda aumentou, mas ela não disse uma palavra. No entanto, enquanto os unicórnios os transportavam pelo Reino do Sul a uma velocidade extraordinária, Smeralda teve dificuldade em esconder o maravilhamento.

– Não é espetacular?! – disse Áureo. – Se você virar a cabeça rápido assim, poderá vislumbrar a paisagem.

O menino deu um exemplo a Smeralda, e ela quase tentou, mas depois se lembrou de manter a aparência sem entusiasmo. Brystal riu da fachada de Smeralda que não enganava ninguém.

– Sabe, não há problema em ficar um *pouco* animada – disse Brystal. – Não importa o que vejamos ou façamos, nada tornará a mina menos especial para você.

Smeralda apertou os lábios para reprimir um sorriso, mas ele veio à tona de qualquer maneira.

– Tudo bem, admito que isso tudo é incrível – disse ela. – Por diversão, os anões e eu costumávamos correr com carrinhos desgovernados pela mina, mas eles nunca foram tão rápidos assim. Como os unicórnios fazem isso?

– Eles são impulsionados por magia – explicou Madame Tempora. – Os unicórnios não são apenas os animais mais rápidos do planeta, mas também sempre sabem o destino exato de seus passageiros e a rota mais rápida para chegar lá.

– Estamos perto da academia? – perguntou Smeralda.

– Vai levar algumas horas para chegar à fronteira oriental do Reino do Sul. Depois será apenas uma curta distância pelo leste da Fenda – disse Madame Tempora. – Devemos chegar um pouco antes do pôr do sol.

– Nós não vamos sair da carruagem de novo, vamos? – Áureo perguntou.

– Infelizmente não – Madame Tempora disse. – Por mais que eu adoraria ensinar outra lição para vocês à custa de uma criatura hostil, há um caminho especial na floresta que os unicórnios sabem tomar.

– Madame Tempora? Eu fico sempre esquecendo de perguntar, mas o que *é* a academia? – perguntou Brystal. – É uma casa? Uma cabana? Uma caverna?

Madame Tempora sorriu divertidamente enquanto pensava na academia.

– Você vai ver – disse a fada. – Algumas coisas na vida são melhores *vistas* do que descritas.

Algumas horas depois, a carruagem dourada se aproximou da fronteira leste do Reino do Sul. Assim como na fronteira oeste, a densa floresta da Fenda crescia como uma cerca gigantesca e retorcida para determinar a divisão. As árvores estavam tão próximas que mal havia espaço para uma pessoa andar entre elas, mas os unicórnios avançaram. Eles encontraram uma abertura que Brystal nunca teria visto por conta própria e puxaram a carruagem dourada por uma trilha estreita.

Enquanto viajavam pela Fenda, os unicórnios diminuíram a velocidade para guiar a carruagem com segurança pelo caminho sinuoso. Brystal estava inquieta com a visão misteriosa da floresta escura do lado de fora de sua janela. Ela esperava que um animal feroz ou uma criatura monstruosa saltasse da escuridão e atacasse sua carruagem a qualquer momento. Brystal imaginou que Áureo e Smeralda estivessem se sentindo da mesma forma, porque seus dois companheiros cobriram os olhos e afundaram nos assentos. Como esperado, Madame Tempora não foi afetada pelo ambiente assustador. A fada manteve um olhar confiante e atento nas árvores que passavam, como se estivesse preparada para quem ou o que pudesse cruzar o caminho deles.

O tempo parecia se mover muito mais devagar na Fenda do que no Reino do Sul, mas logo a carruagem dourada parou abruptamente. Brystal, Smeralda e Áureo olharam pela janela e viram que os unicórnios haviam parado porque a estrada estava bloqueada por uma cerca viva gigantesca. A estranha planta era mais alta que as árvores e se estendia por quilômetros em ambas as direções. As folhas e galhos eram tão grossos que a cerca parecia tão sólida quanto concreto.

– Chegamos – Madame Tempora disse alegremente.

Os alunos não tinham ideia do que a fada estava falando. Quanto mais tempo os unicórnios ficavam no beco sem saída, mais eles se sentiam como filhotinhos indefesos na floresta perigosa.

De repente, a cerca viva começou a estremecer e estalar. As folhas e galhos se separaram lentamente para formar um arco que era largo o suficiente para a carruagem passar. Os unicórnios se moveram pelo arco e entraram em um longo túnel frondoso que cortava a espessa cerca viva. A passagem se estendia por centenas de metros e as crianças ficaram maravilhadas com a densidade da cerca viva. Estava tão escuro no túnel que Brystal não podia ver as mãos na frente do rosto.

– Madame Tempora, o que é isso? – Brystal perguntou.

– Apenas uma pequena barreira que plantei ao redor da propriedade para proteger a academia – disse Madame Tempora.

– Uma *pequena* barreira? – Áureo perguntou. – Este arbusto é enorme!

– Pode parecer apenas um arbusto gigante, mas a cerca viva está equipada com um feitiço muito poderoso – disse Madame Tempora. – Só abre para pessoas e animais com magia no sangue. Isso nos manterá a salvo de todas as criaturas inquietas que vagam pela Fenda.

Os unicórnios chegaram ao fim do túnel e pararam em outra parede frondosa. Feixes de luz brilharam no túnel escuro quando um segundo arco se abriu e deu acesso à propriedade de Madame Tempora. Os unicórnios saíram da barreira de sebe e os jovens passageiros perceberam que não estavam mais na floresta assustadora.

A carruagem dourada desceu o caminho até um campo ondulante das flores silvestres mais vibrantes que as crianças já tinham visto. A terra estava salpicada de árvores cobertas de folhas coloridas, flores de cerejeira e magnólias. Um lago cristalino estava ladeado de salgueiros-chorões e suas águas se derramavam em riachos e lagoas decorados com lírios d'água vívidos. A pitoresca propriedade se estendia em direção a um penhasco com vista para um oceano azul cintilante, onde o sol estava se pondo em um horizonte de nuvens rosadas.

– Eu não acredito nisso – disse Brystal. – É como se estivéssemos dentro de uma pintura!

– Nunca vi tanta cor em toda a minha vida! – exclamou Smeralda.

– Devemos estar mortos – disse Áureo. – Nossa carruagem caiu na floresta e agora estamos no paraíso. É a única explicação.

Madame Tempora ficou incrivelmente tocada pela emoção nos rostos dos alunos.

– Esperei muito tempo para ver sorrisos como esses – disse ela. – Muitos anos de trabalho duro foram dedicados ao desenvolvimento deste lugar. Espero que se sintam tão em casa quanto eu.

A carruagem seguiu caminho, e havia mais surpresas a cada curva. Brystal ficou hipnotizada quando viu que havia rebanhos de unicórnios pastando e brincando pelos campos ao redor deles. Ela olhou para cima e notou que o céu estava cheio de enormes borboletas coloridas e pássaros gigantes com longas penas ruivas.

– Olhem todos aqueles unicórnios no campo! – ela disse. – E lá em cima! Vocês já viram pássaros e borboletas tão grandes antes?

– Já vi alguns insetos e morcegos bastante desagradáveis na mina, mas nada parecido com *esses*! – disse Smeralda.

Madame Tempora riu.

– Na verdade, não são borboletas ou pássaros – disse ela. – Talvez vocês devam olhar de novo.

Brystal, Smeralda e Áureo pressionaram os rostos contra a janela para uma visão melhor. Após uma inspeção minuciosa, as crianças perceberam que as borboletas tinham pequenos corpos humanoides e usavam roupas feitas de folhas e pétalas de flores. As pequenas criaturas voavam para dentro e para fora de casas em miniatura feitas em cogumelos. As aves em questão tinham cabeça e asas de águias, garras dianteiras de répteis, além de patas traseiras e caudas de leões. Elas voavam pelo céu como falcões e traziam esquilos, ratos, peixes e outras presas para os filhotes famintos que esperavam em seus ninhos.

– Que diabos são essas coisas? – Áureo perguntou.

– Eles são *pixies* e *grifos* – Madame Tempora disse. – E ambos se ofendem facilmente, então se certifiquem de nunca chamá-los de insetos e pássaros na frente deles.

– Então eles ainda existem? – Brystal perguntou. – Em *A verdade sobre a magia* você escreveu que a humanidade havia caçado todos os animais mágicos até a extinção.

– E eles quase conseguiram – disse Madame Tempora. – Felizmente, pude encontrar sobreviventes e salvar algumas espécies antes que se perdessem para sempre. Era mais seguro deixar a humanidade continuar acreditando que todos haviam sido aniquilados. Infelizmente, não consegui resgatar todos os animais mágicos que costumavam vagar pela terra. Esta propriedade é um santuário para pixies, grifos e unicórnios, e também para nós.

Smeralda arfou e apontou para a janela.

– É aquilo é o que eu *acho* que é? – ela perguntou.

Brystal e Áureo olharam na direção a que Smeralda se referia e tiveram a mesma reação.

Ao longe, equilibrado na beira do penhasco com vista para o oceano, havia um castelo dourado. O castelo tinha altas torres pontiagudas e centenas de janelas largas, e toda a estrutura brilhava à luz do sol. A carruagem continuou o caminho pela propriedade e parou nos degraus da frente do castelo. Madame Tempora escoltou as crianças para fora e gesticulou animadamente para o castelo diante delas.

– Bem-vindos à Academia de Magia da Madame Tempora! – disse a fada. – O que acham do novo nome? Decidi que menos era mais.

Brystal, Áureo e Smeralda não responderam porque estavam completamente impressionados com a estrutura deslumbrante à sua frente. Madame Tempora estava certa: algumas coisas na vida *eram* melhores vistas do que descritas. Mesmo depois de todos os livros incríveis que tinha lido na biblioteca, Brystal duvidava que existisse alguma palavra que pudesse explicar a aparência magnífica do castelo ou a sensação estimulante que lhe dava. Era difícil acreditar que algo tão bonito existia no mundo, mas lá estava o castelo, bem diante dela.

Madame Tempora bateu palmas e os unicórnios foram soltos de suas rédeas. Os corcéis galoparam para o campo próximo e se juntaram ao rebanho de pastoreio. Ela estalou os dedos para encolher a carruagem dourada em um broche novamente, e prendeu-a em seu vestido. As gigantescas portas da frente do castelo se abriram e duas meninas e uma senhora saíram para cumprimentar os recém-chegados.

A primeira menina tinha cerca de dez anos e usava um vestido feito de pedaços de favo de mel pingando. O cabelo laranja brilhante estava penteado em uma colmeia e era o lar de um enxame de abelhas vivas. A segunda garotinha também parecia ter dez anos e usava um roupão azul-marinho sobre um maiô de safira. Em vez de cabelo, um fluxo contínuo de água descia pelo corpo dela e evaporava quando chegava aos pés, como se ela fosse uma cachoeira ambulante. A senhora estava vestida com muito mais simplicidade do que as meninas, com um vestido cor de ameixa e um avental combinando. Ela tinha o cabelo violeta-acinzentado em um coque bagunçado, mas além da cor incomum do cabelo, a aparência dela não era tão mágica quanto as outras.

– Crianças, eu gostaria que vocês conhecessem a Srta. Tangerin Turka, a Srta. Horizona de Lavenda, e a governanta da academia, a Sra. Vee – Madame Tempora disse. – Meninas, estes são nossos novos alunos: Brystal Perene, Smeralda Polida e Áureo dos Fenos.

A Sra. Vee estava em êxtase ao ver os recém-chegados. Ela desceu correndo os degraus da frente e deu a cada um deles um grande abraço de urso, balançando-os para frente e para trás.

– Não quero invadir o espaço pessoal de vocês, mas estou tão feliz que poderia explodir! – a Sra. Vee disse com lágrimas nos olhos. – Madame Tempora sonhava em abrir uma academia há tanto tempo, e o dia finalmente chegou! Espero que estejam com apetite porque estou preparando um *banquete* na cozinha! Alguém tem alguma alergia ou restrição alimentar que eu deva saber?

Brystal, Smeralda e Áureo deram de ombros e balançaram a cabeça.

– Bem, isso é um grande alívio – a Sra. Vee disse. – Esta noite estou servindo uma de minhas especialidades: empadão de grifo. *HA-HA! Estou brincando!* Ah, vocês deveriam ter visto os olhares que fizeram!

Eu nunca iria cozinhar algo assim. Além disso, os grifos são rápidos demais para serem capturados. *HA-HA! Peguei vocês de novo!* Mas falando sério, eu não poderia estar mais feliz por ter vocês aqui. Agora, se me dão licença, é melhor eu voltar para a cozinha antes que o jantar cresça e fuja. *HA-HA!* Na verdade, essa é baseada em uma história real. Vejo vocês lá dentro!

A Sra. Vee se apressou pelos degraus à frente do castelo e correu porta adentro. Brystal, Áureo e Smeralda ficaram um pouco apavorados depois de conhecer a governanta animada e olharam para Madame Tempora em busca de segurança.

– Não se preocupem, a culinária da Sra. Vee é muito melhor do que as piadas – ela disse.

Embora a governanta parecesse excêntrica e boba, Brystal, Áureo e Smeralda apreciaram a tentativa de boas-vindas na academia. Tangerin e Horizona, no entanto, ficaram nos degraus da frente do castelo e olharam os recém-chegados como se fossem algum tipo de competição. Brystal sentiu a tensão e tentou quebrar o gelo.

– Eu amei o que estão vestindo – disse ela. – Vocês também são alunas?

Tangerin e Horizona grunhiram, insultadas pelo comentário de Brystal.

– Somos *aprendizes* – disse Tangerin em tom condescendente.

– Qual é a diferença? – Brystal perguntou.

– Nós *aprendemos* – Horizona disse, como se fosse óbvio.

Brystal, Áureo e Smeralda se entreolharam para ver se o que Horizona dizia fazia sentido para mais alguém, mas ninguém sabia do que a garota estava falando. Tangerin ficou constrangida com o comentário da amiga e rapidamente a puxou de lado.

– *Horizona, eu disse para deixar comigo quando essas novas crianças fedelhas aparecessem* – ela sussurrou.

– *Ah, eu ouvi "novas criações de abelhas"* – Horizona sussurrou de volta. – *Pensei que você iria fazer algo diferente com seu cabelo.*

– *Você nunca escuta!* – disse Tangerin. – *Você tem muita água nos ouvidos!*

Horizona inclinou a cabeça para a esquerda e para a direita e pelo menos um galão de água foi derramado de ambas as orelhas. Tangerin revirou os olhos para a amiga e voltou-se para os recém-chegados.

– Como eu estava dizendo, os aprendizes são muito mais *avançados* do que os alunos – explicou ela. – Nós vamos ajudar Madame Tempora enquanto ela ensina vocês três a usar sua magia. E agora que estão aqui, posso ver que ela vai precisar de toda a ajuda que puder.

– Tangerin, seja legal com os novos alunos – disse Madame Tempora. – Todos estaremos aprendendo e crescendo juntos, não importa quão avançados alguns de nós possam ser. Mas podemos discutir tudo isso durante nossa primeira aula amanhã. Enquanto isso, vamos fazer com os nossos novos recrutas um passeio pelo castelo enquanto a Sra. Vee termina de preparar o jantar.

A fada escoltou os alunos e as aprendizes pela escadaria e entrada do castelo. O queixo de Brystal caiu aberto ao primeiro vislumbre do interior do castelo, porque era tão deslumbrante quanto o exterior. O hall de entrada tinha paredes brancas e pisos prateados cintilantes, além de pilares dourados que se estendiam até um teto alto. No centro do salão havia uma árvore gigantesca que crescia com folhas e flores de cristal. Uma escada elegante se curvava ao redor da árvore e os degraus flutuavam no ar enquanto as escadas espiralavam em direção aos níveis superiores do castelo.

– Este castelo é uma das últimas residências mágicas que restam – disse Madame Tempora. – A maioria delas foi destruída quando o Rei Campeon I declarou que a magia era um crime. Herdei a propriedade da minha família e a mantive escondida e protegida desde então. É muito importante que nenhum de vocês saia da propriedade sem mim. Como sabem, a Fenda está cheia de pessoas e criaturas que gostariam de nos prejudicar.

Algo sobre o aviso de Madame Tempora não caiu bem com Brystal.

– Madame Tempora? – ela perguntou. – Eu pensei que você disse que sua família era humana?

A fada ficou agradavelmente surpresa com a atenção de Brystal aos detalhes.

– Ah, esqueci que mencionei isso – disse Madame Tempora. – Enquanto minha *família biológica* era humana, eu estava me referindo às fadas que me adotaram e me ensinaram a desenvolver minha magia. Veja, a comunidade mágica tem sorte porque podemos criar novas famílias se nossos parentes nos abandonam. Nós seis podemos não ser parentes de sangue, mas com o tempo, espero que nos consideremos uma *família escolhida*.

Como todos tinham acabado de se conhecer, era difícil para Brystal imaginar se tornar *tão* próxima dos outros alunos. Ainda assim, era bom imaginar que alguém pudesse preencher o vazio criado por deixar sua mãe e irmãos para trás.

– Agora, se me seguirem, eu lhes mostrarei a sala de estar – Madame Tempora disse.

A fada os conduziu por um corredor à direita do hall de entrada e eles entraram em uma sala espaçosa com sofás de seda e poltronas estofadas. As paredes tinham estampas florais e eram decoradas com cabeças de animais com chifres. Assim que entraram na sala de estar, as flores e trepadeiras no papel de parede tornaram-se tridimensionais e um aroma floral encheu o ar. As cabeças de veado e alce montadas nas paredes também ganharam vida e comiam as plantas que cresciam ao redor.

– Tenham cuidado com as cabeças decorativas; elas gostam de morder – advertiu Madame Tempora. – Vamos, a sala de jantar é o próximo cômodo.

No fim do corredor onde estavam havia uma entrada para outra sala grande com uma mesa feita de uma pedra larga e plana. A sala de jantar estava iluminada por um aglomerado de pedras lunares brilhantes que pairavam sobre a mesa como um candelabro. As paredes eram escuras e decoradas com luzes cintilantes, então o cômodo parecia um céu estrelado. Enquanto Brystal examinava as luzes, ela gritou quando uma estrela cadente de repente atravessou o teto.

– O café da manhã é servido todas as manhãs às sete horas em ponto, o almoço começa ao meio-dia e o jantar, às seis horas – Madame Tempora os informou. – Por favor, cheguem a tempo para as refeições. A Sra. Vee é perfeccionista quando se trata da comida dela e odeia servir seus pratos frios. A cozinha fica na porta do fim da sala de jantar, e os aposentos da Sra. Vee são logo depois. Bem, isso é tudo no primeiro andar. Agora, por favor, me sigam de volta ao hall de entrada, vou lhes mostrar meu escritório no segundo andar.

– Mas, Madame Tempora? – Áureo perguntou. – Você disse que isso era uma escola. Então, onde estão as salas de aula?

– Não há salas de aula no castelo – disse a fada. – Vou ensinar a maioria das minhas aulas fora da academia. Sempre achei que ideias novas são mais fáceis de reter com ar fresco.

O passeio retornou ao hall de entrada e eles subiram cuidadosamente a escada flutuante até o segundo nível do castelo. O escritório de Madame Tempora passava por um par de portas de madeira. Assim como a capa de *A verdade sobre a magia*, elas eram gravadas com as imagens de um unicórnio e um grifo.

O escritório era uma câmara circular com vistas incríveis do oceano e da propriedade da academia. Todos os móveis eram feitos de vidro, incluindo uma mesa volumosa que ficava na outra extremidade da sala. A câmara estava repleta de prateleiras de livros de feitiços e armários de poções e elixires. O teto alto estava cheio de nuvens brancas e fofas que mudavam constantemente de forma, representando diferentes animais enquanto subiam e desciam. Em vez de fogo, um fluxo de bolhas saía de uma grande lareira e flutuava pelo ar. A parede inteira acima da lareira estava coberta por uma enorme réplica do Mapa da Magia. Para surpresa dos alunos, havia uma prateleira de chapéus elaborados de todas as cores ao lado da mesa de Madame Tempora.

– Se precisarem de qualquer coisa, por favor, não hesitem em vir me encontrar aqui – disse Madame Tempora. – No entanto, nas raras ocasiões em que precisarei sair da academia, meu escritório está fora dos limites para os alunos. Bem, se não houver nenhuma pergunta, vou mostrar seus quartos no terceiro andar.

– Nós temos quartos individuais? – Áureo perguntou.

– Ah, sim – disse Madame Tempora. – O castelo tem sete quartos e está aumentando.

– O que você quer dizer *com está aumentando*? – perguntou Smeralda.

– É uma das muitas vantagens de viver em uma residência mágica – Madame Tempora explicou. – O castelo *cria* quartos extras com base no número de moradores e geralmente projeta as câmaras de acordo com as necessidades específicas dos ocupantes. Havia apenas quartos para Tangerin e Horizona no terceiro andar quando deixei o castelo para recrutá-los, mas deve haver um para cada um de vocês agora. Vamos dar uma olhada?

Os alunos seguiram Madame Tempora ansiosamente escada acima até um longo corredor no terceiro andar. Assim como ela previra, o corredor tinha cinco portas, e as três últimas pareciam muito mais novas que as duas primeiras, como se o corredor tivesse sido reformado recentemente.

Ao passarem pela primeira porta, os alunos espiaram dentro do quarto de Tangerin e entenderam instantaneamente o que Madame Tempora queria dizer sobre os quartos serem projetados para as necessidades do residente. Todas as paredes e móveis do quarto de Tangerin eram feitos de favos e tudo estava encharcado de mel. Assim como o cabelo dela, a câmara era o lar de milhares de zangões zumbindo e o chão estava coberto de margaridas vivas para fornecer néctar ao enxame.

O quarto do outro lado do corredor pertencia a Horizona. A câmara não tinha piso. Em vez disso, caía direto em uma piscina coberta. Cada centímetro do quarto era revestido de porcelana azul, e a única peça de mobília era uma cama de gôndola flutuando na superfície da piscina.

O terceiro quarto no corredor tinha uma pesada porta de aço e Madame Tempora grunhiu ao abri-la.

– Áureo, presumo que este pertença a você – disse ela.

No interior, toda a sala era feita do mesmo aço industrial que a porta. Não havia janelas na câmara e absolutamente nada era inflamável – até a cama de metal de Áureo tinha folhas de alumínio. Em vez de carpete ou ladrilho, o piso foi finalizado com grades de metal e, em vez de teto, uma chaminé de tijolos foi construída sobre a sala.

– É como um forno gigante! – Áureo disse com entusiasmo. – Mesmo se eu tirasse meu medalhão, não machucaria ninguém aqui!

– É o lugar perfeito para desabafar – disse Madame Tempora. – Agora, Smeralda, acredito que seu quarto seja o próximo.

Atrás da quarta porta do corredor havia uma sala escura com paredes sujas, uma cama de dossel feita de estalagmites, um guarda-roupa construído com um carrinho de mina e uma bancada com pilhas de carvão. Smeralda entrou no quarto e teve um *déjà vu* estonteante.

– É como a minha caverna na mina – disse ela. – Até cheira a anões aqui.

– Espero que isso evite que você fique com muita saudade de casa – disse Madame Tempora. – Por último, mas não menos importante, temos o quarto de Brystal.

A quinta e última porta do corredor levava à base de uma torre. Havia uma cama idêntica à cama que ela tinha na casa Perene e uma grande poltrona confortável exatamente como as que ela gostava na Biblioteca Via das Colinas. Mas o mais incrível de tudo, as paredes estavam cobertas com prateleiras de livros do chão ao teto. Uma vitrine no canto da sala continha mais de duas dúzias de pares de óculos de leitura e, como a coleção de chapéus de Madame Tempora, havia um par de cada cor.

Lágrimas de felicidade desceram enquanto Brystal olhava ao redor do novo quarto e seu coração acelerou no peito. Ela examinou os títulos nas prateleiras e acariciou as lombadas dos livros como se dissesse "olá" para amigos há muito perdidos.

– *As aventuras de Quitut Pequeno*, volumes dois a dez! – Ela ficou chocada ao encontrá-los. – Eu nem sabia que havia *uma* sequência, muito menos *nove*!

– Ah, e olhe para isso – disse Madame Tempora, e apontou para outro livro em uma das prateleiras. – Você até tem uma cópia de *A verdade sobre a magia*. Talvez você se sinta inspirada a terminá-lo um dia desses... Sem pressão, é claro. Bem, crianças, isso completa nosso passeio pelo castelo. Vocês são mais do que bem-vindas a inspecionar as outras salas e torres, mas temo que só encontrarão um século de quinquilharias e teias de aranha.

De repente, uma campainha soou pelo castelo para anunciar o início do jantar. Ao contrário do gongo na Instituição Corretiva Amarrabota para Jovens Problemáticas, os sinos eram agradáveis e convidativos, como se estivessem anunciando o início de uma grande apresentação.

– Parece que a Sra. Vee preparou tudo para nós – Madame Tempora disse. – Não vamos deixá-la esperando.

Os alunos seguiram Madame Tempora pelo corredor, mas Brystal ficou em seu quarto por alguns momentos antes de se juntar a eles. De todas as coisas surpreendentes que ela tinha visto neste dia, nada era mais bonito do que a visão de sua biblioteca particular.

No jantar, os alunos receberam uma sopa de tomate de entrada, frango grelhado com cenoura assada como prato principal e torta de mirtilo de sobremesa. Junto às frutas coloridas e aos muffins que Brystal comeu na carruagem dourada, era a comida mais deliciosa que ela já havia provado. Ela não podia acreditar que seria tratada com três refeições assim *todos* os dias – era um contraste e tanto com a comida da Instituição Correcional.

Durante a refeição, Madame Tempora contou aos novos alunos histórias sobre os obstáculos que enfrentou ao iniciar sua academia. Ela lembrou como se encontrou com os soberanos de todos os quatro reinos e, apesar dos pedidos persuasivos, só obteve permissão do Rei Campeon XIV para recrutar estudantes no Reino do Sul. Brystal, Áureo e Smeralda estavam na ponta dos assentos enquanto ouviam as histórias emocionantes.

– Tem mais água? – Áureo perguntou, depois de lambuzar o rosto com uma terceira porção de torta de mirtilo.

– Posso te ajudar com isso – disse Horizona.

Ela se inclinou sobre a mesa e enfiou a mão no copo do menino. Uma corrente de água saiu de seu dedo indicador e encheu o copo dele até a borda. Brystal e Smeralda ficaram impressionadas com o truque de Horizona, mas Áureo ficou perturbado com o líquido saindo do corpo dela.

– Teria *outra* água? – ele perguntou.

De todas as sete pessoas ao redor da mesa, Tangerin era a que parecia estar se divertindo menos. Ela resmungava para tudo que os recém-
-chegados diziam e revirava os olhos a cada pergunta que faziam. Ela achou a curiosidade deles sobre magia incrivelmente irritante, como se devessem estar mais preparados antes de chegar.

– Então, o que vocês *fazem*? – ela perguntou.

– Desculpe? – disse Brystal.

– Bem, eu sei que todos vocês estão aqui porque vocês podem fazer magia, mas quais são suas especialidades? – perguntou Tangerin.

– O que é uma especialidade? – Brystal perguntou.

Tangerin e Horizona ficaram chocadas com a ignorância dela.

– Uma especialidade é o seu talento mágico mais forte – explicou Tangerin. – Geralmente é a característica que revela sua magia e separa você do resto do mundo. Abelhas são minha especialidade, água é de Horizona, e com base no quarto dele, acho que a especialidade de Áureo tem algo a ver com fogo.

– Aaaaaaaah, *é* por isso que seu quarto é como uma fornalha – disse Horizona. – Eu esperava que tivesse algo a ver com *churrasco*. Que decepcionante.

Tangerin ignorou a amiga.

– Como eu estava dizendo – ela continuou. – O de Áureo foi fácil de descobrir, mas ainda não tenho certeza sobre *vocês duas*.

Smeralda ficou um pouco incomodada com a necessidade de Tangerin de categorizá-los. Ela fechou os olhos, colocou a palma da mão aberta na mesa de pedra e transformou a coisa toda em uma ametista gigante.

– *Isso* é o que eu faço – disse ela sem expressão.

Apesar de suas melhores tentativas de disfarçar, Tangerin e Horizona ficaram impressionadas com a demonstração de Smeralda.

– E você, Brystal? – Horizona perguntou. – Qual é a sua especialidade?

– Ah, não tenho certeza se tenho uma– disse ela. – Eu nunca fiz magia sem a ajuda de um feitiço.

– Todas as fadas têm especialidades – disse Tangerin, e cruzou os braços. – A menos que sua especialidade seja que *não ser especial*.

– Tangerin, por favor, guarde seu ferrão para você – Madame Tempora repreendeu. – Até agora, Brystal mostrou um talento para a manifestação, e ela tinha uma das estrelas mais brilhantes do meu Mapa da Magia. Só porque sua especialidade ainda não se revelou, não significa que não acontecerá em breve.

Madame Tempora deu uma piscadela encorajadora para Brystal, mas isso não tornou os comentários de Tangerin menos dolorosos. Sem uma especialidade óbvia, Brystal se sentiu inferior aos outros alunos e começou a se perguntar se ela deveria realmente pertencer à academia. O constrangimento a fez corar e ela contou os segundos até o jantar terminar.

– Bem, de uma coisa eu tenho certeza – a Sra. Vee disse. – Minha especialidade sempre foi comida, e se alguém discordar depois *dessa* refeição, pode ir pegar um grifo! *HA-HA!*

Depois do jantar, Madame Tempora dispensou os alunos da mesa e eles foram para seus quartos se prepararem para dormir. Brystal ainda estava se sentindo mal pelos comentários de Tangerin, mas, felizmente, ela conhecia o remédio perfeito para distrair sua mente. Pegou *As aventuras de Quitut Pequeno, Volume Dois* na prateleira, escolheu um novo par de óculos de leitura e se arrastou para a cama macia.

Enquanto Brystal lia a continuação de seu livro favorito, uma tempestade abrupta soprou do oceano e alagou o terreno da academia. Brystal se assustou com os trovões estrondosos e os relâmpagos que iluminavam sua janela, mas ela não ia deixar o *clima* atrapalhar sua primeira noite no castelo. Os colegas de andar, no entanto, não eram tão corajosos.

Alguns minutos depois da tempestade, houve uma batida suave na porta de Brystal.

– Entre – ela chamou.

A porta se abriu e Smeralda espiou para dentro com olhos grandes e temerosos.

– Desculpe incomodá-la, Brystal – disse Smeralda.

– Está tudo bem com o seu quarto? – Brystal perguntou.

– Não, está tudo bem – disse ela. – Eu apenas não estou acostumado a *trovões*. Essa é uma das melhores partes de morar em uma mina subterrânea: você não precisa se preocupar com o clima. Se você não se importa, eu estava pensando... bem, eu estava pensando...

– Você é mais do que bem-vinda para dormir aqui se o trovão está assustando você – disse Brystal.

Smeralda suspirou de alívio.

– Nossa, obrigada! – ela disse. – O que você está lendo?

– *As aventuras de Quitut Pequeno, Volume Dois* – disse Brystal. – É a continuação do meu livro favorito de todos os tempos. Você conhece?

Smeralda pensou um pouco e balançou a cabeça.

– Papai costumava ler histórias para mim antes de dormir, mas não me lembro dessa.

– Você dormiria melhor se eu lesse o primeiro para você? – Brystal perguntou.

– Sério? – disse Smeralda. –Não se importa?

– Nem um pouco – ela disse. – Está na prateleira à sua esquerda.

Smeralda pegou *As aventuras de Quitut Pequeno* e se juntou a Brystal na cama. Brystal abriu o livro na primeira página, mas antes de começar a ler, as duas garotas pularam com o trovão rosnando lá fora. Foi seguido pelo som de pés correndo freneticamente pelo corredor. Áureo apareceu na porta, tão assustado com o clima quanto Smeralda.

– Oi, meninas – Áureo espiou. – Tempestade louca, hein?

– Bem forte – disse Brystal. – Como você está?

– Eu? Ah, estou muito bem – disse Áureo, mas seu rosto em pânico dizia o contrário. – Eu só vim checar vocês duas.

– Estamos bem – disse Brystal. – Na verdade, Smeralda e eu estávamos prestes a começar um livro, se você estiver interessado em ouvir uma história.

Outro trovão influenciou a decisão de Áureo e ele pulou na cama com as meninas. Brystal e Smeralda soltaram um risinho pela reação dele e abriram espaço. Brystal limpou a garganta preparando-se para ler em voz alta, mas assim que começou a primeira frase, Tangerin e Horizona invadiram o quarto dela e fecharam a porta rapidamente, como se a terrível tempestade as estivesse perseguindo.

– Olá, meninas – disse Brystal. – Algum problema?

Tangerin e Horizona estavam muito envergonhadas para admitir que estavam com medo. Elas se entreolharam, esperando que a outra inventasse uma boa desculpa.

– Hum... *eu molhei a cama?* – disse Horizona.

Tangerin revirou os olhos.

– *Horizona, sua cama está sempre molhada* – ela sussurrou.

– Ah, sim – ela murmurou de volta.

– Acabamos de ouvir barulhos vindos do seu quarto e queríamos ter certeza de que vocês não estavam causando nenhum problema – disse Tangerin.

– Bem, como vocês podem ver, somos muito bem-comportados – disse Brystal. – Estamos prestes a ler um livro para acalmar nossos nervos.

– Bom, estou feliz que não estão aprontando nada – disse Tangerin. – Agora que vimos que vocês estão agindo adequadamente, vamos voltar para nossos quartos.

Embora tenham dito que estavam indo embora, nem ela nem Horizona moveram um músculo.

– Sabe, só porque os aprendizes são mais *avançados* do que os alunos não significa que eles gostem menos de histórias – disse Brystal. – Vocês são bem-vindas para ficar conosco se a tempestade estiver deixando vocês inquietas.

Antes que Tangerin ou Horizona pudessem responder, o trovão rugiu mais alto do que antes. As meninas gritaram e mergulharam na cama com os outros.

– Acho que poderíamos ficar por alguns minutos – disse Tangerin. – O que vocês estão lendo?

– *As aventuras de Quitut Pequeno*, de Tomfree Alfaia – disse Brystal.

– É sobre o quê? – Horizona perguntou.

Smeralda grunhiu e olhou os outros ameaçadoramente.

– Se todos fechassem a boca e parassem de interrompê-la, poderíamos descobrir – ela repreendeu.

Todos os colegas ficaram quietos para que Brystal pudesse começar o livro.

– "Era uma vez um reino de ratos" – ela leu. – "E de todos os ratos do reino, nenhum era mais corajoso do que um jovem chamado Quitut Pequeno..."

Brystal leu o livro por horas e ficou encantada com o público cativo que seus colegas de andar eram. Eventualmente, os alunos e aprendizes foram adormecendo, e ela marcou a última página lida para que pudessem continuar a história mais tarde.

Todos dormiram juntos na cama de Brystal enquanto esperavam o tempo se acalmar. Era apenas sua primeira noite no castelo, mas graças a uma tempestade e uma boa história, as crianças da Academia de Magia da Madame Tempora já estavam agindo como a *família escolhida* que sua instrutora esperava que se tornassem.

Capítulo Dez

A filha dos músicos

Na manhã seguinte, alunos e aprendizes se reuniram em volta da mesa da sala de jantar e riram da festa do pijama improvisada da noite anterior enquanto tomavam o café da manhã. Até Tangerin admitiu que se divertiu ouvindo Brystal ler *As aventuras de Quitut Pequeno*. Madame Tempora estava encantada pelos pupilos estarem se dando tão bem, mas, naturalmente, ela os lembrou de como era importante descansar nas noites anteriores às aulas e pediu que guardassem futuras festas do pijama para ocasiões especiais.

No meio do café da manhã, a Sra. Vee entrou na sala de jantar e presenteou Madame Tempora com um envelope preto.

– Isso acabou de chegar para você, Madame – a Sra. Vee disse.

O envelope imediatamente chamou a atenção de Brystal porque tinha escamas como a pele de um réptil e era selado com cera da cor de sangue seco. Madame Tempora empalideceu no minuto em que notou a estranha textura do envelope. Ela abriu com uma faca de manteiga e rapidamente desdobrou a mensagem de dentro.

– O correio entrega *aqui*? – Áureo perguntou.

Tangerin revirou os olhos.

– Não é do correio humano, é do correio mágico – explicou ela. – Quando você coloca seu envelope em uma caixa de correio mágica e fecha a tampa, a carta é instantaneamente transportada para a caixa de correio endereçada.

– Funciona com outros objetos pequenos também – disse Horizona, e afundou na cadeira. – Ainda estou esperando meu esquilo ser mandado de volta.

– Uau, *correio instantâneo* – disse Áureo. – Que conceito.

Enquanto os outros falavam sobre o correio mágico, os olhos de Brystal nunca deixaram Madame Tempora. Ela presumiu que o envelope preto continha más notícias porque a postura da fada ficou rígida enquanto o lia. Assim que terminou de ler o bilhete, Madame Tempora o dobrou e o colocou de volta no envelope. Os olhos dela se encheram de preocupação e ela olhou para o nada.

– Madame Tempora, algo está errado? – Brystal perguntou.

– Ah, de jeito nenhum – Madame Tempora disse, mas não deu mais detalhes.

– Quem escreveu para você? – Brystal perguntou.

– Apenas um velho amigo – disse ela. – Infelizmente, uma conhecida em comum está lutando contra uma doença terrível, e meu amigo estava escrevendo para me atualizar sobre o progresso dela. Agora, se me dão licença, vou escrever de volta antes de começarmos as aulas de hoje. Encontro vocês lá fora em alguns minutos.

Madame Tempora segurou o envelope preto pela ponta e uma explosão de chamas violeta incinerou a mensagem. A fada pediu licença da mesa de jantar e foi para o escritório no segundo andar. Embora Madame Tempora tivesse dito que não havia problema, Brystal sabia que a instrutora não estava sendo honesta com eles. Madame Tempora saiu com a mesma intensidade que havia expressado depois que Brystal mencionou o Reino do Norte no dia anterior.

– Estou feliz que você perguntou isso a ela – Horizona disse a Brystal. – Sempre me perguntei quem manda essas cartas para Madame Tempora, mas nunca quis bisbilhotar.

– Você quer dizer que eles são enviados com frequência? – Brystal perguntou.

– Quase todos os dias – disse Horizona. – Mas se você me perguntar, não acho que sejam atualizações sobre a amiga doente dela.

– O que você acha que são? – Brystal perguntou.

Horizona sorriu.

– Acho que Madame Tempora tem um *admirador secreto*.

Todos ao redor da mesa de jantar riram da teoria de Horizona, exceto Brystal. Ela não achava que Madame Tempora tivesse um *admirador*, mas a fada definitivamente tinha algo *secreto*.

– A última vez que tive um admirador secreto, dragões vagavam pela terra! *HA-HA!* – a Sra. Vee brincou. – Entendeu? Porque eu sou velha.

Mesmo com uma explicação, o jovem público não abriu um sorriso.

– Desculpe, se todas as minhas piadas fossem boas eu certamente não trabalharia aqui! *HA-HA!*

A governanta limpou a mesa e entrou na cozinha. Assim que ela se foi, Smeralda se virou para Tangerin e Horizona com um olhar penetrante.

– *Alguma* piada dela é boa? – ela perguntou.

Tangerin e Horizona balançaram a cabeça lentamente em agonia, como se tivessem sido vítimas do humor insuportável da Sra. Vee por muito tempo.

– Não... – Tangerin gemeu. – Nem umazinha...

Depois do café da manhã, as crianças esperaram por Madame Tempora do lado de fora nos degraus da frente do castelo. A instrutora estava demorando muito mais para responder à carta do que havia estimado, e Brystal ficou ainda mais desconfiada.

Justo quando estavam prestes a ir ver se estava tudo bem com a professora, eles ouviram um barulho peculiar vindo de longe. Era uma compilação de trompas, tambores e pratos que tocavam a mesma melodia peculiar repetidamente. Todos olharam para o limite da propriedade, e uma caravana colorida emergiu através da cerca viva. Era azul-clara com rodas vermelhas e teto amarelo. A caravana não era puxada por cavalos, mas um homem e uma mulher sentados no banco do cocheiro impulsionavam a engenhoca movendo pedais com os pés.

Os estranhos usavam maquiagem e roupas extravagantes. O homem tinha bigode, brinco de ouro na orelha direita e uma cartola alta com uma grande pena vermelha. A mulher usava um lenço na cabeça, vários colares de contas e um longo vestido esvoaçante. Enquanto pedalavam em direção ao castelo, as engrenagens acionaram instrumentos ligados ao veículo, e a melodia repetitiva era tocada. Placas idênticas em ambos os lados da caravana diziam:

A TRUPE DO NADA

O casal dirigiu até a escadaria frontal do castelo e então freou. A música parou no mesmo momento que a caravana. Os visitantes pareciam aliviados ao ver as crianças do lado de fora, mas os estudantes olhavam para o veículo extravagante com olhos arregalados e curiosos.

– Olá – disse o homem, e inclinou a cartola. – Esta é a Escola da Madame Tempora para os Inclinados à Magia?

– É apenas a Academia de Magia da Madame Tempora agora – disse Tangerin.

– Ela decidiu que menos era mais – acrescentou Horizona.

– Ah, isso é ótimo – disse a mulher, e então chamou a caravana atrás dela. – *Lucy, pegue suas coisas! Chegamos!*

A porta traseira do veículo foi aberta com um chute agressivo e uma menina de cerca de treze anos pulou de dentro. Ela era pequena e larga, seu cabelo era curto e encaracolado, e ela tinha um rosto redondo e rosado. A garota usava um chapéu-coco preto, um macacão preto grande demais para ela, botas pretas enormes e um colar com tampas de garrafa. Ela carregava uma pequena mala feita de um porco-espinho empalhado, e um cantil feito de um crânio de castor pendurado no ombro. A garota estranha fez uma careta para o majestoso castelo na frente dela, como se ela estivesse muito desapontada com ele.

— Bem, este lugar é detestavelmente alegre — disse ela.

— Desculpe, mas quem é você? — perguntou Tangerin.

A garota virou-se para os alunos na escadaria com uma sobrancelha levantada, como se eles fossem tão decepcionantes quanto o castelo.

— Meu nome é Lucy — ela disse. — Você não me reconhece?

— Reconhecer de onde? — Horizona perguntou.

— Acontece que eu sou uma famosa tamborinista — disse Lucy, e apontou para a placa na caravana. — Talvez você já tenha ouvido falar da banda da minha família?

— Espere um segundo — disse Tangerin com uma risada irônica. — Então você é *a Lucy Nada*?

A jovem tamborinista ficou vermelha e lançou um olhar mordaz para Tangerin.

— Sou conhecida apenas como *Lucy* — disse ela. — Mas você saberia disso *se* estudasse direito. Então, por que você não cala a boca e vai cuidar dessa cera de abelha toda? Alguém vestindo favo de mel nunca vai ter o direito de se achar tanto.

Brystal, Áureo e Smeralda riram dos comentários de Lucy antes que pudessem se conter. Tangerin ficou agitada e seus zangões zumbiram agressivamente.

— *Não dê ouvidos a ela, Tangerin* — Horizona sussurrou. — *Ela está vestida como se tivesse acabado de sair de um funeral.*

— Desculpe, a *poça ambulante* acabou de insultar minhas roupas? — Lucy perguntou. — Você deve saber que ganhei este chapéu depois de vencer um goblin em uma queda de braço! E eu arranquei as tampas das garrafas do meu colar com meus próprios dentes! Depois bebi tudo junto com uma tribo de trolls! Qual é a coisa mais legal que você fez ultimamente? *Evaporar?*

As crianças ficaram chocadas com os comentários de Lucy. Os pais da menina balançaram a cabeça e suspiraram com a grosseria da filha.

– Por favor, perdoem Lucy, ela só está um pouco nervosa – disse a Sra. Nada. – *Lucy, você nos prometeu que seria legal! Isso não é maneira de fazer amigos em sua nova escola!*

– Eles começaram – Lucy murmurou.

– Espere – exclamou Tangerin. – Ela vai *ficar* aqui?

O Sr. e a Sra. Nada se entreolharam com incerteza.

– Na verdade, é sobre isso que estamos aqui para falar com Madame Tempora – disse o Sr. Nada. – Ela está por aqui?

– Está no escritório dela, no segundo andar – disse Brystal. – Eu posso levar vocês até lá se quiserem.

– Isso seria maravilhoso, obrigado – disse o Sr. Nada.

Brystal guiou a família Nada pela escadaria do castelo. Lucy lançou um último olhar de desprezo para Tangerin antes de entrar.

– Não se preocupe, *melzinho* – ela disse. – Madame Tempora não quer alguém como *eu* na escola dela. Estarei longe do seu cabelo pegajoso antes que perceba.

Os Nada seguiram Brystal até o hall de entrada e subiram as escadas flutuantes até o segundo andar. No caminho, Lucy sentia repulsa de tudo o que via, como se o castelo fosse tão feio que machucasse seus olhos. Brystal bateu na porta de Madame Tempora e espiou dentro. A fada estava andando de um lado para o outro na frente da lareira borbulhante, obviamente preocupada com alguma coisa.

– Madame Tempora? – disse Brystal.

A fada não esperava companhia e pulou ao ouvir seu nome.

– Sim, Brystal? – ela perguntou.

– Há pessoas aqui para vê-la – disse Brystal. – Eles trouxeram a filha para o castelo esperando que você a aceite como aluna.

– Ah, é mesmo? – Madame Tempora ficou surpresa ao ouvir isso. – Muito bem, por favor, deixe-os entrar.

Brystal conduziu os Nada ao escritório e depois saiu para dar privacidade à família enquanto conversavam com Madame Tempora. Ela imaginou que a conversa atrasaria ainda mais as aulas, então Brystal foi para seu quarto pegar um livro para passar o tempo.

Enquanto examinava as opções nas prateleiras, Brystal ouviu um murmúrio peculiar vindo de algum lugar próximo. Ela seguiu o som como um cachorro seguindo um cheiro e percebeu que vinha de trás dos livros em uma prateleira de baixo. Brystal tirou os livros da prateleira e encontrou um pequeno buraco na parede atrás deles. Curiosa, espiou pelo buraco e descobriu que ele dava diretamente para o escritório de Madame Tempora no segundo andar abaixo.

Ela viu que o Sr. e a Sra. Nada estavam sentados em frente a Madame Tempora em sua mesa de vidro. Lucy vagou pelo escritório e inspecionou os pertences da fada enquanto os adultos conversavam, mas a garota não parecia impressionada com nada que encontrou. Brystal não queria bisbilhotar a conversa da família, mas a Sra. Nada disse algo que imediatamente chamou sua atenção.

– Tudo começou com os corvos – disse ela. – Foi quando soubemos que Lucy seria *especial*.

– Os corvos? – Madame Tempora perguntou. – Ai, meu Deus.

A Sra. Nada assentiu.

– Enquanto eu estava grávida de Lucy, os pássaros começaram a aparecer do lado de fora de nossa casa. Achamos que eles estavam passando enquanto voavam para o sul no inverno, mas mesmo com a mudança das estações, os corvos ficaram. Conforme Lucy crescia em meu ventre, mais corvos se aglomeravam em nossa casa. Meu marido fez de tudo para se livrar deles, mas eles nunca foram embora. Na noite em que entrei em trabalho de parto, todos os pássaros começaram a gritar lá fora. Foi ensurdecedor e enlouquecedor de ouvir! Mas assim que Lucy nasceu, todos os corvos voaram para longe. Até hoje não sabemos o que eles estavam fazendo lá.

Madame Tempora esfregou o queixo enquanto ouvia a história. Brystal suspeitava que a fada sabia exatamente o que os pássaros estavam fazendo na casa deles, mas não queria compartilhar essa informação ainda.

– Que interessante – disse Madame Tempora. – Imagino que fenômenos ainda mais estranhos começaram a acontecer logo depois que ela nasceu.

– Estranhos para dizer o mínimo – disse o Sr. Nada. – Continuou durante a infância dela. Era tudo muito bizarro, mas inofensivo na maior parte. Os olhos de botão dos bichos de pelúcia se transformavam em olhos reais e nos observavam enquanto nos movíamos pela casa. Tivemos que colocar um tampo no berço de Lucy porque ela levitava quando tirava uma soneca. Se déssemos as costas para ela enquanto tomava banho, encontraríamos a banheira de repente cheia de sapos.

– As ocorrências eram inconvenientes, mas simples o suficiente para lidar naquela época – disse a Sra. Nada. – Mas ultimamente, as coisas ficaram completamente fora de controle. Somos músicos viajantes e nos apresentamos em todo o mundo, mas há lugares para onde nunca podemos voltar por causa das coisas que Lucy fez.

– Por exemplo? – Madame Tempora perguntou.

– Por exemplo, esta noite estávamos nos apresentando em uma taverna no Reino do Oeste – lembrou o Sr. Nada. – A multidão bebeu muito e ficou barulhenta. Eles começaram a nos vaiar e Lucy ficou chateada. Ela sacudiu o punho para eles e todo o álcool se transformou em *urina de cachorro*! As pessoas estavam engasgando e vomitando por todo o lugar.

– Outra vez, estávamos realizando um show privado para aristocratas no Reino do Norte – lembrou a Sra. Nada. – Lucy estava no meio de um solo de tamborim quando uma duquesa na primeira fila começou a bocejar. Isso feriu os sentimentos de Lucy e as tranças da duquesa de repente se transformaram em cobras!

– Alguns meses atrás, estávamos nos apresentando em um pequeno teatro no Reino do Sul – disse o Sr. Nada. – No fim da noite, o dono do teatro se recusou a nos pagar. Ele alegou que nossos instrumentos estavam desafinados e machucavam os ouvidos do público. Enquanto partimos, todo o teatro implodiu atrás de nós, como se tivesse sido arrasado por um terremoto! Mas todos os prédios próximos permaneceram perfeitamente intactos.

– Misericórdia – Madame Tempora disse.

– Para que conste, estou orgulhosa desse último – disse Lucy. – Aquele idiota teve o que mereceu.

– Felizmente, ninguém suspeitou que essas coisas foram culpa de Lucy – disse a Sra. Nada. – No entanto, nosso ato está ganhando uma reputação de tragédia. Estamos preocupados que as pessoas percebam o que Lucy é e tentem machucá-la.

– É por isso que a trouxemos aqui – explicou o Sr. Nada. – Nós amamos nossa Lucy mais do que tudo, mas não podemos mais cuidar dela. É demais para nós.

Brystal sabia que isso devia ser de partir o coração para Lucy ouvir. A garota parou de procurar nas coisas de Madame Tempora e ficou muito quieta. Ela se virou e olhou para as bolhas na lareira, para que os adultos não vissem as lágrimas se formando em seus olhos.

– Como você ficou sabendo da minha academia? – Madame Tempora perguntou.

– Meu irmão é um menestrel da realeza no Reino do Leste – disse a Sra. Nada. – Ele estava escondido no quarto ao lado quando você visitou a rainha Endústria e ouviu você discutindo planos para sua academia de magia e como você pediu permissão à rainha para recrutar estudantes no reino. Ele sabe sobre nossos problemas com Lucy e nos escreveu imediatamente para nos contar sobre sua escola. Passamos os últimos três dias na Fenda procurando por ela.

– Entendo – Madame Tempora disse. – Bem, Sr. e Sra. Nada, me perdoem, mas eu tenho que ser muito franca com vocês. Minha academia não foi projetada para estudantes como sua filha. A reunião de animais macabros no nascimento dela, os fenômenos inquietantes que ocorreram quando ela era mais jovem e os problemas que ela vem causando ultimamente não são expressões de *magia*.

O Sr. e a Sra. Nada olharam um para o outro e ambos soltaram um longo suspiro exasperado.

– Estamos dolorosamente cientes disso, Madame Tempora – disse o Sr. Nada. – Existem dois lados na comunidade mágica, e está muito claro de qual lado nossa filha pertence. Mas esperávamos que você pudesse abrir uma exceção para Lucy?

– Por favor, Madame Tempora – a Sra. Nada implorou. – Ela é uma boa criança que precisa de um bom lar que a entenda. Eu e meu marido não podemos mais. Estamos desesperados por alguém para nos ajudar.

O pedido dos Nada não era uma questão simples. Madame Tempora ficou quieta e recostou-se na cadeira de vidro enquanto pensava. Lágrimas escorriam pelo rosto redondo de Lucy depois de ouvir o pedido dos pais para se livrar dela. O coração de Brystal doeu ao ver Lucy enxugar as lágrimas antes que alguém as notasse.

Após alguns momentos de cuidadosa consideração, Madame Tempora se levantou e se aproximou de Lucy. Ela se inclinou para a garota com um sorriso gentil e colocou uma mão reconfortante no ombro dela.

– Pode ser um desafio, mas os desafios são a essência da vida – disse Madame Tempora. – Eu adoraria que você se juntasse à nossa academia, Lucy. Não posso prometer que sempre saberei *como* ajudá-la da mesma forma que sei com os outros alunos, mas prometo que sempre farei o meu melhor.

Lucy ficou chocada. Obviamente, a aceitação na academia de Madame Tempora era a última coisa que ela esperava – e a última coisa que ela queria. Os pais de Lucy, por outro lado, suspiraram de alívio e se abraçaram em comemoração.

— *Espere!* — exclamou Lucy. — Eu não posso ficar. Eu não pertenço a este lugar.

— Lucy, isso é uma coisa maravilhosa — disse a Sra. Nada. — Madame Tempora vai fornecer um lar muito melhor para você do que seu pai e eu jamais poderíamos.

— Mas eu não *quero* viver na academia! — Lucy confessou. — Eu quero viver com vocês! Não somos apenas uma família, somos *a Trupe dos Nada*! Vocês não podem ter uma banda sem uma estrela tamborinista!

— Na verdade, seu tio vai se juntar a nós na estrada — disse o Sr. Nada. — Ele vai assumir todos os seus solos com o violino dele.

— Com um *violino*? — Ela ficou indignada.

Lucy puxou os pais para o lado do escritório para conversar em particular, mas Brystal ainda estava perfeitamente ao alcance da voz deles.

— *Mas mãe? Pai? Hoje é meu aniversário* — Lucy sussurrou para eles. — *Vocês não podem me abandonar no meu aniversário!*

— Isso é para o seu próprio bem, Lucy — disse a Sra. Nada. — Um dia você vai entender.

O Sr. e a Sra. Nada deram um beijo de despedida na filha e apertaram profusamente a mão da Sra. Tempora. Da janela de seu quarto, Brystal viu o casal voltar para a caravana colorida do lado de fora. Eles pedalaram o veículo para longe e desapareceram pela barreira de cerca viva sem um pingo de remorso por terem deixado a filha para trás. Madame Tempora escoltou Lucy até o terceiro andar e Brystal espiou o corredor enquanto passavam. O castelo já havia criado um novo quarto para Lucy, e uma sexta porta apareceu ao lado do quarto de Brystal.

— Este será o seu quarto, Lucy — disse Madame Tempora. — Espero que você fique confortável aí dentro. O castelo aumenta a quantidade de quartos com base no número de ocupantes, e o espaço geralmente é mobiliado para as necessidades específicas de cada...

– Sim, sim, sim – disse Lucy. – Obrigada e tal, Madame Uva ou Mirtilo, sei lá. Se você não se importa, eu gostaria de ficar sozinha agora.

Lucy entrou no quarto e bateu a porta atrás dela. Assim que a fechou, Brystal e Madame Tempora puderam ouvir a garota soluçando do outro lado.

– Você acha que ela vai ficar bem? – Brystal perguntou.

– Não vai ser um ajuste fácil para ela – disse Madame Tempora. – Acho que devemos adiar as aulas de hoje para depois do almoço para que Lucy tenha tempo de se acomodar. Vou avisar aos demais.

Madame Tempora saiu do corredor para contar aos outros alunos sobre a mudança de planos. Brystal ficou e continuou ouvindo Lucy chorar no quarto dela. Ela sabia exatamente como era ser rejeitada por um dos pais e tentou pensar em uma maneira de fazer sua nova colega de andar se sentir melhor. Brystal percebeu que havia muito pouco que ela pudesse *dizer* para aliviar os problemas de Lucy, mas talvez houvesse algo que ela pudesse *fazer*.

Brystal desceu correndo os degraus em espiral até o primeiro nível do castelo, pelo corredor, pela sala de jantar e pela cozinha. Ainda não tinha visto a cozinha do castelo e ficou surpresa ao descobrir que era quatro vezes o tamanho da cozinha da casa Perene. A Sra. Vee estava cozinhando o almoço, e Brystal ficou surpresa com toda a magia que estava entrando na preparação da refeição.

Frutas, legumes, temperos e utensílios flutuavam no ar. Havia tigelas que mexiam os ingredientes por conta própria, os alimentos eram picados e fatiados por facas flutuantes, as portas do forno abriam e fechavam sem ajuda, e as bandejas de assados se retiravam do calor do forno. A Sra. Vee estava no centro da cozinha e conduzia a magia ao seu redor como se fosse uma sinfonia de chefs invisíveis.

– Bem, olá, querida – a Sra. Vee disse quando notou Brystal. – O que a traz a estas bandas? Precisa de um lanche?

– Não, eu ainda estou cheia do café da manhã, obrigada – disse Brystal. – Sra. Vee, eu esperava poder usar sua cozinha para fazer algo sozinha.

– Você quer dizer, por conta própria? – a Sra. Vee perguntou. – Você não está tentando tirar meu emprego, está? Porque estou avisando, não é tão glamoroso quanto eu faço parecer! *HA-HA!*

– Ah, não, é apenas uma receita de família – disse ela. – Eu poderia fazer isso até dormindo. Mas eu odiaria interrompê-la enquanto você está cozinhando o almoço. Prometo que ficarei fora do seu caminho.

– Não é problema nenhum – a Sra. Vee disse. – Receitas de família são sempre bem-vindas, a menos que uma família esteja *na* receita! *HA-HA!* Vá em frente e use o que precisar.

Pouco mais de uma hora depois, Brystal levou dois garfos e um bolo de chocolate recém-assado para o terceiro andar. A Sra. Vee não tinha velas de aniversário, então Brystal teve que pegar emprestadas treze velas de diferentes candelabros e lampiões em todo o castelo. Cada vela tinha uma forma e cor diferentes, mas funcionou. Brystal respirou fundo enquanto estava do lado de fora da porta do quarto de Lucy e bateu nela com o cotovelo.

– Lucy? – ela disse. – É Brystal Perene, a garota que mostrou a você e seus pais o escritório de Madame Tempora.

– O que você quer? – Lucy gemeu de dentro.

– Eu tenho uma surpresa para você. Poderia abrir? – disse Brystal.

Alguns momentos depois, Lucy relutantemente abriu a porta do quarto. Seus olhos estavam vermelhos de tanto chorar e ela ficou muito surpresa ao ver o bolo de aniversário iluminado nas mãos de Brystal.

– Feliz aniversário! – Brystal aplaudiu. – Espero que goste de chocolate.

Infelizmente, a reação da companheira de andar não foi o que Brystal esperava.

– Como você sabia que era meu aniversário? – Lucy perguntou desconfiada.

Brystal abriu a boca para responder, mas não tinha palavras para se explicar. Estava tão focada em animar Lucy que tinha esquecido completamente que só sabia que era seu aniversário porque estava escutando.

– Você não mencionou isso quando chegou? – Brystal perguntou.

– Não – disse Lucy, e cruzou os braços.

– Ah... então deve ter sido um *palpite* – disse Brystal com uma risada nervosa. – Perdoe as velas. Eu presumi que você tinha cerca de treze anos, certo?

Lucy não estava acreditando.

– Você estava *escutando* nosso encontro com Madame Tempora, não estava? – ela disse, e levantou um dedo acusador.

Brystal balançou a cabeça freneticamente, mas isso só a fez parecer mais culpada.

– Ok, ok, eu ouvi – ela confessou. – Eu admito. Eu não queria me intrometer, mas ouvi sua mãe falando sobre os corvos e acabei ficando curiosa.

– Se estivéssemos em uma colônia de goblins, eu poderia *cortar suas orelhas* por bisbilhotar! – disse Lucy.

– Olha, me desculpe por invadir sua privacidade! – disse Brystal. – Eu sei como é ser largada em um lugar estranho por um dos pais. Ouvi você dizer que era seu aniversário, então pensei que se eu fizesse um bolo, isso poderia animá-la. Foi um erro, então vou deixar você em paz agora.

Brystal estava furiosa consigo mesma por lidar tão mal com a situação. Ela correu pelo corredor antes que Lucy tivesse mais motivos para não gostar dela. Quando Brystal estava alcançando as escadas, Lucy a deteve.

– Sua sorte é que eu não sou uma garota que recusa doces – ela disse. – Esse bolo tem um cheiro delicioso, então vou perdoar sua traição só desta vez.

Lucy voltou ao quarto e gesticulou para Brystal entrar. Brystal ficou emocionada por uma segunda chance e correu para dentro do quarto antes que Lucy mudasse de ideia.

Ao entrar, Brystal teve que manter em mente que estava entrando no quarto de uma menina de treze anos, porque os aposentos de Lucy pareciam uma taverna. Havia uma grande mesa de bilhar no centro do piso, uma fileira de alvos pendurados na parede, e logo acima havia uma grande placa que dizia: DIVIRTA-SE MUITO. TRABALHE MUITO MAIS. Outra parede estava coberta de instrumentos musicais e dezenas de cartazes que anunciavam as apresentações anteriores da Trupe dos Nada. Em cada canto tinha um enorme animal taxidermizado que era um híbrido mórbido de diferentes espécies. Por último, Brystal notou que em vez de cadeiras ou cama, o quarto tinha pufes e uma rede.

– Uau – disse Brystal. – Este é um quarto e tanto.

– Tenho gostos ecléticos – disse Lucy. – Isso é o que acontece quando você cresce no *show business*. Você é muito mais exposta que uma criança comum.

Lucy juntou dois pufes e as meninas se sentaram. Brystal ergueu o bolo e Lucy fechou os olhos e apagou as velas.

– Você vê um barril de sidra de hortelã-pimenta em algum lugar? – Lucy perguntou.

– Hum... não – disse Brystal.

– *Droga*. Meu desejo não se tornou realidade.

Lucy recostou-se no pufe e enfiou o bolo de chocolate na boca. Brystal não conseguia tirar os olhos de todos os pôsteres da Trupe dos Nada na parede atrás dela. Ela ficou fascinada por todos os locais onde a família de Lucy esteve.

– Você realmente se apresentou em todos esses lugares? – ela perguntou.

– Ah, sim – Lucy se gabou. – E isso não inclui o circuito subterrâneo.

– O que é o circuito subterrâneo? – Brystal perguntou.

– Você sabe, os lugares que eles nem sempre incluem no mapa – ela explicou. – Colônias de goblins, acampamentos de trolls, complexos de elfos, convenções de ogros... É só dizer, os Nada já tocaram em tudo! *Puxa, este bolo é bom.*

– E as criaturas na Fenda não te *machucaram*?

– De jeito nenhum – disse Lucy. – As criaturas da Fenda estão tão desesperadas por entretenimento que não ousariam. Elas também são os melhores públicos que um artista poderia pedir. Espécies subjugadas sempre sabem como se divertir.

– Olha só! – Brystal disse e apontou para um dos cartazes. – Você se apresentou na Via das Colinas! É de onde eu vim!

Lucy cerrou os dentes.

– Credo – ela disse. – O Reino do Sul é o *pior* lugar para se apresentar. Eles têm todas essas regras sobre o que os artistas podem fazer. Não podemos cantar palavrões, não podemos tocar alto, não podemos dançar de qualquer jeito, todo mundo tem que estar vestido... tira toda a diversão! Não consigo nem bater meu tamborim no quadril sem ser multada! Assim, se *esse* é o tipo de programa que você está procurando... *apenas vá à igreja*! Não é?

– Eu não estou surpresa – disse Brystal. – Eu não posso te dizer como estou feliz por estar longe de lá. Eu daria qualquer coisa por uma infância como a sua.

– Sim, eu tive alguns bons momentos – disse Lucy. – Acho que todas as minhas aventuras acabaram, agora que estou presa neste lugar.

Lucy parou de comer e olhou tristemente para o chão.

– Eu não diria isso – disse Brystal. – Você deveria dar uma chance a este lugar. Pode te surpreender.

– Fácil para você dizer... você pertence a este lugar – disse Lucy. – Mas você ouviu o que Madame Tempora disse aos meus pais. A academia não é para crianças como eu!

Brystal suspirou. Ela entendia como Lucy se sentia mais do que a garota imaginava.

– Para ser honesta, também não tenho certeza se pertenço a este lugar – disse ela. – Todos os alunos de Madame Tempora têm feito mágica a vida toda. Recentemente descobri que tinha habilidades mágicas e precisei da ajuda de um feitiço antigo para conjurar qualquer coisa. Para piorar as coisas, aparentemente sou a única fada no mundo inteiro que não tem uma especialidade. Áureo tem o fogo, Smeralda tem as joias, Horizona tem a água e Tangerin tem seu...

– *Encanto?* – Lucy perguntou sarcasticamente.

– Não se preocupe com Tangerin – disse Brystal. – Ela cresce no seu conceito depois de um tempo.

– Tipo um parasita.

– De volta ao meu ponto – Brystal continuou. – Você não é a única pessoa que sente que não deveria estar aqui. Sei que parece que Madame Tempora cometeu um erro, mas duvido que ela abriria as portas para nós se não achasse genuinamente que poderia nos ajudar.

– Mas pelo menos você é uma fada – disse Lucy. – Eu sou uma *bruxa*, Brystal! Isso significa que meu coração está cheio de escuridão e todos os meus poderes são alimentados pelo mal que está crescendo dentro de mim! Você não tem ideia do que é saber que um dia, não importa o que eu faça, vou me tornar uma velha feia e malvada! Vou passar minha vida adulta xingando pessoas e colecionando gatos! *E eu nem gosto de gatos!*

O pensamento fez Lucy explodir em lágrimas. Ela rapidamente colocou o bolo na boca para afogar sua tristeza e, com mais algumas mordidas, terminou o prato inteiro. Brystal secou as lágrimas de Lucy com a ponta de seu vestido listrado cinza e preto.

– Se isso faz você se sentir melhor, eu não acho que você seja uma bruxa – disse Brystal.

– Você é louca? – Lucy perguntou. – Madame Tempora disse especificamente...

– Madame Tempora nunca disse que você era uma bruxa – disse Brystal. – Ela apenas disse que sua academia não é para estudantes como você, e isso pode significar uma série de coisas! Além disso, se você tivesse o mal e a escuridão em seu coração, não há como você gostar de se apresentar tanto quanto você gosta. É preciso muita alegria e emoção para deixar o público feliz.

Lucy assentiu com a cabeça.

– E talento excepcional – ela fungou. – Não se esqueça do talento excepcional.

– Exatamente – disse Brystal. – Uma bruxa velha e malvada nunca teria isso nela.

Lucy limpou o nariz na manga de Brystal e deu de ombros.

– Acho que sim – disse ela. – Se você não acha que eu sou uma bruxa, então o que diabos eu sou? O que está causando todas as coisas assustadoras que acontecem ao meu redor?

Brystal tentou o seu melhor para pensar em algo para deixar a garota problemática à vontade.

– Talvez você seja apenas uma fada com especialidade em problemas – disse ela.

Lucy achou a sugestão tão ridícula que o canto da boca se curvou em um pequeno sorriso. Brystal ficou feliz em dar a Lucy seu primeiro sorriso na academia.

– Essa é a coisa mais idiota que eu já ouvi – disse Lucy. – Mas eu aprecio o esforço.

– Pessoalmente, acho que a vida é muito complicada para que o destino de alguém seja cravado em pedra – disse Brystal. – Eu mesma sou exemplo disso. No último mês eu fui de uma colegial para uma criada para uma prisioneira para uma interna em uma instituição corretiva, e agora estou estudando para me tornar uma fada!

– Uau – disse Lucy. – E eu achava que *minha* vida era agitada.

– Só estou dizendo que nada é certo até que seja certo – disse Brystal. – Na verdade, se você vai ser tornar ou não uma bruxa feia e malvada, há apenas uma coisa que sabemos com certeza.

– O que seria? – Lucy perguntou.

– Tangerin e Horizona não vão com a sua cara de qualquer jeito.

No mesmo instante, Brystal e Lucy explodiram em gargalhadas. Riram tanto que as barrigas delas doeram e lágrimas de felicidade correram por seus rostos.

– Rapaz, elas devem me odiar – disse Lucy. – Bem, apesar das minhas intenções, estou feliz por ter feito pelo menos *uma* amiga hoje. Obrigada por ser tão boa para mim, Brystal. Algo me diz que seremos parceiras de crime por muito, muito tempo.

– Também acho, Lucy – disse Brystal. – Também acho.

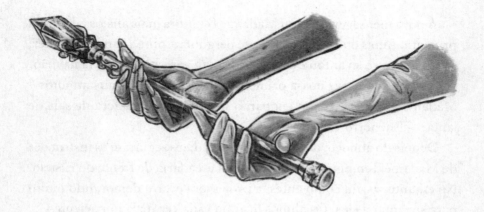

Capítulo Onze

Magilexia

O almoço foi desconfortavelmente silencioso na academia. Lucy sentou-se sozinha na ponta da mesa para manter distância dos outros e não disse uma palavra durante toda a refeição. Ela beliscava sua comida e ocasionalmente olhava para os novos colegas de classe com um olhar desconfiado, quase os desafiando a provocá-la. Tangerin e Horizona tinham recebido insultos o suficiente por um dia, então permaneceram em silêncio e evitaram fazer contato visual com Lucy.

Brystal tentou acalmar a tensão com conversas inofensivas, mas ninguém estava interessado no que ela tinha a dizer. Seus esforços foram ignorados quando a Sra. Vee entrou na sala de jantar e apresentou a Madame Tempora um segundo envelope preto escamoso.

– Chegou outra carta para você, Madame – disse ela.

A nova mensagem deixou Madame Tempora mais ansiosa do que a primeira. Antes que alguém pudesse perguntar sobre a "amiga doente", a professora se levantou e saiu da sala com a misteriosa carta na mão.

– Vamos começar nossa primeira aula dentro de alguns minutos – Madame Tempora avisou enquanto se apressava para fora da sala de jantar. – Encontro vocês lá fora.

Depois do almoço, os alunos e as aprendizes seguiram as instruções de Madame Tempora e se reuniram na escadaria da frente do castelo. No entanto, assim como antes, a professora estava demorando muito para se juntar a eles. Os alunos ficaram cada vez mais impacientes.

– Estou começando a pensar que *nunca* vamos aprender nada nesta academia – disse Smeralda.

– Por que ela está demorando tanto? – Áureo perguntou. – Você não acha que ela está reconsiderando a academia, acha? Eu não teria para onde ir se ela fechasse!

– Se acalmem – disse Tangerin. – Madame Tempora provavelmente tem um motivo para demorar tanto. É como diz aquele ditado popular entre os reinos: *quando o aluno está pronto, o professor aparece.*

– Eu estava *pronta* quarenta e cinco minutos atrás – disse Smeralda. – Isso está ficando chato.

– *O pássaro que espera acordado pega a minhoca* – disse Horizona com um aceno confiante. – Essa é outro ditado que ronda por aí.

Tangerin revirou os olhos e puxou a amiga de lado.

– Horizona, a frase é *O pássaro que acorda cedo pega a minhoca* – disse ela. – É para encorajar as pessoas a acordar cedo.

– Ah – Horizona disse. – Mas isso não é muito encorajador para uma *minhoca que acorda cedo.* Se ela ficar dormindo até tarde, o pássaro que acorda cedo não vai pegá-la.

Enquanto esperavam, Brystal manteve a atenção nas janelas do escritório de Madame Tempora. Ela ficou na ponta dos pés, esperando ter um vislumbre do que a professora estava fazendo, mas não conseguia ver nada. Quando finalmente desistiu, ela percebeu que

Lucy ainda estava mantendo distância dos outros. A filha dos músicos estava sentada em uma pedra a poucos metros da escadaria e observava os colegas de classe como se estivessem infectados com uma praga. Brystal sentiu pena de Lucy e sentou-se ao lado dela na pedra para lhe fazer companhia.

– Eles não vão te morder, sabe – Brystal brincou com ela.

– Ah, eu sei – disse Lucy. – Só não quero que nenhum deles se apegue demais, caso essa academia não dê certo para mim. As pessoas formam laços rápido com celebridades.

Brystal riu.

– Isso é muito atencioso da sua parte – disse ela. – Eu estava preocupada que você estivesse se sentindo excluída.

– De jeito nenhum – disse Lucy. – Então me conte mais sobre esses palhaços com quem estamos trabalhando. Qual é a dinâmica em que estou entrando?

– Para ser sincera, não tenho certeza – disse Brystal. – Conheci todo mundo ontem. Tangerin e Horizona estão na academia há mais tempo. Tecnicamente, elas são *aprendizes* da Madame Tempora porque já são mais avançadas do que *estudantes*. Foi a primeira coisa que mencionaram. Madame Tempora as encontrou quando ainda eram muito jovens, depois de terem sido abandonadas.

– Não posso dizer que culpo as famílias delas – disse Lucy. – E a Smeralda? Qual é a história dela?

– Smeralda também foi abandonada quando era apenas um bebê – disse Brystal. – Ela foi criada por anões em uma mina de carvão. Smeralda não queria vir para a academia, mas seu pai a fez vir.

– Criada por anões, hein? Acho que isso explica seu pavio curto e visão de mundo tão estreita. E o pequeno paranoico ali? Por que ele usa uma medalha? Ele ganhou alguma coisa?

– É chamado de Medalhão Anulador – explicou Brystal. – É para desativar as habilidades mágicas de Áureo até que ele seja capaz de controlá-las. O pobre rapaz passou por um perrengue! Algumas noites atrás, Áureo foi pego fazendo algo que não deveria, e seu pai começou a espancá-lo. Isso potencializou os poderes dele e Áureo acidentalmente iniciou um grande incêndio que queimou sua casa, matou o pai e incendiou a maior parte do Vale do Noroeste. Quando Madame Tempora e eu o encontramos, ele pretendia se matar afogado em um lago. Ele achava que essa era a única maneira de impedir que prejudicasse mais pessoas.

Lucy suspirou de alívio.

– Ai, que bom – ela murmurou.

– Como?

– Desculpe, quis dizer *que terrível* – Lucy se corrigiu. – Só fiquei feliz em saber que há algum *drama* e *profundidade* nessas pessoas. Eu estava com medo de estar presa com um bando de perdedores. O que o pai de Áureo o pegou fazendo?

– Eu não sei – disse Brystal. – Ele não quis contar, mas era algo de que ele estava *realmente* envergonhado.

– Adoro um bom mistério – disse Lucy, e sorriu para Áureo com olhos intrigados. – Só preciso de uma semana pra arrancar dele. Sou boa em resolver casos. Meus pais e eu costumávamos nos apresentar em festas de mistério de assassinato.

Brystal olhou para o escritório de Madame Tempora e soltou um longo suspiro.

– Áureo não é o único mistério por aqui – disse ela.

Antes que Lucy pudesse perguntar mais alguma coisa, os alunos e as aprendizes de repente gritaram e correram. Luzes cintilantes apareceram na escadaria e ficaram cada vez mais brilhantes e crescendo cada vez mais rápido.

– Que diabos é *aquilo*? – perguntou Smeralda.

– Não sou eu, eu juro! – disse Áureo. – Olha, eu ainda tenho meu Medalhão Anulador!

– Horizona, use sua água para apagar! – Tangerin ordenou.

– Eu não sou sua *minhoca que acorda cedo*! – Horizona exclamou. – Use seu mel!

As luzes cintilantes foram seguidas por um clarão ofuscante de luz violeta, e todas as crianças protegeram os olhos. Quando olharam para trás, Madame Tempora apareceu, do nada, nos degraus do castelo, e ela fez uma pose teatral com as duas mãos levantadas no ar. Seu vestido era feito inteiramente de relógios de todas as formas e tamanhos. Ela usava um relógio cuco como chapéu, o braço enluvado estava envolto em relógios e carregava um pêndulo pendurado no cinto.

– *Isso* que eu chamo de entrada triunfal – Lucy sussurrou para Brystal. – E olha que já trabalhei com muitas divas.

Madame Tempora ficou encantada com todas as expressões espantadas e alarmadas nos rostos dos alunos e das aprendizes.

– Bem-vindos à primeira aula – ela estava feliz em anunciar. – Antes de começarmos, tenho uma pergunta para fazer a vocês. Alguém pode me dizer qual é a diferença entre uma ferida e uma cicatriz? Entre fraqueza e força? E entre ódio e amor?

Smeralda levantou a mão.

– O *tempo*? – ela perguntou.

– Correto! – Madame Tempora aplaudiu.

– Como *você* sabia disso? – perguntou Tangerin.

– Ela está uma hora atrasada e está vestida com relógios – disse Smeralda. – Achei que era uma aposta segura.

– O tempo é o dispositivo mais complexo do universo – continuou Madame Tempora. – É tanto o problema quanto a solução para a maioria dos dilemas da vida. Ele cura todas as feridas, mas no fim, leva todos nós. Infelizmente, o tempo raramente está a favor de alguém. Algumas pessoas têm mais, outras menos, mas nunca temos o tempo que queremos ou precisamos. Às vezes, nascemos em um tempo que não nos valoriza e, muitas vezes, deixamos que esses tempos determinem como nos valorizamos. Então, a primeira tarefa de vocês será se livrar de quaisquer opiniões desfavoráveis, inseguranças ou ódio a si mesmos que os tempos incutiram em vocês. Se quisermos mudar com sucesso a perspectiva que o mundo tem de nós, devemos começar mudando nossa perspectiva sobre nós mesmos. Venham.

Madame Tempora levou os estudantes ao lago. Ela colocou Brystal, Lucy, Áureo e Smeralda na beira da água, espaçando-os a poucos metros um do outro.

– Deem uma olhada em seus reflexos na água – ela instruiu. – Agora perguntem a si mesmos: isso é o reflexo de *quem você é* ou o reflexo da pessoa que *o mundo quer que você seja*? Se vocês pudessem mudar sua aparência para combinar com a pessoa dentro de você, que mudanças fariam? O que vocês precisariam para que sua personalidade e sua fisicalidade fossem a mesma coisa? Quero que cada um feche os olhos e procure em sua alma as respostas. Encontre as qualidades que vocês mais valorizam em si mesmos e as qualidades que os tornam únicos. Então imaginem envolver suas mãos em torno de seus *verdadeiros eus* e puxá-los para a superfície com todas as suas forças. Smeralda, vamos começar por você.

Smeralda se sentiu vulnerável ao ser a primeira. Ela fechou os olhos, respirou fundo e fez o possível para seguir as instruções de Madame Tempora. Sorriu e grunhiu para si mesma enquanto mentalmente separava as boas e más qualidades como uma pilha de roupa suja. Depois de alguns minutos de silêncio total, Smeralda de repente ofegou como se estivesse saindo de um mergulho profundo debaixo d'água. Seu vestido de pano velho se esticou em uma túnica e o material áspero se transformou em fios de contas de esmeraldas brilhantes, e uma faixa de diamantes apareceu em sua testa.

Smeralda olhou para o próprio reflexo no lago e não podia acreditar em seus olhos.

– Isto é incrível! – ela disse, e acariciou as roupas novas. – Eu não tinha ideia de que meu eu interior parecia tão chique!

– Muito bem, Smeralda – Madame Tempora disse. – Áureo, por que você não tira seu medalhão e tenta?

– Eu não posso tirar o Medalhão Anulador! – Áureo se opôs. – Há muita coisa inflamável por aqui!

– Não se preocupe, estou bem ao seu lado – disse Madame Tempora. – Prossiga.

Áureo tirou nervosamente o medalhão do pescoço e o colocou no chão. Chamas apareceram instantaneamente pela cabeça e ombros. Ele fechou os olhos e respirou fundo algumas vezes para se acalmar. As colegas perceberam que ele estava tendo mais dificuldade em encontrar seu eu interior do que Smeralda, porque a testa de Áureo se contraía cada vez mais enquanto ele procurava mais e mais fundo. Então, sem aviso, todo o seu corpo foi envolvido em chamas poderosas. O fogo queimou por alguns momentos, então lentamente diminuiu. Quando finalmente se apagou completamente, os outros notaram que Áureo não estava mais usando seu colete irregular e calças marrons. As roupas do menino se transformaram em um terno dourado que estava em chamas com uma fina camada de fogo. Um rastro de fumaça pendia do paletó como um terno de cauda e ele usava uma gravata-borboleta de ferro tão quente que brilhava.

Áureo olhou para seu reflexo na água como se estivesse olhando para um estranho.

– Eu não posso acreditar – disse ele. – Toda a minha roupa é à prova de fogo!

– E *muito* elegante – disse Madame Tempora com um sorriso orgulhoso.

Depois de admirar o novo reflexo, Áureo rapidamente colocou o Medalhão Anulador em volta do pescoço. Todas as chamas em todo o seu corpo desapareceram, a gravata-borboleta esfriou para uma cor normal e a cauda de fumaça do terno se dissipou.

– Muito bem, Faísca – disse Lucy. – Esse é um ato difícil de apresentar.

– Lucy, você gostaria de ir agora? – Madame Tempora perguntou.

– Não, obrigada, M.T. – disse ela. – Na verdade, estou muito contente com a minha aparência. Levei muito tempo para desenvolver meu estilo de marca registrada.

– Bem, isso é maravilhoso, querida – Madame Tempora disse. – Então resta você, Brystal.

Enquanto Brystal olhava para o uniforme da Instituição Corretiva Amarrabota para Jovens Problemáticas em seu reflexo, não era difícil imaginar uma versão mais autêntica de si mesma. Pelo contrário, depois de uma vida inteira sendo oprimida no Reino do Sul, Brystal estava mais do nunca em contato com a garota inteligente, respeitável e influente que ela sempre quis ser. Ela fechou os olhos e imaginou seu eu interior perfeitamente, mas por alguma razão, ela não conseguiu trazê-lo à superfície.

– Eu não posso fazer isso – disse Brystal.

– Sim, você pode – Madame Tempora disse para encorajá-la. – Apenas foque e visualize a pessoa dentro do seu coração.

– Eu posso ver a pessoa dentro do meu coração, mas nunca fiz magia sozinha – disse Brystal. – Existe algum feitiço ou encantamento que eu possa recitar para me ajudar?

– Nem toda magia pode ser realizada com feitiços e encantamentos – disse Madame Tempora. – Se você quer ser uma fada de sucesso, terá que aprender a produzi-la por conta própria. Mas só desta vez, eu vou te ajudar a encontrar a magia dentro de você.

Madame Tempora girou o dedo e, de repente, Brystal sentiu uma sensação de calor e alegria crescendo na boca do estômago. A sensação lembrou Brystal da excitação que sentia ao ler um livro particularmente bom. Tornou-se cada vez mais forte, fazendo calafrios se espalharem por todo seu corpo até que ela estivesse tão preenchida por dentro que sentia como se sua pele pudesse explodir. Para surpresa de Brystal, Madame Tempora e todos os colegas arfaram.

– Ora, ora – Madame Tempora disse. – Parece que a senhorita Perene finalmente chegou.

Brystal abriu os olhos e olhou para seu reflexo no lago. O uniforme listrado cinza e preto desbotado se transformou em um terninho elegante e sem mangas com uma longa cauda que descia da cintura. O tecido era da cor do céu e brilhava como uma galáxia estrelada, e ela usava um par de luvas formais combinando. Seu cabelo comprido era encaracolado, coberto de flores brancas e caía sobre o ombro direito. Brystal cobriu a boca e lágrimas brotaram nos olhos pela bela e digna jovem que havia se tornado.

– Você está bem, querida? – Madame Tempora perguntou.

– Sim – disse Brystal, e enxugou as lágrimas. – É só que... é como se eu estivesse me vendo pela primeira vez.

· · ★ · ·

Na manhã seguinte, após o café da manhã, Madame Tempora levou seus alunos e aprendizes a uma grande árvore de bordô no meio do jardim da academia. Ela quebrou cinco ramos dos galhos da árvore e os colocou no chão, então posicionou os estudantes diante deles.

– Toda magia pode ser dividida em quatro categorias: *Aperfeiçoamento, Reabilitação, Manifestação e Imaginação* – explicou Madame Tempora. – A partir de agora, cada aula se concentrará no desenvolvimento de nossas habilidades nessas quatro áreas. A lição de hoje será uma introdução *ao aperfeiçoamento mágico*. Ao longo de suas carreiras como fadas, vocês encontrarão muitas pessoas, lugares e objetos que melhorarão com magia; quanto maior o aperfeiçoamento, mais magia será necessária. Para começar, vamos fazer algo muito pequeno e simples. Quero que cada um de vocês transforme os galhos diante de vocês em algo que acreditam ser um aperfeiçoamento. Horizona, você pode nos dar uma demonstração?

Horizona assentiu ansiosamente e deu um passo à frente. Ela segurou a mão direita sobre o galho, e os alunos assistiram com espanto enquanto ele se transformava lentamente em um pedaço colorido de coral.

– Bom trabalho – Madame Tempora disse. – Ao focar no galho e simultaneamente visualizar outro objeto na mente dela, Horizona o transformou em algo que ela acredita ser um aperfeiçoamento. Áureo, você gostaria de tentar?

O menino cautelosamente removeu seu Medalhão Anulador e as chamas imediatamente retornaram à cabeça dele, além dos ombros e do terno dourado. Áureo pairou sobre o galho e tentou ao máximo se concentrar em como melhorá-lo. O galho começou a inchar e ficar vermelho brilhante. Tornou-se um cilindro, e uma pequena corda cresceu de seu topo.

– Ótimo trabalho, Áureo! – Madame Tempora disse. – Você transformou o galho em um fogo de artifício!

– Eu transformei! – ele disse. – Eu realmente fiz isso!

Áureo estava tão orgulhoso de si mesmo que pulou para cima e para baixo em comemoração, mas se aproximou demais do fogo de artifício, e a perna da calça em chamas o acendeu. A explosão produziu um assobio agudo que ecoou pela propriedade e disparou faíscas coloridas em todas as direções.

– *Chão!* – Lucy gritou.

Madame Tempora e os estudantes mergulharam no chão e taparam os ouvidos. Horizona espirrou água no fogo de artifício, e ele acabou se esvaindo. Áureo corou e chamas apareceram nas bochechas dele.

– *Me desculpem!* – o menino chiou.

Os colegas olharam para ele com expressões que eram muito mais ardentes do que suas chamas. Áureo rapidamente colocou o Medalhão Anulador de volta antes que causasse mais danos e ajudou os outros a se levantarem.

– Nós começamos bem – disse Madame Tempora. – Smeralda, você se saiu tão bem na tarefa de ontem. Gostaria de ser a próxima?

– Ah, isso vai ser moleza para mim – disse Smeralda.

Ela estendeu a mão para o galho, mas Madame Tempora parou Smeralda antes que ela fizesse contato.

– Todos nós sabemos que você pode transformar objetos em joias com seu toque, mas hoje eu gostaria que você tentasse melhorar o galho com sua mente – disse a fada.

– Com minha *mente*? – perguntou Smeralda.

– Sim – Madame Tempora disse. – Nem tudo o que queremos na vida estará ao nosso alcance físico. Às vezes precisamos usar nossa *imaginação* para entender o que buscamos. Tente.

Smeralda deu de ombros e foi em frente. Ela pegou o galho e, seguindo o conselho de Madame Tempora, imaginou-se tocando-o com as pontas dos dedos invisíveis. Alguns momentos depois, o galho começou a contorcer. Ele se enrolou como uma cobra e ficou brilhante, e logo o galho se tornou um lindo bracelete de diamantes. Smeralda ficou emocionada por ter conseguido e deslizou a pulseira pelo pulso.

– Muito bem, Smeralda – Madame Tempora disse. – Lucy, você não teve a chance de praticar sua magia ontem. Gostaria de tentar agora?

– Acho que vou passar – disse Lucy. – Confie em mim, se eu pudesse transformar um ramo em algo tão bonito quanto um colar de diamantes, não teria tantas dúvidas de apostas.

– Srta. Nada, seus talentos podem ser *diferentes* dos outros, mas você está aqui para aperfeiçoá-los da mesma forma – Madame Tempora a lembrou. – Agora dê o seu melhor e veremos o que você inventa.

Lucy gruniu e relutantemente deu um passo à frente. Ela colocou a mão sobre o galho e tentou aprimorá-lo magicamente. O galho tornou-se flexível, começou a se mexer e foi coberto por um líquido pegajoso. Quando ela terminou, o galho havia se transformado em uma lesma gorda e viscosa. Lucy ficou muito impressionada com a própria criação – claramente, ela esperava que algo muito pior aparecesse –, mas seus colegas não estavam tão entusiasmados.

– Você chama isso de aperfeiçoamento? – perguntou Tangerin.

Antes que Lucy pudesse responder, um grifo de repente desceu do céu e arrancou a lesma do chão com o bico.

– Pelo menos eu fiz *alguém* feliz – Lucy disse com um encolher de ombros.

– Isso foi excelente, Lucy – disse Madame Tempora. – Uma lesma é um aperfeiçoamento *interessante*, mas como sempre digo, a beleza está nos olhos de quem vê. Agora é você, Brystal.

Brystal deu um passo em direção ao galho e rezou para que pudesse encontrar a própria magia sem a ajuda de Madame Tempora. Ela fechou os olhos e tentou desesperadamente recriar a sensação de alegria que experimentara no dia anterior. Após vários momentos de cuidadosa concentração, Brystal sentiu uma pitada de magia crescendo na boca do estômago. Ela focou no sentimento com todas as forças e desejou que ficasse mais forte, o tempo todo decidindo qual objeto ela queria que o galho se tornasse. Ela tentou pensar em algo que agradasse Madame Tempora, mas também fizesse Lucy se sentir melhor com sua lesma.

Pense em uma lagarta... Brystal disse a si mesma. *Pense em uma lagarta... Pense em uma lagarta... Pense em uma lagarta...*

Em vez de o galho se transformar na adorável e gorda lagarta que ela estava imaginando, todas as folhas do bordo acima dela de repente se transformaram em grandes borboletas. Os insetos voaram para longe dos galhos, deixando a árvore completamente nua, e então se moveram pela propriedade como uma grande nuvem esvoaçante. Brystal, Madame Tempora, os outros alunos e as aprendizes observaram as borboletas em completo choque.

– Minha nossa – Madame Tempora disse. – Foi uma transformação *e tanto*.

O olhar atônito da fada se moveu para Brystal e permaneceu nela. Não podia dizer o que a professora estava pensando, mas Brystal sabia que Madame Tempora estava preocupada e confusa com a magia que acabara de testemunhar.

– Classe dispensada – Madame Tempora disse.

· · ★ · ·

Brystal teve problemas para dormir naquela noite, não apenas porque Lucy estava roncando como um urso-pardo no quarto ao lado, mas porque ela se sentia um completo fracasso. Normalmente, Brystal ansiava por qualquer oportunidade de aprender algo novo e produtivo, mas como cada lição se transformava em outro constrangimento, Brystal estava começando a temer seu tempo com Madame Tempora. Se sua incompetência mágica continuasse, ela temia que os dias na academia estivessem contados.

Na manhã seguinte, depois do café da manhã, Madame Tempora levou as crianças a um pequeno estábulo ao lado do castelo. No entanto, em vez de cavalos, os currais eram ocupados por criaturas mágicas. No primeiro curral, havia uma caixa de sapatos colocada sobre um banquinho. Os alunos espiaram dentro da caixa e viram um pixie descansando em seu interior. Infelizmente, as asas coloridas do pixie foram arrancadas e estavam em pedaços ao seu lado.

O segundo curral continha um casal de unicórnios feridos. O primeiro unicórnio estava no chão com os cascos rachados e lascados. O chifre da segunda estava dobrado na ponta como um pé de cabra. Ambas as criaturas pareciam terrivelmente deprimidas, como se seus egos estivessem danificados junto com os corpos.

No terceiro curral, um grifo do tamanho de um cachorro grande jazia sobre uma pilha de feno. Sua garra dianteira estava mutilada e envolta em uma bandagem branca. Ele estava curvado e tremia com a dor que o membro quebrado estava causando a ele. Brystal não sabia quanto tempo os grifos viviam, mas ela presumiu que ele era bastante velho para sua espécie porque a maioria de suas penas eram cinzentas.

– Coitados – disse Brystal. – O que aconteceu com eles?

– O pixie voou muito longe de seu rebanho e foi atacado por uma coruja – disse Madame Tempora. – Os pixies ficam em grande número para se protegerem. Sem suas asas, ele nunca poderá se juntar à família e ficará muito mais suscetível a predadores. Os unicórnios se machucaram depois que deslizaram por um penhasco rochoso. Felizmente, os ferimentos deles não são críticos, mas os unicórnios são uma espécie orgulhosa e bastante vaidosa quando se trata da aparência. Esses dois ficaram muito envergonhados para se juntarem aos seus rebanhos desde o incidente. Infelizmente, o grifo já está idoso e seus ossos não são o que costumavam ser. A garra dianteira quebrou após um pouso ruim. Assim como os pássaros, os ossos de grifos são ocos e se tornam frágeis à medida que envelhecem.

– Aqui é um tipo de hospital veterinário, então? – Áureo perguntou.

– Exato – Madame Tempora disse.

– Onde estão os médicos de animais? – perguntou Smeralda.

– *Nós somos* os veterinários – disse Madame Tempora com brilho nos olhos. – A lição de hoje será sua primeira incursão na *reabilitação mágica*. A habilidade mais profunda que a comunidade mágica possui é a de curar aqueles que sofrem. Então, esta manhã, cada um de vocês escolherá um animal ferido e usará sua magia para ajudar a aliviar ou curar seus ferimentos. Tangerin, poderia nos dar um exemplo?

Tangerin aproximou-se do primeiro curral com um gingado arrogante em seu caminhar. Ela ficou em uma pose meditativa com as palmas das mãos abertas e fechou os olhos para se concentrar. Uma dúzia de abelhas voaram de seu cabelo e foram em direção ao pixie ferido. O enxame que se aproximava o aterrorizou e ele tentou freneticamente sair da caixa de sapatos. Os zangões pousaram em cima dele e o seguraram enquanto usavam seus ferrões e mel para costurar e selar as asas de volta.

Em questão de minutos, as asas do pixie estavam intactas e ele voou alegremente no ar. O pixie abraçou o rosto de Tangerin e expressou sua gratidão em uma linguagem estridente que soou sem sentido para os alunos. Ainda mais surpreendente, Tangerin pareceu entender o que o pixie estava dizendo e respondeu "De nada" na língua estranha. O pixie voou para fora do celeiro para se reunir com sua família, enquanto os outros alunos olhavam para Tangerin estupefatos.

– O que foi? – ela perguntou defensivamente.

– Como você sabia o que dizer a ele? – perguntou Smeralda.

– Pixiano está muito perto de abelhês – disse Tangerin. – Todo mundo sabe disso.

– Obrigada, Tangerin – Madame Tempora disse. – Alguém gostaria de ir em seguida?

– Hum, Madame Tempora? Podemos conversar? – Lucy disse, e puxou a fada de lado. – Olha, eu realmente aprecio suas intenções de me ensinar, você é uma em um milhão, mas eu não acho que deveria participar desta lição, dado o meu histórico. Esses animais já passaram por bastante sofrimento.

– Essa é uma escolha sábia, Lucy – Madame Tempora disse. – Devo confessar, tive a mesma preocupação. É por isso que existem apenas quatro criaturas no estábulo. Você pode ser uma observadora da lição de hoje. Agora que está resolvido, por que não mandamos Smeralda ir em seguida?

– Posso usar minhas mãos desta vez? – perguntou Smeralda.

– Absolutamente – Madame Tempora disse. – Não há maneira errada de curar.

Smeralda inspecionou os animais e escolheu o unicórnio com cascos quebrados. Perna por perna, ela colocou a mão nos cascos danificados do corcel e encheu as rachaduras e lascas com rubi. Uma vez que os cascos foram consertados, Smeralda deu à criatura ferraduras de diamante para evitar que os ferimentos acontecessem novamente. O unicórnio trotou alegremente em círculos ao redor do estábulo e deu a Smeralda um relincho agradecido. Ele então correu para fora para mostrar seus novos pés brilhantes ao rebanho.

– Excelente, Smeralda! – Madame Tempora disse. – E muito inteligente!

– Eu não entendi – disse Horizona. – Por que você daria ferraduras de *diamante* para um unicórnio?

– Porque diamantes estão entre os materiais mais duros do mundo – disse Smeralda. – Eles vão proteger os pés dele se ele escorregar por outro penhasco.

– Eles são fortes e bonitos, assim como você – Madame Tempora disse com um sorriso. – Áureo, você gostaria de ir em seguida?

Áureo removeu o Medalhão Anulador com um pouco mais de confiança do que nos dias anteriores. Ele olhou de um lado ao outro entre a unicórnio e o grifo enquanto decidia qual criatura ajudar. Por fim, escolheu a unicórnio, que ficou alarmada com o menino de fogo se aproximando dela.

– Está tudo bem – ele sussurrou. – Acho que sei como te ajudar.

Ao acalmar a unicórnio, Áureo também se acalmou, e as chamas que cobriam seu corpo diminuíram por conta própria. Uma vez que ganhou a confiança da unicórnio, Áureo esfregou as mãos até que brilhassem com o calor. Ele gentilmente tocou o chifre dela e ele amoleceu com o toque caloroso. Como se fosse barro, Áureo moldou o chifre de volta à sua posição natural e depois soprou até esfriar. A unicórnio lambeu o lado do rosto de Áureo e então galopou para fora do estábulo e se juntou ao rebanho próximo.

– Isso foi maravilhoso, Áureo! – Madame Tempora exclamou.

Áureo estava tão orgulhoso que quase esqueceu de colocar seu Medalhão Anulador de volta. Agora que ele tinha terminado, toda a atenção estava em Brystal. O corpo dela ficou tenso enquanto pensava em como sua magia poderia traí-la durante a missão.

– Brystal, você é sempre a última, mas nem por isso menos importante – disse Madame Tempora. – Você pode ajudar o grifo com sua garra quebrada?

– Vou dar o meu melhor – disse Brystal com um sorriso nervoso.

Ela entrou no terceiro cercado e se ajoelhou ao lado do grifo ferido. Brystal fechou os olhos e desejou que a sensação mágica retornasse ao seu núcleo. Assim como antes, ela convocou o sentimento para ficar mais forte, mas desta vez, ela cuidadosamente evitou que ficasse *muito* forte.

Uma vez que sua magia estava borbulhando no que ela considerava um nível estável, ela pegou a garra do grifo em sua mão. Brystal imaginou seus ossos se curando, a dor desaparecendo e a energia retornando. Ela imaginou o grifo no primeiro ato de sua vida, voando e pousando livremente onde quisesse, sem as consequências da velhice.

Nesse momento, o grifo parou de tremer e se eriçou. Ele estufou o peito com confiança, olhou ao redor do estábulo com olhos arregalados e vibrantes, e suas penas voltaram à cor ruiva original. O grifo mastigou suas bandagens e revelou uma garra que era tão reta e forte quanto seus outros membros. Pela primeira vez em muito tempo, a criatura triunfante ficou de pé nas quatro patas.

– Ai, meu Deus – disse Brystal com espanto. – Eu o curei! Minha magia fez o que eu queria pela primeira vez!

– Parabéns, Brystal! – Madame Tempora disse, e levou os alunos a uma salva de palmas. – Eu sabia que você tinha isso dentro de si. Tudo que você precisava era um pouco de prática, paciência, perseverança, e tudo iria...

Todos ficaram em silêncio, porque *a magia de Brystal ainda não havia acabado*! Depois que a garra foi curada, todo o corpo do grifo começou a encolher. A criatura gritou de horror e tentou correr e voar para fora do estábulo, mas suas pernas e asas ficaram pequenas demais para carregá-lo. O grifo encolheu até ficar do tamanho de uma maçã, e então uma casca de ovo laranja com manchas pretas apareceu ao redor dele. Por alguns segundos, o ovo ficou perfeitamente imóvel no chão, mas depois começou a tremer. O grifo saiu do ovo e emergiu como um recém-nascido sem penas, pegajoso e muito confuso.

– Você reverteu o *processo de envelhecimento*? – Tangerin perguntou espantada.

– Podemos mesmo fazer isso? – Horizona sussurrou para sua amiga.

Os colegas de classe de Brystal a observavam como se ela fosse uma criatura mágica que eles estavam vendo pela primeira vez. Ela olhou para Madame Tempora em busca de segurança, mas só encontrou a mesma expressão perturbada que a professora tinha mostrado na última vez que conjurou magia.

– Isso é tudo por hoje, crianças – disse Madame Tempora. – Tangerin? Horizona? Por favor, encontrem um lar seguro para o bebê grifo em algum lugar da propriedade. Brystal, por favor, pode se juntar a mim no meu escritório? Eu gostaria de conversar em particular com você.

Madame Tempora correu para fora do estábulo e Brystal a seguiu. Ela não sabia dizer se estava com problemas ou não, e quando Brystal olhou para os rostos solenes dos colegas, ela percebeu que *eles* também não sabiam. Madame Tempora não disse uma palavra a Brystal até chegarem no escritório. Ela se sentou na mesa de vidro e gesticulou para Brystal se sentar diante dela. Brystal estava na cadeira por menos de cinco segundos quando começou a chorar abruptamente.

– Sinto muito, Madame Tempora! – ela suplicou. – Estou tentando tanto seguir suas instruções, mas minha magia não funciona como a de todo mundo! Por favor, não me expulse da sua academia!

Madame Tempora se demorou na expressão triste de Brystal.

– Expulsar você? – ela perguntou. – Deus do céu! Por que eu iria querer expulsá-la?

– Porque minha magia é obviamente problemática! – disse Brystal. – Eu não tenho uma especialidade, nunca completei suas tarefas corretamente, e minha magia sempre resulta em algo que eu não pretendia! Se você vai mudar a perspectiva do mundo sobre a magia, vai precisar de alunos em quem possa confiar, e não pode depender de mim!

A julgar pela expressão confusa de Madame Tempora, havia muita coisa que ela queria discutir com Brystal, mas a expulsão não era uma delas.

– Brystal, é apenas seu terceiro dia na academia – Madame Tempora disse com uma risada. – Ninguém está esperando que você seja perfeita, exceto você mesma. E buscar a perfeição é um efeito colateral da opressão que você suportou. Então, vamos começar nossa conversa abordando isso.

– Não entendi – disse ela. – Você está dizendo que o Reino do Sul me transformou em uma perfeccionista?

– Assim como muitos membros da comunidade mágica, em algum momento, a sociedade fez você acreditar que *suas* falhas eram piores do que as falhas de qualquer outra pessoa – explicou a fada. – E agora, consequentemente, você se convenceu de que ser *impecável* é a única maneira de obter aprovação. Ter padrões tão impossíveis não é uma maneira de viver a vida, e certamente não é a maneira de obter educação. Pelo contrário, se você quer ter sucesso nesta academia, precisa abraçar suas falhas e aprender com seus erros, ou você nunca saberá quais desafios você deve superar.

Brystal secou as lágrimas.

– Então você não me chamou em seu escritório para me expulsar?

– Claro que não – Madame Tempora disse. – Eu tenho que admitir, eu tenho estado muito preocupada com você. Não porque eu tenha perdido qualquer fé em sua magia, mas porque eu devo entender como te ajudar. O que você fez nos últimos dias foi extraordinário... suas roupas, as borboletas, o grifo, tudo aponta para um poder e potencial notáveis. E depois desta manhã, acho que finalmente descobri por que você está tendo problemas para controlar e orientar suas habilidades.

– Por quê? – Brystal perguntou da beirada de seu assento.

– Você tem *magilexia* – Madame Tempora disse.

– Magilexia? – ela perguntou. – Estou doente?

– Não, não, não... não é nada disso – Madame Tempora explicou. – Magilexia é um distúrbio inofensivo, mas frustrante, que ocorre na comunidade mágica. É uma espécie de *bloqueio* que impede as fadas de acessarem suas habilidades. Às vezes, como método de sobrevivência, as fadas suprimem sua magia tão profundamente dentro de si que se torna extremamente difícil alcançá-la. Não tenho dúvidas de que, enquanto vivia no Reino do Sul, você desenvolveu alguns bloqueios subconscientes que agora estão debilitando você.

– A magilexia pode ser curada? – Brystal perguntou.

– Geralmente leva uma vida inteira para alguém identificar e destruir todas as barreiras que os impedem – disse Madame Tempora. – Felizmente, assim como os óculos que você usa para ler, a comunidade mágica tem ferramentas para nos ajudar a contornar nossas doenças.

Madame Tempora abriu a gaveta de cima da mesa de vidro e tirou um cetro cintilante. O objeto era feito de cristal puro e era facilmente a coisa mais linda que Brystal já tinha encontrado. Embora nunca o tivesse visto antes, Brystal sentiu uma forte conexão com o cetro, como se estivessem esperando para se conhecerem.

– Esta é uma *varinha mágica* – disse Madame Tempora. – É muito, muito antiga e pertencia à fada que me orientou. A varinha colocará você em contato com sua magia e a ajudará a gerenciá-la com mais eficiência.

– Isso me ajudará a encontrar minha especialidade? – Brystal perguntou.

– Talvez – Madame Tempora disse. – Embora eu não queira que você se sinta inferior aos outros alunos enquanto espera que apareça. Nem todas as especialidades são tão fáceis de identificar como as de Tangerin e Horizona. Às vezes, embora seja raro, a especialidade de uma fada se manifesta mais *emocionalmente* do que fisicamente. É muito possível que o que você procura já faça parte de quem você é. Seja o que for, tenho certeza de que esta varinha vai ajudá-la a descobrir quando for a hora certa.

Madame Tempora apresentou a varinha para Brystal como se fosse uma espada. Assim que Brystal enrolou os dedos ao redor da alça de cristal, a sensação mágica retornou ao seu núcleo. No entanto, ao contrário das outras vezes, parecia que a magia estava completamente sob o controle dela. Então acenou com a varinha para a prateleira de chapéus de Madame Tempora e, de repente, todos os chapéus se transformaram em pássaros coloridos. A transformação assustou Brystal e ela rapidamente os virou de volta.

– Ai, me desculpe! Eu não queri... – Então, Brystal teve uma epifania e se conteve no meio de um pedido de desculpas. – Espere um segundo...

isso era *exatamente* o que eu pretendia fazer! Enquanto eu balançava a varinha, seus chapéus me lembravam pássaros, e *foi isso* que eles se tornaram! Eu nem precisei me concentrar tanto! *A varinha funciona!*

Madame Tempora não retribuiu a excitação de Brystal. Os olhos da fada estavam grudados no Mapa da Magia ampliado na parede acima de sua lareira. Algo no mapa cativou a atenção da professora e fez com que ela ficasse boquiaberta.

– O que há de errado? – Brystal perguntou a ela. – Você parece preocupada.

Em vez de responder, Madame Tempora pulou de pé e se aproximou do mapa. Depois de estudá-lo por alguns momentos, a fada tocou uma grande estrela no mapa próximo ao local da academia. O nome *Brystal Perene* apareceu ao lado.

– Incrível – Madame Tempora sussurrou para si mesma.

– O que é incrível?

– Assim que você tocou a varinha, sua estrela no Mapa da Magia cresceu quase o dobro de tamanho – ela disse. – É do mesmo tamanho da minha estrela; talvez até um pouco maior.

Brystal engoliu em seco.

– Mas o que isso significa?

Madame Tempora virou-se para ela e não conseguiu esconder o espanto crescente nos olhos.

– Significa que podemos esperar grandes coisas de você, Srta. Perene.

Capítulo Doze

Visita indesejada

Tudo mudou para Brystal depois que Madame Tempora lhe deu a varinha mágica. No fim da segunda semana na academia, Brystal não estava atrás de Smeralda e Áureo; pelo contrário, suas habilidades estavam superando até as de Tangerin e Horizona. Ela estava completando todas as tarefas mágicas de Madame Tempora com muito mais facilidade e eficiência do que seus colegas de classe. Na verdade, Madame Tempora começou a pedir a Brystal que desse demonstrações aos outros em vez de pedir às aprendizes.

Embora Brystal tenha feito tudo o que podia para manter a paz com Tangerin e Horizona, seu rápido progresso ganhou o ressentimento delas.

– *Não é justo* – Horizona sussurrou para Tangerin. – *Por que Brystal tem uma varinha?*

– *Aparentemente ela tem um* transtorno – a amiga sussurrou de volta.

Horizona grunhiu.

– Sorte – disse ela. – Eu quero um transtorno.

Apesar dos comentários ocasionais e olhares ácidos, Brystal estava muito animada para deixar a inveja das garotas diminuir seu ânimo. Agora que ela estava em contato com sua magia, se apaixonou por ela e a usava para tudo o que podia. Brystal acenava com a varinha para abrir portas e gavetas, para colocar seus sapatos e roupas, e à noite, antes de dormir, ela dançava pelo quarto e fazia seus livros girarem magicamente ao redor dela. Nas refeições, Brystal até usava magia para se alimentar, levitando comida diretamente até a boca. No entanto, ela rapidamente parou com essa prática, pois parecia irritar a *todos* na mesa de jantar.

– Ok, agora você está apenas se exibindo – disse Smeralda.

Depois que todos os alunos dominaram os exercícios iniciais de aperfeiçoamento e reabilitação, Madame Tempora passou para a próxima matéria do currículo. Ela levou os alunos a uma torre no castelo que estava completamente vazia, exceto por poeira e teias de aranha.

– Talvez a parte mais milagrosa da magia seja a capacidade de criar *algo* do *nada* – disse Madame Tempora. – Então, para a primeira aula de manifestação, quero que vocês preencham esta sala com móveis. Tenham em mente que a manifestação é semelhante ao aperfeiçoamento, exceto que não há materiais existentes para trabalhar. Convocar elementos para aparecer do nada requer concentração e visualização ainda maiores. Tentem imaginar cada centímetro do objeto que desejam criar, concentrem-se em suas dimensões e peso, imaginem exatamente onde querem que ele esteja e como isso mudaria o ambiente. Brystal, gostaria de começar?

Sem olhar, Brystal podia sentir os olhares frios de Tangerin e Horizona atrás dela.

– Na verdade, por que Tangerin e Horizona não começam hoje? – Brystal sugeriu. – Tenho certeza de que elas têm muito mais experiência com manifestação do que eu.

As meninas ficaram surpresas com o reconhecimento de Brystal. Fingiram estar aborrecidas com a oportunidade, mas no fundo, Brystal podia dizer que elas estavam ansiosas pela atenção. Tangerin ficou no centro da torre e manifestou uma poltrona laranja com tufos de favo de mel. Horizona fez aparecer uma banheira ao lado da cadeira de Tangerin, que transbordava de bolhas de sabão. Depois que as aprendizes terminaram, Smeralda convocou uma penteadeira pitoresca com várias caixas de joias, e Áureo conjurou um forno de tijolos. Brystal não queria ofuscar os outros, então ela acenou com a varinha e fez aparecer um guarda-roupa modesto, mas elegante.

– Muito bem, pessoal – disse Madame Tempora. – Agora resta Lucy... espere, onde Lucy foi?

Ninguém tinha percebido que Lucy estava desaparecida e eles procuraram por ela na sala.

– Ela está escondida atrás da cadeira de Tangerin – disse Smeralda. – Eu posso ver as botas atrás dela.

Lucy resmungou depois que os colegas a encontraram. Claramente, ela estava se escondendo para evitar a aula de Madame Tempora, mas Lucy fingiu que estava inocentemente procurando algo no chão.

– Desculpe, pensei ter visto meu trevo da sorte – disse Lucy.

– Quando você o perdeu? – Áureo perguntou.

– Cerca de quatro anos atrás – disse ela. – Mas você nunca sabe quando ou onde as coisas vão estar.

Lucy relutantemente se levantou e foi para o centro da torre. Ela pensou muito sobre o objeto que queria manifestar e sorriu enquanto sua cabeça se enchia de imagens agradáveis. Infelizmente, Lucy ficou muito desapontada quando uma pilha de caixões de madeira apareceu no canto da torre.

– Em minha defesa, eu estava tentando fazer uma cama beliche – disse ela.

Madame Tempora deu um tapinha reconfortante nas costas de Lucy.

– Valeu o esforço, querida – disse ela.

Independentemente do quanto Madame Tempora a encorajasse, Lucy saía de cada aula sentindo-se pior do que a anterior. E agora que Brystal estava armada com uma varinha mágica, Lucy não tinha com quem se lamentar. Brystal se solidarizava com a amiga, mas não conseguia imaginar o tormento mental pelo qual estava passando. A cada dia que passava, os piores medos de Lucy sobre *quem* e *o que* ela era se tornavam cada vez mais prováveis.

· · ★ · ·

Na manhã seguinte, a aula de Madame Tempora começou imediatamente depois que terminaram o café da manhã. Foi o primeiro dia desde a chegada de Brystal que Madame Tempora não recebeu uma carta estranha pelo correio. Brystal não sabia dizer se era imaginação, mas a fada até parecia ainda mais alegre do que de costume, e ela se perguntou se não receber uma carta tinha algo a ver com isso. Talvez não receber nenhuma notícia fosse uma boa notícia.

Madame Tempora escoltou seus alunos e aprendizes pela pitoresca academia e parou a procissão no meio de duas colinas íngremes. A Sra. Vee participaria da aula naquele dia, e os alunos ficaram curiosos para saber por que a governanta estava ali.

– Agora que vocês foram apresentados ao aperfeiçoamento, *reabilitação* e *manifestação*, a lição de hoje se concentrará na quarta e última categoria mágica: *imaginação* – anunciou Madame Tempora. – Lembrem-se sempre: as limitações de uma fada são definidas apenas pelos limites de sua imaginação. Ao longo de suas carreiras, vocês encontrarão problemas e obstáculos sem soluções óbvias. Caberá a vocês, e somente a vocês, criarem remédios para essas situações específicas. A Sra. Vee gentilmente se ofereceu para nos ajudar com o exercício de hoje.

– Eu não tenho absolutamente nenhuma ideia para o que me inscrevi e estou genuinamente apavorada! *HA-HA!* – a Sra. Vee disse.

A governanta subiu ao topo do primeiro morro e esperou ansiosamente o início das atividades.

– Para a tarefa desta manhã, cada um de vocês usará sua *imaginação* para transportar magicamente a Sra. Vee de uma colina para outra – Madame Tempora instruiu. – Tentem tornar seus métodos os mais originais possíveis. Usem o que aprenderam durante as aulas de *melhoria*, *reabilitação* e *manifestação* para dar vida à imaginação de vocês. Lucy, vamos começar com você.

– Ah, caramba – Lucy disse em desespero. – Sra. Vee, eu realmente sinto muito pelo que quer que aconteça.

A filha dos músicos estralou os dedos e focou toda sua energia na governanta. De repente, um enorme buraco apareceu embaixo da Sra. Vee e a engoliu inteira. Alguns momentos tensos depois, outro sumidouro apareceu na segunda colina e cuspiu a governanta como um pedaço de fruta podre.

– *Ah! Graças a Deus!* – Lucy disse com um profundo suspiro de alívio. – Para ser sincera, eu não tinha certeza se a veríamos novamente!

A Sra. Vee estava tudo menos aliviada. Ela se levantou e limpou a sujeira das roupas com as mãos trêmulas.

– Madame Tempora? – a governanta perguntou. – Podemos adicionar uma cláusula sobre *segurança* às suas instruções? Assim a aula de hoje não acabará comigo morta? *HA-HA!*

– Claro que podemos – Madame Tempora concordou. – Crianças, eu não acho que isso será um problema para o resto de vocês, mas tentem transportar a Sra. Vee sem o uso de desastres naturais. Brystal, você é a próxima.

Para o deleite da Sra. Vee, a abordagem de Brystal foi muito mais gentil que a de Lucy. Ela acenou com a varinha e uma bolha gigante apareceu ao redor da governanta. A bolha flutuou no ar e calmamente levou a Sra. Vee para a colina oposta.

– Bem, isso foi simplesmente adorável – a Sra. Vee disse. – Obrigada, Brystal.

Um a um, os discípulos deram um passo à frente e aplicaram suas próprias soluções à tarefa. Tangerin enviou centenas de abelhas zumbindo em direção à Sra. Vee, e os insetos a ergueram no ar e a deixaram na outra colina. Horizona convocou água de um riacho próximo e transportou a Sra. Vee como um toboágua em movimento. Smeralda moveu a mão no ar, como se estivesse acenando lentamente, e uma ponte feita de topázio dourado apareceu entre as colinas.

– Trabalho maravilhoso, senhoritas – disse Madame Tempora. – Áureo, resta você.

Todos se viraram para o menino, mas ele não estava prestando atenção na aula. Áureo estava olhando para longe com uma expressão perturbada, como se tivesse visto um fantasma.

– Madame Tempora, quem são *eles*? – ele perguntou.

Áureo apontou, e os outros olharam na direção dele. Na extremidade da propriedade, logo dentro da barreira de sebe, havia quatro pessoas em capas pretas combinando. As figuras misteriosas estavam perfeitamente imóveis e observavam a fada e os estudantes em completo silêncio. Os visitantes instantaneamente deixaram todos desconfortáveis – ninguém notara a chegada deles, então ninguém sabia por quanto tempo estavam ali. No entanto, ninguém ficou mais perturbada com os convidados inesperados do que a professora.

– Madame Tempora, você conhece essas pessoas? – perguntou Smeralda.

A fada assentiu, e uma mistura complexa de raiva e medo surgiu no rosto dela.

– Infelizmente, sim – disse ela. – Sinto muito, crianças, mas precisamos adiar o resto da aula de hoje.

Uma vez que sua presença foi notada, as figuras encapuzadas se arrastaram em direção a Madame Tempora e seus alunos. Os corpos estavam completamente cobertos, exceto pelos rostos, e embora tivessem a forma de mulheres, quanto mais se aproximavam, menos humanas pareciam. A primeira mulher tinha olhos amarelos redondos e um nariz pontudo como um bico. Os olhos da segunda estavam vermelhos com pupilas finas como as de um réptil, e uma língua bifurcada entrava e saía da boca dela. A terceira tinha pele oleosa, lábios enormes e olhos negros esbugalhados como um peixe. A quarta tinha olhos verdes como os de um gato, o rosto dela estava preenchido por bigodes e presas afiadas saíam de sua boca.

– Olá, Celessste – a mulher com a língua bifurcada sibilou.

Havia tanta tensão entre Madame Tempora e as mulheres encapuzadas que os alunos poderiam jurar que o ar ficou mais carregado.

– Crianças, estas são Corvete Garrada, Novalia Kobra, Palva Tinteira e Felinea Ranhura – anunciou a fada. – São velhas conhecidas minhas.

Lucy cruzou os braços e lançou às visitantes um olhar desconfiado.

– Eu estou supondo que esses são nomes *escolhidos*? – ela disse.

Felinea virou a cabeça na direção de Lucy.

– Você não *acreditaria* em algumas das escolhas que fizemos – ela rosnou.

A mulher de bigode deu às crianças um sorriso assustador, expondo os dentes penetrantes. Os alunos e aprendizes deram um passo temeroso para trás e se esconderam atrás da professora.

– Tudo bem, chega – Madame Tempora ordenou. – Obviamente, vocês viajaram para falar comigo, mas não na frente dos meus alunos. Continuaremos essa conversa na privacidade do meu escritório ou encerramos aqui.

As mulheres não se opuseram ao pedido de Madame Tempora. A fada girou nos calcanhares e escoltou as convidadas indesejadas em direção ao castelo. Brystal e seus colegas de classe tinham muitas perguntas sobre as visitantes, mas, quando eles se entreolharam em busca de respostas, todos estavam igualmente confusos. Até Tangerin e Horizona ficaram intrigadas com o que estava acontecendo.

– Sra. Vee? – perguntou Tangerin. – Quem são aquelas mulheres?

A Sra. Vee observou as visitantes se moverem pela propriedade com desgosto.

– Não são mulheres – disse ela. – São *bruxas*.

Os alunos e aprendizes arfaram em conjunto.

– *Bruxas?* – Horizona perguntou em choque. – Mas como você sabe?

– Você sempre pode identificar uma bruxa pela aparência dela – a Sra. Vee disse a eles. – A bruxaria deixa uma marca em quem a pratica. Quanto mais uma bruxa pratica, mais ela se transforma em um monstro. E se meus olhos não estão me enganando, *essas quatro* tiveram muita prática.

Enquanto as bruxas subiam a escadaria da entrada, Corvete girou a cabeça como uma coruja para enviar às crianças uma última carranca antes de entrar no castelo.

– Mas por que elas estão em uma academia de magia? – perguntou Smeralda. – O que querem com Madame Tempora?

– Eu não sei – a Sra. Vee disse. – Mas é sábio para nós mantermos distância delas.

O conselho da governanta era razoável, mas manter distância era a última coisa que Brystal queria. As bruxas só aumentaram o mistério contínuo de Madame Tempora, e Brystal ansiava por respostas mais desesperadamente do que nunca. Assim que se lembrou do buraco em sua estante, Brystal saiu correndo o mais rápido que seus pés podiam levá-la. Ela só esperava poder chegar ao quarto antes de perder uma única palavra da conversa da fada com as bruxas.

– Brystal, onde você está indo? – Lucy a chamou.

– *Banheiro!* – Brystal gritou por cima do ombro.

– Quando a natureza chama, a natureza chama – disse a Sra. Vee. – Isso me lembra que preciso parar de adicionar tantas ameixas secas ao mingau de aveia. *HA-HA!*

Brystal correu para dentro do castelo e subiu pela escada flutuante para seu quarto no terceiro andar. Quando espiou no escritório de Madame Tempora, ela viu a professora andando furiosamente em frente à lareira borbulhante. As quatro bruxas estavam ao redor dela, olhando a fada como abutres esperando sua presa morrer.

– Como vocês se atrevem a vir aqui sem avisar! – Madame Tempora disse. – Vocês não têm o direito de invadir minha academia assim!

– Você não nos deixou escolha – Corvete gralhou. – Você parou de responder às nossas cartas.

– Eu disse que estava *acabado* – exclamou Madame Tempora. – Não trabalho mais com vocês!

– Agora não é hora para relutância – Palva roncou. – O Conflito do Norte está chegando a um ponto sem retorno. O inimigo está ganhando terreno e ficando mais forte a cada dia. Se não agirmos logo, seremos derrotadas.

– Então encontre outra pessoa para ajudá-las – Madame Tempora retrucou. – Eu não posso mais fazer isso.

– Celesssste, nósss ainda queremos a messsma coisa – Novalia sibilou. – Queremosss um mundo mais ssseguro e aceitação para nósss. Acabar com o Conflito do Norte vai nosss aproximar do objetivo.

– Não insinue que vocês e eu somos iguais! – Madame Tempora disse. – Se não fosse por pessoas como vocês, pessoas como eu não teriam que lutar pela aceitação para começo de conversa!

– Celeste, não aja como se fosse superior – Felinea ronronou. – Antes de você ter a brilhante ideia de começar esta academia, todas nós concordamos que o Conflito do Norte era a melhor maneira de mudar a opinião do mundo sobre a comunidade mágica. Colocamos nossas diferenças de lado e criamos o plano juntos. Nenhuma de nós previu que duraria tanto, nenhuma de nós esperava que seria tão cansativo, mas, gostemos ou não, o conflito continua. A vitória ainda é possível, no entanto; se não terminarmos o que começamos, tudo pelo que trabalhamos será perdido.

Madame Tempora se sentou na mesa e cobriu o rosto com a mão enluvada. Brystal nunca tinha visto a fada parecer tão sobrecarregada.

– Vocês não entendem – ela disse. – Ainda acredito em nosso plano... Mas não posso ajudá-las porque não posso me encontrar com *ela* novamente.

Brystal não tinha ideia de quem Madame Tempora estava falando, mas a forma como a fada se referia à pessoa deu calafrios em Brystal. Ela não achava que a professora tivesse medo de nada nem de ninguém, mas obviamente Madame Tempora carregava um *terror* de quem quer que elas falassem.

– Celeste, você é a única que *pode* enfrentá-la – Corvete gralhou. – Ninguém tem tanto poder quanto você... *ninguém*.

– Cada vez que eu a enfrento, ela fica mais forte e eu fico mais fraca – disse Madame Tempora. – Eu mal sobrevivi ao nosso último encontro. Se eu lutar com ela novamente, talvez nunca mais volte.

– Sim, mas da última vez quase ganhamos – Palva roncou. – E você estava mais do que disposta a fazer sacrifícios naquela época.

– As coisas estão diferentes agora – disse Madame Tempora. – Tenho uma academia inteira dependendo de mim. Não posso me colocar nesse tipo de perigo novamente. Mesmo se resolvermos o Conflito do Norte, não há garantia de que o ódio e a hostilidade em relação à comunidade mágica vão parar. Mas assim que meus alunos terminarem o treinamento, *eles* realizarão o que sempre desejamos.

– Você está colocando muita fé nesta academia – Felinea ronronou. – Mas você honestamente acredita que um mundo que queima pessoas na fogueira por esporte será persuadido pelas *boas ações* das fadas? Não! Se queremos mudar o mundo, devemos ganhar o respeito do mundo. E pôr fim ao Conflito do Norte é a melhor oportunidade que tivemos em séculos.

– Mas o General Branco fez um grande progresso – disse Madame Tempora. – Tenho certeza de que ele encontrou uma forma de destruí-la a esta altura!

– O General Branco fez um trabalho brilhante mantendo o Reino do Norte vivo – Corvete gralhou. – Mas todas nós sabemos que o exército dele não é páreo para *ela*. Só há uma maneira de acabar com o Conflito do Norte de uma vez por todas... E é *você*, Celeste.

Novalia se inclinou para Madame Tempora e pegou a mão dela.

– Junte-se a nósss – ela sibilou. – Juntasss podemosss fazer um futuro maisss brilhante, não apenasss para nósss, masss para seusss alunosss também.

Madame Tempora ficou em silêncio enquanto considerava o pedido das bruxas. Lágrimas vieram aos olhos, e ela balançou a cabeça lentamente, não porque discordasse das visitantes, mas porque sabia que estavam certas.

– Tudo bem – disse a fada com o coração pesado. – Eu vou ajudá-las a acabar com o Conflito do Norte. Mas depois, nunca mais quero ver vocês quatro.

– Você não encontrará nenhuma objeção nossa – Felinea ronronou. – Acabe com o Conflito do Norte e nunca mais precisaremos de você para nada.

– Ótimo – disse Madame Tempora. – Que Deus tenha misericórdia se eu não conseguir.

As bruxas ficaram satisfeitas por terem-na convencido. Madame Tempora colocou alguns dos pertences em uma mala de vidro e saiu do escritório. Brystal correu para fora de seu quarto e alcançou a professora e as bruxas no hall de entrada.

– Madame Tempora? – ela a chamou. – Você está indo a algum lugar?

Era difícil para Brystal fingir que não sabia o que estava acontecendo, mas não tão difícil quanto era para Madame Tempora fingir que estava tudo bem.

– Receio ter que deixar a academia por alguns dias – a fada a informou. – A amiga doente que mencionei piorou.

– Você vai... Quero dizer, *ela vai* ficar bem? – Brystal perguntou.

– Eu espero que sim – disse Madame Tempora. – Você pode contar à Sra. Vee e aos seus colegas que parti?

– Claro – disse Brystal.

A fada deu-lhe um sorriso agridoce e levou as bruxas para fora do castelo. Brystal correu atrás delas e parou sua professora na escadaria.

– *Madame Tempora!* – ela chamou. – *Espere!*

– Sim, querida? O que foi?

Para surpresa da fada, Brystal a agarrou e deu um abraço de despedida nela. Madame Tempora observou o comportamento curioso da garota, sem saber o que fazer com isso.

– Por favor, tome cuidado – disse Brystal. – As doenças podem ser contagiosas, você sabe.

– Não se preocupe, eu vou ficar bem – disse a fada. – Por favor, cuide dos outros enquanto eu estiver fora.

Brystal assentiu e soltou Madame Tempora do abraço apertado. A fada jogou seu broche no chão, e a carruagem dourada cresceu até o tamanho máximo. Ela assobiou para um campo próximo, e quatro unicórnios galoparam excitados em direção à carruagem e as rédeas magicamente se prenderam ao redor deles. A fada e as bruxas subiram a bordo da carruagem dourada, e ela correu pela propriedade, eventualmente desaparecendo pela cerca viva.

Brystal acenou quando elas saíram, mas assim que estavam fora de vista, ela congelou e olhou para longe com medo. Ela não podia lutar contra a terrível sensação de que nunca veria Madame Tempora novamente.

Capítulo Treze

O vigia na floresta

Enquanto Madame Tempora estava fora, Brystal passava os dias praticando magia e as noites lendo *As aventuras de Quitut Pequeno* para os colegas de classe. Embora os exercícios e a leitura fossem produtivos, ela os usava principalmente como uma distração de pensamentos perturbadores. Depois de espionar Madame Tempora e as bruxas, Brystal finalmente teve respostas para algumas das perguntas que a assombravam, mas quanto mais ela sabia, mais elaborado o mistério se tornava.

Agora ela entendia por que Madame Tempora reagiu tão fortemente à menção do Reino do Norte. Algo conhecido como o Conflito do Norte estava destruindo o país, e alguém que a fada temia estava no centro disso. As cartas pretas escamosas vinham das bruxas, não para atualizar Madame Tempora sobre uma *amiga doente*, mas para pedir a ajuda da fada com o conflito. E, aparentemente, se Madame Tempora ajudasse as bruxas a acabar com o Conflito do Norte, garantiria a aceitação mundial para a comunidade mágica.

Mas o que era o Conflito do Norte? Como o envolvimento de Madame Tempora traria paz às bruxas e fadas? Quem era a mulher que Madame Tempora tinha medo de enfrentar? E a pergunta mais perturbadora de todas: Madame Tempora *sobreviveria* a outro encontro com ela?

A mente de Brystal nunca fez uma pausa completa das perguntas angustiantes. Ela queria desesperadamente falar com outra pessoa sobre isso, mas não sabia a quem recorrer. Smeralda e Áureo não saberiam mais do que ela, Lucy já tinha problemas o suficiente, e Brystal duvidava que a Sra. Vee fosse de alguma ajuda. Ela considerou falar com Tangerin e Horizona, mas se as meninas ouvissem que Brystal estava espionando sua professora, Brystal tinha certeza de que iam denunciá-la.

Então, Brystal achou que era melhor manter suas preocupações para si mesma, ainda que pesassem no coração dela, e quanto mais Madame Tempora ficava longe, mais temerosa e solitária Brystal se sentia.

Na terceira noite após a partida de Madame Tempora, Brystal se atrasou alguns minutos para o jantar. Ela estava no meio de um capítulo muito emocionante de *As aventuras de Quitut Pequeno, Volume 3* e rapidamente terminou antes de se juntar aos colegas no andar de baixo. Assim que entrou na sala de jantar, Brystal percebeu que algo estava errado. Tangerin estava sentada à mesa com os braços cruzados e as bochechas coradas. Horizona estava em pé atrás da amiga e massageava os ombros dela. Smeralda e Áureo se recostavam em seus assentos com os olhos arregalados, como se tivessem acabado de presenciar um espetáculo.

– O que está acontecendo? – Brystal perguntou à sala.

– Pergunte a *eles* – disse Tangerin, e apontou para os outros.

– Lucy e Tangerin acabaram de brigar – Smeralda a informou. – Foi intenso.

– Uma briga pelo quê? – Brystal perguntou.

– Lucy entrou e pediu a Tangerin que parasse de entupir a pia do banheiro com mel – lembrou Áureo. – Tangerin disse que ficou surpresa por Lucy saber o que era um banheiro. Então Lucy sugeriu que a personalidade de Tangerin, não sua magia, é a verdadeira razão pela qual sua família a abandonou. E, finalmente, Tangerin disse a Lucy que ela não pertence à academia e que desejava que as bruxas a tivessem levado com elas.

– Foi quando Lucy começou a chorar e correu para cima – disse Smeralda. – Pessoalmente, achei tudo muito divertido até que ela ficou chateada. Isso me lembrou das lutas dos anões que costumávamos ter na mina de carvão.

Brystal suspirou.

– Tangerin, por que você diria algo assim? Você sabe que Lucy está tendo dificuldades com a magia dela.

– Não é culpa *minha*! – exclamou Tangerin. – Lucy começou!

– Mas você não tem que cair na provocação – Brystal repreendeu. – Você é uma *aprendiz*, lembra? Você deveria ser mais madura do que ela! Vou subir para ver como Lucy está. Alguém diga à Sra. Vee que já volto.

Brystal saiu da sala de jantar e subiu a escada flutuante. Ela preparou uma lista de coisas positivas e encorajadoras para dizer a Lucy, mas no caso de palavras gentis não serem suficientes, Brystal acenou com a varinha e fez uma bandeja de cupcakes de chocolate aparecer. No entanto, ao chegar ao corredor do terceiro andar, algo muito estranho chamou sua atenção. A porta do quarto de Lucy havia desaparecido e um bilhete havia sido pregado na parede no lugar:

Querida Madame Tempora,

Obrigada por acreditar em mim, mas a academia não está dando certo. Estou deixando a escola e voltando ao mundo da arte. Eu sei as datas da turnê dos meus pais, então não será difícil encontrá-los. Desejo a você e aos outros boa sorte.

Bjs, Lucy
PS: Quero que a Tangerin se exploda.

Brystal ficou tão alarmada com o bilhete de Lucy que deixou a bandeja de cupcakes cair e se estilhaçar no chão. Sem perder um minuto, ela acenou com a varinha e fez um casaco aparecer sobre os ombros e então desceu correndo a escada flutuante. Seus colegas ouviram a bandeja cair e espiaram no hall de entrada para inspecionar o que havia acontecido. Eles ficaram surpresos ao ver Brystal indo para a porta da frente em tal pânico.

– Cadê o incêndio? – perguntou Smeralda.

– Lucy! – disse Brystal. – Ela fugiu!

– Ai, não! – Áureo exclamou. – O que vamos fazer?

– Vocês não vão fazer nada – disse Brystal. – Madame Tempora especificamente me pediu para cuidar de vocês enquanto estivesse fora, então *eu* vou atrás de Lucy. Vocês ficam aqui caso Lucy ou Madame Tempora retornem.

– Você pretende ir para a *Fenda*? À *noite*? – Horizona perguntou.

– Você não pode sair da academia! – disse Tangerin. – É contra as regras!

– Eu tenho que encontrar Lucy antes que um monstro horrível na floresta a encontre – disse Brystal. – Ela não saiu há muito tempo, então não deve ser difícil localizá-la. Voltarei assim que puder!

Apesar dos temerosos e frenéticos apelos dos colegas para ficar, Brystal saiu correndo pela porta, desceu a escadaria da frente do castelo e correu pelo terreno da academia. Ela alcançou o fim da propriedade e esperou impacientemente enquanto um arco se formava na cerca viva. Assim que se abriu, Brystal correu pelo túnel frondoso da barreira e emergiu na floresta assustadora além dela.

– Lucy? – ela chamou na floresta escura. – Lucy, é Brystal! Onde você está?

Brystal olhou em todas as direções em busca da amiga, mas mal conseguia ver qualquer coisa. Finalmente, seus olhos se ajustaram à escuridão, mas, ainda assim, ela não viu ninguém, apenas árvores tortas e pedregulhos irregulares. Ela seguiu cautelosamente pelo caminho de terra que serpenteava a Fenda, pulando a cada som que ouvia.

– *Lucy, você está aí?* – ela sussurrou. – *Consegue me ouvir?*

A cada passo, Brystal ficava mais assustada com o ambiente. Logo o caminho de terra se dividiu em duas direções diferentes, e Brystal teve que escolher qual seguir. Ambas as direções pareciam quase idênticas, e Brystal temia que pudesse se perder. Para ajudar a se localizar, Brystal acenou com a varinha e fez as rochas que ladeavam o caminho brilharem no escuro, marcando as partes da floresta que ela já havia procurado.

Assim que Brystal começou a temer que fosse tarde demais para salvar sua amiga, ela ouviu o som de uma fungada à distância. Brystal seguiu o som pela floresta e suspirou de alívio quando finalmente encontrou Lucy sentada debaixo de uma árvore. A cabeça da amiga estava enterrada em seus braços enquanto ela chorava, e sua mala de porco-espinho e o cantil de crânio de castor estavam no chão ao lado dela.

– Lucy! – exclamou Brystal. – Aí está você! Estive procurando em todos os lugares...

A voz de Brystal assustou a amiga. Lucy levantou-se de um salto e atirou um grande galho nela. Brystal se jogou no chão e por pouco não foi atingida.

– *Lucy, relaxe! Sou só eu! É a Brystal!* – ela disse.

– O que diabos há de errado com você? – disse Lucy. – Você não pode simplesmente se aproximar de alguém assim em uma floresta perigosa!

– Desculpe, eu não sabia que havia um código de etiqueta para este lugar – disse Brystal.

– O que você está fazendo aqui? – Lucy perguntou.

– Procurando por você – disse Brystal, e se levantou. – Encontrei o bilhete que você deixou e vim colocar juízo na sua cabeça.

– Bem, boa sorte – Lucy resmungou. – Já decidi, Brystal. Não vou passar mais um dia naquela academia. Eu sabia que não pertencia desde o momento em que coloquei os olhos no castelo. As lições de Madame Tempora só provaram isso.

– Isso não é verdade – disse Brystal. – Nosso treinamento acabou de começar! Você só precisa de mais tempo e prática. Não deixe que o que Tangerin disse faça você desistir de si mesma.

– Pare de tentar fazer de mim algo que eu não sou! – Lucy gritou. – Aceite, Brystal: *eu sou uma bruxa*! Eu nunca serei uma fada como você e os outros! E se eu continuar usando minhas habilidades, vou me transformar em um monstro como as amigas de Madame Tempora. Prefiro manter os bigodes e as escamas longe do rosto, então ficarei o mais longe possível da magia e da bruxaria. Estou indo embora, e não há nada que você possa fazer para me impedir.

Lucy pegou a mala de porco-espinho, pendurou o cantil de crânio de castor no ombro e seguiu caminho. Enquanto Brystal observava Lucy ir embora, algo dentro dela mudou. Toda a simpatia que sentia por Lucy se esvaiu e foi substituída por irritação. Ela não podia acreditar que tinha arriscado entrar em uma floresta perigosa só para ver Lucy virar as costas para ela.

– *Ah, Lucy Nada, me escute!* – Brystal ordenou. – Você é a melhor amiga que eu tenho naquela academia, e eu não vou te perder! Eu perdi muitas pessoas na minha vida para deixar você ir assim! Quer você acredite ou não, Madame Tempora nos deu a oportunidade de uma vida, e eu *não vou* deixar você jogar fora para tocar um *tamborim estúpido* com seus pais!

Lucy ficou chocada com seus comentários.

– *Tamborim estúpido?*

– *É ESTÚPIDO E VOCÊ SABE!* – Brystal gritou. – Você tem muito mais a oferecer ao mundo do que isso! Você pode não acreditar em si mesma, mas *eu acredito em você o suficiente por nós duas*! Então, vamos voltar para aquela academia *agora* e continuar nosso treinamento! Você vai parar de sentir pena de si mesma, vai parar de dar desculpas e vai trabalhar o máximo que puder para ser a fada que eu sei que você pode ser! Se descobrirmos que você é uma bruxa pelo caminho, *e daí*? Se você é uma bruxa, então você será a *melhor bruxa* que já existiu! Você vai superar todas as *bruxas mais bruxas* do mundo! Mas eu te prometo, você *nunca* vai se tornar um monstro enquanto eu estiver viva! Eu sempre estarei lá para mantê-la na linha e impedir que cometa erros, **ASSIM COMO ESTOU FAZENDO AGORA**!

Lucy ficou atordoada com o discurso emocional de Brystal e olhou para ela como se Brystal fosse a criatura mais assustadora da floresta.

– Você honestamente acredita em tudo o que acabou de dizer? – ela perguntou.

– Eu arrisquei minha vida seguindo você na Fenda! O que você acha?

Lucy ficou quieta ao perceber quão significativo era o gesto de Brystal.

– Uau – disse ela. – Acho que ninguém acreditou tanto em mim. E eu tenho *milhares* de fãs.

– Então, eu convenci você a voltar para a academia? – Brystal perguntou.

Um sorriso doce veio ao rosto de Lucy. Aparentemente, o amor agressivo de Brystal foi muito mais eficaz do que qualquer palavra de encorajamento.

– Sim – disse Lucy. – Eu acho que você me convenceu.

– Que bom. – Brystal riu. – Porque se meu discurso não funcionasse, eu estava prestes a arrastá-la pelo...

FSST! FSST! De repente, elas ouviram um som estranho se aproximando. *FSST! FSST!* Brystal e Lucy olharam ao redor da floresta, mas não conseguiram descobrir de onde vinha o barulho. *FSST! FSST!* Algo estava voando pelo ar, mas se movia rápido demais para que elas tivessem um vislumbre claro do que era. *FSST! FSST!* Brystal sentiu uma leve brisa no rosto, e duas flechas atingiram a árvore diretamente atrás dela. *FSST! FSST!* Lucy olhou para baixo e viu um par de flechas cravadas em sua mala de porco-espinho.

– *Estamos sendo alvejadas!* – Lucy gritou.

– *Por quem?* – Brystal perguntou em pânico.

À distância, as meninas viram três homens saindo da escuridão. O primeiro usava um colete amarelo e tinha uma corda amarrada na cintura, o segundo usava uma capa vermelha e um machado pendurado no cinto, e o terceiro tinha uma capa verde e segurava um forcado. Todos estavam sujos e maltrapilhos, como se estivessem na floresta por dias, e cada um carregava uma besta que estava apontada na direção de Brystal e Lucy.

– Ora, ora, ora – disse o homem de amarelo. – Parece ser nosso dia de sorte! O Senhor nos levou a *duas bruxas* no mesmo lugar!

– O que eu disse a vocês, rapazes? – o homem de vermelho se gabou. – Os rumores devem ser verdade! Há todo um *covil de bruxas* em algum lugar por aqui!

– Escória pecaminosa – o homem de verde zombou. – Elas realmente achavam que poderiam viver na floresta sem que ninguém percebesse? Estão praticamente implorando para serem caçadas!

Brystal e Lucy trocaram um olhar de terror e lentamente se afastaram dos homens.

– *Eles são caçadores de bruxas!* – Brystal sussurrou. – *E pensam que somos bruxas!*

– *O que devemos fazer?* – Lucy sussurrou de volta.

A mente de Brystal ficou completamente em branco. Embora sua varinha estivesse segura em sua mão, todo o treinamento de Madame Tempora a abandonou, e só havia uma coisa que ela conseguia pensar em fazer.

– *CORRE!*

Sem um momento a perder, Brystal e Lucy correram para a floresta e fugiram dos homens o mais rápido que puderam. Os caçadores de bruxas comemoraram, animados por uma perseguição, e foram atrás das meninas. Os homens atiraram flechas em Brystal e Lucy, mas felizmente a densa floresta dificultava a mira. O chão estava coberto de tantas raízes e pedras sobressalentes que era quase impossível correr sem tropeçar, mas Brystal e Lucy seguiram o mais rápido possível, sabendo que um passo em falso poderia custar a vida delas.

Enquanto corriam, as meninas olhavam para frente e para trás, entre os homens que as perseguiam e o chão à frente. A fuga chegou a um beco sem saída quando bateram no lado plano de uma colina que não tinham visto no escuro. Os caçadores de bruxas as cercaram, radiantes de alegria sinistra. Obviamente, ver a presa tremer de medo era a parte favorita da caçada para eles.

– Vocês são muito jovens e bonitas para serem bruxas – o homem de amarelo zombou.

– Porque não somos bruxas! – Brystal gritou desesperada. – Nós somos *fadas*! Você está cometendo um erro terrível!

Os homens guincharam de tanto rir, como lobos uivando para a lua.

– Vocês ouviram isso, rapazes? – O homem de amarelo riu. – A garota de traje brilhante diz que não é uma bruxa!

– Quem se importa com o que elas são? – disse o homem de vermelho. – Ninguém na aldeia saberá a diferença. Seremos heróis quando virem os corpos!

– Certifiquem-se de mirar abaixo do pescoço delas – o homem de verde instruiu. – Eu quero exibir as cabeças na minha parede.

Os caçadores de bruxas recarregaram suas bestas e as ergueram para Brystal e Lucy. As meninas fecharam os olhos e se abraçaram horrorizadas, esperando serem atingidas por flechas a qualquer momento.

Assim que os homens estavam prestes a puxar os gatilhos, eles foram distraídos por algo farfalhando nas árvores próximas. De repente, uma criatura enorme emergiu da floresta e atacou os caçadores de bruxas. Os homens foram jogados no chão e largaram suas armas. Antes que pudessem se levantar, a fera misteriosa os atacou novamente, esmagando as bestas sob seus pés. Brystal e Lucy não sabiam se corriam mais ou menos perigo agora que a criatura havia aparecido. Era tão grande e se movia tão rapidamente ao luar que Brystal e Lucy só podiam ver um pedaço de cada vez. Eles viram chifres e cascos, narinas e dentes, pele e metal, mas não o suficiente para determinar o que estavam olhando.

– *Vamos sair daqui antes que isso nos mate!* – o homem de vermelho gritou.

Os caçadores de bruxas fugiram para a floresta escura, gritando como crianças pequenas. No entanto, a criatura ficou com Brystal e Lucy. Um silêncio total caiu e os três se estudaram. Uma vez que a frequência cardíaca diminuiu e seus sentidos voltaram, Brystal se lembrou da varinha mágica na mão. Ela acenou no ar, e dezenas de luzes cintilantes iluminaram a floresta, e finalmente as meninas viram que tipo de criatura estava diante delas.

– Ai, meu Deus, – Brystal arfou.

– Você não vê isso todos os dias – disse Lucy.

Não era apenas uma criatura, mas duas. Um enorme cavaleiro vestido da cabeça aos pés com uma armadura prateada, sentado no dorso de um cavalo gigante. Um par de chifres crescia do elmo do cavaleiro, e ele usava uma longa capa de pele. O cavalo tinha uma pelagem preta como breu e uma longa crina de ébano e, para o espanto das meninas, o corcel tinha três cabeças em vez de uma. Tudo sobre o estranho cavaleiro e seu cavalo era incrivelmente assustador, mas havia uma qualidade sobrenatural neles também. Brystal não conseguia explicar o porquê, mas ela confiava no cavaleiro, como se ele fosse algum tipo de ser sagrado.

O cavaleiro estendeu a mão aberta para as meninas. Brystal deu um passo à frente e a pegou, mas Lucy rapidamente a puxou de volta.

– Você está louca? – disse Lucy. – Não chegue perto dessa coisa!

– Não, está tudo bem – Brystal assegurou a ela. – Acho que ele quer nos ajudar.

– Como você sabe disso? – Lucy perguntou.

– Ele acabou de salvar nossas vidas – disse Brystal com um encolher de ombros. – Se ele quisesse nos machucar, já teria feito isso.

Brystal pegou a mão do cavaleiro, e ele a puxou para o dorso de seu cavalo de três cabeças. Ele estendeu a mão para Lucy em seguida, e depois de alguma persuasão, Brystal convenceu Lucy a se juntar a eles. O cavaleiro puxou as rédeas de seu cavalo e, juntos, ele e as meninas viajaram pela floresta escura. Logo eles voltaram para o caminho de terra e Brystal viu a barreira da academia à distância.

– *Como ele sabia para onde nos levar?* – Lucy sussurrou.

– *Eu não tenho ideia* – Brystal sussurrou de volta.

As meninas desceram do cavalo de três cabeças e olharam para o cavaleiro com admiração.

– Obrigada por nos salvar – disse Brystal.

– Sim, e obrigada pela carona para casa – disse Lucy. – Eu te daria uma gorjeta, mas estou sem dinheiro.

– Qual é o seu nome, senhor? – Brystal perguntou.

O cavaleiro não respondeu, mas Brystal não levou para o lado pessoal. Ela suspeitava que o cavaleiro estava quieto porque não *conseguia* falar.

– Bem, quem quer que seja, estamos muito gratas a você – disse ela.

Nesse momento, um ruído familiar de galope soou pela floresta. Brystal e Lucy se voltaram para o som e viram a carruagem dourada de Madame Tempora viajando em direção a elas. O cavaleiro e seu cavalo eram tão grandes que bloquearam o caminho, e os unicórnios pararam abruptamente atrás deles. A porta da carruagem se abriu e Madame Tempora saiu para se dirigir ao cavaleiro.

– Horêncio? – a fada perguntou. – O que você está fazendo aqui? Está tudo bem?

Claramente a fada e o cavaleiro se conheciam. Ele dirigiu seu cavalo para o lado do caminho, revelando Brystal e Lucy atrás dele.

– Madame Tempora! – Brystal aplaudiu. – Você voltou!

Ela ficou muito feliz em ver sua professora, mas quando Brystal se aproximou para cumprimentá-la, Madame Tempora parecia muito diferente. A fada estava tão exausta que parecia ter envelhecido dez anos em três dias. Havia bolsas sob seus olhos, o cabelo escuro estava grisalho nas raízes, e *ambos* os braços agora estavam cobertos de luvas. Apesar da recepção calorosa de Brystal, a fada ficou absolutamente furiosa ao ver as alunas.

– O que vocês duas estão fazendo fora da academia? – ela gritou.

– N-n-nós... – Brystal lutou para responder.

– A culpa é minha, Madame Tempora – Lucy confessou. – Saí da propriedade porque pensei que seria divertido explorar a Fenda. Brystal sabia que era perigoso e veio me encontrar. Fomos atacadas por caçadores de bruxas, mas felizmente, esse cavaleiro esquisito nos salvou.

– Como vocês ousam me desrespeitar quebrando as regras! – Madame Tempora rugiu. – Vocês duas entrem na carruagem! Agora!

Brystal e Lucy seguiram suas instruções e pularam dentro da carruagem dourada.

– Horêncio, obrigada por sua ajuda esta noite, mas vou continuar a partir daqui – Madame Tempora disse ao cavaleiro.

Ele se curvou para a fada como se ela fosse da realeza, e então lentamente guiou o cavalo de três cabeças para a floresta e desapareceu de vista. Madame Tempora juntou-se às alunas na carruagem e bateu a porta.

– Como você pôde fazer isso comigo, Brystal? – ela vociferou.

– Madame Tempora, eu lhe disse que era minha culpa – disse Lucy.

– Mas Brystal deixou acontecer! – ela disse. – Eu confiei em você, Brystal! Eu lhe pedi para cuidar dos outros, e você falhou comigo! Você não tem ideia de como estou decepcionada!

Ouvir isso trouxe lágrimas aos olhos de Brystal.

– Eu... eu... sinto muito.

– Eu não quero ouvir outra palavra de nenhuma de vocês – a fada disse. – Assim que chegarmos ao castelo, vocês duas irão direto para seus quartos e ficarão lá até que eu diga! Está entendido?

Brystal e Lucy assentiram e ficaram em silêncio. Elas nunca tinham visto a professora tão enfurecida antes –#nem sabiam que a fada era *capaz* de tanta raiva. Era como se Madame Tempora tivesse retornado à academia como uma pessoa completamente diferente.

Capítulo Quatorze

Fúria

Brystal mal dormiu naquela noite. Não só ela estava com o coração partido por quebrar a confiança de Madame Tempora, mas toda vez que fechava os olhos, ela via os rostos dos caçadores de bruxas que tentaram matá-las. Brystal teve pesadelos a noite toda, nos quais tentava se esquivar das bestas dos homens. Pelo menos três vezes por hora, ela acordava em pânico e tinha que se lembrar de que estava fora da floresta e segura em sua cama na academia.

Embora aterrorizante, o encontro não foi uma surpresa completa. Brystal sabia que o mundo estava cheio de pessoas que desprezavam a magia e queriam prejudicar os membros da comunidade mágica, mas até a noite passada, ela nunca tinha visto o ódio com seus próprios olhos. Foi sua primeira exposição a um lado muito feio da humanidade, e agora que ela tinha testemunhado, Brystal nunca mais pensaria na humanidade da mesma maneira.

Na manhã seguinte à noite agitada, houve uma batida na porta do quarto de Brystal, e Tangerin enfiou a cabeça para dentro.

– Brystal? – ela disse. – Madame Tempora quer vê-la no escritório.

Enfrentar outra onda de decepção extrema da fada era a última coisa que Brystal queria fazer, mas desceu a escada flutuante para a sala da professora assim mesmo. Quando chegou, a porta de madeira de Madame Tempora estava entreaberta e ela podia ver a tutora parada atrás de sua mesa de vidro, olhando pela janela para o oceano cintilante. Brystal respirou fundo, preparou-se para o que estava prestes a acontecer e bateu levemente na porta.

– Madame Tempora? – ela perguntou. – Tangerin disse que você queria me ver.

Assim que a fada se virou, Brystal percebeu que ela estava com um temperamento muito melhor do que na noite anterior. Ela ainda podia ver que a jornada de Madame Tempora havia cobrado um preço óbvio para ela – ainda havia bolsas sob os olhos, seu cabelo ainda estava grisalho na raiz e luvas ainda cobriam os dois braços –, mas o bom humor da professora havia retornado.

– Olá, querida – disse ela. – Por favor, entre e sente-se.

Brystal adentrou no escritório, fechou a porta de madeira e sentou-se em frente a Madame Tempora na mesa.

– Eu lhe devo um grande pedido de desculpas – disse a fada. – Eu estava totalmente exausta quando cheguei ontem à noite e exagerei completamente quando vi você e Lucy do lado de fora da academia. Tangerin falou comigo esta manhã e disse que toda a provação foi culpa dela. Ela disse que Lucy tentou fugir depois que elas trocaram alguns comentários ofensivos e que você foi para a floresta para encontrar Lucy. O que você fez foi corajoso e altruísta, e você não merecia uma bronca tão dura. Eu espero que você possa me perdoar.

Brystal suspirou de alívio e afundou na cadeira.

– Você não tem ideia de como estou feliz em ouvir isso – disse ela. – Claro que eu te perdoo, Madame Tempora. Imagino que os últimos dias tenham sido extenuantes para você. Deve ter sido muito difícil, sabe, *visitar sua amiga doente*. Como ela está?

Brystal trouxe propositalmente o assunto na esperança de saber mais sobre o Conflito do Norte. Agora que Madame Tempora havia retornado, Brystal se perguntou se a professora e as bruxas tinham conseguido pôr fim ao conflito. Infelizmente, Madame Tempora apenas elaborou a história original.

– Ela não está bem – disse Madame Tempora. – Mas é uma lutadora.

– Qual é o nome dela? – Brystal perguntou.

Madame Tempora ficou quieta, e Brystal presumiu que ela precisava de tempo para inventar um nome para a amiga falsa.

– É Raína – a fada disse. – Nós nos conhecemos a vida inteira. Ela está lutando contra uma doença terrível que se torna mais forte a cada dia e não demorará muito até que ela a consuma. Embora isso não desculpe meu comportamento, espero que isso explique por que eu estava tão angustiada na noite passada. É muito difícil ver alguém que você ama com tanta dor.

Mesmo que Brystal soubesse o verdadeiro motivo de Madame Tempora ter deixado a academia, a fada foi muito convincente ao falar sobre a "amiga doente". Brystal questionou se havia mais honestidade nas palavras da professora do que imaginava. Talvez "Raína" e a mulher que Madame Tempora tinha medo de enfrentar no Conflito do Norte fossem a mesma pessoa? Ou talvez a doença que a amiga estava lutando fosse o próprio conflito?

Enquanto Brystal procurava a verdade nos olhos da professora, ela notou uma marca escura espreitando debaixo da nova luva.

– Isso é um hematoma no seu braço? – Brystal perguntou. – Alguma coisa te machucou?

Madame Tempora olhou para o braço direito e rapidamente puxou a luva sobre o ferimento exposto.

– Ah, isso não é nada – a fada esquivou-se da pergunta. – Apenas uma pequena marca que recebi enquanto estava com Raína. A pobrezinha odeia ser cuidada e não conhece sua própria força. Eu não queria que ninguém se preocupasse, então cobri com uma luva. Mas já chega de falar disso.

Brystal percebeu que Madame Tempora estava ansiosa para mudar de assunto, então ela não continuou com as perguntas.

– Agora, seguindo – disse a fada. – A principal razão pela qual eu chamei você aqui foi para ver como você está se sentindo. Eu queria falar com você e Lucy individualmente para garantir que, independentemente do que espreita na Fenda, vocês estão muito seguras dentro dos perímetros desta academia. Ainda assim, tenho certeza de que os eventos da noite passada foram traumáticos para vocês.

– Foi uma dose brutal de realidade – disse Brystal. – Sempre soube que o mundo odiava pessoas como nós, mas nunca pensei que alguém realmente quisesse *me* machucar. Tudo parece tão pessoal agora.

– Todo mundo pensa que é imune à discriminação até acontecer conosco – disse Madame Tempora. – É preciso apenas um evento trágico para mudar sua perspectiva para sempre.

Brystal assentiu.

– Ontem à noite, aqueles homens falaram conosco como se fôssemos objetos sem sentimentos ou almas. Imploramos por nossas vidas e dissemos que eles estavam cometendo um erro, mas eles nem hesitaram. E embora não tenhamos feito nada de errado, eles agiram como se nós... como se nós... eu não sei como dizer isso.

– Como se vocês merecessem punição simplesmente por existirem – Madame Tempora disse.

– Exatamente – disse Brystal. – Graças a Deus aquele cavaleiro apareceu, caso contrário, teríamos sido mortas.

– Seu nome é Horêncio – Madame Tempora disse. – E acredite em mim, minha gratidão a ele não tem limites. Ele me resgatou de inúmeros casos perigosos.

– Quem é ele? – Brystal perguntou. – Ele é humano?

– Não mais – Madame Tempora disse. – Muitos anos atrás, Horêncio era um comandante do exército do Reino do Norte. Ao longo de suas viagens, ele teve a infelicidade de se apaixonar por uma bruxa. A bruxa costumava possuir uma grande quantidade de terras nesta área, incluindo o terreno onde nossa academia foi construída. Naturalmente, tal relacionamento era proibido, então, por mais de uma década, Horêncio e a bruxa tiveram um caso secreto. Quando os soldados de Horêncio descobriram o relacionamento, os homens traíram seu comandante. Eles queimaram Horêncio na fogueira e forçaram a bruxa a ver isso acontecer.

– Isso é terrível – disse Brystal.

– Como você pode imaginar, a bruxa ficou arrasada – Madame Tempora continuou. – Para aliviar seu coração partido, a bruxa conjurou um dos feitiços mais sombrios existentes para trazer Horêncio de volta à vida. No entanto, existem certos feitiços que são tão medonhos que *nunca* podem ser realizados, e a bruxa morreu no processo. Horêncio voltou à vida como um ser sombrio e antinatural, uma casca do homem que ele já foi. Agora ele está condenado a vagar pela propriedade da bruxa por toda a eternidade, e passa seu tempo salvando outros de sofrer uma morte prematura como a dele.

A história trágica deixou Brystal tão zangada que seus olhos se encheram de lágrimas.

– Eles só queriam ficar juntos – disse ela. – Por que a humanidade teve que separá-los? Eu nunca vou entender por que o mundo odeia uma comunidade que só quer ser amada e aceita. Eu nunca vou entender por que as pessoas são tão cruéis conosco.

– Não é pela *presa*, é pela *caça* – disse Madame Tempora. – A humanidade sempre precisou de algo para odiar e temer, e assim, se unir. Afinal, se não tivessem nada para conquistar e triunfar, não teriam nada para alimentar seu senso de superioridade. E alguns homens destruiriam o mundo por um grama de autoestima. Mas isso não significa que a humanidade seja uma causa perdida. Como eu disse para Smeralda na mina de carvão, esta academia poderia produzir os exemplos que inspiram a humanidade a mudar seus hábitos odiosos.

Brystal balançou a cabeça e olhou para a professora incrédula.

– Eu não entendo – disse ela. – Depois de tudo que você passou, como consegue ser tão otimista? Por que você não está com raiva o tempo todo?

Madame Tempora ficou quieta enquanto pensava na pergunta de Brystal, e então um sorriso confiante cresceu em seu rosto.

– Porque *nós somos* os sortudos – disse ela. – Lutar por amor e aceitação é *conhecer* amor e aceitação. E qualquer um que tente ativamente roubar essas qualidades dos outros está admitindo que nunca conheceu o amor. As pessoas que querem nos odiar e nos ferir são tão privadas de compaixão que acreditam que a única maneira de preencher os vazios dos próprios corações é criar vazios nos corações dos outros. Então eu os deixo impotentes ao me recusar a aceitar seus vazios.

Brystal soltou um suspiro profundo e olhou sem esperança para o chão.

– É uma bela filosofia – disse ela. – Parece mais fácil falar do que fazer.

Madame Tempora estendeu a mão sobre sua mesa e apertou a mão de Brystal.

– Devemos ter *pena* das pessoas que escolhem odiar, Brystal – disse ela. – Suas vidas nunca serão tão significativas quanto as vidas cheias de amor.

· · ★ · ·

As tensões entre Lucy e Tangerin atingiram um nível recorde. As meninas passaram a manhã inteira trocando olhares de reprovação sem dizer uma palavra para a outra, como se estivessem jogando um jogo vingativo de pega-pega. A briga infantil continuou até o início da tarde e frustrava a todos. Finalmente, Brystal decidiu que bastava e elaborou um plano para acabar com a disputa. Depois do almoço, ela convidou todos os colegas para seu quarto.

– Isso é uma intervenção? – perguntou Smeralda.

– Mais ou menos – disse Brystal. – Pedi a todos que viessem aqui para que possamos resolver as coisas entre Lucy e Tangerin de uma vez por todas.

– Boa sorte – disse Horizona. – É mais provável que você resolva as coisas entre uma lula e uma baleia.

Brystal ignorou a observação e manteve o plano.

– Como todos sabem, Lucy tem tido problemas com sua magia – disse ela. – Devido às formas estranhas e peculiares das habilidades dela se manifestarem, existe a possibilidade de Lucy ser uma bruxa. Por causa disso, Lucy perdeu toda a autoconfiança, e Tangerin reforçou isso, fazendo Lucy se sentir como se não pertencesse à nossa academia. Parece que não haverá paz para ninguém até que tenhamos uma resposta, então vamos provar se Lucy é uma fada ou uma bruxa *agora*.

Todos ficaram rígidos e olharam nervosamente para Lucy.

– Como vamos provar isso? – Áureo perguntou.

– Da mesma forma que descobri minhas próprias habilidades mágicas – disse Brystal. – Vamos fazer Lucy recitar um encantamento para bruxaria e um encantamento para magia e ver a qual seus poderes respondem.

Brystal procurou nas estantes e recuperou uma cópia de *A verdade sobre a magia*. Ela abriu o livro na página com o primeiro encantamento e o entregou a Lucy, mas a amiga não o aceitou. Lucy olhou para o texto e engoliu em seco com medo, como se contivesse os resultados de um exame médico sério.

– Eu não acho que eu deveria fazer isso – disse ela. – Talvez *não saber* seja a melhor opção.

– Lucy, você vai descobrir eventualmente – disse Brystal. – Quanto mais cedo soubermos, mais cedo poderemos planejar isso. Agora leia o texto em voz alta para que o resto de nós possa continuar com nossas vidas.

Com as mãos trêmulas, Lucy pegou o livro de Brystal, colocou-o no chão e se ajoelhou ao lado dele. Ela parou por alguns segundos para criar coragem, depois soltou um suspiro profundo e recitou relutantemente o antigo encantamento para bruxaria. Todos os seus colegas se aproximaram e pairaram sobre ela enquanto ela lia.

– *"Ahkune awknoon ahkelle-enama, telmune talmoon ahktelle-awknamon."*

Assim que terminou, Lucy cobriu os olhos com as duas mãos, antecipando que algo terrível aconteceria. Os outros também estavam convencidos de que o encantamento funcionaria e olharam ansiosamente ao redor da sala, mas nada aconteceu. Eles esperaram por cinco minutos, mas o quarto de Brystal permaneceu exatamente o mesmo.

– Deve ser *terrível* se vocês estão tão quietos! – exclamou Lucy. – Todos os livros de Brystal se transformaram em caranguejos assassinos? Horizona evaporou? Áureo virou do avesso? Smeralda desapareceu? Tangerin se multiplicou? *Apenas me digam!*

– Lucy, está tudo bem – disse Brystal. – Nada aconteceu.

Lucy não acreditou nela e espiou por entre os dedos para ver por si mesma. Ela ficou chocada ao descobrir que nada sujo ou grotesco havia aparecido ou ocorrido.

– Isso não pode estar certo – disse ela. – Tem certeza que este encantamento funciona? Talvez haja um erro de ortografia.

– Leia o próximo para ter certeza – disse Brystal.

Lucy virou o livro para a página seguinte e leu o antigo encantamento para magia.

– *"Elsune elknoon ahkelle-enama, delmune dalmoon ahktelle-awknamon."*

Quando nada aconteceu pela segunda vez, Brystal pôde sentir seus colegas começando a duvidar dos encantamentos em *A verdade sobre a magia*. No entanto, depois de alguns momentos, todos olharam ao redor do quarto com espanto. Lenta, mas constantemente, milhares e milhares de ervas daninhas começaram a crescer nas estantes de Brystal e então rapidamente se espalharam pelo chão e teto.

– Que reviravolta – disse Lucy para si mesma. – *Eu sou uma maldita fada?*

Todos ficaram chocados com a descoberta, mas ninguém se surpreendeu mais do que a própria Lucy. Ela continuou esfregando os olhos para ter certeza de que não estavam pregando peças nela, mas as ervas daninhas não desapareceram. Brystal sorriu para a amiga com um sorriso orgulhoso.

– Parabéns, Lucy e Tangerin, vocês duas estão *erradas* – disse Brystal. – Agora que temos a confirmação de que estamos todos no mesmo time, têm alguma coisa que gostariam de dizer uma à outra?

Para surpresa de todos, Tangerin engoliu o orgulho e se aproximou de Lucy para fazer as pazes.

– Lucy, apesar de todas as evidências apontarem para você ser uma bruxa, eu sinto muito por fazer você se sentir como uma – ela disse. – Espero que você me perdoe e farei o possível para que você se sinta bem-vinda na academia.

– Isso foi muito bom, Tangerin – disse Brystal. – Lucy? Há algo que você gostaria de dizer a Tangerin?

– Claro que sim – disse Lucy. – Para alguém com tanto mel, você com certeza espalha muito vinagre!

– *Lucy!*

– *Eeeeeee* – Lucy continuou – sinto muito por todas as coisas horríveis que eu te disse. De agora em diante, vou tratar você como um membro da minha família e todos os meus insultos serão feitos com muito amor.

Tangerin deu de ombros.

– Isso funciona para mim – disse ela.

As meninas apertaram as mãos e todos sentiram a tensão entre elas se esvair.

– Viu, é assim que deve ser – disse Brystal na sala. – Como Lucy e eu fomos lembradas ontem à noite, há pessoas suficientes neste mundo que nos odeiam e querem nos prejudicar... Nós não deveríamos estar brigando uns com os outros também. Antes de partirmos, quero que todos nós façamos um pacto. Vamos prometer sempre encorajar, apoiar e proteger uns aos outros, não importa *quem* ou *o que* tente nos separar.

De acordo com os sorrisos nos rostos dos colegas, Brystal podia dizer que não havia objeções à sua ideia, apenas entusiasmo por ela. Lucy enfiou a mão no macacão, tirou um canivete e começou a cortar a palma da mão com a pequena lâmina. A visão de seu sangue fez os outros gritarem.

– Ai, meu Deus, Lucy! – gritou Tangerin. – *O que diabos você está fazendo!*

– O quê? – Lucy perguntou inocentemente. – Nós não estamos fazendo um pacto de sangue?

– Um pacto *verbal* é bom o suficiente para mim – disse Brystal.

– Ah, desculpe – disse Lucy. – Eu interpretei mal. Continue, Brystal.

Lucy guardou o canivete e limpou o sangue nas calças.

– Então, estamos todos de acordo? – Brystal perguntou. – Prometemos cuidar uns dos outros, nos ajudar a ter sucesso e nos inspirar ao longo do caminho?

Ela colocou a mão no centro do grupo e, um por um, os colegas colocaram as mãos em cima da dela.

– Eu prometo – disse Smeralda.

– Eu também – disse Áureo.

– Somos três – disse Horizona.

– Eu também prometo – disse Tangerin.

– Contem comigo – disse Lucy.

– Ótimo – disse Brystal. – Agora, me ajudem a tirar toda essa erva daninha do meu quarto.

Capítulo Quinze

Círculo dos segredos

Brystal desceu os degraus flutuantes para o refeitório. Ela e os colegas se sentaram ao redor da mesa, mas, estranhamente, Madame Tempora estava ausente. Todos presumiram que a professora estava atrasada até que a Sra. Vee entrou da cozinha e começou a servir a refeição sem ela.

– Quem está com fome? – a Sra. Vee perguntou. – Hoje estou experimentando uma receitinha que inventei chamada *surpresa de clara de ovo*. O último a adivinhar qual é a surpresa tem que lavar a louça! HA-HA!

– Não deveríamos esperar que Madame Tempora se juntasse a nós? – Brystal perguntou.

– Ah, Madame Tempora não está aqui – a Sra. Vee disse. – Ela recebeu uma carta ontem à noite e deixou o castelo esta manhã.

– Ela disse para onde estava indo ou quando voltaria? – Brystal perguntou.

A governanta franziu a testa enquanto tentava se lembrar.

– Agora que você mencionou, eu não acredito que ela tenha falado – a Sra. Vee disse. – Ela provavelmente está fazendo uma viagem rápida para visitar sua amiga doente de novo. O que ela *de fato* disse é que gostaria que todos vocês continuassem praticando seus exercícios de melhoria, reabilitação, manifestação e imaginação enquanto ela estivesse fora. Embora vocês tenham que encontrar outro voluntário porque estou oficialmente aposentada *dessa* posição! *HA-HA!*

Ouvir que Madame Tempora tinha saído sem se despedir era preocupante. O comportamento estranho da professora deve ter significado que o Conflito do Norte ainda estava acontecendo, e Brystal se sentiu tola por ter esperado que já estivesse resolvido. Todos os medos e preocupações dela sobre a segurança de Madame Tempora retornaram imediatamente, tirando seu apetite. Brystal afundou no assento e mal tocou na surpresa de clara de ovos da Sra. Vee.

Os estudantes passaram o resto da manhã do lado de fora praticando magia. Brystal agiu como uma professora substituta e encorajou os colegas enquanto faziam os exercícios. Ela até lhes deu pequenas tarefas para aumentar as habilidades de aperfeiçoamento, reabilitação, manifestação e imaginação. Com a verdade finalmente revelada sobre o que ela era, Lucy praticou sua magia com muito mais confiança do que antes, e ela não se acovardou diante dos desafios como costumava fazer.

– Ótimo trabalho, Lucy! – Brystal a elogiou. – Eu pedi para você manifestar uma fonte termal, e foi *exatamente* isso que você fez!

– Sim, mas está cheia de estrume fervente – disse Lucy.

– Ainda assim, *é* um progresso, e isso é tudo o que importa – disse Brystal. – Agora, não leve isso para o lado pessoal, mas eu tenho que fazer algo sobre esse cheiro antes de todos nós desmaiarmos.

Mais tarde naquela tarde, os alunos e as aprendizes foram forçados a entrar no castelo quando uma forte tempestade veio do norte e encharcou o terreno da academia. Enquanto esperavam a tempestade passar, eles se reuniram na sala de estar e ouviram Brystal ler *As aventuras de Quitut Pequeno* em voz alta. Infelizmente, a chuva não parou, então Brystal continuou lendo até o entardecer. O entardecer se transformou em noite, e a Sra. Vee foi para a cama, mas os alunos e aprendizes ficaram encantados com a história e imploraram a Brystal que continuasse lendo. Até as cabeças de veado e alce penduradas na parede pareciam interessadas.

– "Quitut se lambuzou pelas planícies lamacentas do Vale do Pântano por três dias e quatro noites" – Brystal leu em voz alta. – "Para onde quer que ele se virasse, o pântano inundado parecia exatamente o mesmo em todas as direções, e o rato temia que estivesse vagando em círculos. Ele começou a se preocupar que nunca mais veria seu amado Reino dos Ratos, mas, então, o ar nebuloso começou a clarear e ele viu um vulcão ativo brilhando à distância. O coração de Quitut disparou porque ele sabia que finalmente havia chegado ao covil secreto do dragão."

Seu público aplaudiu a emocionante passagem, mas nem todos ficaram tão encantados com a aventura de Quitut.

– Que *chatoooo* – Lucy gemeu.

– Como assim? – disse Smeralda. – Esta é a parte que estávamos esperando! Quitut finalmente vai lutar contra o dragão!

Lucy revirou os olhos.

– Olha, não quero desrespeitar o Sr. Quitut. Ele é um pavão entre os pinguins, mas tudo o que fazemos é sentar e ouvir Brystal ler! Vocês não querem fazer algo *diferente* para variar?

– Mas estamos quase terminando a história! – disse Áureo. – Você não quer ouvir o fim?

– Ah, por favor, tudo na fantasia infantil é igual – reclamou Lucy. – Vou adivinhar: nosso adorável, mas improvável, herói, Quitut, finalmente chega ao vulcão e confronta o dragão maligno. Depois de uma luta de roer as unhas, tudo parece perdido para Quitut, mas então, por um golpe de sorte do destino, o pequeno rato consegue derrotar o dragão e Quitut descobre que ele era muito mais corajoso do que jamais acreditou. Estou perto?

Todos se voltaram para Brystal para ver se Lucy estava certa. Brystal ficou chocada com a precisão do palpite de Lucy, e seu queixo caiu.

– Estragou o fim – Horizona gemeu.

– É sempre igual! – disse Lucy. – Agora vamos fazer algo *divertido*!

– Bem, você já arruinou nossa noite – disse Tangerin. – O que mais você quer fazer?

– Eu não sei, algo louco e espontâneo – disse Lucy, e animadamente pensou em diferentes opções. – Ah! Vamos brincar de *derrubar unicórnios*!

– *Não* vou sair com essa chuva – disse Smeralda. – Se eu pegar um resfriado, vou tossir esmeraldas por semanas.

– Tudo bem, é justo – disse Lucy. – Então talvez pudéssemos pregar uma peça na Sra. Vee? Podemos entrar no quarto dela enquanto ela dorme e colocar a mão dela em um balde d'água! Isso é um clássico!

– Classicamente *cruel* – disse Brystal. – Você tem alguma ideia que *não* envolva prejudicar pessoas ou animais inocentes?

Lucy não conseguia pensar em nada de cabeça. Ela ficou quieta e coçou o pescoço enquanto pensava na atividade perfeita.

– Eu tenho! – ela exclamou. – Vamos invadir o escritório de Madame Tempora enquanto ela está fora! Tenho certeza de que encontraremos *algo* que valha a pena fazer lá!

Tangerin e Horizona ficaram horrorizadas com a proposta de Lucy.

– Não podemos entrar no escritório de Madame Tempora! – disse Tangerin. – É contra as regras! E nem temos muitas regras para começar!

– E você já quebrou metade delas! – acrescentou Horizona.

– Só teremos problemas se formos pegos – disse Lucy. – Madame Tempora nunca saberá que estivemos lá. Vamos apenas aparecer por um segundo, dar uma olhada, e se não encontrarmos nada divertido, prometo que vamos dar meia-volta e sair. O que me dizem?

Normalmente, Brystal nunca teria endossado tal atividade, mas ficou intrigada com a ideia de Lucy. Já que Madame Tempora havia deixado a academia com tanta pressa naquela manhã, era possível que ela tivesse deixado algo para trás que revelasse para onde havia ido. Talvez Brystal achasse uma carta das bruxas que Madame Tempora havia deixado de fora? Talvez encontrasse uma pista que oferecesse uma visão do que era o Conflito do Norte? No mínimo, Brystal provavelmente poderia determinar a localização de Madame Tempora no Mapa da Magia ampliado pendurado na parede do escritório.

– Vamos lá pessoal! – Lucy implorou. – Sinto que estou em confinamento solitário! Podemos *por favor* fazer algo estimulante só desta vez? Estou implorando!

– Sabe, mesmo que seja contra as regras, entrar sorrateiramente no escritório de Madame Tempora é praticamente inofensivo – disse Brystal aos outros. – E se Lucy calar a boca sobre estar entediada...

– Tudo bem, vamos tentar – disse Tangerin. – Mas sinceramente duvido que conseguiremos entrar. O escritório de Madame Tempora provavelmente está protegido por um poderoso encantamento.

Um sorriso malicioso veio ao rosto de Lucy.

– Então será um belo desafio! – ela disse.

Lucy pulou do sofá e foi para o hall de entrada. Os outros a seguiram pelo corredor e subiram a escada flutuante até o segundo andar. As crianças se reuniram ao redor do escritório de Madame Tempora e Lucy tentou abrir as portas da maneira tradicional, mas elas não se mexeram. Então tirou um grampo de cabelo do bolso e sentou-se de joelhos enquanto examinava as maçanetas e espiava pelo buraco da fechadura.

Tangerin e Horizona olhavam nervosamente de um lado para o outro, entre as esculturas de unicórnio e grifo nas portas de Madame Tempora, como se as criaturas mágicas estivessem julgando seu comportamento travesso.

– Isso é um erro – disse Tangerin. – Devemos voltar lá embaixo e encontrar outra coisa para fazer. Talvez pudéssemos jogar um jogo de tabuleiro? Ou esconde-esconde? Ou podemos vestir as cabeças empalhadas no...

– A porta está aberta! – Lucy anunciou.

– *O quê?* – Tangerin perguntou em choque. – Como você passou pelo encantamento?

– Eu só destravei a fechadura – disse Lucy com um encolher de ombros. – Vamos! Vamos entrar!

Lucy abriu as portas e levou os colegas tímidos para dentro. O escritório de Madame Tempora sempre foi um lugar acolhedor e alegre, mas como era estritamente proibido durante a ausência da professora, a sala charmosa parecia assustadora. A chuva torrencial e a tempestade lá fora não ajudaram em nada. A cada relâmpago, os móveis de vidro de Madame Tempora se iluminavam como candelabros.

Assim que entraram, Lucy começou a vasculhar todos os armários e prateleiras da fada. Ela empurrou as poções e os livros de feitiços de lado, como se estivesse procurando por algo em particular. Seus colegas ficaram amontoados perto da porta, com medo de tocar em qualquer coisa. Brystal ficou com os outros, mas olhou ao redor da sala cuidadosamente. Ela tentou identificar algo fora do lugar, mas infelizmente o escritório estava impecavelmente organizado.

– Ah! – exclamou Lucy. – Ela ainda tem!

– Ainda tem o quê? – Horizona perguntou.

Lucy tirou uma linda garrafa de cristal de um armário e a ergueu para seus colegas verem. Ao apresentar a garrafa, um sorriso diabólico se espalhou por seu rosto.

– Vocês já experimentaram o Champanhe Espumacular? – Lucy perguntou.

– Champanhe Espumacular? – Áureo perguntou. – Eu nunca ouvi falar disso.

– É uma bebida mágica – Lucy explicou ansiosamente. – Servida em comemorações muito especiais pela comunidade mágica. Quando minha família estava em turnê alguns anos atrás, um membro dos Tenores Goblins me deu uma garrafa no meu aniversário de onze anos. Acredite, é diferente de tudo que você já provou! Quando meus pais me trouxeram para a academia, vi que Madame Tempora tinha uma garrafa escondida aqui. *Devemos tomar uma taça!*

– Você não pode beber isso! – disse Tangerin. – Ela vai saber que estivemos aqui!

– Coloque de volta antes que você nos incrimine! – disse Horizona.

– Vocês duas relaxem – disse Lucy. – Todo o gabinete está coberto de poeira. Madame Tempora nem vai notar que está faltando. *Eu vou tomar o primeiro gole!*

Antes que pudessem convencê-la do contrário, Lucy usou os dentes para puxar a rolha da garrafa e tomou um gole satisfatório. Depois de seu primeiro gole, Lucy explodiu em um ataque de risadinhas e segurou sua barriga como se o Champanhe Espumacular estivesse fazendo cócegas de dentro para fora. Ela começou a soluçar, e grandes bolhas cor-de-rosa flutuaram para fora de sua boca.

– *Esse* é dos bons. – Lucy riu. – Quem quer provar?

– Eu não! – disse Tangerin.

– Nem eu! – disse Horizona.

– Eu vou tomar um pouco! – disse Smeralda.

Tangerin e Horizona estavam visivelmente desapontadas com a disposição de Smeralda, mas isso não a impediu. Lucy passou a garrafa para Smeralda e ela tomou um gole. Degustou o Champanhe Espumacular na boca por alguns momentos de uma maneira sofisticada.

Depois que ela engoliu, Smeralda começou a rir como Lucy, e soltou as bolhas, uma de cada vez.

– Ela está certa... isso é delicioso – disse Smeralda. – Isso me lembra a cerveja-carvão que os anões costumavam beber na mina, exceto que não tem o sabor residual de queimado. Vocês estão perdendo se não provarem.

Smeralda entregou o Champanhe Espumacular para Áureo, e ele espiou dentro da garrafa como se contivesse veneno.

– Não tem *álcool* nisso, tem? – Áureo perguntou.

Lucy teve que pensar um instante, e Brystal percebeu que ela não sabia a resposta.

– Claro que não – Lucy decidiu. – Vá em frente, Faísca! Experimenta!

Áureo ficou tenso com a pressão das colegas e tomou um gole rápido. A sensação foi muito mais divertida do que ele havia previsto, e riu tanto que bolhas surgiram de seu nariz. Depois de assistir à reação agradável de Áureo, Tangerin e Horizona não queriam ficar de fora, então experimentaram o Champanhe Espumacular em seguida. As meninas riram umas para as outras e estouraram suas bolhas enquanto as arrotavam. Brystal tomou o último gole de Champanhe Espumacular e, assim como os outros, ela riu quando a bebida gasosa encheu o estômago, e as bolhas fizeram cócegas na língua dela enquanto flutuavam para fora de sua boca.

– Tudo bem, nós nos divertimos – disse Tangerin. – Agora vamos sair daqui antes de acordar a Sra. Vee.

– Do que você está falando? – disse Lucy. – Estamos apenas começando! – Ela pegou a garrafa vazia de Champanhe Espumacular de Brystal. – Eu sei o que devemos fazer a seguir! *Vamos jogar círculo de segredos!*

– O que é círculo de segredos? – Horizona perguntou.

– É uma versão do jogo da garrafa que você joga com pessoas pouco atraentes – explicou Lucy. – Sem ofensa, eu prefiro ter suco de limão nos meus olhos a beijar qualquer um de vocês. O jogo é simples. Todos nós nos sentamos em círculo e giramos uma garrafa. Para quem a garrafa apontar quando parar tem que compartilhar um segredo que nunca contou a ninguém.

Antes que os colegas pudessem se opor a jogar o jogo, Lucy posicionou todos em um círculo e os fez sentar no chão. Ela colocou a garrafa no centro e deu um giro forte. Quando parou, Lucy soprou a garrafa até que apontasse para si mesma.

– Ah, ótimo! Eu começo – disse ela. – Ok, eu tenho um bom segredo! Alguns anos atrás, minha família estava se apresentando em um show de variedades no Reino do Oeste. Bem, aconteceu que Vinny Von Vic, o tamborinista mais famoso do mundo inteiro, estava se apresentando no mesmo show. Naturalmente, eu estava com inveja e temi que ele fosse me ofuscar. Então eu o tranquei no camarim dele e ele perdeu a apresentação. Até hoje, ainda me sinto culpada sempre que penso no velho Vinny Von Vic e, às vezes, quando tudo está quieto, ainda posso ouvi-lo batendo na porta do camarim.

– *Duvido* que seja a pior coisa que você já fez – disse Tangerin.

– Ele ficou lá por três semanas e perdeu o nascimento de seu primeiro filho – acrescentou Lucy. – Tudo bem, vamos manter esse faisão voando! Quem é o próximo?

Lucy deu outra volta na garrafa e ela parou apontada para Brystal.

– Ai, Deus, isso é difícil – disse ela. – Na verdade, agora que penso nisso, eu realmente não tenho nenhum segredo... não mais, pelo menos. Quando eu morava no Reino do Sul, tudo o que eu fazia era segredo. Eu tinha uma coleção secreta de livros, um emprego secreto na biblioteca e, claro, ser uma fada era o segredo supremo. Acho que nada disso importa agora que estou aqui. É engraçado como uma mudança de cenário pode mudar completamente alguém.

Lucy gemeu e revirou os olhos.

– Sim, é *hilário* – disse ela. – Próximo, então!

Ela girou a garrafa com gosto e, quando finalmente parou, a garrafa estava apontando diretamente para Áureo.

– Eu realmente não tenho nenhum segredo, também – disse ele.

– Você tem *certeza*? – Lucy perguntou.

Quando os outros não estavam olhando, Lucy piscou para Brystal. De repente, ela percebeu por que Lucy queria brincar de círculo de segredos – ela estava tentando descobrir qual era o grande segredo de Áureo sobre a noite em que seu pai morreu no incêndio.

– Tenho certeza – disse o menino. – Eu gastei tanto esforço escondendo meus poderes que não tive tempo para outros segredos.

– Vamos, Amarelinho, tenho certeza de que você tem alguma coisa escondida – disse Lucy. – Você nunca fez algo que você sabia que não deveria? Nunca foi pego fazendo alguma coisa que não devia? Nunca fez alguma coisa proibida que resultou em um evento acidental, mas horrível?

– Essas são perguntas *muito* específicas – observou Smeralda.

Áureo ficou confuso com o interrogatório de Lucy, mas não demorou muito para ele se lembrar do evento que ela estava tentando pescar. A lembrança fez a cor sumir de suas bochechas. Ele olhou para o chão com um olhar devastado e agarrou o Medalhão Anulador com as duas mãos.

– Ah, sim – ele disse suavemente. – Teve algo assim que *aconteceu* comigo uma vez.

– E? – Lucy pressionou.

– Eu não quero falar disso – disse Áureo. – Aconteceu na noite em que meu pai morreu.

– Mas você tem que nos contar – disse Lucy. – Caso contrário, você vai ter sete anos de azar.

– *Sete anos?* – Áureo perguntou em pânico.

– Eu não faço as regras, eu apenas jogo o jogo – disse ela.

Brystal cobriu a boca de Lucy e assumiu a conversa antes que Áureo ficasse ainda mais traumatizado.

– Áureo, este jogo não vai te dar azar – disse ela. – Esta é apenas a maneira peculiar de Lucy de tentar ajudá-lo. Todos nós sabemos quão terrível pode ser guardar um segredo. Segredos são como parasitas:

quanto mais tempo você os mantém dentro de você, mais danos eles causam. Então, se você quiser falar da noite em que seu pai faleceu, estaremos prontos para ouvir.

O garoto confuso ficou pensativo e assentiu lentamente.

– Você está certa – disse Áureo. – Não me faz nenhum bem guardar para mim. Só espero que isso não mude a opinião de vocês em relação a mim.

– Claro que não vai – disse Brystal. – Fizemos um pacto, lembra? Você não poderia se livrar de nós nem se tentasse.

O sorriso dela deu a Áureo a coragem de que precisava. O menino sentou-se ereto e soltou uma respiração profunda.

– Algumas noites antes de Madame Tempora me recrutar para a academia, eu estava em casa sozinho – disse ele aos outros. – Naquela noite, meu pai voltou da taverna mais cedo do que normalmente. Ele entrou na casa e me pegou fazendo algo que eu sabia que não deveria estar fazendo... era algo que ele repetidamente me disse para não fazer. Meu pai começou a me bater, e eu acidentalmente comecei um incêndio que queimou nossa casa e tirou a vida dele.

– O que ele pegou você fazendo? – perguntou Smeralda.

Recordar aquela noite fez os olhos de Áureo lacrimejarem e seu maxilar estremecer. Todos na sala estavam se coçando de ansiedade enquanto esperavam que ele respondesse.

– Ele... ele... ele... – disse Áureo com dificuldade. – *Ele me pegou brincando com bonecas!*

Depois que a confissão foi feita, lágrimas escorriam pelo rosto de Áureo e ele cobriu o rosto de vergonha. As colegas ficaram chocadas, não pelo que ele havia confessado, mas porque não era nada perto do que estavam esperando.

– *Bonecas?* – exclamou Lucy. – *Esse* é o seu grande segredo?

Áureo baixou as mãos e espiou as colegas.

– Vocês não acham isso errado? – ele perguntou.

– *Errado?* – Lucy deixou escapar. – Áureo, você sabe quantos homens brincam com bonecas no mundo artístico? Vou colocar desta forma: se todos eles desaparecessem da noite para o dia, *não haveria homens no mundo artístico*!

– Sério? – Áureo perguntou. – Você não está dizendo isso apenas para me fazer sentir melhor?

– Eu nunca digo coisas para fazer as pessoas se sentirem melhor! – disse Lucy. – Nossa, estou tão desapontada agora. Eu esperava que você estivesse fazendo armas, ou organizando brigas de galo, ou escrevendo manifestos radicais! Nem em um milhão de anos eu teria imaginado que era algo tão simples quanto *brincar com bonecas*. Se seu pai foi cruel o suficiente para bater no próprio filho por *isso*, então ele merece estar morto!

A sala inteira prendeu a respiração com a declaração extrema de Lucy, mas de muitas maneiras, era exatamente o que Áureo precisava ouvir. Brystal sabia o que ele estava pensando sem ter que perguntar. Áureo foi criado para acreditar que seus interesses e preferências eram vergonhosos e desprezíveis; finalmente ter alguém os considerando *simples* e sem motivo para sentir *vergonha* foi o maior presente que ele poderia ter recebido. O menino suspirou de alívio, como se um peso invisível tivesse sido tirado de seus ombros.

– Eu entendo como você se sente – Brystal disse a ele. – É irônico, mas quando eu estava crescendo no Reino do Sul, fui *forçada* a brincar com bonecas. Sempre fiquei furiosa com as expectativas que eles depositavam nas meninas, mas nunca percebi que era tão injusto para os meninos.

Áureo assentiu.

– Talvez tenha sido melhor – disse ele. – Se tivéssemos tudo o que queríamos, talvez nunca tivéssemos encontrado o que precisamos agora.

Brystal e Áureo compartilharam um sorriso caloroso, sabendo como ambos estavam gratos por deixar o Reino do Sul para trás.

– É isso, terminamos este jogo! – Lucy anunciou. – Brincar de círculo de segredos com vocês é como brincar de espião com ratos-toupeira cegos. Vamos encontrar outra coisa para fazer.

– Ah, tenho uma ideia – disse Tangerin. – Por que não jogamos *Sair do escritório enquanto ainda não fomos pegos*?

– Parece uma brincadeira terrivelmente sem graça – disse Lucy. – Em vez de jogar, por que não contamos *histórias de terror*? O clima é perfeito para isso.

– Isso parece divertido! – disse Áureo. – Quem quer ir primeiro?

– Conheço uma boa história – disse Smeralda. – Na mina de carvão, os anões costumavam falar sobre um carrinho de mina fantasma que se movia pelas cavernas sozinho.

– Uuuuh, assustador! – disse Lucy. – Continue.

Uma expressão vazia surgiu no rosto de Smeralda.

– Bem, havia um carrinho de mina fantasma que se movia pelas cavernas sozinho – ela repetiu. – O que mais você quer?

– Essa não pode ser a melhor história que você tem – disse Lucy.

Smeralda mordeu o lábio e olhou para o teto enquanto pensava nisso.

– Na verdade, há outra história que eu poderia contar – disse ela. – E a parte mais assustadora é que é sobre alguém que ainda está viva. Algum de vocês já ouviu falar da *Rainha da Neve*?

Todos os seus colegas balançaram a cabeça, animados para saber mais.

– Ela é uma pessoa real causando um grande problema agora – explicou Smeralda. – O Reino do Norte tentou mantê-la em segredo para evitar a histeria em massa, mas quando se vive na Fenda como eu, você tende a receber a versão completa das más notícias.

– Espere um segundo – disse Brystal, e se inclinou para frente. – Você acabou de dizer que ela está causando problemas no *Reino do Norte*?

– Problemas é um eufemismo – disse Smeralda. – A Rainha da Neve está causando destruição como o mundo nunca viu. Muitos anos atrás, a Rainha da Neve era apenas uma simples bruxa com especialidade em controlar o clima. Uma noite, uma multidão enfurecida a encontrou em casa e matou a família dela! A perda devastou a bruxa. Sua raiva fez os poderes dela ficarem mais fortes do que nunca, e ela se tornou a Rainha da Neve que conhecemos hoje. Neste momento, enquanto falamos, a Rainha da Neve está atacando o Reino do Norte como parte de sua vingança contra a humanidade. E, de acordo com o que ouvi, ela tem mais da metade do reino em suas garras geladas!

– Ah, eu *ouvi* falar dessa mulher – disse Lucy. – Ela é a razão pela qual o Norte tem estado tão frio ultimamente! Minha família teve que cancelar a parte norte da nossa última turnê porque todas as estradas estavam congeladas!

Horizona se inclinou para perto de Tangerin e sussurrou no ouvido da amiga:

– *Eu me pergunto se a Rainha da Neve tem algo a ver com o Conflito do Norte.*

A conversa das meninas chamou a atenção de Brystal, e ela virou a cabeça na direção delas. Ela não podia acreditar em seus ouvidos – Horizona disse exatamente o que Brystal estava pensando.

– Você acabou de dizer o *Conflito do Norte*? – Brystal perguntou.

– Sim – disse Horizona. – Você ouviu falar?

– Uma ou duas vezes – disse Brystal. – Você sabe o que é isso?

– Nós queríamos saber – disse Tangerin. – Eu e Horizona ouvimos Madame Tempora trazer isso à tona quando ela se encontrou com os soberanos para falar sobre a academia, mas mal podíamos entender o que eles estavam falando. Ela sempre nos pedia para sair da sala antes que começassem a falar desse assunto.

– Nesse caso, aposto que a Rainha da Neve *é* o Conflito do Norte – disse Lucy. – Toda peça que vale a pena ver tem uma protagonista forte.

– Mas como podemos ter certeza de que a Rainha da Neve realmente existe? – Brystal perguntou. – Como sabemos que não é apenas uma história?

– Meu pai tem clientes que a viram com seus próprios olhos – disse Smeralda. – Dizem que a Rainha da Neve pode invocar uma nevasca em segundos. Dizem que ela usa um floco de neve gigante como coroa e um casaco de pele feito do cabelo de seus inimigos. Dizem que ela rapta crianças de suas casas e transforma a carne inocente delas em banquete. Dizem que não importa o quanto o exército do Reino do Norte lute contra ela, só a torna cada vez mais forte. E o mais aterrorizante de tudo, eles contam que a Rainha da Neve não vai parar até que o mundo inteiro esteja coberto por sua ira gelada!

Como se Smeralda tivesse planejado, a conclusão da história foi seguida por um relâmpago que fez todos gritarem.

– Bem, *eu* digo que é hora de dormir – disse Tangerin. – Já tive travessuras e horrores demais para uma noite só.

– Concordo. – Horizona bocejou. – Vou ter pesadelos o suficiente do jeito que está.

– Mas não precisamos nos *preocupar* com a Rainha da Neve, precisamos? – Áureo perguntou. – Quero dizer, não há uma chance de ela vir para a academia, não é?

– Provavelmente não – disse Smeralda. – O Reino do Norte está tão longe daqui, aposto que alguém a impede antes que ela se aproxime de nós.

Os colegas encerraram a noite e se dirigiram para a porta, mas Brystal permaneceu sentada no chão. Seu coração estava acelerado depois de ouvir a história de Smeralda, não porque a história a assustasse, mas por causa de quão assustadoramente familiar tudo soava.

– Brystal, você vem? – Lucy chamou das portas. – Eu tenho que trancar a nossa saída para que não pareça suspeito.

– Só um momento – disse ela. – Eu quero verificar uma coisa antes de irmos.

Brystal moveu uma cadeira sob o Mapa da Magia ampliado que pairava sobre a lareira. Ela subiu na cadeira e deu uma olhada em todas as estrelas brilhantes que representavam as diferentes fadas e bruxas que viviam ao redor do mundo. No entanto, quando os olhos de Brystal passaram pelo Reino do Norte, a maior parte do país estava em branco. Mesmo as áreas ao redor das principais cidades e da capital do reino estavam completamente vazias de vida mágica. Brystal se perguntou se era apenas uma coincidência, ou se a comunidade mágica havia evacuado para se salvar da destruição da Rainha da Neve.

Apenas um pequeno aglomerado de cinco estrelas permanecia na área do Reino do Norte, e entre eles estava uma das estrelas mais brilhantes do mapa. Uma a uma, Brystal tocou as estrelas com o dedo e os nomes Felinea Ranhura, Corvete Garrada, Palva Tinteira e Novalia Kobra apareceram ao lado delas. Então, Brystal tocou a maior estrela do grupo e perdeu o ar quando o nome *Celeste Tempora* apareceu ao lado dela.

– Então *esse* é o segredo de Madame Tempora – disse Brystal para si mesma. – Ela não saiu da academia para visitar uma amiga doente... *ela esteve no Reino do Norte lutando contra a Rainha da Neve*!

Capítulo Dezesseis

Promessas

Brystal se revirou a noite toda com pesadelos de Madame Tempora lutando contra a Rainha da Neve. Ela sonhou que a fada era repetidamente derrubada no chão por um monstro feroz em um casaco de pele e coroa de flocos de neve. Madame Tempora estendia a mão para Brystal e implorava por ajuda, mas não havia nada que Brystal pudesse fazer porque estava congelada dentro de um grande cubo de gelo. Mesmo quando ela acordava suando frio, as imagens em seu sonho eram tão realistas que Brystal estava convencida de que estavam realmente acontecendo. E pelo que ela sabia, *estavam mesmo*.

Entre os pesadelos de Madame Tempora em perigo e os sonhos de caçadores de bruxas a perseguindo através da Fenda, Brystal estava começando a pensar que se sentiria mais descansada se ficasse acordada. Ela saiu da cama e decidiu dar um passeio pelo castelo para clarear a cabeça.

Enquanto Brystal caminhava pelo corredor do terceiro andar, ela podia ouvir alguns dos colegas roncando em seus respectivos quartos. Ela passou pela porta de Áureo e lembrou-se de sua dolorosa confissão do círculo de segredos. O coração de Brystal se encheu de simpatia pelo menino. Ela decidiu verificar se ele estava bem e silenciosamente abriu a pesada porta de aço do quarto dele. Quando ela espiou em seu quarto, Áureo estava dormindo na cama de metal, embrulhado em seus lençóis de papel-alumínio. Ele havia colocado o Medalhão Anulador na mesa de cabeceira de ferro, e enquanto Áureo dormia, as chamas do seu corpo aumentavam e diminuíam enquanto ele inspirava e expirava.

Brystal se sentiu estranha ao vê-lo dormir, mas era bom ver Áureo descansando tão pacificamente. Com o segredo finalmente fora de seu peito, ela percebeu que ele estava dormindo melhor do que nunca desde que chegou à academia. Antes de sair, Brystal acenou com a varinha, e uma coleção de bonecas de alumínio apareceu no canto do quarto de Áureo, para que ele tivesse uma surpresa divertida ao acordar de manhã.

O castelo estava escuro e silencioso enquanto Brystal se movia por ele, mas achou a solidão reconfortante. Ela saiu e parou na escadaria da frente do castelo e ficou feliz em ver que a chuva finalmente havia parado. O céu noturno estava começando a clarear quando o amanhecer se aproximava, e os grifos já estavam acordados, caçando o café da manhã. Observar as criaturas majestosas voando pelo ar lembrou Brystal de como ela era sortuda por viver em um lugar tão maravilhoso. Ela estava na academia há menos de um mês, mas já não conseguia se imaginar vivendo em qualquer outro lugar do mundo, e ela esperava que nunca precisasse.

Enquanto olhava ao redor da propriedade, admirando todas as árvores e flores coloridas, Brystal viu algo brilhante se movendo em sua direção à distância. A carruagem dourada de Madame Tempora havia retornado à academia, e Brystal ficou tão grata por vê-la que deu vários pulinhos de excitação. Eventualmente, a carruagem parou na escadaria do castelo e Brystal correu para cumprimentar sua professora.

– Madame Tempora! – ela gritou. – Estou tão feliz que você está de volta! Eu estava preocupada que você...

A porta da carruagem se abriu e Brystal parou no meio caminho, ela mal reconheceu a mulher lá dentro. Madame Tempora tinha envelhecido mais uma década, usava um grosso casaco violeta que cobria todo o corpo do pescoço para baixo, e havia um grande hematoma preto no lado esquerdo do rosto. Ela olhou para Brystal e o castelo em transe como se estivesse confusa sobre onde estava. Madame Tempora tentou descer da carruagem, mas estava tão fraca que mal conseguia ficar de pé, e a fada caiu no chão.

– *Madame Tempora!* – Brystal gritou.

· · ★ · ·

Madame Tempora passou o dia inteiro descansando em seu escritório. A única pessoa que ela permitiu entrar foi a Sra. Vee, e apenas para entregar bandagens e álcool. Brystal caminhou pra lá e pra cá do lado de fora das portas e esperou que a governanta surgisse com uma atualização. Quando a Sra. Vee finalmente saiu, a preocupação nos olhos dela disse a Brystal tudo o que ela precisava saber.

– Como ela está? – Brystal perguntou.

– Melhor, mas não muito – a Sra. Vee disse. – Eu limpei o ferimento no rosto dela, mas foi o único ferimento que me mostrou. Alguns dos ossos podem estar quebrados, mas ela não me deixou chegar perto deles.

– Ela não pode se curar com magia? – Brystal perguntou.

– Geralmente, sim – a Sra. Vee disse. – A menos que os ferimentos tenham sido *causados* por magia.

– Ela lhe contou o que aconteceu? – Brystal perguntou.

– Ela disse que escorregou e caiu enquanto estava visitando sua amiga – disse a Sra. Vee.

– Uma *queda*? – disse Brystal. – Ela disse que uma *queda* causou aquilo?

A Sra. Vee suspirou.

– Eu não quero começar rumores, mas, para ser sincera com você, estou começando a ficar um pouco desconfiada. Com todas as cartas estranhas, as viagens inesperadas, as bruxas, e agora *isso*... Acho que está contecendo algo que Madame Tempora não está nos contando.

Claramente, a governanta pensou que sua suspeita era uma descoberta totalmente nova.

– Estou feliz que você me chamou esta manhã – a Sra. Vee disse. – Deus sabe que Madame Tempora preferiria ter rastejado para dentro do castelo sozinha do que pedir ajuda. Ela quer salvar o mundo, mas Deus me livre se alguém se importa com *ela*. O que você disse aos seus colegas?

– Eu apenas disse a eles que Madame Tempora voltou esta manhã e não estava se sentindo bem – disse Brystal. – Tentei ser o mais vaga possível para que eles não se preocupassem.

– Bem, eu espero que funcione – a Sra. Vee disse. – Madame Tempora disse que gostaria de falar com você agora. Talvez você tenha mais sorte em descobrir a verdade do que eu. Mas eu tenho que avisá-la, ela não está em seu espírito normal.

A governanta desceu a escada flutuante para guardar as bandagens não utilizadas. Brystal bateu na porta de Madame Tempora e espiou dentro do escritório.

– Madame Tempora? – Brystal perguntou. – A Sra. Vee disse que você queria me ver.

A fada estava sentada atrás da mesa de vidro e parecia tão exausta que Brystal pensou que poderia adormecer a qualquer momento. Ela havia aberto a gola do casaco violeta para esconder o hematoma no rosto. O véu de seu chapéu foi abaixado para cobrir seus olhos cansados e roxos. Além de cansada e ferida, a disposição alegre de Madame

Tempora foi completamente drenada de seu corpo, e ela olhava para o chão com um desejo melancólico.

– Feche a porta – disse ela suavemente.

Brystal seguiu suas instruções e depois sentou-se à mesa de Madame Tempora.

– Como você está se sentindo? – Brystal perguntou. – Ouvi dizer que você teve uma queda forte enquanto estava visitando sua...

– Você pode parar de fingir, Brystal – Madame Tempora disse bruscamente. – Eu sei que você está ciente de muito mais do que deixa transparecer.

O instinto inicial de Brystal foi agir como se ela não soubesse do que a fada estava falando, mas quando Madame Tempora olhou profundamente nos olhos dela, Brystal percebeu que uma performance era inútil.

– Como você sabia? – ela perguntou.

– Às vezes a magia tem vontade própria – disse Madame Tempora. – Em seu primeiro dia na academia, suspeitei que o castelo a colocou em um quarto diretamente acima do meu escritório por um motivo. Mas foi só quando eu estava saindo com as bruxas, e você me deu um abraço de despedida, que eu percebi o *porquê*. O castelo colocou você naquele quarto porque *queria* que você me vigiasse. Ele sabia que teríamos essa conversa muito antes que eu soubesse.

– Madame Tempora, eu não entendo – disse Brystal. – Que conversa estamos tendo?

– Antes de entrarmos nisso, quero ter certeza de que estamos falando a mesma língua – disse a fada. – Tenho certeza de que você desenvolveu algumas teorias para explicar meu comportamento questionável. Então me diga o que você acha que está acontecendo, e eu vou preencher as lacunas.

Brystal estava emocionada por uma oportunidade de finalmente saber a verdade, mas ela se preocupava que Madame Tempora não estivesse no estado de espírito certo para distribuir informações.

– Tem certeza que quer fazer isso agora? – ela perguntou. – Não quero que você se arrependa depois.

– Eu insisto – Madame Tempora disse.

– Tudo bem, então – disse Brystal. – Pelas informações que reuni até agora, eu sei que você não saiu da academia para visitar uma amiga doente; você está viajando para o Reino do Norte para ajudar a resolver algo chamado Conflito do Norte.

– E o que você suspeita que seja o Conflito do Norte? – Madame Tempora perguntou.

Brystal hesitou em responder.

– Por mais ridículo que pareça, acredito que o Conflito do Norte é apenas um codinome para uma mulher conhecida como a Rainha da Neve.

– Pode continuar – disse a fada.

– Bem, a Rainha da Neve é uma bruxa muito poderosa que está atacando o Reino do Norte – Brystal continuou. – Ela cobriu o reino em nevascas geladas e causou grandes quantidades de destruição. Não importa o que o exército do Reino do Norte faça, eles ainda não conseguiram derrotá-la. Antes de você ter a ideia de começar nossa academia, você via a derrota da Rainha da Neve como uma oportunidade de ganhar aceitação mundial para a comunidade mágica. Você pensou que se alguém *como você* salvasse o mundo, então o mundo finalmente teria uma razão para respeitar pessoas *como nós*. Então você se juntou às bruxas e criou um plano para detê-la, mas foi mais difícil do que você previu.

Brystal se sentiu boba depois de ouvir a si mesma dizer tudo em voz alta. Ela meio que esperava que Madame Tempora risse da teoria bizarra, mas a fada nunca vacilou.

– Você só está errada sobre uma coisa – disse Madame Tempora.

– Qual parte? – Brystal perguntou.

– A Rainha da Neve *é* a amiga doente que tenho visitado – disse ela. – Eu não tenho mentido sobre isso. Depois de uma perda muito trágica, minha querida amiga Raína foi infectada pelo *ódio*... E o ódio é a doença mais poderosa do planeta. Durante anos, vi a doença consumi-la e transformá-la em um monstro e, infelizmente, não fiz nada para ajudá-la. Quando ela começou a causar estragos no Reino do Norte, era tarde demais para argumentar com ela. Raína ficou cega pela vingança, e agora a violência é a única língua que ela fala.

– Mas como você pode ser amiga de uma bruxa em primeiro lugar? – Brystal perguntou. – Ela não estava cheia de maldade e escuridão desde o começo?

– É possível amar uma pessoa além de seus demônios, Brystal – disse Madame Tempora. – Afinal de contas, havia uma chance de Lucy ser uma bruxa, mas isso não impediu você de segui-la até a Fenda. Você escolheu amar Lucy por *quem* ela era e não pelo *que* ela era, e eu fiz a mesma escolha com Raína. Mas ao contrário de você, falhei com Raína como amiga. Quanto mais irritada e odiosa ela se tornava, mais distância eu colocava entre nós. Eu a abandonei quando ela mais precisava de mim, e agora sou parcialmente culpada pelo que ela se tornou.

– Então ela ainda está viva, não é? – Brystal perguntou. – Se você já a tivesse derrotado, não estaria se referindo a ela no presente.

– Minha amiga está morta há anos – disse ela. – Mas, infelizmente, a Rainha da Neve ainda está muito viva e mais forte do que nunca.

Brystal olhou para o Mapa da Magia ampliado acima da lareira.

– Se ela é tão forte, por que não aparece no mapa? – ela perguntou.

– Temo que você não encontre a Rainha da Neve em nenhum Mapa da Magia – Madame Tempora disse. – Ela se tornou indetectável para poder atacar sem aviso. Consegui impedir que sua destruição se espalhasse além do Reino do Norte, mas cada encontro é mais desgastante do que o anterior.

– Você não vai enfrentá-la novamente, não é? – Brystal perguntou. Madame Tempora fechou os olhos e assentiu em desespero.

– Receio não ter escolha – disse ela. – Ninguém mais *pode* enfrentar a Rainha da Neve. Agora eu sou a única coisa que está no caminho de suas tentativas de obliteração global.

– Mas, Madame Tempora, você não pode! – Brystal objetou. – Lutar com ela em sua condição seria suicídio!

Madame Tempora levantou a mão para silenciar Brystal, e os olhos dela brilharam com uma urgência grave.

– Agora devemos ter a conversa a que me referi antes – Madame Tempora disse. – Por favor, não compartilhe isso com os outros, mas há uma forte possibilidade de eu não sobreviver derrotando a Rainha da Neve. Continuo otimista, mas nunca se deve deixar que a positividade supere a praticidade. É apenas uma questão de tempo até que eu seja chamada de volta ao Reino do Norte, e, se eu morrer, quero que *você* assuma a academia.

– Eu? – Brystal perguntou em choque. – Mas e a Sra. Vee? Ou Tangerin? Ou Horizona?

– A Sra. Vee e as meninas não são tão fortes quanto você, Brystal – a fada disse. – Desde o momento em que coloquei a varinha mágica em sua mão e vi sua estrela no Mapa da Magia crescer, eu sabia que você era a única pessoa que poderia me substituir. Então, por favor, se eu não viver para ver mais um ano, me prometa que vai continuar meu trabalho, me prometa que vai ajudar seus colegas de classe a atingirem todo o seu potencial e me prometa que usará sua magia para ajudar e curar as pessoas e mudar a perspectiva que o mundo tem sobre a comunidade mágica.

Lágrimas escorreram pelo rosto de Brystal enquanto ela imaginava um mundo sem Madame Tempora. Ela não podia acreditar na responsabilidade que sua professora estava pedindo que aceitasse, mas Brystal sabia no seu coração que não havia nada que ela *não* faria pela fada.

– Ninguém poderia substituir você, Madame Tempora – disse ela. – Eu nunca poderia retribuir a vida que você me deu, mas prometo continuar seu legado em sua ausência, seja esse dia em breve ou décadas a partir de agora.

Um leve sorriso cresceu no rosto da fada, mas rapidamente desapareceu. Brystal percebeu que havia outra coisa que Madame Tempora precisava discutir com ela e era um assunto que a fada temia com todas as suas forças.

– E agora temo ter um pedido ainda maior para fazer a você – Madame Tempora disse. – Me dá muita dor colocar um fardo tão pesado em seus ombros, mas não há como evitar isso.

Brystal estava confusa. Ela não podia imaginar uma tarefa maior do que aquela que ela já havia aceitado.

– O que seria? – ela perguntou.

Madame Tempora respirou fundo antes de fazer o pedido difícil.

– Caso eu morra *sem* derrotar a Rainha da Neve – ela disse com dificuldade –, então *você* deve matá-la, Brystal.

Brystal sentiu como se tivesse levado um chute no estômago. Seu coração começou a acelerar, as palmas das mãos ficaram suadas e o escritório começou a girar em torno dela.

– Madame Tempora, não posso *matar a Rainha da Neve*! – ela exclamou. – Eu nunca machuquei ninguém antes! Eu não consegui nem me defender dos caçadores de bruxas... Entrei em pânico diante da pressão!

– Isso não foi culpa sua, foi *minha* – disse Madame Tempora. – Cometi um erro grave como sua professora. Minhas lições têm preparado você e seus colegas para o mundo em que eu *queria* que vocês vivessem, mas *não* preparei para o mundo que realmente existe. A partir de amanhã, começarei a instruir você e os outros sobre como usar magia para se defender. Você pode não estar pronta para enfrentar a Rainha da Neve hoje, mas um dia estará.

– Mas, Madame Tempora, eu só tenho quatorze anos! – Brystal a lembrou. – Sou apenas uma criança! Você não pode me pedir para fazer isso!

– Brystal, você pode ser jovem, mas nunca teve o luxo de ser uma *criança* – disse Madame Tempora. – Você é uma guerreira desde o dia em que nasceu. Você olhou além dos limites que o mundo colocou sobre você e lutou por uma vida melhor, e agora você deve olhar além dos limites que está impondo a si mesma e lutar por um mundo melhor. Se nenhuma de nós conseguir derrotar a Rainha da Neve, então tudo... o mundo, a academia e a vida como a conhecemos... tudo será destruído.

Madame Tempora estava colocando Brystal em uma posição impossível. Ela nunca havia matado nada antes, mas agora estava sendo solicitada para matar a bruxa mais poderosa do mundo. Brystal queria recusar o pedido com cada fibra de seu ser, mas Madame Tempora olhou para ela com tanto desespero nos olhos que Brystal não teve coragem de desapontar a fada. Ela olhou para o chão e relutantemente concordou com a cabeça.

– Tudo bem – disse Brystal. – Espero e rezo para que nunca chegue a isso, mas se você não puder matar a Rainha da Neve... eu vou.

Depois que Brystal fez a segunda promessa, Madame Tempora fechou os olhos, recostou-se na cadeira e suspirou de alívio.

– Obrigada, Brystal – disse a fada. – Você não tem ideia de como é reconfortante ouvir você dizer isso. Agora, se me der licença, devo descansar. Nós duas precisaremos de toda a nossa força para os próximos dias.

· · ★ · ·

Na manhã seguinte, Madame Tempora encontrou os alunos e as aprendizes no gramado da frente do castelo para começar a primeira aula de autodefesa mágica. A fada não se juntou a eles para o café da manhã, e, quando ela finalmente apareceu, as crianças ficaram chocadas ao ver sua professora em um estado tão frágil. Além do rosto machucado, Madame Tempora andava com uma bengala de vidro e precisou da ajuda da Sra. Vee para descer a escadaria da frente do castelo. Ela estava completamente esvaziada de seu charme e energia habituais, e teve que conduzir a aula sentada em um banquinho de vidro.

– Por favor, perdoem minha aparência frágil – Madame Tempora disse aos estudantes preocupados. – Estou me recuperando de uma queda feia que tive enquanto visitava minha amiga.

– Você caiu de um *penhasco*? – Lucy perguntou.

– Parece pior do que está – disse Madame Tempora, e rapidamente mudou de assunto. – Agora, para a lição de hoje, usaremos nossa magia para um propósito que ainda não exploramos. Não importa quanta alegria e conforto espalhemos, por causa dos tempos desafiadores em que vivemos, é muito provável que cruzemos com pessoas e criaturas que desejam nos prejudicar. E quando a situação se justifica, podemos usar nossa magia para proteger a nós mesmos e aos outros do perigo. A tarefa de vocês esta manhã é usar sua magia para se defender das forças que tentam machucá-los. Áureo, vamos começar com você.

Áureo engoliu em seco nervosamente.

– E de que *tipo* de forças me defenderei? – ele perguntou.

Em vez de responder, Madame Tempora bateu com a bengala no chão seis vezes, e seis espantalhos apareceram pelo campo, próximo aos estudantes. A fada bateu de novo a bengala e o primeiro espantalho ganhou vida e se desprendeu do poste de madeira. Assim que seus pés tocaram o chão, o espantalho atacou Áureo com os braços batendo em todas as direções. O menino gritou e o espantalho o perseguiu em círculos ao redor da propriedade.

– Eu não estou pronto para isso! – Áureo gritou. – Acho que outra pessoa deveria ir primeiro!

– Essas situações podem ser alarmantes, mas é importante ter calma e manter a cabeça limpa – disse Madame Tempora. – Respire fundo e imagine a maneira mais rápida de desarmar seu agressor.

Apesar das recomendações da fada, Áureo não conseguiu reunir tranquilidade para salvar sua vida. O espantalho finalmente alcançou o menino e o jogou no chão. As colegas queriam desesperadamente ajudá-lo, mas Madame Tempora não as deixou intervir. Áureo removeu seu Medalhão Anulador e, graças à sua ansiedade, seu corpo foi instantaneamente envolto em chamas. O espantalho foi queimado até se desintegrar em uma pilha de cinzas. As colegas de Áureo comemoraram, e o menino ficou no chão até recuperar o fôlego.

– Muito bem, Áureo – disse Madame Tempora. – Tangerin, você é a próxima.

Pelo resto da manhã, os alunos de Madame Tempora se revezaram se defendendo magicamente dos espantalhos encantados. Tangerin salpicou com mel os pés de seu espantalho inimigo, que ficou grudado no chão. Smeralda prendeu o dela dentro de uma gaiola de esmeralda antes mesmo que ele descesse de seu poste de madeira. Horizona apontou o dedo, e um poderoso gêiser irrompeu da ponta, rasgando seu inimigo em pedaços. Brystal acenou com a varinha e um bando de pombas brancas ergueu o espantalho no ar e o jogou no oceano cintilante atrás do castelo. Lucy bateu palmas e seu espantalho foi esmagado por um piano enorme que caiu do céu.

– Finalmente, algo em que sou boa! – disse Lucy.

A aula de defesa pessoal da Madame Tempora foi de longe a mais divertida que os alunos e as aprendizes participaram. Eles riram e aplaudiram uns aos outros enquanto derrotavam os espantalhos um por um. Brystal estava com inveja da diversão que os colegas estavam tendo com a tarefa. Sem o conhecimento dos outros, a aula da Madame Tempora foi planejada especificamente para *ela*, e os exercícios estavam preparando Brystal para um confronto potencial com a Rainha da Neve. Era difícil para ela se divertir quando o destino do mundo dependia de quão bem ela aperfeiçoasse suas habilidades.

– Ótimo trabalho, pessoal – disse Madame Tempora, e aplaudiu com a pouca energia que conseguiu reunir. – Vocês fizeram um trabalho maravilhoso se defendendo de *um* invasor, mas vamos ver como vocês se saem quando estão em desvantagem numérica em relação ao...

– *Madame Tempora!* – Horizona gritou de repente. – *As bruxas estão de volta!*

Todos se viraram na direção que Horizona apontou e viram as quatro figuras encapuzadas paradas na beira da propriedade. Assim como na visita anterior, as bruxas instantaneamente deixaram as crianças inquietas, mas ninguém estava com mais medo do que Brystal. Ela sabia que havia apenas *uma* razão pela qual as bruxas tinham viajado para a academia.

Assim que sua presença foi notada, Corvete, Novalia, Felinea e Palva se arrastaram até a fada e seus pupilos. Madame Tempora já estava tão fatigada que era difícil avaliar a reação dela às visitantes inesperadas. A fada lentamente se levantou e olhou para as bruxas que se aproximavam com um olhar apático. Antes de trocarem uma única palavra na frente das crianças, Madame Tempora dirigiu-se ao castelo, e as bruxas a seguiram.

– Imagino que isso significa que o resto de nossa aula foi adiado – disse Brystal aos outros. – Acho que vou tirar uma soneca rápida antes do almoço.

Brystal correu para o castelo e subiu rapidamente a escada flutuante para ir ao quarto. Quando ela olhou pelo buraco na estante e espiou dentro do escritório de Madame Tempora, a professora já estava sentada atrás da mesa de vidro. As bruxas pairavam sobre a fada como predadores iminentes. Madame Tempora apoiou a cabeça na mão e nem olhou para as visitantes.

– Então? Digam de uma vez – a fada disse em uma voz fraca. – Que notícias vocês trouxeram agora?

– O Rei Nobresa está morto – Corvete gralhou.

Madame Tempora endireitou-se na cadeira.

– *O quê?* – ela arfou. – Ele não evacuou Monte Tinzel antes que ela atacasse?

– Não – Palva roncou. – O General Branco o advertiu que ela estava se aproximando e lhe disse para deixar a capital, mas o rei foi teimoso e ignorou o conselho do general. Ele e a família real estavam no meio do jantar no palácio quando ela atacou. Ninguém sobreviveu.

— Aquele homem... um completo tolo — Madame Tempora disse, e com raiva balançou a cabeça. — Eu sempre soube que seu orgulho seria a morte dele.

— Somente uma cidade resta em pé no Reino do Norte — Felinea rosnou. — Toda a população fugiu para o Vilarejo das Macieiras, e fica a apenas alguns quilômetros de Monte Tinzel. O General Branco está a dias de se render e, quando fizer isso, o reino enfrentará a extinção!

— E os outros soberanos? — Madame Tempora perguntou. — Por que o Rei Campeon ou a Rainha Endústria ou o Rei Guerrear não enviaram reforços? Eles não percebem que seus reinos estão em perigo tanto quanto o Norte?

— Os soberanos estão em negação — gralhou Corvete. — Nobresa garantiu a eles que tinha a situação sob controle, então é *nisso* que os monarcas preferem acreditar. O General Branco enviou a notícia da morte de Nobresa, mas eles *ainda assim* negaram seus pedidos de ajuda!

— Os soberanos acreditam que o conflito pode ser contido fechando as fronteiras — Felinea ronronou. — Eles fecharam os Caminhos Protegidos e agora os refugiados do Norte estão presos. A verdade é que Campeon, Endústria e Guerrear não reconhecerão a ameaça até que a destruição atravesse os reinos deles.

— Aqueles idiotas egoístas! — Madame Tempora gritou e bateu em sua mesa com o punho cerrado. — Eu me encontrei com os monarcas e os avisei do perigo! Tudo isso poderia ter sido evitado se eles tivessem atendido ao primeiro pedido de ajuda do General Branco!

Madame Tempora fechou os olhos cansados e massageou as têmporas grisalhas enquanto pensava no que fazer a seguir.

— Achei que teria mais tempo para descansar... — ela disse fracamente. — Eu queria estar mais forte antes de enfrentá-la novamente... Eu não pensei que seria tão cedo...

– Celessste, nósss precisamosss atacar – Novalia sibilou. – Pode ssser a última chance de garantirmosss o respeito que merecemosss!

Para surpresa de Brystal, Madame Tempora olhou para o teto no ponto exato de onde ela estava assistindo. Ela sabia que a próxima coisa que saísse da boca de Madame Tempora era para seus ouvidos.

– Você está errada, Novalia – a fada disse. – Se não conseguirmos, *outra pessoa* garantirá a aceitação de nossa comunidade no futuro. E tenho absoluta confiança nela.

A mensagem era tão íntima e direta que Brystal teve que se lembrar de que não estava realmente na sala com Madame Tempora. As bruxas não tinham certeza com *quem* a fada estava falando e olharam ao redor do escritório em confusão. Madame Tempora levantou-se com dificuldade e pegou sua mala.

– Se precisa ser feito, precisa ser feito – disse ela às bruxas. – Podemos sair assim que eu me despedir dos meus alunos.

Madame Tempora saiu mancando do escritório e as bruxas a seguiram. Brystal não podia acreditar na coragem da fada – ela mal podia ficar de pé, e ainda assim ela estava disposta a enfrentar a Rainha da Neve, apesar de sua condição de fracasso iminente. O estômago de Brystal estava embrulhado enquanto ela se preocupava em perder a professora e ter que cumprir as promessas que havia feito a ela.

Quando ela e os outros se reagruparam, todos estavam do lado de fora do castelo e Madame Tempora já havia dado a notícia de sua partida.

– Você está saindo *de novo*? – disse Tangerin. – Já?

– Infelizmente – disse Madame Tempora. – Minha amiga piorou muito e já não resta muito tempo a ela. Eu preciso dizer adeus enquanto ainda tenho a chance.

– Quando você estará de volta? – Horizona perguntou.

– Eu não sei – Madame Tempora disse. – Eu posso ficar fora por um longo tempo, então eu quero que vocês continuem seus treinamentos enquanto eu estiver fora. Brystal estará no comando até eu voltar, então, por favor, ouçam-na e mostrem a ela o respeito que vocês normalmente me dariam.

Madame Tempora ficou com os olhos marejados ao se despedir.

– Vou sentir muito a falta de todos vocês – disse a fada. – Ser a professora de vocês foi o maior privilégio da minha vida, e ver vocês se transformarem em fadas foi minha maior alegria. Sejam bons uns com os outros, crianças.

Eles ficaram intrigados com os comentários tocantes da professora. Madame Tempora abraçou cada um de seus alunos, suas aprendizes e a Sra. Vee, despedindo-se. Quando foi a vez de Brystal, esta puxou a tutora em um abraço apertado para que ela pudesse sussurrar no ouvido de Madame Tempora sem que os outros ouvissem.

– *Por favor, não vá* – Brystal sussurrou. – *Não estamos prontos para perder você.*

– *Eu gostaria de poder ficar* – Madame Tempora sussurrou de volta. – *Mas o universo tem outros planos para mim.*

– Então me leve com você – Brystal implorou. – Vamos enfrentar a Rainha da Neve juntas. Você não precisa fazer isso sozinha.

– Os outros precisam de você mais do que eu – disse a fada. – Cuide deles, Brystal. E, por favor, lembre-se do que você me prometeu.

Madame Tempora jogou seu broche no chão, e a carruagem dourada cresceu até o tamanho máximo. Quatro unicórnios emergiram de um campo próximo, e as rédeas da carruagem se fecharam magicamente ao redor deles. As bruxas ajudaram Madame Tempora a entrar na carruagem e sentaram-se ao lado dela. Enquanto viajavam pela propriedade, Madame Tempora olhou pela janela para os jardins, o castelo e os alunos de sua amada academia, e com um último sorriso agridoce, a fada disse mil adeuses.

– Isso foi estranho – disse Smeralda. – Ela vai voltar? Certo?

A Sra. Vee e as crianças se voltaram para Brystal em busca de uma resposta. Mesmo depois que a carruagem de Madame Tempora desapareceu na barreira de cerca viva, Brystal continuou olhando para longe para que os outros não percebessem a desonestidade em seus olhos.

– Claro que ela vai voltar – disse Brystal. – Madame Tempora nunca nos abandonaria. *Nunca.*

· · ★ · ·

Duas semanas inteiras se passaram sem nenhuma notícia de Madame Tempora. Brystal achava que não era humanamente possível se afligir mais do que já estava, mas suas preocupações se multiplicavam quanto mais ela esperava. Ela praticamente morava nos degraus da frente do castelo enquanto a fada estava fora, e passava a maior parte de cada dia olhando para a borda da propriedade, esperando que a carruagem dourada de sua professora reaparecesse à distância.

A cada poucas horas, Brystal entrava sorrateiramente no escritório de Madame Tempora para verificar o paradeiro da fada no Mapa da Magia. Felizmente, sua professora e as estrelas das bruxas ainda estavam brilhando no Reino do Norte, então Brystal sabia que Madame Tempora estava viva.

No fim da segunda semana de Madame Tempora longe da academia, Brystal estava tão perturbada que não conseguia mais esconder sua angústia. Ela se mantinha sozinha e evitava os colegas de classe sempre que possível. Ela mal falava, mas quando o fazia, era apenas para ditar ordens ou fazer comentários passivo-agressivos enquanto supervisionava as aulas de autodefesa. Os alunos tornaram-se tão bons nos exercícios que cada um poderia lutar contra uma dúzia de espantalhos por conta própria, mas Brystal ainda os forçava a praticar mais e mais a cada dia.

– *Tangerin, esse mel precisa ser mais denso! Áureo, essas chamas precisam ser mais altas! Horizona, essa água não será suficiente para parar um homem de armadura! Smeralda, essa gaiola precisa ser mais forte! E, Lucy, autodefesa é mais do que apenas jogar instrumentos pesados em seus inimigos, pense em outra coisa! Todo mundo, treinem de novo!*

Seus colegas estavam ficando cansados da atitude de Brystal, mas ninguém estava mais irritado do que Lucy. O constante comando e críticas de Brystal perturbaram Lucy até o limite e ela acabou perdendo a paciência.

– Chega disso! – gritou Lucy. – Nós não vamos praticar mais!

Antes que Brystal pudesse encantar um novo lote de espantalhos para a aula, Lucy arrancou a varinha de Brystal da mão dela e a segurou acima de sua cabeça.

– Lucy, devolva a minha varinha! – Brystal ordenou.

– Não! – disse Lucy. – Estou farta de você gritando para nós!

– Pare de ser tão imatura! – disse Brystal. – Madame Tempora disse para você me respeitar!

– Eu vou respeitar você quando seu *verdadeiro eu* aparecer! – disse Lucy. – O que deu em você, Brystal? Você tem agido de forma ácida e mal-humorada desde que Madame Tempora partiu. Eu sei que algo está errado e não vou devolver sua varinha até que você nos diga o que está acontecendo!

– Nada está acontecendo! – Brystal mentiu. – Madame Tempora me deixou no comando! Estou tentando treinar vocês!

– E você está nos treinando para *quê*? – Lucy perguntou. – Você está tão em cima de nós que parece que vamos para uma guerra!

– *BEM, TALVEZ NÓS IREMOS!* – Brystal gritou.

Assim que as palavras escaparam da boca, Brystal soube que não havia como voltar atrás. Sua explosão provava que as suspeitas de Lucy estavam corretas, e o resto dos colegas ficaram igualmente preocupados. Brystal queria desesperadamente se explicar, mas Madame Tempora havia pedido especificamente que ela não compartilhasse a verdade com os colegas de classe. Brystal não sabia o que fazer e de repente se sentiu pressionada contra a parede. Ela se sentou nos degraus do castelo, e as lágrimas escorreram pelo seu rosto.

– Brystal, qual é o problema? – perguntou Smeralda. – Por que você está chorando?

– Eu gostaria de poder dizer a vocês – disse Brystal.

– Claro que você pode nos dizer – disse Tangerin.

– Talvez nós possamos ajudar – disse Horizona.

– Não, é entre mim e Madame Tempora – disse Brystal. – Eu não quero que vocês se preocupem com isso.

– É um pouco tarde demais para isso – disse Lucy. – Vamos lá, o que quer que esteja incomodando você não pode ser tão ruim quanto pensa que é. Quero dizer, não é como se fosse o fim do mundo.

O comentário de Lucy só fez Brystal chorar ainda mais. Áureo sentou-se nos degraus ao lado dela e colocou uma mão reconfortante em seu ombro.

– Por favor, diga-nos o que está errado – disse ele docemente. – Segredos são como parasitas, lembra?

A curiosidade de seus amigos tornou a situação ainda mais sufocante, e Brystal cedeu à pressão. Ela sabia que admitir a verdade não resolveria nada, mas se isso liberasse apenas um pingo da agonia de dentro dela, valeria a pena quebrar a confiança de sua tutora.

– Madame Tempora não tem saído da academia para visitar uma amiga doente... pelo menos, não do jeito que vocês pensam – ela disse. – Ela está viajando para o Reino do Norte para lutar contra a *Rainha da Neve*.

– *O quêêê?* – Lucy soltou.

– Eu sei que parece loucura, mas é a verdade! – disse Brystal.

– Como você sabe disso? – perguntou Smeralda.

– Madame Tempora me disse diretamente – disse Brystal. – *Esse* é o Conflito do Norte que ela está discutindo com os soberanos e as bruxas em segredo! A Rainha da Neve se tornou tão poderosa que Madame Tempora é a única pessoa que pode detê-la. Até agora, ela impediu que a destruição da Rainha da Neve se espalhasse além do Reino do Norte, mas cada encontro deixa Madame Tempora mais fraca do que antes. Eu implorei para ela me deixar acompanhá-la, mas ela foi inflexível sobre ir sozinha.

– Você está dizendo que Madame Tempora está em perigo? – perguntou Tangerin.

– Tanto perigo quanto alguém pode estar – disse Brystal. – Madame Tempora disse que está otimista, mas já fez planos caso não sobreviva. Se ela morrer ao derrotar a Rainha da Neve, Madame Tempora quer que eu assuma a academia... e se ela morrer *antes* de derrotar a Rainha da Neve, ela disse que *sou eu* quem tem que matá-la!

No começo foi difícil para seus colegas acreditarem em tudo que Brystal dizia, mas quanto mais eles pensavam a respeito do assunto, mais aquilo explicava o comportamento misterioso de Madame Tempora. Brystal não culpou seus amigos por serem céticos, ela sabia a verdade por semanas e *ainda* era difícil para ela acreditar e aceitar.

– Bem, agora o caldo engrossou – disse Lucy, e colocou as mãos nos quadris.

– Brystal, por que você não nos contou antes? – Horizona perguntou.

Brystal suspirou.

– Madame Tempora não queria que vocês soubessem – disse ela. – É por isso que tenho agido como uma lunática... tem sido uma tortura guardar tudo isso para mim! Não estou pronta para perder Madame Tempora, e certamente não estou pronta para matar a Rainha da Neve! Nunca me senti tão impotente em toda a minha vida! E agora eu só piorei sobrecarregando vocês com meus problemas!

– *Seus* problemas? – disse Smeralda. – Brystal, eu aprecio sua lealdade, mas você está louca se pensa que esses são apenas *seus* problemas! Se Madame Tempora está em perigo, isso diz respeito a todos nós! Você não deveria ter que passar por tudo isso sozinha!

– Smeralda está certa – disse Lucy. – E eu não me importo com o que ela pediu para você, se Madame Tempora não sobreviver, nós *nunca* deixaríamos você enfrentar a Rainha da Neve sozinha!

– Sim! – disse Áureo. – Fizemos um pacto para ajudar e proteger uns aos outros! Você sempre terá nosso apoio!

Brystal ficou emocionada com o apoio de seus amigos. A disposição deles em ajudá-la levantou um pouco do peso que Madame Tempora havia colocado em seus ombros.

– Obrigada – disse ela. – Eu só queria que houvesse algo que eu pudesse fazer além de esperar! Eu estive esperando e rezando para Madame Tempora derrotar a Rainha da Neve e viver para contar a história, mas isso não...

De repente, Brystal ficou quieta quando foi distraída por algo estranho à distância. O terreno da academia estava envolto em uma sombra escura que gradualmente consumia toda a propriedade. Os alunos e aprendizes olharam para cima e viram que a escuridão estava sendo causada por uma espessa camada de nuvens cinzentas que vinham do norte e cobriam o sol. Brystal imaginou que era apenas mais uma tempestade até que ela notou algo branco e suave descendo do céu. Ela estendeu a mão e observou com espanto quando um único floco de neve pousou em sua palma.

– Isso é neve? – Horizona perguntou.

– Não pode ser – disse Tangerin. – Nunca nevou aqui antes.

– Nem está frio lá fora – disse Smeralda.

Um silêncio pesado caiu sobre os colegas e eles trocaram expressões de medo. Os alunos e as aprendizes sabiam que todos estavam pensando exatamente a mesma coisa – só havia *uma* explicação.

– É a Rainha da Neve! – Lucy declarou. – Seus poderes devem estar crescendo se as tempestades dela estão nos atingindo!

– E Madame Tempora deve estar com problemas! – Áureo exclamou.

Os outros começaram a entrar em pânico, mas enquanto Brystal observava o floco de neve derreter em sua mão, ela teve uma mudança significativa de atitude: ela não perderia mais tempo vivendo com *medo*. Ela não gastaria nem um grama de energia *se preocupando*. Ela estava cansada de *esperar* e *torcer* pelo retorno seguro de Madame Tempora. E depois de semanas se sentindo impotente, Brystal sabia exatamente o que precisava fazer.

– Eu não sei vocês, mas eu me recuso a ficar parada e deixar uma bruxa velha gelada levar Madame Tempora de nós – disse ela.

– O que devemos fazer? – Áureo perguntou.

Brystal virou-se para seus colegas e sorriu com determinação.

– Todo mundo, peguem seus casacos – ela disse. – Nós vamos salvar Madame Tempora.

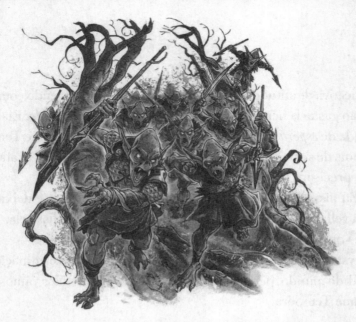

Capítulo Dezessete

A Fenda

Pouco antes de preparar a janta, a Sra. Vee entrou na sala de jantar para colocar a mesa e ficou surpresa ao encontrar os alunos e as aprendizes reunidos ali. As crianças já tinham arrumado a mesa com tigelas e talheres, e uma panela fumegante de ensopado já havia sido preparada.

– Surpresa! – as crianças disseram à governanta em uníssono.

– O que é tudo isso? – a Sra. Vee perguntou. – Não pode ser meu aniversário porque parei de fazer isso depois dos cinquenta. *HA-HA!*

– Nós queríamos fazer algo especial para você, Sra. Vee – disse Brystal. – Você trabalha tanto cozinhando e limpando para nós todos os dias, então, como um sinal de nosso apreço, achamos que seria bom fazer um jantar para *você*.

A Sra. Vee colocou a mão sobre seu coração.

– Bem, isso é tão atencioso da parte de vocês, crianças! – disse a governanta. – Sabe, eu não me importo com o que minha geração diz sobre os jovens, vocês *não* são um bando de preguiçosos, egoístas e carentes de atenção. Alguns de vocês são verdadeiramente agradáveis! *HA-HA!*

Áureo puxou uma cadeira para a Sra. Vee, Smeralda enfiou um guardanapo na camisa dela, Horizona encheu seu copo com água, e Tangerin lhe deu uma colher. Lucy abriu a tampa da panela, deixando um aroma delicioso encher o ar, e Brystal serviu uma generosa porção de guisado na tigela da governanta.

– Isso tem um cheiro divino – a Sra. Vee disse. – O que você fez?

– O ensopado cremoso de cogumelos e batata da minha mãe – disse Brystal. – É uma velha receita da família Perene. Espero que você goste.

A governanta moveu animadamente sua colher como se fosse um peixe nadando, e ansiosamente tomou a primeira colherada.

– É absolutamente delicioso! – a Sra. Vee disse. – *Um pouco salgado,* mas delicioso mesmo assim! Muito obrigada por me presentearem com uma refeição tão especial. Eu não consigo dizer em palavras quão maravilhoso é ser tão amada e apreciada por vocês. Não quero ficar muito piegas, mas às vezes penso em vocês como meus próprios filhos. *Rapaz, isso é salgado...* vou ficar tão inchada que não vou caber nos meus sapatos amanhã! *HA-HA!* Mas todas as piadas à parte, esta é honestamente a coisa mais legal que alguém já...

BAM! A cabeça da Sra. Vee caiu dentro da tigela e espalhou ensopado por toda a sala.

– Isso foi rápido – disse Lucy. – Achei que demoraria mais do que isso.

Tangerin levantou cuidadosamente a cabeça da governanta para fora da tigela e colocou-a delicadamente sobre a mesa. Ela segurou uma colher limpa sob as narinas da Sra. Vee para ter certeza de que ela ainda estava respirando, mas a governanta não exalou.

– Horizona, quanto sal refinado do sono você colocou no ensopado? – ela perguntou.

– Eu só segui as instruções na parte de trás – disse Horizona, e tirou o frasco de sal refinado do sono do bolso. – As instruções dizem que uma *polegada de sal* vai fazer alguém dormir por uma semana.

Tangerin pegou o frasco da amiga e deu uma olhada. Enquanto ela inspecionava, algo não parecia certo, e ela limpou o recipiente com um guardanapo.

– Horizona! – exclamou Tangerin. – As instruções dizem que uma *pitada de sal* fará alguém dormir por uma semana... não uma polegada!

Horizona ficou pálida e seus olhos se arregalaram.

– Opa – disse ela.

– *Ai, meu Deus, nós acabamos de matar a Sra. Vee!* – Áureo gritou.

– Todo mundo, fiquem calmos! – disse Brystal. – Encontramos o sal refinado do sono no armário de poções de Madame Tempora. Se fosse letal, duvido que ela o guardasse no escritório.

Para grande alívio de todos, a governanta inconsciente soltou um ronco alto e começou a respirar normalmente.

– A velhinha vai ficar fora do ar por um tempo, mas ela vai ficar bem – Lucy disse, e deu um tapinha nas costas da Sra. Vee.

– Fizemos a coisa certa? – disse Smeralda. – É estranho colocá-la para dormir assim.

– Nós já conversamos sobre isso – disse Brystal. – Se a Sra. Vee acordasse amanhã de manhã e descobrisse que estávamos todos desaparecidos, ela teria um ataque cardíaco! E se ela descobrisse que estávamos viajando para o Reino do Norte, ela viria atrás de nós! Deixá-la descansar enquanto estamos fora é melhor do que ela ficar preocupada. Agora vamos levá-la para os seus aposentos e partir antes que a Rainha da Neve fique mais forte.

Foram necessárias todas as seis crianças para levantar o corpo inconsciente da Sra. Vee da cadeira e transportá-la para fora da sala de jantar. Ela era muito mais pesada do que eles esperavam e exigiu toda a força deles. Eles a carregaram pela cozinha até o quarto com o máximo de cuidado possível, e fizeram o que puderam para evitar bater com a cabeça e os membros nas portas. No momento em que a colocaram na cama e a aconchegaram, os alunos estavam todos suados e sem fôlego.

– Espere um segundo – disse Lucy. – Por que não usamos *magia* para transportá-la?

Seus colegas grunhiram com a própria estupidez coletiva.

– Ah, cara – disse Áureo. – Eu continuo esquecendo que é uma opção.

Antes de se aventurarem no Reino do Norte, cada um dos alunos e das aprendizes manifestou um casaco único para se manter aquecido durante a jornada. Brystal acenou com a varinha, e um casaco azul brilhante com punhos brancos felpudos apareceu sobre seu terninho. Smeralda criou um envoltório de esmeralda com contas que combinava com seu manto. Tangerin deu a si mesma um casaco grosso feito de retalhos acolchoados de favos de mel. Horizona cobriu o corpo com uma camada de água morna que a envolveu como um macacão transparente. E finalmente Lucy estalou os dedos e manifestou um casaco feito de penas pretas de peru.

– Não é exatamente o faisão que eu esperava, mas serve – disse Lucy.

– Áureo? Você não precisa de um casaco? – Horizona perguntou.

– Eu devo ficar bem – disse ele. – Nunca estou com frio.

– Então estamos quase prontos – disse Brystal. – Eu só preciso coletar algumas coisas antes de irmos.

Brystal embalou um saco com comida, água e outros suprimentos e depois o encolheu para o tamanho de uma bolsa de moedas para que fosse fácil de transportar durante a viagem. Ela pegou emprestada uma das facas afiadas da Sra. Vee da cozinha e a levou para o escritório de Madame Tempora. Subiu em uma cadeira de vidro e cortou o Reino do Norte do Mapa da Magia ampliado na parede. Brystal ficou feliz em ver que a estrela de Madame Tempora ainda estava brilhando no mapa, e esperava que eles a salvassem antes que desaparecesse. Ela enrolou o pedaço extraído do mapa e o enfiou no casaco.

Antes de descer, Brystal fez uma rápida parada em seu quarto. Pegou um grande livro de geografia da prateleira, que continha mapas detalhados da Fenda e do Reino do Norte. Brystal acenou com a varinha e encolheu o livro para as dimensões de uma caixa de fósforos para poder carregá-lo no bolso. Uma vez que o mapa e o livro de geografia foram recolhidos, Brystal encontrou seus colegas no andar de baixo na porta da frente.

– Bem, é isso – disse ela. – O que estamos prestes a empreender pode ficar perigoso, pode ficar assustador e podemos nos machucar no processo.

– Chamamos isso de *sábado* no mundo artístico – disse Lucy.

– Estou falando sério – disse Brystal. – Uma vez que sairmos por aquela porta e deixarmos a academia, não há como voltar atrás. Todos nós sabemos no que estamos nos metendo, certo?

Brystal olhou atentamente nos olhos de cada um dos colegas para ter certeza de que eles entendiam o que estava em jogo. Em vez de encontrar qualquer hesitação, ela viu os alunos e as aprendizes assentindo para ela com confiança, sabendo exatamente o que estava em jogo.

– Estou disposta a dar alguns socos pela Madame Tempora – disse Smeralda.

– Eu também – disse Áureo.

– Somos três – disse Horizona.

– Contem comigo – disse Tangerin.

– É *exatamente* esse tipo de emoção que eu estava procurando – disse Lucy.

Brystal estava energizada pelo entusiasmo de seus colegas, mas ela ainda soltou um suspiro ansioso antes de abrir a porta da frente.

– Tudo bem, então – ela disse. – Aqui vamos nós.

As crianças saíram do castelo e correram pela propriedade até a cerca viva. Quando a barreira se abriu para eles, Brystal e seus colegas respiraram fundo e apertaram as mãos uns dos outros em busca de coragem. Eles atravessaram o túnel frondoso da barreira e deram seus primeiros passos na Fenda, e a perigosa jornada começou.

Tinha acabado de anoitecer quando Brystal e seus amigos partiram da academia, mas estava tão escuro quanto se fosse madrugada na floresta densa. Independentemente de suas novas habilidades de autodefesa, os alunos e as aprendizes ficaram intimidados pela floresta assustadora. Cada corvo gritando e coruja piando parecia um aviso para desistir e retornar à academia, mas os colegas persistiram e viajaram pelo caminho sinuoso. Brystal acenou com a varinha e iluminou a floresta com luzes cintilantes que os seguiram através da Fenda como um enxame de vaga-lumes.

Os colegas venceram o primeiro quilômetro sem problemas, mas isso mudou rapidamente quando chegaram ao fim do segundo quilômetro. De repente, uma enorme criatura com chifres saiu das árvores tortas e bloqueou o caminho deles. À medida que se aproximava das luzes cintilantes, Brystal e Lucy ficaram aliviadas ao ver que era Horêncio e seu cavalo de três cabeças, mas os outros colegas gritaram para o cavaleiro e se prepararam para lutar com ele.

– Não tenham medo – Lucy disse a eles. – Esse cara é um amigo.

– É claro que Lucy é amiga de um cavaleiro demoníaco! – exclamou Tangerin.

– Não estou nem um pouco surpresa! – disse Horizona.

– Não, quero dizer que ele não vai nos machucar – disse Lucy. – Foi ele quem salvou a mim e Brystal dos caçadores de bruxas.

Os colegas relaxaram um pouco depois de ouvir isso, mas apenas um pouco. Brystal deu um passo à frente para cumprimentar a estranha entidade.

– Olá, Horêncio – disse ela. – O que você está fazendo aqui?

Em vez de uma resposta verbal, o cavaleiro apontou para o caminho atrás dos alunos. Por razões que ela não conseguia explicar, Brystal não precisava de palavras para entender o que Horêncio estava tentando comunicar.

– Eu sei que a floresta é perigosa, mas não podemos voltar – disse Brystal. – Madame Tempora está com problemas e ela precisa de nossa ajuda. Ela está lutando contra uma bruxa horrível conhecida como a Rainha da Neve. Se não chegarmos ao Reino do Norte e a salvarmos, ela pode morrer.

– *Como ela sabe o que ele está dizendo?* – Smeralda sussurrou para Lucy.

– *Eles têm uma coisa estranha* – Lucy sussurrou de volta. – *Apenas deixa com ela.*

Depois de alguns momentos de silêncio, Horêncio fez uma reverência para Brystal e gesticulou para o caminho à frente deles. Mais uma vez, o cavaleiro não pronunciou uma única palavra, mas Brystal sabia exatamente o que ele estava dizendo.

– Obrigada – disse Brystal. – Isso seria maravilhoso!

– Hum, Brystal? – Lucy perguntou. – O que está acontecendo aqui?

– Horêncio vai nos escoltar pela floresta – disse Brystal. – Ele quer nos proteger das outras criaturas da Fenda.

O cavaleiro conduziu seu cavalo de três cabeças pelo caminho e as crianças o seguiram. Brystal caminhou ao lado de Horêncio enquanto viajavam, mas o resto do grupo manteve distância. Ela não podia culpar seus amigos por estarem acuados – ela também ficou com medo na primeira vez que viu Horêncio –, mas quanto mais eles avançavam, mais confiavam nele.

– Então, o que é Horêncio? – perguntou Smeralda. – Ele é um homem? Um soldado? *Um cervo?*

– Eu suponho que ele é mais um *espírito* do que qualquer outra coisa – explicou Brystal. – Madame Tempora me disse que Horêncio estava apaixonado por uma bruxa que costumava possuir um monte de terras por aqui, incluindo a propriedade da academia. Depois que Horêncio foi assassinado, a bruxa usou bruxaria para trazê-lo de volta à vida. O encantamento era tão sombrio e vil que a bruxa morreu no processo, e Horêncio retornou ao mundo dos vivos, mas como uma versão não natural de si mesmo. Madame Tempora diz que agora ele vaga pela antiga terra da bruxa e age como um anjo da guarda para pessoas em perigo.

— *Se essa é a versão de Brystal de um anjo da guarda, eu nunca quero ver a versão dela de um demônio* — Tangerin sussurrou para Horizona.

— Ei, Horêncio! — Lucy o chamou. — Podemos te chamar de *Hora* para abreviar?

O cavaleiro balançou a cabeça lentamente de um lado para o outro e todos entenderam sua mensagem dessa vez.

Brystal e seus amigos seguiram Horêncio durante a noite e na manhã seguinte. Eles poderiam jurar que viram lobos e ursos observando-os através das árvores, mas os animais não ousaram se aproximar das crianças enquanto estavam com o cavaleiro. Finalmente, o caminho chegou a um riacho e os alunos e as aprendizes viram uma pequena ponte de pedra. Brystal e seus colegas conseguiram atravessar a ponte sem nenhum problema, mas quando se viraram, Horêncio ficou do outro lado.

— O que você está fazendo, Horêncio? — Brystal perguntou. — Você não vem com a gente?

O cavaleiro balançou a cabeça lentamente e apontou para uma árvore ao lado do riacho. Brystal olhou mais de perto e viu um coração com duas iniciais gravadas no tronco da árvore:

A princípio, Brystal não tinha ideia de por que Horêncio estava lhe mostrando o entalhe ou quem eram HM e NT. No entanto, não demorou muito para ela se lembrar da história de vida do cavaleiro, e rapidamente percebeu por que ele havia parado no riacho.

– Essas são suas iniciais e as iniciais da bruxa, não são? – disse Brystal. – Você deve ter gravado naquela árvore quando ambos estavam vivos. E você não pode viajar além dele, porque marca o fim da antiga propriedade dela.

Horêncio assentiu lentamente. O cavaleiro então executou uma série de gestos que Brystal achou confusos. Primeiro ele apontou na direção em que ela e os outros estavam viajando, e então, com a mesma mão, mostrou a Brystal dois de seus dedos, depois os reduziu a um. Repetiu o movimento várias vezes: apontar, dois dedos, um dedo; apontar, dois dedos, um dedo; apontar, dois dedos, um dedo; mas não importava quantas vezes ele executasse o gesto, Brystal não conseguia descobrir o que Horêncio estava tentando dizer.

– A distância? Dois dedos? Um dedo? – ela perguntou enquanto ele reencenava o movimento. – A distância? Dois dedos? Um dedo?

Por alguma razão, a conexão entre eles foi quebrada e eles não podiam se comunicar tão facilmente quanto antes. Brystal se perguntou se era porque ela estava do outro lado do riacho. Antes que ela pudesse atravessar a ponte e obter uma resposta mais clara, Horêncio puxou as rédeas de seu cavalo e desapareceu entre as árvores.

– O que ele estava dizendo a você? – Lucy perguntou.

– Na verdade, eu não tenho ideia – disse Brystal. – Mas acho que foi um *aviso*.

· · ★ · ·

À medida que a manhã se transformava em tarde, os corpos de Brystal e de seus amigos doíam de exaustão, e os pés de todos estavam inchados e latejando dentro dos sapatos. Eles estavam viajando há quase um dia inteiro e raramente paravam para fazer uma pausa.

Sem a proteção de Horêncio, Brystal temia que se ficassem em algum lugar por muito tempo, seus cheiros e sons seriam percebidos por um predador. Então, ela fazia seus colegas superarem o cansaço e forçava a procissão deles a continuar.

– Quanto tempo mais até chegarmos ao Reino do Norte? – Áureo perguntou.

– De acordo com meu livro de geografia, caminhamos cerca de um quarto do caminho até lá – disse Brystal.

– Apenas *um quarto*? – Horizona disse em choque. – Achei que estávamos quase lá! O ar está ficando muito mais frio.

– Vai ficar muito mais frio do que isso – disse Brystal. – Confie em mim, você saberá quando chegarmos. O Reino do Norte está coberto pelas nevascas da Rainha da Neve.

– Para que parte do Reino do Norte estamos indo? – Lucy perguntou.

Brystal tirou o Mapa da Magia de seu casaco e o desenrolou para seus colegas.

– O mapa mostra que Madame Tempora está em algum lugar entre o Vilarejo das Macieiras e a capital do reino, Monte Tinzel – disse Brystal. – A Rainha da Neve atacou recentemente Monte Tinzel, então imagino que Madame Tempora esteja tentando impedir que sua destruição se espalhe. Se a Rainha da Neve chegar ao Vilarejo das Macieiras, o Reino do Norte estará condenado.

O medo mútuo alimentou seus esforços, e os colegas continuaram sem reclamar. Alguns quilômetros mais adiante, Brystal e seus amigos passaram por uma agradável clareira com luz do sol, um banco de pedra para se sentar, frutas coloridas para comer e uma fonte fresca para beber. Era diferente de tudo o que tinham visto na Fenda desde que deixaram a academia, e as aprendizes ficaram tentadas a parar.

– Desculpe, mas eu *tenho* que fazer uma pausa! – Tangerin gritou.

– Eu também! – disse Horizona. – Até eu me sinto desidratada.

Brystal estava pressionando tanto seus colegas de classe que imaginou que eles mereciam um descanso rápido. Não se opôs quando

Tangerin e Horizona deixaram o caminho e se dirigiram para o banco de pedra. Lucy olhou para a clareira com desconfiança, porém, e deteve as aprendizes antes que elas se sentassem.

– Esperem! Não sentem aí! – ela disse.

– Por que não? – perguntou Tangerin.

– Porque não estamos seguros aqui – disse Lucy. – É obviamente uma armadilha.

– Lucy, você está apenas sendo paranoica – disse Tangerin. – Esta é a parte mais decente da floresta que já vimos!

– Exatamente! – disse Lucy. – É encantadora... encantadora *demais*! Estaremos muito mais seguros se continuarmos andando e encontrarmos um lugar sombrio e pouco convidativo.

– Ótimo, vejo você lá! – disse Tangerin. – Mas se eu não sentar por cinco minutos, meus pés vão cair do meu...

SWOOSH! Como uma ratoeira gigante, assim que Tangerin e Horizona tocaram o banco de pedra, uma enorme rede caiu em cima delas. As meninas gritavam e lutavam para se libertar, mas quanto mais se contorciam, mais emaranhadas ficavam. Brystal, Lucy, Áureo e Smeralda correram para ajudar as amigas, mas a rede era tão grossa que não conseguiam tirá-la das meninas.

Os colegas ouviram o som de um chifre vindo de perto. De repente, uma tribo de criaturas estranhas saltou de trás das árvores, e logo as crianças se viram cercadas por mais de cem trolls.

Os trolls eram criaturas baixas com pele laranja suja e corpos peludos. Eles tinham olhos grandes, narizes grandes, pés grandes, dentes grandes e chifres minúsculos. Usavam roupas feitas de peles de raposas, guaxinins e esquilos, e joias feitas com os ossos de suas presas. Cada troll carregava uma clava pesada e a balançava no ar para incitar o medo. Um troll particularmente grande usando uma coroa de penas exóticas deu um passo à frente para observar as crianças, e Brystal presumiu que ele era o chefe do grupo.

– *Todo mundo fique calmo* – Lucy sussurrou para os colegas assustados. – *Os trolls são criaturas incrivelmente estúpidas... eles têm visão como gambás sem olhos e audição como coelhos sem orelhas. Se ficarmos parados e em silêncio, eles nem saberão que estamos aqui.*

Os alunos e as aprendizes seguiram o conselho de Lucy e ficaram o mais quietos possível.

– Na verdade, nossa visão é *perfeita* e nossa audição é *impecável* – rosnou o chefe.

– Droga – Lucy murmurou. – Eu estava pensando em esquilos.

– Você não vai precisar *pensar* no lugar para onde está indo – disse o chefe, e então se virou para sua tribo. – O que faremos com nossos prisioneiros? Capturamos novos *escravos* ou *lanches*?

Os trolls bateram suas clavas em comemoração à captura das crianças, e então rugiram suas opiniões sobre se preferiam *comê-las* ou *escravizá-las*.

– Puxa, por que não há uma terceira opção? – Áureo gritou.

– Brystal, o que vamos fazer? – perguntou Smeralda.

– Estou pensando, estou pensando! – disse Brystal.

A tribo era tão barulhenta que Brystal mal podia ouvir seus próprios pensamentos. Os trolls acabaram votando pela *escravidão* e depois se aproximaram para capturar as crianças.

– Ok, eu vou contar até três – Brystal disse a seus colegas. – No três, vou agitar minha varinha e causar uma distração, vamos pegar a rede e sair correndo da clareira. Entenderam?

– Eu não quero ser arrastada para fora daqui! – disse Horizona.

– Um... – Brystal começou. – Dois...

Antes que ela pudesse dar o sinal final, o chão retumbou sob seus pés. Os trolls olharam para baixo com medo e começaram a recuar para fora da clareira.

– Ótimo trabalho, Brystal! – disse Lucy. – Isso é uma grande distração!

– Não sou eu! – disse Brystal. – Ainda não fiz nada!

De repente, centenas de mãos verdes com unhas afiadas irromperam da terra. Uma colônia de goblins saiu do subsolo e emergiu na clareira. Os goblins eram criaturas altas e magras com pele verde brilhante. Eles tinham grandes orelhas pontudas, pequenos dentes irregulares e narinas sem nariz. Suas roupas eram feitas de peles de morcegos, toupeiras e répteis. Todos os goblins carregavam lanças afiadas e apontavam as armas na direção dos trolls. Um goblin mais velho usando uma faixa feita de centopeias mortas confrontou o chefe dos trolls cara a cara.

– Como vocês se atrevem a caçar em nosso território?! – o ancião goblin gritou.

– Este é *nosso* território! – o chefe troll gritou de volta. – Tudo acima do solo nos pertence! Voltem para os buracos de onde vocês saíram!

O chefe balançou sua clava no ancião, mas o goblin o bloqueou com sua lança.

– Vocês já roubaram nossa comida, nossa água e nossas terras! – o ancião gritou. – Nós *não* vamos deixar vocêss levaremem escravos de nós também! Saiam da floresta imediatamente ou enfrentem as consequências!

– Os trolls não se acovardam por nada. Muito menos para *goblins imundos*! – declarou o chefe.

A tensão entre os líderes aumentou e os colegas ficaram preocupados com a possibilidade de serem pegos no meio de uma batalha completa entre as espécies.

– *Não se preocupem, eu cuido disso!* – Lucy sussurrou para seus amigos.

– Por favor, não! – Tangerin implorou.

Para terror de seus colegas, Lucy atravessou a clareira e se colocou entre o chefe dos trolls e o ancião goblin.

– Ei, ei, ei – disse ela. – Pessoal, relaxem antes que todos nos machuquemos!

A interrupção enfureceu os dois líderes.

– Quem você pensa que é? – o chefe troll rosnou.

– Você não me reconhece? – Lucy perguntou. – Sou a Lucy Nada da mundialmente famosa Trupe dos Nada. Tenho certeza que você já foi a uma de nossas apresentações. Eu e minha família nos apresentamos para trolls e goblins em toda a Fenda. Nós somos meio que importantes por aqui.

O ancião goblin olhou para ela e esfregou o queixo.

– Ah, sim – disse ele. – Eu lembro de vocês. Você é aquela garotinha gorda que batia naquela caixa detestável de sinos até eu ter uma dor de cabeça terrível.

– Chama-se *tamborim* – Lucy o corrigiu. – Olha, eu entendo que as coisas estão difíceis entre vocês. E você não quer piorar as coisas se envergonhando na frente de uma celebridade como eu. Normalmente não faço isso, mas se você deixar eu e meus amigos sairmos da clareira em paz, prometo voltar e dar a todos uma apresentação gratuita. O que me dizem? Não há conflito no mundo que não possa ser resolvido com um bom entretenimento à moda antiga.

Os alunos e as aprendizes se encolheram com a tentativa de Lucy de negociar. O ancião goblin voltou-se para o chefe troll e fez sua própria oferta.

– Essa é a minha proposta – disse o goblin. – *Vocês* podem ficar com a tamborinista, mas *nós* levamos os outros.

– Não! – gritou o chefe. – *Vocês* podem ficar com a tamborinista, e *nós* levaremos os outros!

O chefe soprou um chifre no rosto do ancião e uma batalha brutal entre trolls e goblins começou. Brystal e seus colegas assistiram a briga com horror – eles nunca tinham visto tanta violência em suas vidas. As criaturas impiedosamente espancaram e esfaquearam umas às outras, e quando suas armas se despedaçaram, elas recorreram a narizes torcidos e orelhas puxadas. Brystal estava tão desolada quanto perturbada – se a humanidade não tivesse expulsado os trolls e goblins de seus reinos, eles não teriam que lutar por recursos como este. No entanto, Brystal estava feliz que os goblins tinham chegado na hora certa, pois eram a melhor distração que ela poderia ter pedido.

– *AGORA!* – ela gritou para seus colegas de classe.

Brystal, Smeralda e Áureo agarraram a rede e saíram da clareira, arrastando Tangerin e Horizona atrás deles. Lucy liderou a investida, empurrando os trolls e goblins para fora do caminho. Inicialmente, as criaturas estavam muito ocupadas lutando umas com as outras para perceber, mas rapidamente avistaram as crianças fugindo da área.

– *OS ESCRAVOS ESTÃO FUGINDO!* – o chefe troll gritou.

– *ATRÁS DELES!* – o ancião goblin ordenou.

Os trolls e goblins perseguiram os colegas de classe, e as criaturas que lutavam se moviam pela Fenda como uma força unida. Os alunos e as aprendizes correram pela floresta o mais rápido que suas pernas cansadas podiam carregá-los, usando sua magia para evitar que as criaturas se aproximassem demais. Brystal acenou com a varinha e lançou trolls girando pelo ar em bolhas gigantes. Smeralda jogou punhados de rubis e diamantes no chão para fazer os goblins escorregarem. Áureo removeu seu Medalhão Anulador e incendiou árvores inteiras para assustá-los. Apesar de todos os seus esforços mágicos, os trolls e goblins nunca pararam de perseguir.

Lucy estava correndo na frente dos colegas e viu algo alarmante à distância à frente deles.

– Ei, pessoal! – ela chamou por cima do ombro. – Estamos indo em direção ao penhasco de um desfiladeiro!

– Então faça alguma coisa para não irmos *em* direção ao penhasco de um desfiladeiro! – disse Smeralda.

Assim que chegaram à beira do desfiladeiro profundo e rochoso, Lucy estalou os dedos e uma ponte de corda frágil com painéis de madeira apareceu para eles. Os colegas correram pela ponte e ela começou a oscilar como um balanço gigante. O movimento fez Áureo tropeçar e cair de cara. Seu Medalhão Anulador escorregou da mão dele e despencou no desfiladeiro abaixo. O menino instantaneamente começou a entrar em pânico e foi engolido pelas chamas.

– *Não, não, não, não, não!* – ele ofegou.

– *Áureo, me escute!* – disse Brystal. – *Você tem que se acalmar! Se você ficar muito quente, a ponte vai...*

Era tarde demais, o fogo de Áureo queimou as cordas e os painéis de madeira. A ponte partiu-se ao meio e os colegas caíram no desfiladeiro. Os alunos e as aprendizes gritaram enquanto despencavam no ar e em direção à terra rochosa abaixo. A queda lembrou Brystal do capítulo final de *As aventuras de Quitut Pequeno*, mas ao contrário da queda do personagem principal, não havia um rio para amortecer a dela. Brystal tentou manifestar algo suave para ela e os outros pousarem, mas quando ela acenou com a varinha, a velocidade a soltou de sua mão.

Brystal desesperadamente pegou sua varinha no ar... Ela estava caindo bem ao lado dela, apenas alguns centímetros fora de alcance... Ela esticou o braço o máximo possível... As pontas de seus dedos roçaram a sua lateral... Ela envolveu sua mã em torno do cabo de cristal da varinha...

PUF! As crianças atingiram o fundo do cânion e uma nuvem de poeira subiu no ar. Enquanto os trolls e goblins olhavam por cima do penhasco, eles não esperaram a poeira baixar antes de voltar para a floresta.

Nada poderia ter sobrevivido *àquela* queda.

Capítulo Dezoito

A menina das flores e a Árvore da Verdade

Brystal foi despertada por um forte perfume floral. Seus olhos se abriram para ver o que estava causando o aroma, mas tudo o que ela viu foi a cor *amarela* em qualquer direção que olhava. Ela esperou que seus olhos se ajustassem, na esperança que a cor desaparecesse ou se transformasse em algo que ela reconhecesse, mas o amarelo – e *apenas* o amarelo – permaneceu ao redor dela. Brystal estava deitada em algo muito macio, mas não sabia o que era ou como foi parar lá.

Ela se lembrou da sensação de *cair*... Ela se lembrou de como era difícil respirar enquanto o ar passava por seu rosto... Ela se lembrou de alcançar algo que descia ao lado dela... Ela se lembrou de roçar na varinha com as pontas dos dedos... E ela se lembrou de quão desesperadamente ela precisava dela...

Brystal arfou e se retesou enquanto a lembrança completa retornava. Ela se lembrou de antes, quando fugia dos trolls e goblins com seus colegas de classe, quando Áureo deixou cair seu Medalhão Anulador enquanto cruzavam a ponte de corda e, o pior de tudo, lembrou-se de ter mergulhado em direção ao chão rochoso do cânion. No entanto, ela não caiu no chão duro como temia – a queda de Brystal foi interrompida por uma enorme flor amarela.

Quando Brystal ficou de pé e espiou por cima das enormes pétalas, ela descobriu que estava no meio de um jardim encantado. Para onde quer que se virasse, Brystal via flores, cogumelos, arbustos e outras plantas que eram do tamanho de casas. Seus colegas de classe estavam espalhados pelo jardim e, felizmente, as quedas de todos também haviam sido amortecidas por flores gigantes – e, assim como Brystal, o impacto deixou todos inconscientes, mas intactos. Enquanto Brystal estava numa rosa amarela, Smeralda estava aninhada dentro de uma enorme tulipa roxa e Lucy pendurada na lateral de um gigantesco lírio rosa. Áureo estava deitado em um enorme cravo vermelho que agora estava parcialmente chamuscado em torno do menino, graças às suas chamas. Tangerin e Horizona ainda estavam emaranhadas na rede dos trolls, mas as garotas haviam pousado em segurança em um girassol.

– Todos estão vivos? – Brystal os chamou.

Um por um, seus colegas começaram a gemer e lentamente voltaram a si. Esfregaram a cabeça, esticaram os membros e olharam ao redor do jardim com espanto.

– Bem, este não é o *pior* lugar em que eu já acordei – disse Lucy.

– Onde estamos? – perguntou Smeralda.

– Em algum tipo de jardim gigante – disse Brystal.

– Mas como chegamos aqui? – Áureo perguntou.

Todos olharam para o alto e viram que o cânion ainda estava acima deles. Mas, estranhamente, o jardim ficava *sob* o chão rochoso do cânion que os cobria como um telhado transparente.

– O fundo do cânion deve ser um tipo de barreira mágica – especulou Tangerin. – É como a cerca viva ao redor da nossa academia! Devemos ter caído em outra residência mágica!

Os colegas desceram cuidadosamente das flores gigantes e observaram o estranho lugar onde estavam. Áureo encontrou seu Medalhão Anulador pendurado em uma margarida e imediatamente o colocou de volta no pescoço. Brystal procurou pela sua varinha no jardim e a encontrou na base de uma flor-de-cera. Ela acenou a varinha para Tangerin e Horizona e a rede ao redor delas se dissolveu no ar, permitindo que as meninas se juntassem aos outros no chão.

– Você poderia ter feito isso *antes* de nos arrastar pela floresta – disse Horizona.

– Desculpe – disse Brystal. – Ainda estou me acostumando com essas situações de *vida ou morte*.

Os alunos e as aprendizes procuravam uma saída do jardim, mas não encontravam em lugar nenhum. Eles seguiram um caminho de terra serpenteando pelas plantas encantadas, mas a propriedade parecia interminável. Enquanto caminhavam, os zangões de Tangerin zumbiam de excitação com todas as flores gigantes ao redor deles. Alegremente faziam viagens de uma flor para outra, retornando à colmeia de Tangerin com mais néctar do que jamais tiveram e precisaram.

Por fim, os colegas ouviram alguém nas proximidades, cantarolando pelo jardim. Eles viraram uma curva para encontrar uma menina de cerca de seis anos regando papoulas de tamanho normal. A garota tinha cachos de cabelo vermelhos-claros e ela usava um vestido feito de grandes pétalas de rosa vermelha. Ela cantarolava uma melodia alegre para as papoulas enquanto as regava e, depois que terminou, colocou o regador de lado e girou os dedos no ar acima das flores. As papoulas começaram a crescer, estendendo-se até a altura de uma árvore.

– Belo truque – Lucy gritou-a. – Você faz festas?

A garotinha não estava esperando visitantes e gritou. Correu para se esconder atrás das papoulas gigantes. Brystal se sentiu mal por assustar a garotinha e se aproximou dela com um sorriso de desculpas.

– Perdão, não queríamos assustar você – disse ela. – Não precisa temer, nós somos fadas como você. Estamos um pouco perdidos e esperamos que alguém nos mostre uma saída do... bem, *de onde quer que estejamos*.

– Não tenho permissão para falar com estranhos – disse a garotinha.

– Então vamos resolver isso – disse ela. – Meu nome é Brystal Perene. Estes são meus amigos: esta é a Lucy Nada; aquela, Smeralda Polida; Áureo dos Fenos; Tangerin Turka e Horizona de Lavenda. Qual o seu nome?

O charme amigável de Brystal conquistou a garotinha, e ela saiu de trás das papoulas.

– Meu nome é Roseta – disse ela. – Roseta das Pradarias.

– É um prazer conhecê-la, Roseta – disse Brystal. – Agora que nos conhecemos melhor, você pode nos dizer onde estamos?

– Você está no Desfiladeiro das Estufas – disse ela. – É o maior jardim botânico do mundo para plantas magicamente aprimoradas.

– Você cultiva todas as plantas sozinha? – Brystal perguntou.

– É a especialidade da minha família – disse Roseta. – Os Pradarias são os que mais entendem a linguagem das plantas na comunidade mágica. Digo, as plantas não falam, nem mesmo as mágicas... é apenas uma figura de linguagem. Embora o meu tio jure que já *ouviu* uma planta falar com ele uma vez, mas isso era porque ele bebia demais. *Rapaz, sinto muita falta dele.* Espere. Se vocês não sabiam do Desfiladeiro das Estufas antes, como vieram parar aqui?

– Eu e meus amigos estávamos sendo perseguidos por trolls e goblins lá em cima, até o penhasco – disse Brystal. – Caímos no desfiladeiro, mas felizmente suas flores salvaram nossas vidas.

– Vocês foram perseguidos por trolls e goblins de verdade? – Roseta perguntou com os olhos arregalados. – Isso é incrível! Eu nunca vi um troll ou goblin na vida real antes. Teve uma vez que pensei ter visto um, mas era apenas um tamanduá. Espere. *Você disse que nossas flores salvaram sua vida?* Uau, isso é incrível! Minha família deveria usar isso como propaganda. Eu posso imaginar os anúncios agora: *"Flores dos Pradarias: não são apenas lindas, como salvam vidas"*. É difícil conseguir novos clientes quando sua localização é um segredo.

– Ah, imagino que seja uma forma difícil de vender...

– Nossos clientes habituais são todos velhos e cheiram a queijo. *Por que vocês acham que isso acontece com os velhos?* Vocês são as pessoas mais jovens que eu já vi no desfiladeiro! Quase nunca vejo alguém da minha idade para conversar. Puxa, isso é legal. Isso é bom para vocês também? *Eu passo MUITO tempo com plantas!* Dizem que conversar com as plantas as ajuda a crescer. Não tenho certeza se é a coisa mais saudável para mim, no entanto. Plantas são boas ouvintes, eu acho, mas não é o mesmo que falar com pessoas. Às vezes você só precisa ouvir algo além da sua própria voz, entendem o que quero dizer? *Ei, vocês querem um passeio pelos jardins enquanto estão aqui?*

Obviamente Roseta estava muito animada por ter companhia, mas ela falava tão rápido que os outros estavam com dificuldade de entendê-la.

– Nós adoraríamos ficar, mas estamos com um pouco de pressa – disse Brystal. – Você se importaria de nos mostrar como voltar para a Fenda?

Roseta olhou ao redor dos jardins com curiosidade e coçou a cabeça.

– Na verdade, eu não tenho certeza de como sair daqui – ela disse. – Acreditem ou não, eu nunca estive fora do desfiladeiro antes. Minha família é muito protetora. *Vocês sabiam que o mundo está cheio de pessoas que querem nos prejudicar?* Foi novidade para mim. Minha família também diz que sou *demais* para outras pessoas lidarem. Dizem que sou melhor em *pequenas doses*... o que quer que isso signifique. Mas não fere meus sentimentos. Todo mundo expressa amor em uma língua diferente. Vocês sabem quais são suas linguagens do amor? A minha é *tempo de qualidade*. Costumava ser *o toque físico*, mas *não* estava funcionando muito bem, então tive que mudar. As pessoas são tão exigentes quanto ao espaço pessoal e...

– Há mais *alguém* com quem possamos conversar? – Lucy interrompeu.

– Vocês terão que falar com a Feiticeira – Roseta disse. – Ela saberá uma saída.

– Você disse a *Feiticeira*? – perguntou Smeralda.

– Sim, ela é minha tia – disse Roseta. – Venham comigo... eu vou mostrar onde ela está.

Os colegas seguiram a menina pelos jardins e, pelo caminho, Roseta deu a eles o passeio que não queriam. Ela falou em detalhes sobre cada flor e planta que passaram. Brystal suspeitava que ela estava propositalmente percorrendo o caminho mais longo pelo jardim para ter mais tempo para conversar com eles. Logo passaram por um feixe de arbustos com bagas coloridas que chamaram a atenção de Áureo.

– Eu reconheço estes – disse ele. – Madame Tempora tinha alguns na carruagem dourada.

– Essas são as nossas *Merendeiras* – disse Roseta. – São um dos nossos produtos mais vendidos. Elas cultivam diferentes tipos de alimentos, dependendo da hora do dia.

– O que é aquilo ali? – Horizona perguntou.

– Ah, esse é o nosso *Pomar de Objetos* – disse ela. – Vamos! Com certeza vocês vão querer ver!

Roseta saltou em direção ao pomar e gesticulou para que os outros a seguissem. Lucy lançou aos seus colegas um olhar mordaz enquanto eles seguiam a garota.

– *Parem de fazer perguntas a ela!* – ela sussurrou. – *Ela já é lenta o suficiente!*

A garotinha mostrou a eles um acre de árvores plantadas em fileiras bem retas. Todas as árvores do pomar eram idênticas, mas em vez de frutas ou flores, em cada árvore crescia um objeto doméstico diferente. Havia árvores com barras de sabão, baldes e esfregões, travesseiros e cobertores, velas e castiçais, mesas e cadeiras, espátulas e frigideiras, escovas e pentes, sapatos e meias, e até árvores onde brotavam bichos de pelúcia.

– Minha família pode cultivar praticamente qualquer coisa em árvores – Roseta se gabou. – Recebemos pedidos de bruxas e fadas de todo o mundo. *Dinheiro* é sempre o que as pessoas mais querem. Isso provavelmente não é uma surpresa, no entanto. Antes que vocês perguntem, a resposta é *não*; não cultivamos árvores de dinheiro. Pelo menos, não *mais*. A última vez que vendemos uma, o Reino do Oeste teve uma crise econômica. Eles ainda não se recuperaram do...

– Roseta, quanto falta até chegarmos à Feiticeira? – Lucy perguntou. – Estamos no meio de uma crise também.

– Já estamos quase lá – disse Roseta. – Nossa casa fica logo depois da Vinha dos Vícios e da Fazenda das Fragrâncias. Mal posso esperar para mostrar isso a vocês!

Finalmente, o passeio terminou em uma grande mansão de quatro andares. A casa era construída inteiramente de trepadeiras e tinha um telhado em espiral de espinheiro retorcido. No interior, a mansão tinha piso de palha e paredes feitas de arbustos coloridos. Enquanto Roseta acompanhava seus convidados pela casa, os colegas de classe ouviram os sons de várias criaturas diferentes vindo de algum lugar dentro da casa. Quando eles entraram na grande sala, Brystal e seus amigos descobriram um zoológico de vasos de plantas que pareciam, se moviam e rugiam como animais. Havia flores de corniso latindo, plantas de erva-do-gato miando, orquídeas com cara de macaco e flores de ave-do-paraíso voando.

Bem no fundo da grande sala, uma senhora estava alimentando um enorme buquê de plantas carnívoras com galinhas vivas. As plantas pegaram as aves com suas presas e as engoliram inteiras. Foi uma cena difícil de ver, e os colegas congelaram no meio da sala, mas Roseta alegremente saltitou sem hesitação até a velha.

– Tia Floralina, temos visitas! – ela anunciou.

Floralina das Pradarias era uma mulher muito baixa, de boca larga e lóbulos das orelhas anormalmente compridos. Ela tinha duas tranças de cabelo prateado e usava um avental feito de folhas de outono. Para desgosto das plantas carnívoras, a velha colocou uma tampa sobre o caixote de galinhas e fez uma pausa na alimentação para receber seus convidados.

– Tia Floralina, estes são meus novos amigos: Brystal, Lucy, Smeralda, Áureo, Tangerin e Horizona – Roseta apresentou. – Novos amigos, esta é minha tia, a Feiticeira Floralina das Pradarias.

A Feiticeira estudou os colegas com olhos muito desconfiados.

– Vocês são *clientes*? – ela perguntou a eles.

– Não – disse Brystal.

– Vocês são *procuradores*?

– Não.

– Então o que vocês estão fazendo no meu desfiladeiro?

– Estamos aqui por acidente – explicou Brystal. – Uma tribo de trolls e uma colônia de goblins nos perseguiram pelo penhasco. Não queremos incomodá-la, mas ficaríamos muito agradecidos se você pudesse nos dizer como sair daqui.

A Feiticeira ainda estava desconfiada e ergueu uma sobrancelha para os colegas.

– Vocês são muito jovens para estarem na Fenda sozinhos – ela disse. – De onde vocês estão vindo?

– Da Academia de Magia de Madame Tempora – disse Horizona.

– Uau, parece chique – disse a velha. – Eu não sabia que *existiam* academias para pessoas como nós.

– É a primeira do tipo – disse Horizona, e sorriu com orgulho.

– Bem, *blá-blá-blá* – a Feiticeira cantou. – Para sair do desfiladeiro, vocês devem ir para o lado noroeste dos jardins e virar à esquerda no Bosque de Vidrarias. Vocês encontrarão uma escada que leva de volta à Fenda.

– Obrigada – disse Brystal. – Estaremos a caminho. Foi bom conhecê-las.

– Obrigada por tombarem por aqui – disse Roseta. – Sem trocadilhos!

Os colegas se dirigiram para a porta, mas quando Brystal se virou para acenar adeus, ela percebeu que Tangerin não havia se mexido. A aprendiz olhava inquisitivamente de um lado ao outro, entre a Feiticeira e o buquê de plantas carnívoras.

– Só por curiosidade – disse Tangerin –, quando você disse *pessoas como nós*, a que você estava se referindo? As feiticeiras praticam magia ou bruxaria?

– Magia, na maior parte – disse a velha. – Mas eu sou conhecida por ser uma *bruxa* de vez em quando. Só depende de que tipo de humor eu estou.

A Feiticeira riu da própria piada, mas os alunos e as aprendizes não entenderam por que era engraçada. Pelo contrário, a observação apenas os confundiu.

– Você não está falando sério, está? – perguntou Tangerin.

– Claro que estou falando sério – disse a velha. – Eu não consegui essas orelhas por aderir à magia ao longo dos anos. Eu não uso com frequência, mas ocasionalmente um pouco de bruxaria ajuda bastante.

– Mas isso não é possível – disse Tangerin. – Você nasce uma fada ou uma bruxa. Ninguém *escolhe*.

A Feiticeira ficou atordoada com a afirmação de Tangerin.

– Mocinha, do que diabos você está falando? – ela perguntou. – Ter habilidades mágicas não é uma escolha, mas ninguém na comunidade mágica *nasce* fada ou bruxa. Todos nós podemos ser *o que* quisermos, *quando* quisermos. Pessoalmente, nunca me identifiquei como uma ou outra, por isso me chamo de *feiticeira*.

– I-isso... isso não é verdade – argumentou Tangerin. – As fadas nascem com bondade em seus corações e, portanto, *só* praticam magia. As bruxas nascem com maldade e, portanto, *só* praticam bruxaria.

– E quem te ensinou essa bobagem? – a Feiticeira perguntou.

– Nossa professora – disse Tangerin.

– Bem, eu odeio dizer isso a vocês, mas sua professora está *errada* – disse a velha. – Nada neste universo é preto e branco. Mesmo as noites mais escuras têm um grau de luz, e os dias mais claros têm uma pitada de escuridão. O mundo está cheio de dualidade, e podemos *escolher* onde estamos em tudo isso.

A Feiticeira foi muito persuasiva ao expor seu argumento, mas os colegas não aceitaram. Se ela estava dizendo a verdade, então tudo o que sabiam sobre magia, e a própria fundação da academia de Madame Tempora, era *tudo* mentira.

– Não, eu não acredito em você! – Horizona objetou. – Madame Tempora nunca mentiria para nós! Você é claramente uma *bruxa*, porque está tentando nos enganar!

– Olha, você pode acreditar no que quiser, mas não estou tentando enganar ninguém – disse a Feiticeira. – Aqui, eu vou provar isso para você.

A velha apontou para o chão, e uma grande flor cresceu do solo de palha. Era a planta mais linda que os colegas já tinham visto, e suas pétalas rosadas eram tão vibrantes que a flor praticamente brilhava. Depois que as crianças tiveram a chance de admirá-la e se apaixonar por sua beleza, a Feiticeira cerrou o punho e a flor começou a murchar. Sua cor desbotou, suas pétalas se partiram, seu caule enfraqueceu e a planta se decompôs em um monte de terra.

– Viu? – disse a velha. – Magia *e* bruxaria.

A demonstração foi rápida e simples, mas provou que a Feiticeira estava certa. Brystal e seus colegas ficaram angustiados enquanto olhavam para os restos da flor. Suas mentes estavam a mil enquanto reavaliavam tudo o que Madame Tempora já havia dito.

– Mas *por que* ela mentiria para nós a respeito disso? – Brystal perguntou. – Por que Madame Tempora agiria como se fadas e bruxas fossem espécies diferentes se fosse apenas uma *preferência*?

– Você poderia perguntar à nossa Árvore da Verdade – Roseta sugeriu.

– Uma Árvore da Verdade? – disse Lucy. – Certo, agora você está apenas brincando com a nossa cara.

– Não, é real! – disse Roseta. – A Árvore da Verdade é uma árvore mágica que produz honestidade. Pode responder às suas perguntas sobre a sua professora. Só resta uma no Desfiladeiro das Estufas. Tivemos que parar de vendê-las porque elas estavam deixando nossos clientes loucos.

– É seguro? – Brystal perguntou.

– Contanto que você possa lidar com a verdade – a Feiticeira disse. – A maioria das pessoas não consegue.

Brystal também não estava confiante de que pudesse. Saber que Madame Tempora mentira sobre algo tão significativo foi esmagador o suficiente, mas Brystal ficaria ainda mais arrasada se descobrisse que a fada havia mentido por razões desonrosas. No entanto, nada parecia mais assustador do que outra pergunta sem resposta, então Brystal deu boas-vindas à oportunidade de encontrar a verdade.

– Tudo bem – disse ela. – Me leve para a árvore.

Roseta e a Feiticeira escoltaram seus convidados para o lado oposto do Desfiladeiro das Estufas. No fim do caminho de terra, no topo de uma pequena colina, havia uma pequena árvore branca. A princípio, a Árvore da Verdade parecia muito normal, mas quando os colegas se aproximaram, notaram que sua casca estava coberta de entalhes de olhos humanos. Brystal subiu cautelosamente a colina e parou diante da árvore, mas não sabia o que fazer em seguida.

– Como funciona? – ela perguntou.

– Coloque um dos galhos na palma da sua mão – a Feiticeira instruiu. – Então feche os olhos, limpe a cabeça e faça as perguntas em sua mente.

Brystal respirou fundo e segurou um galho. Assim que sua mão se fechou em torno dele, Brystal foi transportada para longe de Desfiladeiro das Estufas. Ela não estava mais em uma colina no meio dos jardins, mas em uma colina que flutuava a quilômetros acima do solo. As nuvens fluíam abaixo dela como um rio caudaloso, e as estrelas brilhavam tão claramente acima dela que pareciam ao seu alcance. Quando ela olhou de volta para a Árvore da Verdade, as gravuras no tronco e nos galhos de repente se abriram e se tornaram olhos humanos reais – e cada um estava olhando diretamente para ela. Brystal presumiu que era tudo uma projeção da própria mente dela, mas isso não fez com que parecesse menos real.

– Você tem uma pergunta? – disse uma voz profunda que ecoou pelo céu ao seu redor.

– Isso depende – disse Brystal. – Você realmente dá respostas honestas?

– Não posso prever o futuro ou ler os pensamentos de alguém, mas sei tudo o que é e tudo o que foi – respondeu a voz.

Brystal ainda tinha dúvidas sobre a Árvore da Verdade, então começou com algumas perguntas simples para testar a autenticidade da árvore.

– Onde eu nasci? – ela perguntou.

– Via das Colinas – a voz respondeu.

– E que escola eu frequentei?

– A Escola Via das Colinas para Futuras Esposas e Mães.

– O que minha mãe faz da vida?

– Tudo o que seu pai não faz.

A última pergunta tinha sido uma pegadinha, mas Brystal ficou impressionada com a forma como a Árvore da Verdade respondeu. Ela decidiu não perder mais tempo testando sua precisão e pulou para as perguntas que a levaramam até lá.

– É verdade que todos os membros da comunidade mágica nascem iguais? E que ser uma fada ou uma bruxa é apenas uma preferência? – – Brystal perguntou.

– Sim – disse a árvore.

– Então por que Madame Tempora mentiu para nós? – ela perguntou.

– Pela mesma razão pela qual todos mentem – disse a árvore. – Para esconder a verdade.

– Mas por que ela precisava esconder isso? Por que Madame Tempora quer que acreditemos que existe uma diferença entre fadas e bruxas,, se não existe?

– Não consigo ver sua motivação exata, mas posso dar uma ideia de por qual razão *outros* contam mentiras semelhantes – ofereceu a árvore.

– Por quê? – Brystal perguntou.

– Quando confrontados com a discriminação, é comum que as pessoas dividam suas comunidades nas definições de *certo* e *errado*. Ao categorizar as fadas como *boas* e as bruxas como *más*, é possível que Madame Tempora estivesse tentando ganhar *aceitação pelas fadas* alimentando *o ódio pelas bruxas*.

A teoria fazia sentido, mas se a árvore estivesse certa, isso significava que Madame Tempora estava encorajando a humanidade a *odiar* e *prejudicar* membros de sua própria comunidade – e Brystal não conseguia imaginar Madame Tempora desejando *ódio* ou *prejuízo* a alguém.

– Então essa é a *verdadeira razão* pela qual ela publicou *A verdade sobre a magia*? Os encantamentos deveriam ajudar a humanidade a descobrir e perseguir as bruxas?

– O encantamento para bruxaria é falso – disse a árvore. – O encantamento para a magia é o único feitiço genuíno em seu livro.

A revelação intrigou Brystal ainda mais. Ela estava começando a pensar que a Árvore da Verdade deveria ser chamada de Árvore da Frustração, porque tudo que ela dizia tornava a situação mais complicada. A mente dela estava girando em direções diferentes, mas enquanto Brystal se concentrava nos fatos, lentamente percebeu por que Madame Tempora tinha feito o que ela fez.

– Acho que entendo agora – disse Brystal. – Se Madame Tempora convencesse a humanidade a discriminar apenas as *bruxas*, e convencesse todos na comunidade mágica de que eles eram *fadas*... isso salvaria a todos! Ela fingiu que a comunidade estava dividida para protegê-la da humanidade, enquanto *ainda* dava à humanidade algo para odiar e temer! Certo?

– Pessoas nobres geralmente mentem por motivos nobres – disse a voz. – Infelizmente, você nunca saberá até perguntar a elas mesmas.

– Como está Madame Tempora agora? Ela ainda está viva?

– Sua professora ainda está viva, mas foi feita refém por uma energia maligna – disse a Árvore da Verdade. – Muito pouco de Madame Tempora permanece, e a vida a que ela se apega está sendo drenada por sua captora. Não vai demorar muito até que ela perca a luta.

– Ela foi *capturada*? – Brystal perguntou em pânico. – Onde ela está sendo mantida? Temos tempo para salvá-la?

– Madame Tempora está presa nas profundezas do Palácio de Tinzel, na capital do Reino do Norte. No entanto, se você continuar pelos caminhos sinuosos da Fenda, as chances de resgatá-la são improváveis.

– Existe uma forma mais rápida de chegar lá?

– Dezesseis quilômetros ao norte do Desfiladeiro das Estufas, nos fundos da Caverna do Urso Negro, você encontrará a entrada para um túnel goblin abandonado. Pegue o túnel e você chegará a Monte Tinzel na metade do tempo.

– Tudo bem, nós vamos! – disse Brystal. – Obrigada!

Brystal soltou o galho da Árvore da Verdade e voltou para o jardim no Desfiladeiro das Estufas. A viagem de volta fez ela parecer que estava caindo no chão novamente, e ela gritou, fazendo todos os seus colegas pularem.

– Algo te mordeu? – Áureo perguntou.

– Desculpe! – disse Brystal. – Eu não esperava que a viagem de volta fosse tão chocante.

– O que você quer dizer com *viagem de volta*? – perguntou Smeralda.

– Não importa, eu consegui as respostas que queríamos! – disse Brystal. – Madame Tempora *mentiu* para nós sobre magia e bruxaria, mas ela estava apenas fazendo isso para proteger a comunidade mágica. Eu explico tudo depois, porque temos que ir! Se não sairmos do Desfiladeiro das Estufas agora, nunca mais veremos Madame Tempora!

Capítulo Dezenove

A defesa do Norte

Brystal e seus colegas de classe saíram apressados do Desfiladeiro das Estufas e caminharam pela Fenda o mais rápido que puderam. Quanto mais se aproximavam do Reino do Norte, mais a temperatura caía, e cada quilômetro percorrido parecia drasticamente mais frio do que o anterior. As crianças se enrolaram em seus casacos para aguentar o ar frio, mas o clima em queda não era tão incômodo quanto o baixo astral que os assolava. A conversa de Brystal com a Árvore da Verdade foi difícil para os amigos processarem, e ouvir sobre isso teve um impacto visível neles. Apesar de Madame Tempora ter mentido para eles por motivos honrosos, os alunos e as aprendizes se sentiram traídos pela professora. Eles abaixaram a cabeça e caminharam sombriamente pela floresta em silêncio.

Quando chegaram à metade do caminho entre o Desfiladeiro das Estufas e a Caverna do Urso Negro, eles fizeram sua primeira pausa desde que deixaram os jardins encantados. Sentaram-se em um tronco caído para descansar os pés, e Brystal decidiu resolver o problema em suas mentes antes de continuarem.

– Eu entendo que vocês estão todos desapontados – disse ela. – Nunca é fácil descobrir que alguém que você ama mentiu para você, mas se você realmente pensar sobre isso, a verdade sobre fadas e bruxas não muda nada. Ainda somos as mesmas *pessoas* que éramos na academia, e Madame Tempora ainda é a mesma *pessoa* que nos propusemos a salvar. Tudo o que ela já fez, escrever *A verdade sobre a magia*, enfrentar a Rainha da Neve, iniciar a academia... foi tudo para proteger e ganhar aceitação para a comunidade mágica. Podemos perdoá-la por cometer alguns erros ao longo do caminho, não podemos?

Os alunos pensaram nas intenções de Madame Tempora e finalmente concordaram com a perspectiva de Brystal, mas as aprendizes não estavam convencidas.

– Tangerin? Horizona? – disse Brystal. – Eu sei que isso é mais difícil para vocês duas porque vocês conhecem Madame Tempora há mais tempo. É perfeitamente normal sentir o que estão sentindo agora, mas um dia eu acho que vocês vão olhar para trás e...

– Não é apenas sobre Madame Tempora – confessou Tangerin. – Eu sempre pensei que fadas eram melhores que bruxas... e eu *gostava* de me sentir melhor do que elas. Isso me ajudou a lidar com todo o ódio que o mundo nos enviou. Acreditar que nasci assim me fez sentir valiosa, como se o universo estivesse do meu lado.

– Eu também – disse Horizona. – E nós odiávamos bruxas assim como a humanidade nos odeia. Mas agora sabemos que não somos melhores que bruxas, e também não somos melhores que a humanidade.

Brystal se ajoelhou na frente das amigas em dilema e colocou a mão em ambos os joelhos.

– Estamos todos a poucos erros de nos tornarmos as pessoas que desprezamos – disse ela. – Então não pensem *mal* de si mesmas, mas deixem que isso mude *como* vocês pensam de si mesmas. Comecem a valorizar *quem* vocês são, mais do que *o que* vocês são. Provem que vocês são melhores do que a maioria das pessoas, mostrando mais *aceitação* e *empatia*. E alimentem seu orgulho com o que vocês *merecem* e *fazem*, e não em como vocês nasceram.

Tangerin e Horizona ficaram em silêncio enquanto consideravam a proposta encorajadora de Brystal. As mudanças que ela sugeriaa não eram fáceis e demandariam muito tempo e trabalho duro, mas a mensagem dela as inspirou a tentar.

– Você é muito boa em conversas estimulantes – disse Tangerin. – Tipo, às vezes é até *estranho* quão boa você é.

Brystal riu.

– Eu tenho uma boa professora – disse ela. – Todos nós temos.

Depois de um pequeno intervalo, os colegas continuaram pela Fenda em direção à Caverna do Urso Negro. A cada poucos passos, Brystal verificava compulsivamente seu livro de geografia para ter certeza de que estavam indo na direção certa. Dentro de uma hora, eles chegaram a uma enorme caverna ao lado de uma ampla colina. A entrada estava cercada por vários pedregulhos pretos empilhados para fazer a caverna parecer a boca de um urso gigante.

– Se eu fosse apostar, diria que *aquela* é a Caverna do Urso Negro – disse Smeralda.

– Espere, acham que há *ursos* lá? – Áureo perguntou.

– Provavelmente – disse Lucy. – Duvido que a Caverna do Urso Negro tenha esse nome por abrigar flamingos.

– Isso não preocupa mais ninguém? – ele perguntou. – Quero dizer, estamos realmente entrando em uma caverna de ursos com uma garota coberta de *mel*?

Todos se viraram para Tangerin e olharam para a jaqueta de favo de mel dela com preocupação.

– Ah, sim – disse Brystal. – Áureo levantou uma boa questãoaolevantou uma boa questão.

Antes que pudessem discutir uma possível precaução, os colegas foram distraídos por um vento gelado que soprava pela floresta. O vento foi seguido por uma comoção estrondosa e, de repente, a floresta escura ficou muito mais escura. O grupo olhou para cima e viu as nuvens cinzentas de uma terrível tempestade vindo do norte. Enquanto as nuvens cobriam o céu, uma poderosa nevasca surgiu através da Fenda como um tsunami branco.

– O que está acontecendo? – perguntou Tangerin.

– Deve ser a Rainha da Neve! – exclamou Brystal. – *Todo mundo na caverna! AGORA!*

Os colegas correram pela floresta, e a nevasca os perseguiu como um monstro branco rodopiante. Eles chegaram à entrada da caverna assim que a tempestade colidiu com a encosta. Brystal e seus amigos correram para dentro da caverna até que os ventos gelados da nevasca não pudessem alcançá-los.

– Isso não é uma nevasca normal, é? – Horizona perguntou.

– Não – disse Brystal. – A destruição da Rainha da Neve está se espalhando além do Reino do Norte! Não se trata mais apenas de salvar Madame Tempora... temos que chegar a Monte Tinzel e parar a Rainha da Neve antes que o mundo inteiro seja coberto por uma grande tempestade!

O futuro parecia sombrio e, à medida que se aprofundavam na Caverna do Urso Negro, seu ambiente se tornava igualmente sombrio. Logo a caverna estava escura como breu e os colegas mal conseguiam se ver. Eles ouviram outra comoção estrondosa vindo da frente, e temeram que a nevasca tivesse encontrado um caminho para dentro da caverna.

– *AAAAAH!* – Lucy gritou de repente.

– O que aconteceu? – Áureo perguntou.

– Desculpe, eu senti algo peludo na minha perna – disse Lucy. – Tangerin, foi você?

– Muito engraçado – disse Tangerin. – Mas eu estou atrás de você.

Brystal acenou com a varinha e iluminou a caverna com luzes cintilantes. Todos os colegas gritaram quando descobriram que estavam cercados por centenas de ursos negros. Brystal e seus amigos se agarraram e olharam ao redor da caverna com terror, mas, felizmente, o pânico deles era desnecessário porque todas as criaturas estavam dormindo no chão. O ronco dos ursos era ainda mais alto do que a nevasca lá fora.

– Alguém deu a eles sal refinado do sono também? – Horizona perguntou.

– Não, eles estão hibernando – Smeralda disse.

– Mas é muito cedo para os ursos hibernarem – disse Áureo. – Ainda é primavera.

– O tempo frio deve tê-los confundido – disse Smeralda. – Duvido que eles tenham tido tempo de reunir comida suficiente para sobreviver por muito tempo.

– Nada vai sobreviver a um inverno que dura para sempre – disse Brystal. – Agora, todos procurem o túnel goblin abandonado. A Árvore da Verdade disse que está em algum lugar no fundo da caverna.

Os colegas vasculharam cada canto da caverna e finalmente encontraram um túnel ladeado por duas horríveis estátuas de goblins. Brystal acenou com a varinha, e todas as luzes cintilantes em toda a caverna voaram para o túnel para iluminar a passagem. Os colegas viram que era perfeitamente arredondado, suas paredes eram esculpidas com símbolos de uma antiga linguagem goblin, e parecia virtualmente interminável enquanto se estendia ao longe.

Antes que seus colegas pudessem ficar intimidados pelo longo túnel, Brystal os levou para dentro. Os alunos e as aprendizes caminharam por horas e horas; a passagem parecia se estender em uma linha perfeitamente reta abaixo da Fenda. Brystal tentou rastrear seus passos pelo livro de geografia, mas o túnel não estava registrado em nenhum dos mapas, então era impossível dizer exatamente onde eles estavam.

Enfim, o túnel se dividiu em duas direções diferentes, e Brystal teve a tarefa estressante de escolher qual caminho seguir.

– E agora? – Smeralda perguntou a ela. – Para onde devemos ir?

Brystal olhou para os túneis de um lado para o outro, e para cima e para baixo entre os caminhos e seu livro de geografia, mas não tinha ideia de para onde os dois ramos iam.

– Acho que Monte Tinzel fica à direita... espere, à esquerda... *não, é à direita*!

Brystal marchou para o túnel à sua direita, confiante de que estava fazendo a escolha correta. Seus colegas de classe a seguiram, mas alguns metros no novo túnel, eles notaram que alguém estava faltando. Brystal olhou para trás e viu que Lucy estava atrás deles.

– Lucy, o que você está fazendo? – Brystal perguntou.

– Estamos indo na direção errada – disse Lucy. – Devemos pegar o túnel à esquerda.

– Não, o túnel à direita faz mais sentido – disse Brystal. – Confie em mim, eu estava refletindo. A Caverna do Urso Negro fica a sudeste do Reino do Norte, o que significa que este túnel está indo na direção noroeste. Se o túnel continuar em linha reta, é muito mais provável que Monte Tinzel esteja à nossa direita do que à nossa esquerda.

– Pare de pensar logicamente – disse Lucy. – Goblins não são criaturas lógicas. Eles não se importavam com quão reto é o túnel. Eles apenas cavaram até encontrar alguma coisa.

– Mas meu instinto está me dizendo que devemos ir para a direita – disse Brystal.

– E *meu* instinto está me dizendo que devemos ir para a esquerda – disse Lucy. – Olha, sempre brincamos que tenho uma especialidade para problemas e, neste momento, sinto *muitos* problemas vindo da esquerda. Por favor, você tem que confiar em mim nisso, eu posso sentir isso em meus ossos.

Brystal estava hesitante em mudar de direção. Seus olhos correram entre Lucy e o livro de geografia, mas ela não conseguia decidir quais instintos seguir. Se fizessem a escolha errada, nunca chegariam ao Reino do Norte a tempo de salvar Madame Tempora. Felizmente, Brystal não teve que tomar a decisão sozinha.

– Acho que devemos confiar em Lucy – disse Tangerin.

Todos ficaram chocados com a fé de Tangerin em Lucy.

– Sério? – Brystal perguntou. – Você acha?

– Absolutamente – disse Tangerin. – Se há uma coisa que Lucy sabe fazer, é se envolver em uma situação ruim. Seu instinto nunca nos levaria à segurança.

Lucy abriu a boca para argumentar, mas depois ficou em silêncio, porque sabia que Tangerin estava certa. Nenhum dos colegas se opôs à recomendação de Tangerin – todos sabiam que Lucy tinha um talento especial para problemas. Brystal respirou fundo e rezou para que seus amigos estivessem corretos.

– Tudo bem – disse ela. – Vamos para a esquerda.

Alguns quilômetros no túnel esquerdo, Brystal finalmente conseguiu respirar aliviada. A passagem começou a curvar para a direita e seguiu na direção que Brystal pensou que o outro túnel os levaria. Ela verificou o Mapa da Magia e ficou extremamente aliviada ao ver as estrelas dela e de seus colegas aparecerem no Reino do Norte.

– Você estava certa, Lucy! – disse Brystal. – Estamos quase em Monte Tinzel!

Lucy deu de ombros como se não fosse grande coisa.

– Não falei? – disse ela. – Eu tenho um sexto sentido para o perigo.

– Não quero interromper este momento caloroso de reconhecimento – disse Smeralda. – Mas temos um plano de *como* vamos salvar Madame Tempora e parar a Rainha da Neve quando chegarmos a Monte Tinzel?

Brystal estava refletindo sobre uma estratégia desde que entraram na Caverna do Urso Negro, mas estava tão concentrada em *chegar* a Monte Tinzel que não disse aos outros o que esperar quando chegassem.

– A Árvore da Verdade me disse que a Rainha da Neve está mantendo Madame Tempora no Palácio Tinzel – disse Brystal. – Nós iremos ao palácio e atrairemos a Rainha da Neve com uma distração. Assim que ela estiver fora, entraremos e encontraremos Madame Tempora. Então, vamos esperar a Rainha da Neve voltar, pegá-la de surpresa e... e... e...

– E *matá-la*? – Horizona perguntou.

– Sim – disse Brystal com dificuldade.

– Como vamos fazer isso? – disse Áureo. – Suponho que há mais possibilidades agora que sabemos que a bruxaria é uma opção.

Brystal sabia que *essa* parte do plano era inevitável, mas não sabia como eles iam levá-la adiante. Apesar de todo o sofrimento e danos que a Rainha da Neve causou, Brystal não conseguia se imaginar *machucando* ninguém, muito menos acabar com a vida da Rainha da Neve.

– Ainda não tenho certeza – ela disse aos outros. – Mas vou pensar em alguma coisa.

· · ★ · ·

Eles estavam chegando aos arredores de Monte Tinzel, quando o fim do túnel goblin abandonado revelou estar bloqueado por uma enorme pilha de rochas desmoronadas. No topo da pilha, eles podiam ver feixes de luz vindos de cima. Brystal achou que este era um bom lugar para sair do túnel, então ela transformou as rochas em uma escada e os colegas subiram à superfície.

Quando o grupo emergiu do subsolo, o ar estava tão frio que a brisardia na pele deles. Cada centímetro da área, por quilômetros e quilômetros ao redor, estava coberto de neve espessa, e ainda mais neve caía das nuvens cinzentas acima.

Eles haviam chegado à base de uma cordilheira imponente com picos agudos e encostas íngremes. Ao longe, ainda mais para o norte, os colegas avistaram as torres pontiagudas do Palácio de Tinzel espreitando por trás dos cumes das montanhas. Já ao sul, no coração de um vale abaixo da cordilheira, ficava o pequeno Vilarejo das Macieiras.

A aldeia era o único lugar no Reino do Norte que não havia sido destruído, e era óbvio que toda a população do país estava reunida ali. As casas de campo e as lojas estavam cercadas por um mar de tendas para todos os refugiados que haviam ido para lá.

Não apenas eles se encontravam no centro de uma tempestade de inverno, mas os colegas também surgiram no meio de uma zona de guerra. A base da montanha estava cheia de soldados se preparando freneticamente para a batalha. Um homem alto com barba preta dava ordens aos soldados enquanto eles corriam ao redor dele, e Brystal presumiu que ele era o General Branco de quem ela tinha ouvido falar.

– Coloque esses canhões em posição! – gritou o general. – Quanto a vocês, quero uma fileira atrás de mim e duas fileiras à minha frente! Devemos usar todas as armas e forças que nos restam! Esta é a nossa última chance de salvar o reino! Não podemos deixá-la passar pelas montanhas, repito, não podemos deixá-la passar pelas montanhas!

Apenas algumas dezenas de homens eram tudo o que restava do exército do Reino do Norte. Após meses de combate, todos os soldados estavam exaustos, abatidos e feridos, e a maioria de suas armaduras estava danificada ou com partes faltando. No entanto, os homens corajosamente superavam a dor e seguiam as exigências de seu general.

– Esses caras não vão sobreviver a outra batalha – Lucy disse a seus colegas. – Temos que fazer alguma coisa.

– Eu concordo – disse Brystal. – Ajudaremos os soldados primeiro e depois iremos ao palácio.

Os alunos e as aprendizes caminharam pela neve em direção ao General Branco. O general estava tão ocupado comandando seus soldados que não notou os colegas de classe até que estivessem a alguns metros de distância.

– O que diabos vocês estão fazendo aqui? – ele gritou.

– General Branco, estamos aqui para ajudá-lo! – disse Brystal.

– Aqui não é lugar para crianças! – disse o general. – Vão para a aldeia imediatamente!

– Você não entende, somos alunos da Madame Tempora! – ela explicou.

– Quem? – perguntou o general.

– Madame Tempora! – disse Brystal. – Ela é a mulher que tem ajudado você a lutar contra a...

– Eu não tenho tempo para isso! – gritou o General Branco. – Vão para a aldeia antes que vocês se matem!

Brystal também não queria perder tempo – ela precisava de muito mais do que *palavras* para ganhar a confiança do General Branco.

Com um movimento da varinha de Brystal, todas as armaduras danificadas dos soldados foram reparadas magicamente, e todas as placas e peças que faltavam reapareceram. O General Branco e seus homens não podiam acreditar nos próprios olhos enquanto a magia de Brystal preenchia os buracos de seus escudos quebrados, desamassava os elmos e devolvia suas luvas e calçados perdidos.

– Tudo bem, vocês podem ficar – o general disse a ela. – Mas não digam que eu não avisei.

– Diga-nos como podemos ajudá-los – disse Brystal. – Do que você e seus homens precisam?

– Precisamos de um *milagre* – disse ele.

Nesse momento, um dos soldados tocou uma trombeta e todo o exército se voltou para as montanhas. Os colegas olharam para cima quando uma figura ameaçadora apareceu no topo da montanha mais próxima. Ela usava uma coroa alta que tinha a forma de um floco de neve gigante e um casaco volumoso feito de pelos brancos, e carregava um longo cetro de gelo. Brystal pegou emprestado um telescópio de um dos soldados e viu que a figura era uma mulher com olhos vermelhos brilhantes e pele cinza congelada. Suas mãos eram tão finas e ossudas que pareciam galhos de árvores.

Sem dúvida, os alunos e as aprendizes sabiam que estavam olhando para a infame Rainha da Neve. O primeiro vislumbre deles da bruxa mais poderosa do mundo foi uma visão arrepiante, e eles estremeceram muito mais pela sua presença do que pelo ar frio.

– *Ela está aqui!* – gritou o General Branco. – *Preparem-se para a batalha!*

Enquanto os soldados corriam para a posição, a Rainha da Neve foi acompanhada no topo da montanha por quatro pessoas vestindo capas pretas familiares. Os colegas ofegaram de horror quando reconheceram as mulheres encapuzadas ao lado da Rainha da Neve.

– São Corvete, Novalia, Palva e Felinea! – disse Horizona.

– Não pode ser! – disse Tangerin.

– O que elas estão fazendo com a Rainha da Neve? – Áureo perguntou.
– Elas deveriam estar ajudando Madame Tempora!

Brystal se sentiu mais quente enquanto a raiva percorria seu corpo. Só havia uma razão para explicar por que as bruxas estavam ao lado da Rainha da Neve.

– Elas devem ter enganado Madame Tempora! – exclamou Brystal.
– As bruxas estão trabalhando para a Rainha da Neve!

– Aquelas *bruxas de meia-tigela*! – Lucy gritou.

Agora fazia sentido por qual motivo as bruxas estavam tão desesperadas para Madame Tempora retornar ao Reino do Norte quando ela não estava pronta. Quanto mais fraca a fada ficasse, mais fácil seria para a Rainha da Neve dominá-la. Não havia como saber há quanto tempo as bruxas estavam planejando sua traição, mas Brystal tinha a sensação de que era o plano delas desde o início.

– *Carreguem os canhões!* – o General Branco ordenou.

– *Senhor, não temos nada para carregá-los!* – um soldado o chamou.
– *Estamos sem munição!*

– Eu posso te ajudar com isso! – disse Smeralda.

Ela se ajoelhou no chão e rapidamente começou a pegar a neve em grandes bolas de neve. Uma vez que ficaram do tamanho de balas de canhão, Smeralda transformou as bolas de neve em pesadas esferas de esmeralda e as passou para os soldados.

– Isto servirá? – ela perguntou.

Não demorou muito para os homens entenderem o que Smeralda estava fazendo. Os soldados caíram no chão e fizeram mais bolas de neve para Smeralda transformar, e então carregaram as esferas de esmeralda em seus canhões.

– *Preparem-se para atirar!* – gritou o General Branco. – *No três! Um... dois...*

Antes que pudessem disparar sua primeira rodada, a Rainha da Neve apontou seu cetro para o exército, e uma enorme nevasca desceu do céu. Havia tanta neve que era tudo o que os soldados e os colegas de classe podiam ver ao redor deles. Os ventos eram tão fortes que Brystal e seus amigos se abraçaram para não cair.

– FOGO! – o General Branco ordenou.

– Senhor, não podemos ver nada nesta neve! – um soldado retrucou.

– Eu posso resolver isso! – disse Tangerin.

A aprendiz fechou os olhos e se concentrou com todas as suas forças. Os zangões desocuparam o cabelo dela e voaram diretamente para a tempestade. Seus colegas não entendiam o que ela estava fazendo, mas logo perceberam que a concentração de Tangerin foi muito além das suas expectativas. Milhares e milhares de abelhas voaram para a nevasca de todo o Reino do Norte. O enxame se movia pela área como uma gigantesca rede zumbidora, e os insetos pegavam os flocos de neve com suas perninhas. Logo o ar estava tão limpo que a nevasca não passava de rajadas de vento vazio.

O General Branco não fez nenhuma questão da contagem regressiva de novo.

– *AGORA!* – ele ordenou. – *Atirem à vontade!*

Os soldados acenderam seus canhões e atiraram nas montanhas com a munição de Smeralda. Cada esfera esmeralda se aproximava cada vez mais de onde a Rainha da Neve estava. A bruxa rugiu com raiva e apontou seu cetro para as nuvens. Ela convocou um relâmpago do céu, e atingiu a base da montanha. De repente, o chão começou a tremer sob os pés do exército. Um por um, centenas de bonecos de neve aterrorizantes surgiram do chão nevado e se arrastaram em direção aos soldados como uma legião de zumbis gelados.

– *ATACAR!* – gritou o General Branco.

O exército avançou e lutou contra os guerreiros gelados da Rainha da Neve. Os soldados batalharam corajosamente contra os bonecos de neve, mas eles estavam em grande desvantagem numérica. Brystal sabia que ela e seus colegas tinham que intervir antes que os soldados estivessem em apuros.

– Smeralda, continue fazendo essas balas de canhão! Tangerin, continue limpando o ar com suas abelhas! Lucy, Áureo e Horizona, venham comigo! Vamos ajudar os soldados a lutar contra os bonecos de neve! – ela disse.

– Vamos derreter esse *GELO*! – Lucy aplaudiu.

Os colegas correram pela base da montanha e se juntaram aos homens em combate. Brystal acenou sua varinha e envolveu os bonecos de neve em bolhas e eles saíram voando pelo ar, então ela usou arcos-íris como estilingues coloridos para arremessá-los nas montanhas. Lucy esmagou os bonecos de neve com pianos, tubas e harpas caindo, e fez buracos profundos aparecerem aos pés deles. Áureo e Horizona juntaram suas magias e derreteram os bonecos de neve com jatos de água fervente. Com a ajuda dos colegas, o exército do Reino do Norte rasgou os bonecos de neve como se fossem feitos de papel. A Rainha da Neve ficou furiosa ao ver seus adversários tendo sucesso e ela fervia do topo da montanha.

– Isto é perfeito! – disse Brystal.

– Sério? – Lucy perguntou a ela. – Você tem outras batalhas para comparar?

– Não, quero dizer que esta é a distração perfeita! – disse Brystal. – Vou entrar sorrateiramente no Palácio Tinzel e resgatar Madame Tempora enquanto a Rainha da Neve está ocupada!

– Brystal, não! – Horizona objetou.

– Nós não vamos deixar você enfrentar a Rainha da Neve sozinha! – disse Áureo.

– Eu não pretendo – disse ela. – Se a Rainha da Neve voltar para o palácio, quero que a sigam e me encontrem lá! Mas agora ela está fixada no exército do Reino do Norte! Esta pode ser a melhor oportunidade que temos para salvar Madame Tempora!

O plano de Brystal deixou seus colegas nervosos, mas quando eles viram para a expressão inabalável da Rainha da Neve sobre o General Branco e seus homens, eles sabiam que Brystal tinha razão.

– Tome cuidado! – disse Lucy. – Eu sou muito jovem para ver você morrer!

– Vou tomar! – disse Brystal. – Cuidem uns dos outros enquanto eu estiver fora!

Quando teve certeza de que as bruxas não estavam olhando, Brystal correu discretamente para a encosta da montanha e subiu em direção às torres do Palácio Tinzel. Brystal manteve um olhar atento na Rainha da Neve enquanto ela caminhava cuidadosamente ao redor da bruxa sem ser notada.

Eventualmente, os soldados e colegas de classe ganharam vantagem sobre os bonecos de neve. A Rainha da Neve decidiu que era hora de enviar reforços e acenou com a cabeça para as bruxas que estavam ao lado dela. Corvete, Novalia, Palva e Felinea desceram a montanha e entraram na batalha.

Embora sempre tivessem se levantado e andado como pessoas, as bruxas tiraram suas capas e revelaram corpos que eram mais animalescos do que humanoides. Em vez de braços, Corvete tinha grandes asas de penas e pernas como as de um falcão. Novalia tinha um longo torso escamoso que se enrolava como o corpo de uma cobra. Palva tinha oito membros flexíveis com tentáculos como um polvo. O corpo de Felinea estava coberto de pelos e, em vez de mãos e pés, ela tinha patas com garras afiadas. Cada uma das bruxas mirou em um colega de classe diferente e elas atacou as crianças.

Corvete abriu as asas e voou pelo ar, arrebatando Lucy do chão como uma águia pegando um esquilo. Ela levantou a garota bem alto no céu e a balançou acima das nuvens. Lucy se contorceu impotente nas garras da bruxa, e Corvete gargalhou enquanto a menina lutava em vão.

– Espero que você aproveite sua *queda* tanto quanto aproveitou nosso inverno! – Corvete gralhou.

Lucy fechou os olhos e tentou convocar uma força poderosa para salvá-la. Assim que Corvete estava prestes a derrubá-la, um bando de gansos grasnantes apareceu no horizonte e voou para resgatar Lucy. Os gansos atacaram Corvete, usando seus bicos para arrancar as penas da bruxa e abrir buracos em suas asas. Logo as asas de Corvete ficaram tão danificadas que ela não conseguiu se manter no ar, e a bruxa despencou nas montanhas. Os gansos agarraram Lucy com seus bicos e a baixaram com segurança de volta à terra.

– Bem, vocês não são as aves de rapina que eu estava imaginando, mas são o melhor bando que uma garota poderia pedir – Lucy disse aos gansos.

No chão abaixo, Áureo e Horizona ficaram de costas um para o outro enquanto eram cercados por Novalia e Palva. Eles tentaram acertar as bruxas com rajadas de fogo e água, mas Novalia e Palva evitaram seus esforços com facilidade.

Em um movimento giratório, Palva atingiu o rosto de Áureo com todos os oito membros. O menino caiu no chão, seus olhos se fecharam e todas as chamas em seu corpo desapareceram. Palva cambaleou em direção ao menino inconsciente; ela envolveu seus membros ao redor dele e começou a espremê-lo até a morte.

– É hora de apagar suas chamas para sempre! – Palva roncou.

No entanto, Áureo tinha outros planos. Quando Palva menos esperava, Áureo acordou de seu falso apagão e prendeu firmemente seu Medalhão Anulador no pescoço da bruxa. Palva tentou freneticamente tirar o medalhão, mas seus tentáculos não conseguiram desatar o pequeno nó de Áureo. Quando seus poderes começaram a desaparecer,

Palva desmoronou e caiu no chão como um peixe fora d'água. A bruxa se debateu na neve, acidentalmente rolou em um dos sumidouros de Lucy e nunca ressurgiu.

– Horizona, você viu isso? – Áureo perguntou. – Eu parei minhas chamas sozinho! Eu nem precisei do Medalhão Anuladorr! *Horizona?*

Sua amiga não respondeu porque ela estava com as mãos ocupadas. Horizona estava apontando para Novalia e disparando uma rajada na bruxa com o gêiser mais poderoso que ela poderia reunir. Infelizmente, a água não foi suficiente para impedir que Novalia se aproximasse. A bruxa mergulhou no gêiser de Horizona e nadou como se fosse um riacho. Novalia deslizou perto o suficiente para agarrar Horizona, e a levantou pelo colarinho.

– Sssua garota essstúpida! – Novalia sibilou. – Você realmente achou que um pouco de água iria me parar?

– Para ser sincera – Horizona disse –, eu não *essstava* tentando parar você.

Novalia não tinha ideia do que a garota estava falando, mas de repente, a bruxa ficou muito rígida. Seu corpo encharcado começou a congelar no vento frio, e logo Novalia estava tão sólida quanto uma estátua. Horizona a empurrou, e a bruxa caiu no chão e quebrou em um milhão de pedaços.

– Horizona, isso foi brilhante! – disse Áureo. – Como você sabia que isso ia funcionar?

– Magia não é desculpa para ignorar a ciência – disse ela com um encolher de ombros.

Do outro lado, Tangerin ainda estava em profunda concentração enquanto reduzia a nevasca com seus zangões. Felinea se esgueirou atrás da aprendiz e a derrubou no chão, deixando um arranhão sangrento no rosto de Tangerin. A garota tentou prender a bruxa com seu mel, mas Felinea pulou para fora do caminho, evitando cada tentativa.

– Você e seus amigos nunca vão ganhar esta luta – Felinea ronronou.

– Tenho certeza de que já *estamos* vencendo – disse Tangerin. – Meus amigos derrotaram os seus.

Os olhos verdes de Felinea olharam ao redor da base da montanha, e ela rugiu com raiva quando percebeu que ela e a Rainha da Neve eram as únicas bruxas restantes.

– Minhas irmãs podem ter morrido, mas *eu* tenho todas as minhas sete vidas! – ela rosnou.

Felinea pulou em direção a Tangerin, mas quando estava prestes a atacar a garota novamente, ela foi interrompida por alguém pigarreando nas proximidades. A bruxa olhou por cima do ombro e viu Smeralda bem atrás dela.

– Você pode ter sete vidas, mas *diamantes* são eternos – disse ela.

Smeralda agarrou a pata de Felinea e apertou-a com toda a força. Centímetro por centímetro, o corpo da bruxa foi lentamente transformado em uma grande joia, e Felinea nunca mais ronronou, arranhou ou pulou novamente.

– Você é uma verdadeira joia, Smeralda – disse Tangerin. – Obrigada.

Enquanto os alunos e as aprendizes derrotavam as bruxas, o General Branco e seus soldados conquistavam o último lote de bonecos de neve. Sua defesa bem-sucedida enfureceu a Rainha da Neve, e a bruxa gritou tão alto que sua voz ecoou pela cordilheira.

– Ela não parece muito feliz – disse Tangerin.

– O que ela vai fazer a seguir? – Horizona perguntou.

– Seja o que for, não vai ser nada bom – disse Smeralda.

– General Branco! – Lucy o chamou. – A Rainha da Neve está prestes a nos mostrar a carta na manga dela! Vá para o Vilarejo das Macieiras e evacue a cidade enquanto pode! Você não vai salvar seu reino ficando por aqui! Ajude seu povo a atravessar a Fenda com segurança e leve todos para o Reino do Sul! Vamos segurar a Rainha da Neve o máximo que pudermos!

– Obrigado – disse o General Branco, e saudou os colegas. – Boa sorte, crianças.

O General Branco liderou seu exército em direção ao Vilarejo das Macieiras, e os colegas ficaram na base da montanha, esperando, com a respiração suspensa, a Rainha da Neve se mover. Um sorriso estranho apareceu no rosto congelado da bruxa enquanto ela planejava seu próximo ataque. Bateu seu cetro no topo da montanha e causou um poderoso terremoto que sacudiu toda a cordilheira. A neve deslizou de todas as encostas íngremes das montanhas e logo uma avalanche de proporções catastróficas começou a descer em direção aos colegas. Se eles não fizessem algo para detê-la – *e algo rápido* –, os estudantes, a vila e toda a população do Reino do Norte seriam dizimados em questão de minutos.

– Áureo, acho que isso é com você, amigo! – disse Lucy.

– O quê? – ele perguntou em choque. – Não consigo parar uma avalanche!

– Você é o único com o conjunto de habilidades certo – disse ela. – Você tem que criar uma explosão de calor que seja poderosa o suficiente para vaporizar essa coisa!

– E-eu... eu não tenho esse tipo de poder! – disse Áureo.

– Sim, você tem! – disse Lucy. – Você tem que acreditar em si mesmo ou todo o reino será destruído!

A avalanche estava crescendo, ganhando velocidade à medida que descia a montanha. Era tão forte que quebrava as árvores em seu caminho como se fossem gravetos, e derrubava rochas que nunca haviam sido movidas. Quanto mais se aproximava, mais assustado Áureo ficava. As palavras de encorajamento de Lucy não o estavam ajudando, então ela tentou uma abordagem diferente.

– Pense na noite em que seu pai morreu! – ela disse.

Áureo estava muito confuso.

– *Por quê?* – ele perguntou.

– Pense em como seu pai bateu em você por brincar com bonecas! – Lucy continuou. – Pense no fogo que o matou e queimou sua casa!

Pense em toda a vergonha e culpa com que você teve que conviver desde então! Pense em como você queria se afogar no lago!

As lembranças traumáticas fizeram as chamas de Áureo subirem em sua cabeça e ombros.

– Eu não entendo – disse ele. – O que isso tem a ver com...

– Pense em todo o tempo que você passou se odiando! Pense em todos os dias que você viveu com medo de ser descoberto! Pense em todas as pessoas que lhe disseram que era errado ser quem você é! Pense no quanto você queria se transformar em outra pessoa!

Lucy estava perturbando Áureo, e seu corpo logo ficou envolto em chamas.

– Por que você está trazendo isso à tona *agora*? – ele perguntou.

– Porque eu sei que parte de você ainda se odeia por ser diferente! Parte de você ainda vive com medo da verdade! Parte de você ainda acredita que não merece existir! E parte de você ainda acredita que nunca será amado por ser quem você é! Eu sei como você se sente, porque *todos nós* nos sentimos assim!

O fogo começou a sair de Áureo como lava fluindo de um vulcão.

– Pare com isso, Lucy! – ele gritou chorando. – Eu não quero fazer isso!

– E você não precisa mais... nenhum de nós precisa! Pare de carregar toda essa vergonha por aí! Pare de querer mudar a si mesmo! Pare de se preocupar que ninguém vai amar o seu verdadeiro eu! Nenhum de nós tem do que se envergonhar! Nenhum de nós precisa mudar nada! E sempre nos amaremos e nos aceitaremos! Então deixe de lado o ódio e o medo que outras pessoas incutiram em você! Deixe-o ir para que você nunca precise senti-lo novamente!

A avalanche atingiu a base da montanha e os colegas estavam a poucos segundos de serem pulverizados.

– *Agora é sua chance, Áureo!* – gritou Lucy. – *Libere toda a dor e impeça essa avalanche de sair da montanha!*

– *Não!* – Áureo se esperneou. – *Eu não posso fazer isso!*

– *Sim, você pode!* – ela berrou. – *Expulse isso de você, Áureo! Expulse isso!*
– *AAAAAAAHHHHHH!*

O menino caiu de joelhos e uma enorme explosão irrompeu de dentro dele. Quando a explosão de fogo de Áureo colidiu com a avalanche, toda a cadeia de montanhas foi consumida por uma luz ofuscante. Smeralda puxou Lucy, Tangerin e Horizona em um abraço apertado, e então criou um iglu de esmeraldas para protegê-los do calor e da neve. Quando a luz se apagou, não só a avalanche havia desaparecido completamente, mas toda a neve na base da montanha havia derretido.

Os colegas espiaram do iglu de Smeralda e olharam em volta com espanto. Áureo também não podia acreditar no que tinha feito, e olhou para a terra com olhos arregalados e perplexos. O menino virou-se para suas amigas com um sorriso tímido.

– *Me sinto muito bem* – ele disse aliviado.

– Rapaz, estou feliz que funcionou – disse Lucy.

A Rainha da Neve estava tão furiosa que os colegas de classe haviam parado a avalanche que suas mãos congeladas tremiam. A bruxa se virou e voltou para o Palácio Tinzel.

– Olha, ela está indo embora! – Horizona apontou.

– O que ela está fazendo? – perguntou Tangerin.

– Ela está recuando! – disse Lucy. – Vamos! Temos que chegar ao palácio antes que ela encontre Brystal!

Capítulo Vinte

A Rainha da Neve

Brystal escalou as Montanhas do Norte da forma mais rápida e silenciosa que conseguiu. Ela estava com tanto frio que estava convencida de que nunca mais sentiria calor, e ficou tão cansada que temeu desmaiar na neve e nunca chegar ao Palácio Tinzel. A Rainha da Neve ainda poderia notá-la se esgueirando pelas montanhas e caso Brystal fizesse uso de magia, então, ela se absteve de lançar feitiços para se ajudar e fez a jornada inteiramente a pé.

A maior parte da cordilheira era tão íngreme que Brystal precisava usar as duas mãos para escalá-la, e teve que carregar a varinha na boca durante a maior parte da viagem. Estava fazendo um grande progresso até chegar a uma ladeira tão escorregadia que era quase impossível passar. Não importava o que ela segurasse ou onde colocasse os pés, Brystal continuava deslizando pela encosta e tendo que começar a subir novamente. Após sua quinta tentativa, começou a perder a esperança, mas, felizmente, algo chamou sua atenção e restaurou a fé da garota.

Espreitando-se pela neve espessa ao lado dela estava um narciso amarelo. Não era uma flor excepcionalmente bonita – sua cor havia desbotado e suas pétalas haviam murchado com o vento frio –, mas, por algum milagre, o narciso tinha sobrevivido ao clima gelado. Embora a flor fosse muito pequena, transmitia a mensagem exata que Brystal precisava: *Se o narciso era forte o suficiente para resistir à tempestade da Rainha da Neve, então ela também era.*

Brystal se pôs de pé, subiu a encosta pela sexta vez e usou toda a sua força para saltar sobre o cume escorregadio.

Subira tão alto nas montanhas que o ar ficou rarefeito e difícil respirar. A batalha entre o exército do Reino do Norte e a Rainha da Neve estava tão longe dela que não passava de um murmúrio distante. Brystal sabia que estava chegando perto do Palácio Tinzel porque as torres se estendiam mais alto no céu a cada passo que ela dava. Depois de uma extenuante excursão, Brystal escalou o pico mais alto da montanha e finalmente chegou à capital do Reino do Norte.

Monte Tinzel era uma grande cidade no centro das Montanhas do Norte. Devido ao espaço limitado, todas as casas e lojas estavam empilhadas umas sobre as outras, e as estradas estreitas serpenteavam pela capital como um labirinto gigante. O Palácio Tinzel ficava bem no centro da cidade e atingia alturas que ultrapassavam a cordilheira que o cercava. O palácio era tão alto e esguio, e suas torres tão pontiagudas, que toda a estrutura parecia um grupo de lápis apontados. Brystal não sabia dizer de que cor ou materiais o palácio era construído porque toda a cidade estava coberta por uma camada de gelo. Ela caminhou devagar e com cuidado enquanto viajava pela capital para não escorregar nas estradas congeladas.

Não apenas a cidade estava fisicamente coberta de gelo, mas Monte Tinzel também estava assustadoramente congelada no tempo. As ruas estavam cheias de pessoas da cidade que ficaram congeladas enquanto faziam suas tarefas diárias. Brystal espiou pelas janelas e viu açougueiros, padeiros e serralheiros congelados ajudando clientes congelados em suas lojas. As casas estavam cheias de pais, mães e filhos congelados no meio das tarefas domésticas. Obviamente, a Rainha da Neve atingiu a capital tão rapidamente que as pessoas da cidade não tiveram tempo de *reagir*, muito menos correr para um lugar seguro.

Finalmente Brystal chegou ao Palácio Tinzel e cruzou a ponte sobre seu fosso congelado. Os portões da frente também estavam envoltos em gelo, então Brystal usou sua varinha como uma tocha para descongelá-los. Quando entrou, sua primeira visão do palácio a fez suspirar – não por causa do dano que a Rainha da Neve havia causado, mas por causa de quão bonito o palácio era. Estalactites de gelo pendiam de todos os tetos e arcos formando algo parecido com um grande lustre de pingentes pontiagudos. As paredes estavam cobertas de gelo que brilhava como cristal. O chão estava coberto de gelo crepitante como a superfície de um lago congelado. Brystal não tinha ideia de como era o palácio antes do ataque da Rainha da Neve, mas não conseguia imaginar que fosse mais espetacular do que o que estava vendo.

Brystal vasculhou o Palácio Tinzel, mas não conseguiu encontrar Madame Tempora em lugar nenhum. Ocasionalmente, ela via alguém no fim de um longo corredor ou quarto espaçoso. Seu coração palpitava, esperando que fosse sua professora, mas ela só encontrava guardas e servos congelados a cada esquina.

– *Madame Tempora?* – ela gritou para o palácio frio. – *Madame Tempora, onde você está?*

Brystal entrou no salão de jantar do palácio e se assustou com uma visão horrível. Ela encontrou a família real do Reino do Norte congelada ao redor da longa mesa de jantar. O Rei Nobresa, a rainha, os dois príncipes adolescentes e as quatro jovens princesas estavam desfrutando de uma refeição farta quando a Rainha da Neve atacou. Embora a pele deles estivesse pálida e não houvesse mais cor nos olhos, a família real parecia muito viva. Os príncipes morreram no meio de uma guerra de comida, a rainha morreu enquanto discutia com suas filhas, e o rei congelou enquanto zombava de todos eles. Brystal esperava que a família se mexesse a qualquer momento e continuasse suas atividades, mas a realeza nunca acordou de sua morte gélida.

Estranhamente, toda a comida e pratos tinham sido recentemente afastados na mesa para dar espaço para uma coleção de mapas. Brystal inspecionou a coleção e descobriu um Mapa da Magia, um mapa que mostrava o paradeiro do exército do Reino do Norte e outro que mostrava o clima em todos os reinos. Ela deu uma olhada mais de perto no mapa do tempo e cobriu a boca com horror – a poderosa nevasca que os colegas encontraram na Fenda se espalhara pelo mundo inteiro.

De repente, os portões da frente do palácio se abriram e o som ecoou pela residência real. A temperatura caiu instantaneamente mais dez graus. Alguém com passos pesados e respiração ofegante invadiu o palácio, e Brystal sabia que poderia ser apenas uma pessoa. Os passos se aproximavam cada vez mais do salão de jantar, e Brystal começou a entrar em pânico – ela pensou que teria mais tempo para encontrar Madame Tempora antes que a Rainha da Neve voltasse. Brystal não sabia mais o que fazer, então se escondeu no armário no fundo de um gabinete de porcelana gigante.

A Rainha da Neve irrompeu no salão de jantar furiosa. A bruxa derrubou todos os vasos e candelabros da sala e então se arrastou em direção à mesa. Ela olhou para o mapa do exército do Reino do Norte e viu o General Branco e seus soldados evacuando as pessoas do Vilarejo das Macieiras. A Rainha da Neve rugiu com raiva e bateu na mesa com o punho cerrado. Ela então se virou para o mapa do tempo e, enquanto observava sua nevasca consumir o mundo, a fúria dela se transformou em prazer. Ela soltou uma gargalhada baixa e rouca e expôs seus dentes podres e irregulares.

As costas da Rainha da Neve estavam viradas para o armário de porcelana enquanto ela olhava os mapas, e quando Brystal espiou para fora do armário, ela foi percebendo que uma enorme oportunidade estava diante dela. Esta poderia ser a posição mais vulnerável em que a Rainha da Neve jamais esteve – aqui e agora, com um movimento rápido de seu pulso, Brystal poderia acabar com o reinado de terror da bruxa para sempre. Ela só precisava convocar a magia certa para completar a tarefa. Brystal se inclinou para fora do armário e apontou sua varinha diretamente para as costas da Rainha da Neve.

No entanto, quando Brystal começou a imaginar *como* ela iria matar a Rainha da Neve, sua mente a levou para os momentos *seguintes* à morte da Rainha da Neve. Milhares de vidas seriam salvas, mas Brystal poderia viver consigo mesma depois disso? Como seria aniquilar uma mulher indefesa? Será que tirar uma vida mudaria quem ela era? Brystal carregaria alguma culpa ou arrependimento depois que tudo acabasse? Ela estava paralisada por sua consciência perturbada e, por fim, Brystal percebeu que não poderia continuar com isso.

– Então? – a Rainha da Neve grunhiu. – *Vamos.*

Brystal saltou ao som de sua voz rouca. Ela estava confusa sobre com quem a Rainha da Neve estava falando – Brystal estava tão quieta que não havia como a bruxa ter visto ou ouvido ela se escondendo no armário. Ela olhou ao redor do salão de jantar para ver se mais alguém havia entrado na sala, mas Brystal e a Rainha da Neve eram as únicas ali.

– Qual é o problema? – a Rainha da Neve grunhiu. – Você está amarelando?

Para o terror absoluto de Brystal, ela percebeu que a Rainha da Neve estava de fato falando com ela – *a bruxa podia vê-la pelo reflexo do espelho do outro lado do salão de jantar!*

Antes que Brystal tivesse a chance de dizer ou fazer qualquer coisa, a Rainha da Neve se virou e se lançou em direção ao armário de porcelana. Ela agarrou Brystal pela garganta e a levantou no ar. Brystal largou a varinha e usou as duas mãos para tirar os dedos ossudos da bruxa do seu pescoço, mas estavam muito apertados. Ela tentou chutar a Rainha da Neve, mas a bruxa era forte como uma parede de tijolos.

– *Você deveria ter me matado quando teve a chance!* – ela rugiu.

Quando a Rainha da Neve a sufocou, Brystal estava tão perto do rosto da bruxa que ela podia ver cada rachadura de sua pele congelada, cada dente torto do seu sorriso irregular e as pupilas dos olhos vermelhos brilhantes. No entanto, havia algo nos olhos da bruxa que Brystal poderia jurar que ela reconhecia, e, uma vez que percebeu, o resto do rosto da Rainha da Neve também se tornou muito familiar.

– *Não* – Brystal ofegou. – *Não, não pode ser...*

O pensamento era tão angustiante que Brystal sacolejou as pernas com ainda mais força, e seu pé chutou o cetro de gelo da outra mão da Rainha da Neve. Quando o cetro caiu no chão e se quebrou em centenas de pedaços no chão, a Rainha da Neve perdeu todas as suas forças. A bruxa deixou Brystal cair no chão e desabou ao lado dela. A Rainha da Neve tentou rastejar para longe de Brystal, mas a bruxa estava tão fraca sem seu cetro que mal conseguia se mexer.

Uma vez que Brystal recuperou o fôlego, ela agarrou o ombro da Rainha da Neve e forçou a bruxa a se virar para que pudessem se encarar. Os olhos vermelhos brilhantes da Rainha da Neve diminuíram lentamente e se transformaram em um par de olhos que Brystal tinha visto muitas vezes antes.

Não havia como negar agora – Brystal sabia *exatamente* quem a Rainha da Neve realmente era – e a descoberta fez com que seu coração se partisse ao meio.

– *Madame Tempora?* – ela ofegou. – *É você!*

Brystal nunca tinha experimentado tal choque em toda a vida. Quando a realidade caiu, o corpo inteiro de Brystal ficou dormente, e ela não conseguia nem sentir o ar gelado circulando pelo palácio. Sua mente foi bombardeada com milhões de perguntas, mas apenas uma única palavra escapou de sua boca.

– *Como?*

A fada exposta estava humilhada e cobriu o rosto congelado. Ela se arrastou até a mesa de jantar e usou uma cadeira para se levantar.

– Eu nunca quis que você descobrisse – Madame Tempora disse. – Você deveria me matar antes de saber a verdade.

– Mas... mas... como isso é possível? Como *você* pode ser a Rainha da Neve?

– Às vezes, pessoas boas fazem coisas ruins pelas razões certas.

– Coisas ruins? – Brystal perguntou incrédula. – Madame Tempora, nada poderia justificar o que você fez! Você está mentindo desde o dia em que te conheci! Você cobriu o mundo em uma tempestade devastadora! Você destruiu um reino inteiro e tirou milhares de vidas!

– *ISSO NÃO É NADA COMPARADO ÀS VIDAS QUE TIRARAM DE NÓS!*

Por uma fração de segundo, a Rainha da Neve retornou ao corpo de Madame Tempora. A fada gritou em agonia, como se uma criatura estivesse tentando sair de dentro dela. Brystal pegou sua varinha para se defender da bruxa. Enquanto observava a luta de Madame Tempora, Brystal percebeu que sua professora e a Rainha da Neve *não eram* a mesma pessoa, mas dois seres muito diferentes lutando pelo mesmo corpo. Eventualmente, a fada recuperou o controle e suprimiu a bruxa como uma doença crescente.

– Eu nunca quis que nada disso acontecesse – disse Madame Tempora. – Tudo o que eu queria era tornar o mundo um lugar melhor para pessoas como nós... tudo o que eu queria era garantir a aceitação da comunidade mágica. Mas eu me perdi ao longo do caminho e *a* criei.

– Como alguém pode se perder *tanto*?

Brystal estava tão confusa que sentiu como se fosse desmaiar. Madame Tempora abaixou a cabeça envergonhada e respirou fundo antes de explicar.

– Você se lembra da nossa conversa no dia seguinte ao ataque dos caçadores de bruxas? Estávamos sentadas no meu escritório e você me perguntou como conseguia ser tão otimista. Você me perguntou por que eu não estava consumida pela raiva. Eu disse que era porque nós éramos *os sortudos*. Eu lhe disse que lutar por amor e aceitação significava que realmente *conhecíamos* o amor e a aceitação, e como essa noção me dava paz. Você se lembra disso?

– Sim, eu me lembro – disse Brystal.

– Bem, eu menti para você – disse Madame Tempora. – A verdade é que estive com raiva toda a minha vida. Quando eu era jovem, era muito sensível à crueldade do mundo, e isso me enchia de uma fúria insuportável. Ignorei todas as coisas boas da minha vida e me concentrei apenas na injustiça ao meu redor. Eu me tornei amarga, depressiva. Eu fiquei *desesperada* para dar vazão à minha ira. Mas não tomei as medidas adequadas para me ajudar. Eu estava muito envergonhada e orgulhosa para procurar o tratamento de que precisava. Em vez disso, empurrei toda a minha raiva para dentro de mim, e esperava que, se empurrasse fundo o suficiente, nunca seria capaz de encontrá-la. Ao longo dos anos, adicionei mais e mais raiva à minha coleção secreta e, eventualmente, criei um monstro dentro de mim.

– Você quer dizer que a Rainha da Neve vive dentro de você? – Brystal perguntou.

– Sim – Madame Tempora disse. – Passei a maior parte da minha vida ignorando-a, mas sempre soube que ela estava lá, ficando mais forte após cada desgosto. Com o tempo, notei que muitas pessoas na comunidade mágica sofriam de doenças semelhantes. Nossa raiva se manifestava de maneiras diferentes... alguns beberam poções demais para anestesiar a dor, outros recorreram à bruxaria como forma de liberá-la, mas, um por um, observei meus amigos se perderem para seus demônios internos. Eu não queria que outra geração de fadas ou bruxas experimentasse o que estávamos sentindo, então decidi dedicar minha vida a garantir a aceitação de nossa comunidade, para que o futuro fosse poupado do ódio da humanidade.

– Então você escreveu e publicou *A verdade sobre a magia* – disse Brystal. – Você tentou convencer o mundo de que havia uma diferença entre fadas e bruxas... você tentou redefinir a comunidade mágica para salvá-la.

Madame Tempora assentiu.

– No entanto, o esforço rapidamente saiu pela culatra. Meu livro foi banido em todos os reinos e me tornei umaaa pária global. Como punição por minhas tentativas, o Reino do Norte enviou uma cavalgada de soldados para minha casa na Fenda. Eles amarraram meu marido a um poste de madeira e o queimaram vivo enquanto me forçavam a assistir.

– *Horêncio!* – Brystal ofegou com olhos grandes. – Você é a bruxa da história dele! Horêncio tentou me avisar antes de eu vir para cá. Eu não entendi o que ele estava dizendo na hora, mas ele estava me alertando sobre *você*! Ele estava me dizendo que *duas coisas* estavam prestes a se tornar *uma*! Aquela gravura na floresta... eram *suas* iniciais!

– Horêncio Marks e Nevaska Tempora – disse ela. – Parece uma vida inteira atrás.

– Nevaska é o seu nome verdadeiro? – Brystal perguntou. – Isso não pode ser coincidência.

– Não é – disse ela. – As fadas me nomearam como *Nevaska Celeste Tempora* por causa da minha especialidade. Disseram que comecei a causar tempestades desde o momento em que nasci.

Brystal estava tão focada em descobrir sua própria especialidade que nunca perguntou a Madame Tempora qual era a especialidade *dela*. Agora que ela sabia a resposta, não podia acreditar que já não tivesse descoberto, e não apenas porque a palavra *tempo* fazia parte do seu nome.

– Em nossa primeira noite na academia, houve uma tempestade horrível – disse ela. – Você convocou aquela tempestade porque sabia que isso nos assustaria e nos aproximaria, não é? E depois que Lucy e eu entramos na Fenda, você enviou outra tempestade para que não saíssemos do castelo enquanto você estivesse fora! E há dois dias você mandou aquele floco de neve para a academia para que eu viesse ao Reino do Norte! Você tem usado o clima para nos manipular desde o início!

A fada assentiu novamente. Brystal franziu a testa porque algo sobre a história de Madame Tempora ainda não estava se encaixando.

– Mas por que as *fadas* nomearam você? – ela perguntou. – Quando recrutamos Smeralda da mina de carvão, você disse que foi criada por uma família humana. Você disse que eles tentaram te matar e foi assim que você conseguiu as queimaduras no seu braço esquerdo.

– Eu menti – Madame Tempora disse. – Só contei essa história para convencer Smeralda a entrar na academia. As queimaduras no meu braço não vieram de um incêndio, mas do *congelamento*. O mesmo congelamento que me cobre agora.

– Então você conseguiu essas marcas usando bruxaria – disse Brystal. – É por isso que você começou a se cobrir com luvas e casacos. E é por isso que você não deixou a Sra. Vee tratar suas feridas. O hematoma que vi em seu rosto também era congelamento, não era? Quanto mais dano você causa como a Rainha da Neve, mais o congelamento a cobre.

Madame Tempora olhou para suas mãos ossudas e acinzentadas e suspirou com o coração pesado.

– Correto – disse ela. – E quanto mais ela me cobre por fora, mais ela me consome por dentro.

– Mas o que a levou à bruxaria em primeiro lugar? – Brystal perguntou. – Como você foi de escrever *A verdade sobre a magia* para destruir um reino inteiro?

– Depois que Horêncio foi morto, usei bruxaria pela primeira vez para trazê-lo de volta dos mortos – explicou ela. – O feitiço foi um desastre completo. Horêncio voltou à terra como um ser não natural, e meu braço esquerdo mudou para sempre... mas não foi só meu braço que mudou. Eu lhe disse que a bruxa na história de Horêncio morreu depois que ela conjurou o feitiço, mas isso não era totalmente falso, porque parte de mim *morreu* naquele dia.

– Como assim? – Brystal perguntou.

– Meu marido nunca cometeu um crime ou machucou alguém em sua vida, mas a humanidade o assassinou simplesmente para me ensinar uma lição. E, de fato, aprendi uma lição muito valiosa naquele dia. De repente, percebi que tinha sido tola por acreditar que *A verdade sobre a magia* era suficiente para mudar os modos da humanidade. Eles nunca seriam persuadidos pela *lógica* ou *empatia* de um livro. A única maneira pela qual a humanidade aceitaria a comunidade mágica era *temer* e *precisar* da comunidade mágica. *Tínhamos* que dar a eles um problema, e então *ser* a solução. E quando coloquei os olhos na minha pele congelada pela primeira vez, eu sabia exatamente qual problema criar.

– A Rainha da Neve?

– Precisamente – Madame Tempora disse. – Para me tornar a Rainha da Neve, tive que acessar toda a raiva que reprimi ao longo dos anos. Assim como sua varinha colocou você em contato com sua magia, o cetro me colocou em contato com minha raiva. Infelizmente, havia tanta fúria esperando dentro de mim que a tarefa se tornou esmagadora. Cada vez que eu pegava o cetro, a Rainha da Neve ficava cada vez mais forte, e ficava cada vez mais difícil lutar contra ela. Pedi a Felinea, Novalia, Palva e Corvete para se juntarem a mim e me ajudarem nas transições, mas as bruxas se importavam mais com vingança do que com aceitação. Elas permitiram que a Rainha da Neve me controlasse e a usaram como uma arma.

– Mas por que você não parou? – Brystal perguntou. – Se a Rainha da Neve estava consumindo você assim, por que você continuou voltando para o Reino do Norte?

– Porque o mundo não a estava levando a sério – disse Madame Tempora. – Meu plano só funcionaria se o *mundo inteiro* visse a Rainha da Neve como uma ameaça imparável. Seria necessário um completo desespero para eles recorrerem a bruxas e fadas para obter ajuda. Mas o Rei Nobresa mentiu constantemente para os outros monarcas sobre a destruição que a Rainha da Neve causou. Então, para chamar a atenção dos outros soberanos, aumentei os ataques e tornei cada um mais grandioso que o anterior. No entanto, não importava quão forte a Rainha da Neve atingisse o Reino do Norte, os outros monarcas a ignoraram. A única maneira de o Rei Campeon, a Rainha Endústria e o Rei Guerrear reconhecerem a Rainha da Neve seria se sua destruição fosse mundial.

– E agora você cobriu todos os reinos em uma nevasca – disse Brystal. – Você deu à humanidade o ultimato, e como a comunidade mágica vai ser a solução? A quem eles devem recorrer para pedir ajuda?

Madame Tempora hesitou antes de responder, e Brystal percebeu que a resposta seria difícil de ouvir.

– A academia – ela confessou.

– *O quê?* – Brystal ofegou.

– Se o mundo tivesse reconhecido o primeiro ataque da Rainha da Neve, eu nunca teria que envolver mais ninguém – disse Madame Tempora. – Eu poderia ter sido o problema *e* a solução para o meu plano. Mas à medida que os ataques continuavam, percebi que a Rainha da Neve provavelmente me devoraria antes que eu completasse minha missão. Então recrutei uma coalizão de fadas para terminar o que havia começado, caso fosse comprometidaa.

– Então *essa* é a verdadeira razão pela qual você começou a academia? – Brystal perguntou incrédula. – Você não estava nos treinando para ajudar e curar as pessoas, você estava nos treinando para sermos seus *assassinos*?

– Eu não estava mentindo quando disse que ensinar era o maior privilégio da minha vida – disse Madame Tempora. – Ver você e os outros florescerem me trouxe felicidade como nunca. Estou profundamente arrependida de colocá-la nesta posição agora, mas para que tenhamos sucesso, temo que você tenha que cumprir as promessas que me fez.

Brystal sentiu como se seu estômago tivesse sido arrancado de seu corpo.

– Madame Tempora, não! – ela chorou. – Eu *nunca poderia te matar*!

– Sim, você pode – disse Madame Tempora. – Quando a humanidade descobrir que *você* salvou o mundo de uma aniquilação global, eles finalmente terão um motivo para respeitar e aceitar a comunidade mágica. Você e seus colegas levarão o mundo a uma nova era em que pessoas como nós nunca terão que se esconder nas sombras, onde poderão viver abertamente sem medo e nunca mais serão consumidas pela própria raiva.

– Não! – disse Brystal. – Tem que haver outra maneira!

– Esta é a única maneira – disse Madame Tempora. – Acredite em mim, eu gostaria que houvesse um caminho mais fácil, mas esta é a maior oportunidade que fadas e bruxas tiveram em séculos! Se não fizermos isso *agora*, pode levar mais um milênio antes que tenhamos uma segunda chance!

– Não, vamos encontrar uma solução melhor! – disse Brystal. – Volte para a academia! Encontraremos uma forma de curá-la da Rainha da Neve!

– É tarde demais para isso – disse Madame Tempora. – Com cetro ou sem cetro, a Rainha da Neve me consumiu além do ponto de retorno. Tenho dias… talvez *horas* antes que ela me consuma completamente. E eu não quero passar o resto da minha vida presa dentro dela.

Madame Tempora levantou o pulso de Brystal para que a ponta de sua varinha estivesse apontando para a testa congelada de sua professora.

– Por favor, eu estou te implorando! – disse a fada.

– Não! Eu não posso fazer isso!

– Não temos escolha!

– Sinto muito, Madame Tempora, mas eu…

– *VOCÊ NUNCA SERÁ CAPAZ DE ME DERROTAR, SUA GAROTA INCOMPETENTE ESTÚPIDA!*

De repente, a Rainha da Neve ressurgiu no corpo de Madame Tempora. A bruxa colocou as mãos em volta da garganta de Brystal e começou a sufocá-la novamente. Brystal não conseguia respirar, sua visão começou a ficar turva e ela foi perdendo a consciência. Se ela não agisse rápido, ela morreria nas mãos da Rainha da Neve. Brystal ergueu a varinha, apontou para a bruxa e tomou uma decisão da qual se arrependeria pelo resto da vida.

BAM! Uma explosão brilhante e poderosa irrompeu da varinha de Brystal e atingiu a Rainha da Neve diretamente no peito. A bruxa voou pelo salão de jantar e caiu com força no chão. Brystal manteve a varinha levantada enquanto se aproximava cautelosamente do corpo imóvel da Rainha da Neve. Os olhos da bruxa se abriram, mas em vez de ver o olhar vermelho brilhante da Rainha da Neve, os olhos de Madame Tempora retornaram.

– O-o que... o que acabou de acontecer? – ela perguntou.

– Tomei minha decisão – disse Brystal. – E eu não vou matar ninguém.

– Você deveria ter acabado com ela! Tudo isso deveria ter acabado agora!

– Você pode estar certa – disse Brystal. – E mais tarde eu posso me arrepender de te poupar, mas não tanto quanto eu me arrependeria de acabar com sua vida. Nunca entenderei por que você escolheu a violência como caminho para a paz, nunca entenderei por que escolheu o medo como remédio para o ódio, mas *não* repetirei seus erros. Se eu vou continuar no caminho que você abriu, então eu vou andar no meu próprio ritmo.

– Brystal, a humanidade vai precisar de *provas* de que você matou a Rainha da Neve! Minha morte é a única maneira de você ganhar a confiança deles!

– Você está errada! – disse Brystal. – Você não precisa morrer para que seu plano seja bem-sucedido. Pelo contrário, toda a destruição que você causou, todo o medo que você incutiu e todas as vidas que você tirou não terão sentido sem você!

– Do que você está falando? – Madame Tempora perguntou.

– Você mesma disse. A única maneira da humanidade respeitar e aceitar a comunidade mágica é se eles *precisarem* da comunidade mágica – explicou Brystal. – Mas no minuto em que a Rainha da Neve for destruída, a humanidade não *precisará* mais de nós. Eles vão esquecer que ela existiu, vão reescrever a História para dizer que foram *eles* que a derrotaram, e o mundo voltará a odiar fadas e bruxas como antes. Mas se você permanecer viva e manter o mundo com medo da Rainha da Neve atacar novamente, a comunidade mágica *sempre* terá influência sobre a humanidade.

– Mas eu não posso continuar lutando com ela assim – Madame Tempora disse.

– Eu não acredito nisso nem por um segundo – disse Brystal. – Você disse que só tem alguns *dias* ou *horas* antes que a Rainha da Neve domine completamente seu corpo e mente... bem, eu diria que você tem *anos* ou *décadas* restantes. Você está desistindo porque não *quer* mais lutar com ela, mas a Madame Tempora que eu conheço e amo nunca me deixaria desistir assim, e eu também não vou deixar que você se renda.

– Mas o que você sugere que eu faça? Para onde você sugere que eu vá?

– Eu sugiro que você use qualquer força e tempo que você tenha para ficar o mais longe possível da civilização. Entre nas montanhas do norte e se perca em uma caverna em algum lugar. Encontre um lugar tão distante que nem mesmo um Mapa da Magia a detectaria. Envie uma suave tempestade de neve pelos reinos de vez em quando para lembrar a humanidade que você ainda está por perto, mas, faça o que fizer, mantenha-se viva.

– Mas se ela me consumir e voltar?

– Então estaremos prontos para ela – disse Brystal. – Vamos encontrar outras fadas ao redor do mundo e recrutá-las para a academia. Vamos treiná-las usando as lições que você nos ensinou e prepará-las para enfrentá-la. Criaremos uma coalizão de fadas tão forte que a Rainha da Neve nunca terá chance contra nós.

Os portões da frente do Palácio Tinzel se abriram e o som de vários passos ecoou pelos corredores. Lucy, Smeralda, Áureo, Tangerin e Horizona entraram na residência real, e Brystal pôde ouvir suas vozes abafadas enquanto procuravam por ela.

– São seus colegas! – Madame Tempora disse. – Eles não podem me ver assim! Se descobrirem a verdade, ficarão devastados, perderão a fé em tudo o que lhes ensinei!

– Então não vou deixar que isso aconteça – disse Brystal. – Siga meu plano! Saia do palácio antes que eles vejam você!

– Mas o que você vai dizer a eles? Eles nunca podem saber o que eu fiz!

– Eu vou dizer a eles a verdade – disse Brystal. – Eu direi que depois de uma longa batalha, a Rainha da Neve finalmente dominou você, mas você conseguiu assustá-la e mandá-la para a reclusão primeiro. Isso é tudo que eles precisam saber.

Os passos dos colegas se aproximavam no corredor do lado de fora do salão de jantar. Madame Tempora olhou para frente e para trás entre o rosto suplicante de Brystal e a porta aberta, mas ela não conseguia decidir o que fazer.

– Por favor, Madame Tempora – disse Brystal. – Eu sei que não é o que você planejou, mas eu sei que *isso* é o melhor para todos nós! E *essa* é uma promessa que posso manter para sempre.

Não havia tempo para pensar em uma opção melhor. Madame Tempora soltou um suspiro profundo que veio do fundo de sua alma cansada e aceitou a proposta de Brystal.

– Procure as luzes do norte – disse a fada.

– O que você quer dizer? – Brystal perguntou.

– As luzes serão meu sinal para você – disse Madame Tempora. – Enquanto houver aurora boreal no céu, você saberá que estou vencendo a luta. E no minuto em que desaparecerem, significa que a Rainha da Neve está voltando.

– Tudo bem – disse Brystal. – Vou vigiar as luzes.

– Ótimo – disse a fada. – Agora me ajude até a porta no canto. Sairei do corredor dos criados antes que os outros me encontrem.

Brystal ajudou Madame Tempora a se levantar e a escoltou até a porta no canto do salão de jantar. Antes que a fada partisse, ela tinha uma última coisa a dizer. Madame Tempora agarrou a mão de Brystal e olhou em seus olhos com uma expressão séria.

– Ouça com atenção, Brystal, porque esta é a lição mais importante que eu vou te ensinar – disse ela. – Não cometa os mesmos erros que eu cometi. Não importa quão cruel ou injusto o mundo se torne, *nunca* perca sua felicidade. E não importa quão mal alguém te trate, *nunca* deixe que o ódio de ninguém roube sua compaixão. A luta do bem contra o mal não é travada em um campo de batalha... ela começa em cada um de nós. Não deixe sua raiva escolher um lado para você.

Quando Madame Tempora entrou no corredor dos criados, os colegas de classe entraram correndo no salão de jantar. Eles estavam ofegantes e olharam freneticamente ao redor da sala com medo, mas ficaram aliviados ao ver que Brystal estava a salvo.

– Ah! Graças a Deus! – exclamou Lucy. – Eu estava com medo de ter que tocar tamborim no seu funeral!

– Eu estou bem – disse Brystal. – Estou feliz que vocês também estejam.

– Onde está a Rainha da Neve? – Áureo perguntou.

– Ela se rendeu e fugiu para as montanhas – disse Brystal.

Os colegas ficaram muito felizes ao ouvir isso e se abraçaram em comemoração, mas Brystal olhou para o chão, com o rosto cheio de tristeza.

– Brystal, o que há de errado? – Horizona perguntou.

– Esta é uma notícia maravilhosa – disse Tangerin. – Não é?

– Espere um segundo – disse Smeralda. – Onde está Madame Tempora? Você a encontrou?

Brystal abaixou a cabeça e começou a chorar. Somente quando foi perguntada sobre Madame Tempora que a verdade finalmente a atingiu.

– *Ela se foi* – Brystal chorou. – *Ela se foi*...

Capítulo Vinte e Um

Exigências

Uma forte e inesperada nevasca atravessou o Reino do Sul por cinco dias seguidos. Tal tempestade nunca havia ocorrido no reino antes, e todos os cidadãos estavam presos dentro de suas casas enquanto esperavam que os ventos gelados e a neve sem fim diminuíssem. Sem tempo para se preparar para o clima catastrófico, a população do país se viu no meio de um desastre natural. Propriedades foram severamente danificadas, as fazendas perderam quase todas as suas colheitas e gado, e logo as famílias ficaram sem lenha e tiveram que queimar móveis para se aquecer.

Enquanto o Reino do Sul enfrentava seu quinto dia de terrível nevasca, muitos começaram a temer que a terrível tempestade durasse para sempre. No entanto, pouco antes da meia-noite, o vento começou a diminuir, a neve derreteu e as nuvens desapareceram do céu. O tempo voltou completamente ao normal, como se nada tivesse acontecido.

Na zona rural a leste de Via das Colinas, a tempestade havia passado havia menos de uma hora quando o Juiz Perene recebeu uma misteriosa batida na porta da frente. Ele atendeu a porta de pijama e ficou surpreso ao ver uma carruagem real esperando por ele do lado de fora.

– O que está acontecendo? – o Juiz Perene perguntou.

– O Rei Campeon está realizando uma reunião de emergência no castelo, senhor – disse o cocheiro. – Ele pediu que todos os Altos Juízes e Juízes se juntassem a ele.

Sem dúvida, o Juiz Perene sabia que a reunião estava sendo convocada para discutir a recente tempestade. Ele rapidamente se vestiu com sua longa túnica preta e chapéu quadrado alto e subiu a bordo da carruagem. Quando ele chegou ao castelo, a sala do trono do rei estava cheia de Altos Juízes e Juízes.

– Como o reino vai se recuperar disso? – o Alto Juiz Monteclaro perguntou. – Vai exigir uma quantia enorme de dinheiro para reparar todos os danos... e o tesouro está com pouco financiamento do jeito que está!

Um por um, os outros Juízes deram a Monteclaro suas recomendações.

– Talvez possamos pedir ao rei para vender um de seus palácios de verão?

– Não, Sua Majestade nunca aprovará isso – disse Monteclaro.

– Talvez possamos começar uma guerra com o Reino do Leste e tomar seus recursos?

– Não, levaria muito tempo para encenar uma razão para a guerra – disse Monteclaro.

– Talvez possamos reduzir nossos salários até que o reino esteja se recuperando?

– *Isso* está totalmente fora de cogitação! – disse Monteclaro. – Vamos, homens! Temos que apresentar *uma* sugestão decente antes que o rei chegue!

O sinistro Juiz Flanella olhou para seus colegas de um canto da sala. Ele arranhou a parede de pedra com as unhas compridas para chamar a atenção dos homens. O som enviou arrepios dolorosos pelos corpos dos Juízes e todos eles cobriram seus ouvidos.

– Sim, Flanella? – perguntou Monteclaro. – Qual é a sua sugestão?

– Acredito que *agora* é o melhor momento para implementar o imposto sobre pobreza que venho defendendo – disse Flanella.

O Juiz Perene zombou alto de seu rival.

– Essa é a recomendação mais absurda que já ouvi – disse ele. – Os pobres não têm dinheiro para recolher como impostos, é por isso que são chamados de *pobres*.

– Obrigado, Juiz Perene, mas eu sei o que *pobre* significa – Flanella zombou. – No entanto, *o dinheiro* não é a única maneira de consertar essa situação. Ao introduzir o imposto sobre pobreza, os pobres em todo o Reino do Sul seriam imediatamente acusados de evasão fiscal. No entanto, em vez de sentenciá-los à prisão, nós os condenaremos a serviços comunitários e teremos uma força de trabalho gratuita para restaurar o reino.

Os Juízes assentiram enquanto consideravam o imposto e então aplaudiram a proposta de cálculo de Flanella.

– Essa é uma ideia maravilhosa – disse Monteclaro. – Agora, como vamos explicar a nevasca ao nosso povo? Eles vão querer saber o que causou o estranho fenômeno.

– Talvez imploremos aos cientistas que investiguem o assunto?

– Não, a última coisa que o governo precisa é de mais ciência – disse Monteclaro.

– Talvez nós o enquadremos como um ato de Deus?

– Sim, assim está melhor – disse Monteclaro. – Mas *por que* Deus faria isso? Com quem Ele deveria estar bravo neste momento?

– Talvez Deus esteja bravo com os amantes de gatos?

– Não, isso não vai funcionar porque eu tenho um gato – disse Monteclaro.

– Talvez Deus esteja bravo com os vegetarianos?

– Não, a maioria do nosso gado morreu na tempestade – disse Monteclaro. – Não podemos ter pessoas brigando por comida em nome de Deus... tentamos isso uma vez e levou ao caos completo.

Mais uma vez, o Juiz Flanella arranhou a parede de pedra com suas longas unhas.

– Flanella, apenas levante a mão se tiver uma sugestão! – Monteclaro repreendeu.

– Anotado para o futuro, senhor – disse Flanella. – Eu ia recomendar que disséssemos ao nosso reino que Deus está bravo com os *pobres*. Se alterarmos o Livro da Fé e fizermos da pobreza um pecado, nos salvaremos de qualquer possível reação negativa por aplicar o imposto sobre pobreza.

– Outra ideia maravilhosa! – declarou Monteclaro. – Vamos compartilhar suas propostas com Sua Majestade assim que ele...

As portas que conduziam ao escritório privado do soberano se abriram e o Rei Campeon XIV se juntou aos Juízes e Alto Juízes no salão. Os homens se curvaram ao monarca enquanto o rei atravessava a sala e se sentava no trono. O soberano ficou instantaneamente irritado com os Juízes ao seu redor e soltou um suspiro descontente.

– Bom dia, Vossa Majestade – disse Monteclaro. – Chegou na hora perfeita, como sempre. Os outros Juízes e eu criamos um plano de ação para tratar do recente...

– Isso não será necessário – afirmou o Rei Campeon. – Já fiz os preparativos.

Cochichos nervosos explodiram entre os Juízes – eles não gostavam quando o rei tomava decisões sem eles.

– Senhor, como chefe de seu Conselho Deliberativo, devo insistir que Vossa Majestade compartilhe seus arranjos conosco antes de torná-los oficiais – disse Monteclaro.

– Eu não te chamei aqui para insistir em nada. Eu te chamei aqui para *ouvir* – afirmou o Rei Campeon. – Não há uma forma fácil de começar essa discussão, então vou direto aos fatos. Nos últimos meses, o Reino do Norte foi atacado por uma bruxa muito poderosa conhecida como a Rainha da Neve. Para evitar a histeria global, o Rei Nobresa manteve o assunto em segredo. Quando ele informou os outros soberanos sobre a Rainha da Neve, ela já havia destruído mais da metade do Reino do Norte, mas Nobresa não foi honesto conosco sobre a extensão de sua destruição. Ele nos garantiu que poderia lidar com a situação, então não fizemos nada e deixamos isso para ele. Agora Nobresa está morto e todo o reino, exceto uma aldeia, foi aniquilado. Esta semana, o Reino do Sul quase sofreu o mesmo destino que o norte, mas, felizmente para nós, a Rainha da Neve foi detida antes que sua nevasca nos destruísse.

A notícia deixou todos os Juízes inquietos e eles se entreolharam com medo.

– Perdoe-me, senhor – disse Monteclaro. – Mas você está dizendo que uma *bruxa* causou a nevasca?

– Ah, ótimo, você está ouvindo – ironizou o Rei Campeon. – No início da semana passada, a destruição da Rainha da Neve se espalhou além do Reino do Norte. A tempestade não apenas penetrou em nosso reino, mas se estendeu por todos os quatro cantos do continente.

– Mas *o que* ou *quem* a impediu? – perguntou Monteclaro.

O Rei Campeon olhou para seus conselheiros com um sorriso arrogante.

– Tecnicamente, *eu* – disse ele. – Há vários meses, recebi a visita de uma mulher chamada Madame Tempora. Ela estava começando uma academia de magia e veio ao castelo inesperadamente e pediu permissão para recrutar crianças do Reino do Sul. Naturalmente, rejeitei seus pedidos, mas então Madame Tempora me informou sobre a seriedade do poder da Rainha da Neve. Ela me convenceu de que seus futuros alunos poderiam derrotar a Rainha da Neve se a bruxa cruzasse para o Reino do Sul. Em um momento que agora considero nada menos do que *absolutamente brilhante*, decidi conceder a Madame Tempora a permissão que ela pediu. E acontece que esses alunos foram exatamente quem detiveram a Rainha da Neve e nos salvou de sua ira gelada.

O Alto Juiz Monteclaro conduziu a sala a uma entusiástica salva de palmas para o rei. O soberano revirou os olhos e silenciou os homens com a mão.

– Embora a Rainha da Neve tenha sido detida, a bruxa continua à solta – disse o Rei Campeon. – Infelizmente, Madame Tempora faleceu durante a provação, mas seus alunos sobreviveram. Eles concordaram em restaurar nosso reino e continuar nos protegendo da Rainha da Neve. No entanto, em troca de seus serviços, os discípulos tinham algumas *exigências*.

– Exigências? – perguntou Monteclaro. – Que tipo de exigências?

O Rei Campeon virou-se para a porta de seu escritório particular.

– *Podem entrar!* – o rei chamou. – *Os Juízes estão prontos para receber vocês!*

De repente, a sala de homens velhos em túnicas pretas ganhou cores de um grupo de crianças vindas de uma câmara. Brystal, Lucy, Smeralda, Áureo, Tangerin e Horizona atravessaram a sala e ficaram ao lado do rei. Os Juízes ficaram indignados ao ver membros da comunidade mágica em uma residência real. Gritavam palavrões e insultos às crianças, mas os colegas ignoravam as explosões dos homens e mantinham a cabeça erguida.

Era difícil para Brystal ficar em uma sala com tantos homens que pessoalmente tentaram oprimi-la, mas ela não deixou transparecer um pingo disso. Pelo contrário, Brystal fez questão de olhar o Alto Juiz Monteclaro, o Juiz Flanella e o Juiz Perene diretamente nos olhos para que eles soubessem que não tinha medo deles. Ela havia mudado tanto desde a última vez que seu pai a vira que ele levou alguns segundos para reconhecer sua filha. Apesar de todos os esforços do Juiz Perene, Brystal se tornou uma jovem calma, confiante e digna, e sua boca caiu aberta em choque.

– Jovens, por favor, informem os Juízes sobre as exigências que estávamos discutindo – o Rei Campeon pediu.

Brystal acenou com a varinha e um longo pergaminho dourado apareceu em sua mão. Inscritas no documento estavam as exigências que haviam feito ao rei. Os colegas passaram o pergaminho e se revezaram lendo suas exigências em voz alta.

– "Número um" – disse Brystal. – "A magia será oficialmente legalizada no Reino do Sul. Todos os prisioneiros que foram condenados por magia não ofensiva, ou que estão aguardando julgamento por magia não ofensiva, serão libertados das prisões e campos de concentração em todo o reino. Isso também inclui centros de detenção de propriedade privada, como o Instituição Corretiva Amarrabota para Jovens Problemáticas. O Reino do Sul criará programas sociais para diminuir a discriminação direcionada à magia; no entanto, se alguém na comunidade mágica quiser desenvolver suas habilidades, vocês o convidarão para se juntar a nós na Academia de Magia Memorial de Celeste Tempora no sudeste da Fenda. Um cavaleiro chamado Horêncio estará esperando para escoltá-los com segurança pela floresta."

– "Número dois" – Smeralda leu enquanto pegava o pergaminho de Brystal. – "A Fenda será dividida em territórios igualmente proporcionais para as pessoas e criaturas que vivem lá. O oeste será dado aos anões, o noroeste será dado aos elfos, o sudoeste será dado aos ogros, o nordeste será dado aos goblins, o sudeste será dado à comunidade mágica e o resto será dado aos trolls. O Reino do Sul também enviará comida, suprimentos médicos, equipamentos de construção e outras provisões para esses territórios para que eles nunca mais lutem por recursos."

– "Número três" – leu Áureo. – "O Reino do Sul estabelecerá *igualdade de educação e emprego*. Abolirá a lei que proíbe as mulheres de ler, ingressar em bibliotecas ou exercer qualquer profissão que desejem. Meninos e meninas podem frequentar qualquer escola que desejarem, incluindo a Universidade de Direito e a Escola Via das Colinas para Futuras Esposas e Mães."

– "Número quatro" – Horizona leu. – "A partir de hoje, o Livro da Fé original será o único Livro da Fé ao a qual os oficiais do Reino do Sul podem fazer referência. Os Altos Juízes não farão mais emendas ou manipularão a religião para servir à sua agenda política. Além disso, assistir aos cultos na Catedral de Via das Colinas, ou em qualquer outro local de culto, é estritamente opcional e não é mais um requisito."

– "Número cinco" – Tangerin leu. – "Todos os livros proibidos serão reimpressos e disponibilizados ao público. Também será emitido um pedido de desculpas público às famílias de todos os autores que foram silenciados e mortos, e vocês informarão seus cidadãos sobre os meios e métodos que foram usados para encontrá-los e exterminá-los."

– "Número seis" – disse Lucy. – "Todas as regras e restrições relacionadas à liberdade criativa e expressão artística serão removidas da lei. Além disso, o tamborim será considerado o instrumento oficial do Reino do Sul e todos os cidadãos serão obrigados a tocá-lo por um mínimo de..."

Tangerin arrancou o pergaminho das mãos de Lucy antes de prosseguir.

– Ela está inventando essa última parte sobre o tamborim – Tangerin disse aos homens. – Mas o resto está lá.

Uma vez que os colegas terminaram de ler o pergaminho com suas exigências, a sala do trono explodiu com objeções. Os Juízes gritaram em discordâncias e reservas até que todos os homens ficaram vermelhos.

– Isso é ultrajante!

– Eles não têm o direito de nos dar ordens!

– Como esses *pagãos* ousam exigir qualquer coisa!

– Eles deveriam estar na prisão, não na uma sala do trono!

– Nós nunca aceitaremos comandos de gente como eles!

Brystal levantou a mão em direção ao teto e uma explosão brilhante e estrondosa irrompeu da ponta de sua varinha. Todos os Juízes ficaram em silêncio e se encolheram, tomando mais distância dela.

– Tudo isso é culpa de *vocês* – Brystal gritou. – Se tivessem criado um mundo onde todos fossem tratados igualmente, um mundo que valorizasse as diferenças das pessoas e um mundo que reconhecesse o potencial de cada cidadão, *não estaríamos tendo essa conversa*! Mas vocês passaram suas carreiras alimentando o ódio, a discriminação e a opressão que *deram origem* à Rainha da Neve! *A geada dela é culpa de vocês!* Então, ses esperamm que nós limpemos a bagunça que fizeram, *seguirão* nossas exigências. E se vocês não fizerem isso, sugiro que todos vão comprar casacos, cavalheiros, porque vocês enfrentarão um inverno rigoroso e muito, muito longo.

Os Juízes ficaram sem palavras com as observações de Brystal. Era raro alguém dar um ultimato aos homens, mas uma jovem nunca havia falado com eles assim antes. Lucy tentou bater palmas lentamente para a amiga, mas seus colegas não acharam que era um momento apropriado.

– Vossa Majestade, não pode estar considerando seriamente essas exigências? – perguntou Monteclaro.

– Eu já concordei com todas elas – anunciou o Rei Campeon.

– Sem nos consultar? – Monteclaro perguntou em choque.

– Sim, *Monteclaro*, sem vocês – o Rei Campeon zombou. – Como a situação atual provou, costumo tomar minhas *melhores* decisões quando os Juízes não estão por perto. O Rei Guerrear, a Rainha Endústria e o Rei Branco já assinaram essas exigências nas leis de seus reinos e, a partir de amanhã, o Reino do Sul fará o mesmo.

– Quem é o *Rei Branco*? – Flanella perguntou.

– O soberano recém-nomeado do Reino do Norte – explicou o rei.

– Com a autoridade de quem? – Flanella pressionou.

– Por *nossa* autoridade! – Lucy declarou. – E você morreria se tomasse banho e cortasse suas malditas unhas de vez em quando? Achei que você fosse um bicho-preguiça até abrir a boca!

Flanella cruzou os braços e bufou no canto.

– E como devemos chamá-los? – Monteclaro perguntou aos discípulos. – Além de "as seis crianças mais mandonas do planeta"?

Brystal e seus amigos olharam para os homens com expressões vazias. Eles ainda não tinham decidido um nome para si. Antes que parecessem despreparados, Brystal escolheu o primeiro nome que lhe veio à mente.

– Você pode nos chamar de *Conselho das Fadas* – ela disse. – E se você nos der licença, temos um reino para reconstruir e um mundo para salvar.

Brystal conduziu seus colegas triunfantemente pela sala do trono, e eles se dirigiram para a porta. Enquanto saíam, o Juiz Perene seguiu sua filha e tentou desesperadamente chamar sua atenção.

– Brystal, espere! – o Juiz Perene a chamou. – Brystal, calma!

Ela não tinha absolutamente nada a dizer ao pai, então o ignorou e continuou andando. O Juiz Perene ficou envergonhado por ser tão descaradamente desrespeitado na frente dos colegas. Ele perdeu a paciência e agarrou com força o braço de sua filha.

– *Brystal Lynn Perene, pare neste instante!* – ele rugiu. – *Não serei ignorado pela minha própria filha!*

Todos na sala do trono ficaram parados e em silêncio – até mesmo o Rei Campeon se retesou em seu trono. As palavras do Juiz Perene mexeram com Brystal profundamente. O pai nunca a reivindicara como família antes, mas, agora que ela havia salvado o mundo, ele de repente queria que todos soubessem que era sua filha. Ela desvencilhou o braço de seu apert, virou-se para encará-lo e ergueu a varinha ameaçadoramente em direção à sua garganta.

Pela primeira vez em sua vida, o Juiz Perene estava com medo da própria filha, e ele lentamente se afastou dela.

– Essa é a última vez que você vai colocar as mãos em mim – disse Brystal. – E não ouse me chamar de filha. Você não é meu pai.

Capítulo Vinte e Dois

O conto da magia

Uma debandada de unicórnios correu pela Fenda com dezenas e dezenas de mulheres jovens em suas costas. Os corcéis majestosos recolheram todas as detentas da Instituição Corretiva Amarrabota para Jovens Problemáticas e as transportaram para a Academia de Magia Memorial Celeste Tempora. As meninas exaustas e debilitadas foram completamente rejuvenescidas pelas criaturas encantadas abaixo delas. Muitos delas riam e celebravam pela primeira vez em anos – algumas pela primeira vez em suas vidas – e elas olharam para a floresta densa ao seu redor com olhos arregalados e sorrisos animados.

Duas horas depois de sua partida, os unicórnios estavam atravessando a barreira de sebe e as jovens puseram os olhos na pitoresca propriedade da academia pela primeira vez. Elas ficaram absolutamente surpresas com todas as árvores e flores coloridas, os riachos e lagos cristalinos, o oceano cintilante no horizonte e os grifos planando e os pixies que voavam no céu azul brilhante. Os unicórnios descarregaram as passageiras na escadaria da entrada do castelo, onde Brystal, Lucy, Smeralda, Áureo, Tangerin, Horizona e a Sra. Vee aguardavam ansiosamente pelas recém-chegadas.

– Pi! – exclamou Brystal.

Ela instantaneamente viu sua pequena amiga entre as garotas e desceu os degraus para dar-lhe um grande abraço de boas-vindas.

– Estou tão feliz em ver você! – disse Brystal. – Pensei em você todos os dias desde que saí das instalações! Espero que esteja tudo bem!

– Estou muito melhor agora que estou aqui – disse Pi.

– Aquele horrível casal Edgar te tratou mal quando eu saí? – Brystal perguntou.

– Nada a que eu já não estivesse acostumada – Pi disse com um encolher de ombros. – Você deveria ter visto as caras que o Sr. e a Sra. Edgar fizeram quando receberam a ordem para nos liberar da instituição! Eles tinham acabado de aceitar um pedido do Reino do Leste de cinco mil pares de botas! Agora eles têm que fazer tudo sozinhos!

Brystal riu.

– Normalmente não encontro prazer no infortúnio de outra pessoa, mas, só desta vez, acho que não há problema em apreciar isso – disse ela.

Pi olhou para o castelo, hipnotizada por suas cintilantes paredes douradas.

– Eu não consigo acreditar que você conseguiu – disse ela.

– Consegui o quê? – Brystal perguntou.

– Você encontrou uma casa à beira-mar! – disse Pi. – É ainda melhor do que a casa dos nossos sonhos!

– É um lugar maravilhoso para se viver – disse Brystal. – Acho que você vai ser muito feliz aqui.

– Já estou sendo – disse Pi.

Uma vez que todas as meninas desceram dos unicórnios, Brystal foi até o topo da escadaria do castelo para cumprimentá-las.

– Olá a todas e bem-vindas à Academia de Magia Memorial Celeste Tempora – disse ela. – Permitam que eu lhes apresente meus amigos, esta é a Sra. Vee, aquela é a Lucy Nada, Smeralda Polida, Áureo dos Fenos, Tangerin Turka e Horizona de Lavenda.

– Vocês pdoem me chamar de *Madame* Lavendas – Horizona disse às meninas.

– Para aquelas que não se lembram de mim da Instituição Corretiva Amarrabota para Jovens Problemáticas, meu nome é Brystal Perene – disse ela.

– Ah, lembramos de *você*! – disse uma garota.

– Como poderíamos esquecer? – disse outra.

– Bem, estou feliz por estarmos todos reunidos – disse Brystal. – Esta academia foi fundada por nossa querida mentora, Madame Tempora, e é graças a ela que temos um lugar para aprender e crescer. Vamos honrar o legado de Madame Tempora ajudando vocês a melhorarem e expandirem suas habilidades mágicas. E assim que vocês as dominarem, iremos nos aventurar além da academia e usar nossa magia para ajudar e curar as pessoas que precisam de nós.

– Nas próximas semanas, vamos ensinar a vocês sobre as cinco categorias de magia: *Aperfeiçoamento*, *Manifestação*, *Reabilitação*, *Imaginação* e *Proteção* – disse Smeralda. – Mas antes de fazermos a apresentação do castelo ou dos terrenos, queríamos compartilhar algumas regras que esperamos que vocês sigam enquanto estiverem na academia.

– Regra número um – disse Áureo. – Nunca deixem o terreno da academia sem um instrutor.

– Regra número dois – disse Tangerin. – Sempre tratem a todos com respeito.

– Regra número três – disse Horizona. – Não tenham medo de cometer erros; é disso que se trata o aprendizado.

– E regra número quatro – disse Lucy. – Não façam nada que eu faria.

Depois que as regras foram anunciadas, um estrondo alto veio de cima e todos olharam para o castelo. Uma grande torre de repente cresceu no corredor do terceiro andar com quartos suficientes para acomodar todas as jovens que ingressavam na academia.

– Parece que seus quartos estão prontos – a Sra. Vee disse. – Antes de se instalarem, todos vocês vão me seguir direto para a sala de jantar para uma refeição muito necessária. Mas devo avisá-las por experiência própria que se *alguém* no castelo além de mim lhe oferecer comida, corra o mais rápido que puder! *HA-HA!*

A governanta saltitante conduziu as moças escadaria acima; elas para o interiraor sude seu novo. Brystal, Lucy, Smeralda, Áureo, Tangerin e Horizona sorriram orgulhosos enquanto observavam suas novas alunas ingressarem na academia.

– Não acredito que temos *alunas*! – disse Horizona.

– Nem eu – disse Lucy. – Você acha que somos responsáveis o suficiente para isso? Talvez devêssemos ter começado com uma planta ou um peixinho dourado.

– Acho que vamos ficar bem – disse Tangerin. – *Adoro* dizer às pessoas o que fazer.

– Esperem um segundo – Áureo perguntou. – Se *somos* os professores agora, então suponho que não somos mais *colegas de classe*? Somos?

– Não, eu acredito que isso significa que oficialmente nos tornamos *fadas* – Smeralda disse.

– Nós não somos *apenas* fadas – Horizona brincou. – Somos o *Conselho das Fadas*, lembra?

– É uma pena que Brystal não tenha inventado um nome melhor – disse Lucy. – Tenho a sensação de que vai permanecer esse por um tempo.

As fadas compartilharam uma risada umas com as outras, mas Brystal não estava prestando atenção. Ela estava olhando através da propriedade, observando a cerca viva com tristeza.

– Opa – disse Lucy. – Brystal está fazendo aquilo de novo.

– Fazendo o quê? – ela disse.

– Olhando triste para longe – disse Áureo. – Você faz isso o tempo todo.

– Eu faço? – Brystal perguntou.

– Ah, sim – disse Tangerin. – E agora vamos ter que gastar um mínimo de cinco minutos para convencê-la a nos dizer o que está em sua mente.

– Bem, eu só não quero...

– Nos incomodar com suas preocupações? – perguntou Smeralda. – Nós sabemos. Mas o engraçado é que você nos incomoda mais nos mantendo em suspense.

– Então, desembucha – disse Horizona.

Brystal corou com os comentários brincalhões dos outros e sorriu contra sua vontade.

– Sabe, ter amigos tão próximos pode ser um verdadeiro incômodo às vezes – disse ela. – Eu esperava que mais pessoas estivessem aqui agora... é por isso que eu parecia triste. A magia foi legalizada pela primeira vez em séculos, pensei que as pessoas estariam correndo para ingressar na academia! Mas suponho que nem todos da comunidade mágica estão prontos para sair das sombras.

– Todo mundo sai em seu próprio tempo – disse Áureo. – Temos que ser pacientes e positivos, e continuar avisando que estaremos aqui quando estiverem prontos.

Brystal assentiu.

– Você está certo, Áureo – disse ela. – Você está *absolutamente* certo.

Depois que os novos alunos desfrutaram de uma refeição saudável na sala de jantar, as fadas ajudaram as meninas a se acomodarem em seus quartos. Uma vez que todos estavam acomodados, Brystal desceu as escadas para continuar observando a cerca viva para quaisquer outros convidados que pudessem estar a caminho. Enquanto descia a escada flutuante, as portas do escritório de Madame Tempora chamaram sua atenção.

Brystal estava evitando o escritório desde que voltaram para a academia. Ela queria acreditar que Madame Tempora ainda estava lá dentro e se convenceu de que uma parte da fada sempre estaria lá se mantivessem as portas fechadas. Brystal imaginou a fada sentada atrás de sua mesa, esperando ansiosamente que um aluno perturbado batesse em sua porta e solicitasse suas palavras reconfortantes de sabedoria. No entanto, agora que Madame Tempora partira, os novos alunos iriam até *Brystal* para pedir conselhos, e um escritório vazio não faria bem a ninguém. Então, ela se forçou a abrir as portas de madeira e entrou.

Tudo no escritório – as nuvens flutuando ao longo do teto alto, as bolhas flutuando da lareira, as prateleiras de livros de feitiços, os armários de poções, os móveis de vidro – estava exatamente como Madame Tempora havia deixado. A única diferença era a parte que faltava do Mapa da Magia que Brystal havia cortado. Ela acenou com a varinha, e o pedaço perdido do Reino do Norte reapareceu. Assim como elas planejaram, Madame Tempora encontrou um lugar tão isolado nas Montanhas do Norte que nem um traço dela apareceu no mapa.

Brystal apontou a varinha para o canto do escritório e um grande globo apareceu. No entanto, ao contrário de um globo normal, o globo de Brystal mostrou a ela como era o planeta visto do espaço. Ela girou o globo para inspecionar o Reino do Norte e ficou satisfeita ao ver um pequeno trecho de luzes do norte brilhando depois das Montanhas do Norte.

– Olá, Madame Tempora – Brystal sussurrou para o globo. – Espero que você esteja bem.

Brystal foi até a janela e verificou a cerca ao longe, mas ainda não havia sinal de ninguém da comunidade mágica. Ela soltou um longo suspiro e sentou-se atrás da mesa de vidro de Madame Tempora. Foi uma decisão subconsciente sentar-se na antiga cadeira de sua professora, mas uma vez que ela percebeu onde ela se colocou, Brystal rapidamente se levantou – ela não estava pronta para o significado disso ainda.

– Acho que este é o seu escritório agora, hein?

A voz inesperada surpreendeu Brystal. Ela olhou através do escritório e viu Lucy parada na porta.

– Eu acho que é – disse Brystal. – O castelo ainda parece tão estranho sem ela, não é? Eu me pergunto se sempre vai parecer que algo está faltando.

– Provavelmente – disse Lucy. – Felizmente para nós, Madame Tempora escolheu uma maravilhosa substituta antes de partir.

– Obrigada – disse Brystal. – Espero que eu possa cumprir a tarefa.

– Não se preocupe, eu tenho fé suficiente em você por nós duas – disse Lucy.

Ela e Brystal trocaram um sorriso doce, e, por uma fração de segundo, Lucy fez Brystal sentir como se ela pertencesse à mesa de Madame Tempora. Lucy, por outro lado, não teve nenhum problema em sentar-se na cadeira da professora. Ela se acomodou na cadeira de vidro e botou os pés para cima da mesa.

– Tudo vai ser diferente para você agora – disse Lucy. – Pessoalmente, acho que vou gostar de ser a melhor amiga da pessoa mais poderosa do mundo. Todo líder mundial precisa de pelo menos *um* amigo controverso; posso manter o público distraído se você estiver enfrentando um escândalo.

– Ah, por favor – disse Brystal. – Eu não sou a pessoa mais poderosa do mundo.

– Claro que você é – disse Lucy. – Você se ouviu mandando naqueles Juízes? Você tem el,es e os soberanos, na palma da sua mão! Eles têm tanto medo da Rainha da Neve que farão qualquer coisa que você mandar.

– Ai, minha nossa, *você está certa* – disse Brystal em descrença. – Em apenas alguns meses, passei de colegial a líder do mundo livre! Como isso aconteceu?

– É uma grande escalada política – disse Lucy. – Como vamos chamá-la agora que você é tão poderosa? Se você me perguntar, não faz sentido ter poder a menos que venha com um título chique. Que tal

Comandante da Magia? Não, isso soa como um romance. *Chanceler das Fadas*? Não, esse é o nome de um show solo terrível que eu vi uma vez. *A Fada Imperatriz?* Não, isso soa como um perfume. *Senhora das Fadas?* Não, muito pomposo. Ah, já sei! O que acha de *Fada Madrinha*? Para mim, soa como: *sim, sou uma pessoa legal, mas também estou falando sério.*

– Não estou pronta para um título – disse Brystal. – Ainda não consigo acreditar que estou no comando da academia. Vou precisar de alguns dias antes de poder aceitar que também sou a...

Brystal ficou quieta antes de terminar sua frase. De repente, ela percebeu que estava muito mais preparada para a posição inesperada do que pensava.

– Na verdade, talvez eu soubesse que esse dia chegaria – ela pensou em voz alta. – Apesar de todos aqueles anos em que me disseram que eu não importava, de todas as pessoas que me falaram que eu nunca seria nada, eu sempre soube que estava destinada a um grande propósito. Não faz sentido uma garota que vive no Reino do Sul acreditar em tais coisas... Na época, só podíamos ser esposas e mães, mas se não fosse por aquelas vozes encorajadoras dentro de mim, talvez eu nunca tivesse chegado até aqui. De certa forma, sinto que tudo na minha vida esteve me preparando para esse momento. Talvez essa tenha sido minha especialidade o tempo todo... a *fé* que eu tinha em mim mesma?

– Hum, não, isso soa como narcisismo – disse Lucy. – Descobri sua especialidade há muito tempo... estou surpresa que você ainda não tenha percebido.

– É? – ela perguntou. – Qual é, então?

– Pense em todas as vezes que você colocou os outros antes de si mesma – disse Lucy. – Você ajudou seu irmão a estudar para um exame que você não tinha permissão para fazer. Você levou a culpa pela Pi quando ela foi pega emprestando cobertores na instituição. Você passou sua primeira noite na academia lendo *As aventuras de Quitut Pequeno* para os outros para que eles não ficassem com medo de uma tempestade. Você me fez um bolo inteiro do zero só para eu me sentir bem-vinda aqui. E então, quando eu fugi, você foi para uma floresta perigosa para me encontrar! Mesmo agora, em vez de deixar seu novo poder corrompê-la, você está concentrando todos os seus esforços em tornar o mundo um lugar melhor. Obviamente, sua especialidade é a *compaixão*.

Brystal ficou tocada pelas palavras de Lucy.

– Você realmente acha que minha especialidade é a compaixão? – ela perguntou. – Você não está apenas me bajulando porque eu sou a **Fada Madrinha Senhora da Magia etc. e tal** agora, está?

– Não, eu falo sério – disse Lucy com um aceno confiante. – Caso contrário, seria *estranho* o quanto você se importa em ajudar outras pessoas.

Nesse momento, as portas de madeira se abriram e Smeralda, Áureo, Tangerin e Horizona entraram no escritório. As bochechas dos jovens fadas estavam vermelhas e todos estavam ofegantes como se estivessem correndo.

– Ah, aí está você! – disse Smeralda. – Estivemos procurando você por todo o castelo!

– Brystal, você deveria sair! – disse Áureo. – Tipo, *agora*!

– Por quê? O que há de errado? – ela perguntou. – As alunas estão bem?

– Estão ótimas – disse Tangerin. – Pessoas da comunidade mágica começaram a aparecer!

– Isso é maravilhoso! – exclamou Brystal. – Quantos se juntaram a nós até agora? Uma dúzia? Dez? Pelo menos cinco?

– Hum... – Horizona disse pensativa. – Não sou a melhor com números, mas diria que é mais como... *todos eles*.

Brystal pensou que seus amigos estavam pregando uma peça nela, mas o olhar encantado nos olhos deles não vacilou. Ela se virou para o Mapa da Magia ampliado acima da lareira e ficou surpresa ao ver que a maioria das estrelas estava se movendo pelo sudeste da Fenda em direção à academia. Brystal correu para a janela, olhou para a cerca ao longe e arfou com o que viu.

No limite da propriedade, Horêncio e seu cavalo de três cabeças atravessaram a barreira e estavam sendo seguidos por uma fila de centenas de pessoas. A fila continuou por um longo tempo, até que houvesse o que pareciam ser quase mil membros da comunidade mágica dentro do terreno da academia.

Os viajantes eram jovens e velhos, alguns estavam em grupos ou com famílias, enquanto outros chegavam completamente sozinhos. Eles claramente vinham de lugares próximos e distantes. A maioria havia sido recentemente libertada das prisões, enquanto outros passaram a vida inteira fugindo ou se escondendo. Independentemente de suas diferenças, cada pessoa exibia a mesma expressão de puro espanto enquanto olhava ao redor da propriedade, e não apenas por causa das plantas vibrantes e animais encantados. Pela primeira vez em suas vidas, a comunidade mágica estava colocando os olhos em um lugar onde eles estariam a salvo da perseguição, um lugar onde eles poderiam ser eles mesmos sem discriminação e, o mais importante, um lugar que eles poderiam finalmente chamar de lar.

– Nós vamos precisar de um castelo muito maior – disse Brystal.

– E crachás – disse Lucy. – Muitas e muitas etiquetas de nome.

Sem perder mais um segundo, Brystal, Lucy, Smeralda, Áureo, Tangerin e Horizona correram para fora do escritório, desceram a escada flutuante e emergiram na entrada do castelo para cumprimentar os recém-chegados. Os viajantes se reuniram ao redor do castelo e olharam para as fadas em busca de orientação.

– *Ei, Brystal!* – Lucy sussurrou. – *Diga algo.*

– *O que eu deveria dizer?* – ela sussurrou de volta.

– *Eu não sei* – disse Lucy. – *Algo inspirador como você sempre faz.*

Os amigos de Brystal a empurraram para frente e ela acenou nervosamente para a grande multidão. Ao olhar para todos os olhos esperançosos, mas cansados, da comunidade mágica, Brystal se lembrou de seus momentos finais com Madame Tempora, e ela sabia exatamente o que queria dizer.

– Olá a todos – disse ela. – Eu só posso imaginar o que todos vocês passaram para chegar aqui… tanto na vida quanto na estrada. Este dia histórico é possível graças a uma longa jornada de corajosas pessoas fazendo tremendos sacrifícios. E embora a luta por aceitação e liberdade possa parecer que acabou, nosso trabalho não está terminado. O mundo nunca será um lugar melhor para nós até que o tornemos um lugar melhor para todos. E não importa quais desafios nos aguardam, não importa de quem seja a confiança que ainda temos que conquistar, não podemos permitir que o ódio de ninguém roube nossa compaixão ou diminua nossa ambição ao longo do caminho.

"A verdade é: sempre haverá uma luta, sempre haverá pontes para atravessar e pedras para rolar, mas *nunca* devemos perder nossa alegria pelos tempos em que vivemos. Quando perdemos nossa capacidade de sermos felizes, nos tornamos tão falhos quanto as batalhas que enfrentamos. E muitas vidas já foram perdidas para que nós nos desvencilhemos do caminho que estamos trilhando agora. Então, vamos honrar as pessoas que deram suas vidas para que este momento acontecesse. Vamos valorizar a memória delas vivendo cada dia com tanta liberdade, orgulho e alegria quanto elas gostariam que vivêssemos. Juntos, vamos começar um novo capítulo para nossa comunidade, para que quando eles contarem nossa história no futuro, *o conto da magia* terá um final feliz e próspero."

Agradecimentos

Gostaria de agradecer a Rob Weisbach, Derek Kroeger, Alla Plotkin, Rachel Karten, Marcus Colen e Heather Manzutto por toda a orientação e ajuda.

Todas as pessoas maravilhosas da Little, Brown, incluindo Alvina Ling, Megan Tingley, Nikki Garcia, Jessica Shoffel, Siena Koncsol, Stefanie Hoffman, Shawn Foster, Danielle Cantarella, Jackie Engel, Emilie Polster, Janelle DeLuise, Ruqayyah Daud, Jen Graham, Sasha Illingworth, Virginia Lawther e Chandra Wohleber, por tornarem *Um conto de magia...* possível.

Além disso, Jerry Maybrook por me dirigir através dos audiolivros e, claro, ao incrível Brandon Dorman por sua arte sensacional.

E, finalmente, a todos os meus amigos e familiares pelo amor e apoio contínuos.